A silenciosa
inclinação
das
águas

ALEX SENS

A silenciosa
inclinação
das
águas

– PARTE 1 –

autêntica

Copyright © 2019 Alex Sens
Copyright © 2019 Autêntica Editora

Todos os direitos reservados pela Autêntica Editora. Nenhuma parte desta publicação poderá ser reproduzida, seja por meios mecânicos, eletrônicos, seja via cópia xerográfica, sem a autorização prévia da Editora.

EDITORAS RESPONSÁVEIS
Rejane Dias
Cecília Martins
PREPARAÇÃO
Samira Vilela
REVISÃO
Bruna Fernandes
CAPA
Diogo Droschi (sobre imagem de Sakda Tiew/Shutterstock)
DIAGRAMAÇÃO
Larissa Carvalho Mazzoni

Dados Internacionais de Catalogação na Publicação (CIP)
(Câmara Brasileira do Livro, SP, Brasil)

Sens, Alex
 A silenciosa inclinação das águas : parte 1 / Alex Sens. – 1. ed. – Belo Horizonte : Autêntica Editora, 2019.

 ISBN 978-85-513-0516-4

 1. Ficção brasileira I. Título.

19-24779   CDD-B869.3

Índices para catálogo sistemático:
1. Ficção : Literatura brasileira B869.3

Iolanda Rodrigues Biode - Bibliotecária - CRB-8/10014

Belo Horizonte
Rua Carlos Turner, 420
Silveira . 31140-520
Belo Horizonte . MG
Tel.: (55 31) 3465 4500

São Paulo
Av. Paulista, 2.073, Conjunto Nacional, Horsa I
23º andar . Conj. 2310-2312 .
Cerqueira César . 01311-940 São Paulo . SP
Tel.: (55 11) 3034 4468

www.grupoautentica.com.br

Para Roberta Carmona, que agora vive em tantas esferas.

Esperamos pela luz, mas contemplamos a escuridão.

Isaías, 59:9

PRIMEIRA PARTE
Brasil

1. A morte

Magnólia estava na cama, sentada sobre as próprias pernas, e ainda não tinha saboreado completamente o primeiro gole de um Tokaji húngaro quando a palavra "aborto" colou em seu palato como pequenos cristais ácidos e escuros de sedimento. Num gesto distraído, quase automático, pousou a taça na mesa de cabeceira, puxou para cima a camisa azul de linho e levou a mão esquerda à barriga, onde três meses atrás nadava seu filho de dois meses – ou, como os médicos costumam dizer com uma sensibilidade glacial, *um feto de oito semanas*. No dia do aborto, entorpecida por um alívio que não sentia há muitos anos, ela tinha ficado animada com a possibilidade de finalmente abrir aquele vinho dourado, presente de seu chefe, mas o caráter comemorativo seria tão ofensivo para Herbert quanto atirar em sua cara uma placenta suja de sangue. A gestação nunca seria mais prazerosa do que aquela garrafa, do que aquele vinho, disso ela tinha certeza agora, apesar do desconforto inesperado. E se o alívio que sentira na época havia soado como um chute no saco do marido, que isso não fosse apenas uma metáfora, mas que significasse na prática uma esterilidade permanente entre eles.

De maneira perfeita, o sol formara um imenso adesivo amarelo na parede do quarto, como um lembrete de que ainda não passava das oito horas da manhã, flambando a consciência de Magnólia em giros delicados e enjoativos, até que ali, na concha sombria que era a foz entre os pensamentos e os lábios, o álcool evaporasse, restando apenas a massa tartárica de sua vergonha. Tudo por causa do horário e porque se culpava um pouco (só um pouco) por fazer algo tão simples e bom de forma secreta – afinal, tinha esperado Herbert ir trabalhar para abrir o vinho escondido sob a cama, não tinha? Magnólia podia ser uma intérprete mordaz dos defeitos alheios, podia julgar em silêncio, como sempre fizera por trás das abas largas dos seus chapéus de feltro ou de gordas taças cheias de vinho. No entanto, era como uma criança com transtorno mental aprendendo a andar quando a interpretação tinha de ser dos próprios defeitos, dos próprios tropeços, daquela vida da qual estava cansada de viver cansada. Magnólia atribuía o poder do vinho e sua fuga indomável para os prazeres não só à sua duvidosa autoindulgência, mas também a uma necessidade de se libertar do comum. Ter um segredo a mais ou a menos, ser feliz por algo que causasse tristeza no outro… não via essas coisas como crimes. E, diferente de um pequeno comensal dentro de sua barriga, uma taça de vinho não transformaria seu corpo em uma bolha flácida de fadiga cheia de estrias.

    Os pensamentos sobre a gravidez vinham como parentes indesejados após um almoço de domingo: sem avisar. Mas o que os tornara suportáveis durante as últimas semanas foi exatamente a indiferença com que Magnólia os recebia. Quando e se por algum motivo começavam a incomodá-la, conseguia desviar o foco de sua atenção – bebia outra taça de vinho, limpava todos os livros das estantes da sala, procurava por uma nova luminária na internet, comia sorvete direto do pote com a porta da geladeira aberta ou, impassível diante dos próprios julgamentos e de uma ousadia que no fundo lhe provocava um prazer diabólico, se masturbava. Raramente vinham os orgasmos, porque no meio do caminho a imagem do feto ainda não formado lhe provocava repulsa, angústia e um pouco de ódio. Retirava os dedos do meio das pernas como se estivessem cobertos de merda, corria ao banheiro e os esfregava ainda nua, ou com as calças nos joelhos, diante do espelho. Quando se permitia encarar o reflexo amortecido por um orgasmo tão abortado quanto a criança, sentia uma terrível autopiedade com a qual não gostava de conviver. Passava a mão já limpa sobre a barriga, dedilhava o umbigo e a virilha, virava de lado e admirava o mesmo perfil mantido há mais de vinte anos, exceto por uma costela mais aparente, uma pele mais branca e o surgimento de meia dúzia de pintas herdadas da mãe. Se Magnólia pudesse se premiar, com certeza seria pelo constante cuidado com a forma física – sem nunca cair para o lado amargamente neurótico da linhaça dourada. Esse era seu trunfo.

Com dificuldade, quase como se estivesse em câmera lenta, ela esticou o braço e apanhou a taça, bebendo dois goles maiores. O vinho húngaro desceu mais doce que o desejado, estava quente demais para a bebida, mas havia cansado de esperar *pela ocasião especial*. Conseguir acordar ainda viva era uma ocasião especial. No entanto, as texturas da vida e da morte vinham se confundindo cada vez mais desde o ano anterior, e às vezes ela despertava se sentindo tão leve e feliz que pensava estar morta. Finalmente. Ao mesmo tempo, abrir os olhos fingidamente fechados de sono depois de ouvir Herbert deixar o apartamento com o conhecido tilintar de chaves apenas porque havia uma garrafa de vinho embaixo da cama... bem, isso começava a se manchar de constrangimento quando ela pensava na história do irmão. Não sabia ao certo se Orlando chegara a guardar ou ainda guardava suas garrafas de uísque sob a cama, mas a felicidade em razão de um pouco de álcool antes das oito horas da manhã não deixava Magnólia mais tranquila nem menos triste. Sim, era inegável e deliciosamente boa aquela noção de liberdade, de ter o apartamento todo para si e, acima disso tudo, de poder beber o *quanto quisesse* sem o olhar emburrado do marido. Herbert parecia até menos controlador, se ela parasse para analisar seu comportamento. Podia envolvê-la e repreendê-la com um único olhar, como um pai mal-humorado que não sabe como agir diante de uma criança que avança sobre uma barra de chocolate, mas era só isso. A expressão verbal não vinha, e, com um rápido exercício de respiração, ele era capaz de desviar os olhos para que Magnólia descobrisse por si mesma o que seria melhor para ela. Não conseguia precisar exatamente em que dia e em que momento Herbert dera início a essa nova personalidade, como se ele fosse programado por um botão que, por azar, ela não o tinha flagrado girando. No entanto, era cristalina a época da mudança, e isso foi na semana que se seguiu à notícia da gravidez. E se por um lado Magnólia tinha gratidão a um deus qualquer, no qual não acreditava, pelo aborto sofrido em novembro, por outro amargava a pouca felicidade do marido quando, aos 42 anos, ela anunciou com os olhos arregalados, entrando na sala e jogando sua bolsa no sofá, que estava grávida. Talvez o modo como dissera tivesse sido tão maldoso quanto depositar um cubo de gelo dentro da cueca de Herbert, mas não acreditava muito nessa hipótese. Ele não queria ser pai e sabia que ela não queria ser mãe. A notícia, apesar de desenhar no rosto dele um sorriso menos autêntico que preocupado, formando de novo aqueles traços tão belos em torno de seus olhos escuros, ficara suspensa entre os dois, um pouco acima de suas cabeças apoiadas no sofá, como um fantasma de dúvida e medo. Não comemoraram, apesar de um abraço estranho do tipo que se dá em alguém no velório de um desconhecido. Não fizeram planos, não conversaram sobre isso naquele instante, nem comentaram que nome a criança teria caso fosse menina ou menino. Foi só depois do aborto que Magnólia pensou nisso tudo, como uma espécie de vingança contra si mesma. Não tendo mais o objeto, podia construí-lo à sua maneira, embora aquele, especificamente, fosse mais interessante, e quem sabe até perfeito, enquanto permanecesse *desconstruído*. Na verdade, ao deixar cair a bolsa no sofá enquanto dava a grande notícia, pensava também ter deixado cair junto qualquer fragmento de amor que pudesse sentir por aquela outra vida não planejada.

O silêncio de Herbert, como Magnólia dissera para ele no dia do aborto, também havia sido responsável por sufocar a criança – ou o *feto*, como ele havia chamado, com a mesma frieza dos médicos, o filho que já nem existia.

Ela deixou a camisa aberta enquanto dava goles mais curtos. Precisava ver a barriga permanente, o corpo inalterado, fazia questão disso enquanto pudesse beber. Se as emoções continuavam perigosas e oscilantes em sua mente, pântano viscoso com águas escuras das quais ninguém saía o mesmo, o corpo se mantinha. E, invariavelmente, um sempre teria influência sobre o outro, por isso o número monstruoso de pequenas cicatrizes – em menor quantidade se comparadas às internas.

Naquele momento, quando terminou a primeira taça, quase com um suspiro, Magnólia não sentiu mais nada. Abotoou a camisa que era de Herbert (ainda tinha o cheiro almiscarado do seu perfume, e ela já nem lembrava mais por que a vestia), colocou a taça no chão e deitou outra vez, arrumando os lençóis e esperando que aquele dia já terminasse e que fosse menos quente. Era urgente não só a chegada dele, mas da noite, quando enfim conheceria, durante um jantar marcado e remarcado, com a primeira reserva feita num restaurante italiano antes da passagem do ano, aquela que lhe vinha tirando o sono – e às vezes até a vontade de beber. Ou seria de *viver?*

Agora ela sorria porque uma coisinha ordinária, um detalhe simples, faria toda a diferença caso Herbert voltasse e a visse deitada assim na cama, de calcinha e camisa, quase uma ninfeta. A pele lisa e clara como casca de ovo (talvez igualmente frágil), as pernas longas, o convite para aquele corpo muito mais novo que a sua idade – ela sabia que eram os anos de vinho; se não fossem eles, teria a aparência acabada de um *borderline* comum. Herbert a amaria outra vez daquele jeito, com o mesmo calor e a mesma fome insaciável de onze anos atrás. De repente, o tempo esmagou seu sorriso, aquele casamento de mais de uma década tombou sobre seus lábios, dando a Magnólia uma expressão que lembrava um derrame. Ela estava sozinha, podia fazer o que quisesse, inclusive aquilo: uma careta. Voltar a ser a menina que fazia caretas no espelho. Era divertido agir assim depois de adulta, ninguém via, ninguém veria. Não que tivesse nojo do casamento, que estivesse cansada, mas doía acreditar que tinha se passado tanto tempo. E o número de anos era muito maior que o de traições, então não tinha do que se envergonhar, a não ser quando voltava a sentir por Herbert o mesmo amor maternal que nunca teria por um filho. Quando se amavam profundamente, quando olhavam nos olhos um do outro sem nenhum apelo, quando pareciam mais íntimos que antes, esse era o momento de sentir o ranço da culpa, de tentar afastar o rosto dele com as mãos e chorar até que perdesse as forças, deixando-o confuso naquela distância intocável a que o submetia. Magnólia sabia como manipular as pessoas, mas não era intencionalmente que chorava diante de Herbert, pelo menos não de forma consciente. E só não o deixava porque, mesmo durante um período de ódio, se conhecia o suficiente para saber que voltaria a amá-lo.

Sem perceber, manteve a mão sobre a barriga.

Quando rolou para fora da cama, Magnólia pegou a taça, fechou a garrafa de vinho e levou ambas até a cozinha. Estava descalça, mas o alívio do chão frio durou pouco porque fazia muito calor – tinha vontade de ficar inconsciente até o fim do dia só de imaginar a temperatura dali a duas ou três horas, quando sentiria vontade de almoçar um prato de salada de palmito com um copo de água gelada. Exceto pela cozinha, cujo piso inteiro era feito de tábuas largas e amendoadas de madeira de demolição, dando um ar rústico ao lugar, o chão do apartamento era todo coberto por réguas avermelhadas de cabreúva, embora nos últimos anos o cuidado com a madeira tivesse diminuído e já fossem visíveis os pontos desbotados, riscados e outros tantos manchados. Magnólia amava o apartamento com evidente orgulho: suas reproduções de Malevich e Lissitzky, seus tapetes persa, as estantes e os gaveteiros de jacarandá, suas cadeiras estilo Selig, onde podia passar horas lendo, e o sofá de couro vermelho, o grande jarro de vidro azul com talheres Werkstätte, o divã água-marinha Eric Berthès que Herbert arrematara num leilão e que não servia para nada a não ser embelezar a área das janelas com suas cortinas cor de cera, todas aquelas coisas e mais um pouco que conseguira reunir nos últimos vinte anos, com e sem o marido. Entretanto, no verão, as cores de que mais gostava, como cereja, vinho, avelã, chocolate e café (mistura essa que daria um ótimo bolo, em sua opinião), e todas aquelas texturas, o caráter elegante do apartamento, inclusive os trechos de parede onde sobressaíam lascas e bolhas de umidade, tudo isso parecia aumentar o calor no verão. Definitivamente, era a estação em que Magnólia se sentia mais disposta às imprecações para trocar tudo aquilo por uma tenda fresca em alguma ilha governada por ventos fortes com perfume de cravo e flor-de-laranjeira. Tudo o que mais queria agora era ser chamada para um novo curso em algum país frio da Europa, algo distante e mais tradicional do que a viagem para a Nova Zelândia feita em 2013 – a viagem que já tinha quase seis anos, mas que ainda a incomodava depois da briga com Orlando e com o caso estúpido que mantivera por doze dias com um australiano possessivo.

    Antes que o rosto do homem retornasse com nitidez, ela bebeu dois copos de água em goles exagerados, como se assim pudesse afogar parte da sua memória.

    Na sala de estar, voltou a pensar na luminária ideal que vinha desejando. Uma luminária sóbria e ao mesmo tempo diferente, curiosa, que combinasse com o estilo dos móveis. Algo como o modelo industrial de pêndulo do sueco Johan Petter Johansson, com o metal levemente envelhecido e as juntas articuladas cromadas. Uma peça única, era isso o que precisava. Estava virando uma espécie de saga, de novela ou, melhor, de peregrinação a busca pela luminária perfeita. Talvez ainda piorasse se o desejo vazasse para outros cantos do apartamento e invadisse a área dos escritórios, por exemplo: afinal, tanto ela quanto Herbert precisavam de novas luminárias sobre suas mesas. Desde a nova pintura dos cômodos, um tom de amarelo-ambrosia que substituiu o branco gelo, quase tudo o que ainda tinham parecia suplicar para ser trocado. Foi necessário algum tempo para que Magnólia percebesse o que estava se tornando: uma dona de casa meio fútil, embora feliz, preocupada com a decoração. Se antes a aparência do apartamento parecia uma extensão dos seus gostos pessoais em um mundo particular (e um pouco das características de Herbert, tinha de admitir a contragosto), uma coisa mais natural e viçosa, como se não tivesse havido nenhum trabalho para ela, como se o ambiente fosse o que fosse porque nascera assim, agora parecia um desafio manter essa aparência de maneira harmônica, mas sobretudo sentir-se satisfeita com ela, sem aquela vontade febril de mudar os móveis de lugar a cada quinze dias. Sara teria gostado de ajudá-la, saberia realçar de maneira única cada metro quadrado do apartamento.

Ela própria tinha de dar um jeito tanto no lugar quanto na vida, mas não faria nada até que o interfone tocasse.

Diante do apartamento vazio e de uma crise de ansiedade iminente, Magnólia tirou a camisa, atirou-a sobre o sofá e ficou só de calcinha na sala. Era libertador não precisar de um sutiã. Era libertador – voltou a pensar na gestação – não precisar usar calcinhas com elástico. Quando tinha seus períodos de inchaço, eram as calcinhas que indicavam um caminho mais cuidadoso, refeições mais leves e um desejo, mais do que uma necessidade, de caminhar pelo bairro. Ela detestava academias, nunca seria o tipo de mulher que cultua o físico como objetivo de vida, mas sim aquele com o qual se sentisse bem enquanto estivesse dentro dos padrões de sua própria admiração.

Magnólia espiou através das janelas da sala. Tinha uma confiança cega em sua discrição, mas não nos moradores do prédio que ficava do outro lado do quarteirão, embora mostrar os seios para desconhecidos não fosse a pior coisa do mundo. Ligou o aparelho de som que Herbert lhe dera no ano em que se conheceram, um modelo grafite da JVC, e começou a inventar uma dança enjoativa ao som de "You Don't Own Me". Depois de dançar com os braços erguidos, como se estivesse mergulhada nas águas da voz irritante de Lesley Gore, pegou outra vez a garrafa de vinho e bebeu direto do gargalo. Com o calor e a graduação alcoólica do Tokaji, ela sentiu como se todo o verão escorresse por sua garganta, incendiando seu corpo e pedindo que continuasse a dançar. Abriu espaço na sala sobre o tapete, afastando poltronas e a mesa de centro, e dançou abraçada à garrafa, o vidro quase fresco depositado entre os seios e o embalo da música abrindo um novo portal de prazeres únicos no coração de Magnólia.

Quando a canção foi substituída por "It's My Party", não viu razão para não estar feliz. Não conseguia sentir nada ruim, não precisava. Era a sua festa particular, o seu mundo. A manhã era toda dela, podia morder com força sua polpa e deixar vazar seu caldo doce e alcóolico de liberdade. Herbert estava trabalhando, chegaria só no fim da tarde; seu corpo continuava o mesmo, não tinha mais por que se preocupar com um filho, e automaticamente sua mão deslizou pela barriga outra vez. Deixou a garrafa de vinho no chão, voltou a pensar na luminária. Queria muito mais a luminária do que o filho, isso era incontestável, e hoje, agora, nesse instante, não sentia vergonha disso.

Foi então que parou de se balançar, pegou a garrafa outra vez e a colocou ao lado do aparelho. Desligando-o com o dedo indicador, ouviu outra vez o silêncio pulsar no apartamento. Era um silêncio opressivo que finalmente conseguiu arrancar dela uma única lágrima. Lesley Gore era a cantora favorita de Elisa durante a adolescência. A irmã costumava inventar coreografias exageradas e caricatas de suas músicas para as apresentações especiais da escola.

Magnólia ligou novamente o aparelho de som, selecionou "You Don't Own Me" mais uma vez e aquela sensação de que as coisas podiam dar certo voltou. A sensação de que a manhã e a tarde eram dela retornou com mais força e mais viço. Elisa estava morta há seis anos, nunca mais poderia criticá-la, embora ela fosse permanecer para sempre naquelas músicas, maculando o presente e cutucando a memória com os espinhos de pelúcia cor-de-rosa de sua tão irritante serenidade.

 Magnólia podia dançar, podia se demorar, podia chorar – afinal eram suas férias e ela merecia aproveitá-las como bem quisesse. Ela podia inclusive forçar uma realidade perfeita, resolvida, só não podia estar mal quando a tarde chegasse e seu chefe tocasse o interfone, cheirando à ansiedade, bufando com urgência, para provar aquele vinho quente no suor da sua cama e no calor da sua pele.

De: tomas1406@email.com
Para: alister23@email.com
Data: 05 Fev 2019 23:04:14

Meu Ali,

Tenho escavado forças que eu não conhecia. E se a paleontologia emocional nunca foi uma opção, tenho certeza de que agora é uma obrigação. Eu não queria soar literário, você sabe, tenho tentado fugir desse fantasma desde o ano passado porque ainda me dói muito voltar a escrever (você pode me chamar de rancoroso, sei que não fará isso, pode me chamar do que for, até de sensível, afinal sempre fui), mas é inevitável acrescentar aqui uma analogia: onde escavo forças para suportar a distância, encontro os fragmentos das nossas risadas ossificadas pela saudade; encontro os fósseis dos nossos melhores momentos, intactos e opacos como uma lembrança coberta por um véu de luz e de beleza. Isso não quer dizer que eles estão todos enterrados, que morreram, nada disso: continuam sendo minha metáfora, nossa metáfora.

Estou aqui há dois dias, Ali, dois! Mas sinto uma dor bruta, pesada, como se meu coração estivesse coberto de chumbo, oculto numa armadura que mais o violenta do que o protege. Você vai me chamar de dramático, ou vai chorar, ou não vai chorar – porque quem chora nessa relação sou sempre eu. Nem preciso falar o quanto chorei durante essas últimas horas, talvez eu comece um curso de teatro e ganhe um Oscar. A propósito, tenho falado pouco, apesar de muito querer me expressar. Isso me deu uma terrível dor de garganta. Tudo o que eu queria dizer nessa terra fria foi se acumulando em tão pouco tempo e virou essa bolota de dor. Quando engulo, a dor incha, como uma pequena bolha de silêncio que na verdade quer gritar, como se o movimento fosse uma chance para ela finalmente estourar. Hemorragia de silêncio. Meu Deus, como é difícil escrever para você sem parecer meloso, tendencioso, como se fosse proposital tudo isso. Estou enjoando de mim. Queria poder escrever uma "carta" mais simples. No entanto, com você é difícil, porque você me inspira outros sentimentos e um instinto selvagem com as palavras. Talvez eu esteja te deixando confuso com esses devaneios, melhor parar. (E por que não simplesmente apagar tudo e recomeçar? Porque eu sei que vou escrever as mesmas coisas, sentir as mesmas coisas e mergulhar na madrugada com as mesmas dores – e você aponta e diz rindo: "Olha o drama outra vez, para com isso, Tom!".)

Falei em carta e a dor na garganta voltou sozinha. Talvez eu tenha engolido um pouco de saliva sem perceber, mas você vai concordar comigo: seria tão bonito se pudéssemos trocar cartas. Se não fosse essa maldita distância... Tudo bem, não posso amaldiçoar a distância, foi uma escolha minha vir para cá. Escolhas, projetos, insistências, pressões pessoais. Tudo junto. Ao mesmo tempo, me vejo no direito de não concordar com essa loucura. É verdade que cartas podem soar mais piegas, demoradas, ridículas (você lembra, não lembra?), mas seria gostoso tocar uma folha de papel na qual você tocou. Daí vem a pieguice. E o que seria do amor sem isso? Eu amo ser assim com você, só você, meu Ali. A tecnologia é prática, é rápida, mas esfria o contato – eu sempre vou pensar assim. E essa necessidade do papel, do manuscrito, me persegue. Não é só do caráter literário da minha comunicação, da minha expressão, da minha linguagem, que eu quero me libertar. Quero me libertar do passado. Eu nunca contei isso, mas talvez aqui a distância cumpra seu devido papel e ganhe alguns pontos comigo: às vezes eu sonho com a carta da minha mãe. Não sei quantas vezes a reli, mas já posso recitá-la como um poema mórbido. Sonho com a carta, sonho só com as mãos dela sobre a folha, escrevendo, trêmulas, banhadas por um quadrado de sol numa sala onde só se ouve o eco da grafite (a carta foi escrita com caneta preta, essa grafite é meu romantismo querendo tornar tudo mais sublime – romantismo besta) e a sempre deliciosa efervescência de ondas ao longe, muito longe... Agora você sabe. Espero que me perdoe por não contar isso antes. Eu não queria ter outro motivo para chorar na sua frente. Aliás, pouco falamos da minha mãe nesses últimos anos. Acredito que você tenha medo de tocar nesse assunto, como se pudesse me constranger, ou nos constranger. Não sei realmente quais seriam nossas reações tendo uma conversa mais delicada sobre morte, sobre saudade, sempre fomos de evitar esses climas, esses temas: porque eu choro, porque você não gosta de me ver chorar, porque sempre soubemos aproveitar a presença um do outro da melhor forma, valorizando o momento. E esse assunto me faz pensar na tia Elisa, coitada. Até hoje não acredito que ela se matou. E não sei como tia Mag ainda fez piada disso. De repente parece irresistível ao cérebro essa volta ao passado, à família, à casa. Se pareço ter saudade dessas coisas, me desculpe, meu lindo. Só tenho saudade de você. Nem do meu pai tenho saudade. Tudo bem, estou aqui há pouco tempo, nem ele nem Muriel devem sentir minha falta, mas não acho que isso tenha a ver com o tempo. Não consigo me imaginar com vontade de abraçá-los tão cedo. Eu estava cansado deles. A verdade é sempre cruel quando você se cansa da própria família. Ainda não sei se posso chamá-los assim, se eu endureci com os anos, não sei. Muriel me chamou de "geladeira" no aeroporto. Foi a coisa mais honesta que alguém já me disse. Com eles eu não consegui chorar. Mas deixei uma lágrima escapar quando o avião decolou.

Olhando em retrospecto (escrevo isso como se já estivesse aqui há muitos anos e suspirasse devagar, como aqueles velhos sentados em mesas de bar diante de cafés aguados, cadernos amarelados e memórias puídas espiralando no ar com a fumaça do cigarro amargo), ainda não sei como consegui chegar aqui, não sei como consegui te deixar. Você vai dizer que eu não te deixei, mas o que fiz então? O que fiz pedindo a você que não fosse ao aeroporto? Talvez tenha sido a pior decisão da minha vida. Só tive consciência disso no aeroporto de Heathrow, durante aquelas catorze horas de escala em que cheguei a dormir em pé – mesmo depois de dois expressos duplos com gosto de âncora, cujo nome uma mocinha loura muito gentil repetiu quatro vezes usando a palavra "*double*" porque tudo o que eu entendia era "tabu", pensando que tipo de café polêmico era esse, que tabu guardava esse grão misterioso. Pode rir. (Mas é verdade: depois do café "tabu", eu ri do som do D que tantas vezes parece um T, ou talvez fosse só o meu cansaço. O inglês dos filmes europeus parece tão diferente do inglês dos britânicos que falam com você. Toda a minha referência veio dos filmes, mas na escala eu levei uma surra.) Então é isso: errei pedindo a você que não fosse com meu pai e minha irmã. Só chorei por esse motivo em Londres, no banheiro, apoiado de forma dramática e perigosa num guarda-chuva que alguém esqueceu ao lado da privada. Confesso que ri depois de lavar o rosto, com vontade de voltar até lá para pegar o guarda-chuva, mas um careca já havia ocupado a cabine do choro.

Meu Ali, como foi estúpido deixá-lo. Eu tinha certeza de que não nos separaríamos mais, mesmo se houvesse uma viagem ou várias viagens nos percursos das nossas vidas. De alguma forma, um acompanharia o outro. De repente me pareceu uma espécie distorcida de fuga, não sei, algo que eu nunca faria. Estou confuso, essa é a verdade. Estar num país estrangeiro traz uma terrível sensação de perda de identidade, como se fôssemos uma carcaça de nós mesmos. Minha essência ficou aí, com você, no meio dos seus braços, dos seus cabelos metálicos, aconchegada entre sua orelha e seu ombro, lugar da minha paisagem onde tantas vezes minha cabeça fingiu dormir porque o ossinho do ombro sempre machucou minha orelha – sim, eu nunca contei isso, mas estar longe me dá alguma nova e arriscada liberdade que eu não conhecia.

Agora que eu estou aqui e você continua aí (por enquanto), posso confessar que tudo o que eu mais queria era pegar nas suas mãos no aeroporto aí do Brasil. Eu queria te abraçar, apertar suas costas bem forte, beijar sua orelha direita uma "última vez", dar um beijo na sua boca, mesmo que meu pai virasse o rosto ou fingisse não ver. Acho que não estou tão bem como gostaria – mas isso não dá a você o direito de se preocupar. Acabo me abrindo dessa forma porque sou assim, não consigo silenciar minhas dores, não para você. E isso também me dói. Às vezes tudo o que eu mais queria era ser frio o suficiente para conseguir controlar minhas emoções. Tia Mag falou algo assim na última visita. Acho que você estava lá em casa, apoiado na bancada, enquanto ela vomitava uma série de reclamações e se arrependia logo em seguida. Eu estava tentando não derrubar a forma de lasanha recém-tirada do forno, quando ela começou a chorar e todos perderam a fome. Você riu da situação, como se aquele mundo de caos familiar estivesse muito longe da sua realidade – e, convenhamos, ele sempre esteve. Se há algum caos na sua vida, esse caos sou eu. E não quero com isso parecer importante, ou ao contrário, me menosprezar, ou pior: soar exagerado ou culpá-lo pelo meu desassossego. Mas conheço a furiosa tempestade na qual transformo sua vida quando minha presença é maior. Sua mãe nunca gostou de mim. Ainda acho que ela prefere ver o filho casado com uma prostituta sifilítica a aceitar que ele namora um homem (aparentemente) saudável que o ama mais que tudo. Não acho, tenho certeza. Mas estou ficando amargo com esses devaneios mais agressivos, e como já é quase meia-noite e escrevi tanto, esqueço que você está lendo tudo isso – se já não dormiu com minha escrita prolixa e enfadonha.

Não sei se você vai acreditar, mas por alguns instantes, durante o voo, eu esqueci completamente do momento em que te vi pela última vez. Esqueci qual foi nossa conversa, se estávamos graves (tristes: essa é a palavra; tristes como em toda despedida desde que nos conhecemos, há quase sete anos), se você chorou. Eu simplesmente apaguei da minha memória o nosso último encontro, embora fosse palpável a sensação de que ele tivesse acontecido um dia antes da viagem. O lugar, as cores, nosso diálogo, nossas expressões: tudo foi apagado durante alguns minutos, como se eu tivesse levado uma pedrada na cabeça. Cheguei à conclusão de que aquilo era um mecanismo de autodefesa para eu não desabar, para eu não chorar feito um retardado mental dentro do avião, que tinha passado por um nebuloso momento de foraclusão, como chama a psiquiatria, apagando da minha mente aquele trauma. Quando enfim compreendi que não havia trauma algum, mas algo mais profundo, e talvez por isso mesmo menos alcançável e mais obscuro, eu lembrei de tudo, aos poucos. E não chorei porque ainda podia senti-lo, mesmo que na minha imaginação. Pude vê-lo na varanda de casa, pude sentir seu abraço e meu ombro úmido com as suas lágrimas – uma das raras vezes em que você se permitiu chorar na minha frente, soluçando baixinho, deixando os olhos ficarem vermelhos e cansados.

Vou terminar, antes que passe a madrugada toda escrevendo bobagens. Desculpa pelo tamanho dessa carta, desculpa pela verborragia. Porque a saudade me incomoda: ela está cheia de você. Escreva quando puder, contando o que sente, o que faz, o que pensa.

Amo você para sempre, meu Ali.
Teu,
Tom

2. O antes

– Eu sei, eu sei, esse tipo de coisa também me deixa apreensivo.
Eram quase oito horas da noite quando Herbert entrou no apartamento se desculpando pelo atraso, a camisa com manchas largas de suor e o cabelo desarrumado, como se tivesse alcançado o sétimo andar pelas escadas. O jantar estava marcado para dali a uma hora, mas até ele tomar banho, se vestir, dirigir até o restaurante, o inferno dentro de Magnólia teria se consumido em chamas. Ela ergueu uma das sobrancelhas, o habitual movimento seguido por um ligeiro recuo da cabeça, pretendendo analisar a cena de uma perspectiva externa. *Também me deixa apreensivo. Também.* O uso do advérbio trouxe aquele sabor azedo de volta à sua boca, como se tivesse provado um vinho estragado. Herbert podia se culpar pelo que fosse, sentir o que quisesse, mas não podia julgar que ela estivesse *também* apreensiva. Ela só queria acabar com aquilo, embora o que temesse mal tivesse começado.

– Prometo ser rápido – disse ele, beijando sua testa de um jeito que a irritava e jogando a maleta de couro no pé de uma estante. Do banheiro da suíte veio o som do jato de água e a pergunta: – Você já está pronta? Eu nem reparei. Me desculpa, Mag. Achei que eu já estaria de férias numa época como essa, e que...

Magnólia revirou os olhos. Sentiu vontade de cravar uma tesoura na almofada do sofá em que sentara, rasgar alguma coisa. *Qualquer* coisa.

– Quase pronta – respondeu em voz alta, querendo interromper aquele discurso chato, girando o relógio de pulso que ganhara de Herbert em suas bodas de açúcar. A peça era de uma elegância única, com pulseira de couro castanho claro, mostrador de madrepérola branca e vidro de safira. Uma joia que ela não merecia (talvez ele agora pensasse o mesmo) e que não sabia como o marido havia comprado com seu salário razoável de professor universitário.

Sentiu vontade de tirar o relógio. Nunca se acostumara com ele, um lembrete tácito e irritante de seus compromissos, de sua relação com o mundo, de noites como aquela, com um jantar sem sentido marcado para nada. Se pudesse destruir qualquer coisa, seria o tempo, que agora se coagulava terrivelmente em torno daquela noite, comprimindo sua falsa tranquilidade – ou pelo menos sua busca por ela. O tempo, que mais parecia um secador de saladas, centrifugando a liquidez de seus dias e secando sua vida até torná-la esturricada como seu próprio humor naquele momento. A visita de Ângelo naquela tarde, as taças de vinho bebidas como que forçadamente sob um calor pegajoso, o sexo casual que nunca durava mais que dez minutos, nada disso tivera o poder de acalmá-la, ou pior, de *prepará-la* para aquela noite. A traição não curaria enquanto o amante não passasse de um placebo.

Estranho como Herbert podia ser dissimulado, ela concluiu, ainda girando o relógio no pulso magro. Um atraso incomum, aquele desleixo com a aparência, a indiferença na tentativa de disfarçar aquela nova persona, um beijo apressado na testa, não reparar que estava vestida e arrumada, a voz distante e alta, como se tivesse medo de encará-la, de se desculpar olhando em seus olhos, de ser verdadeiro. Sobretudo verdadeiro. Assim, evitava uma discórdia doméstica, mantinha sua fera amansada, passava pela mulher como uma rajada de vento, tocando seu corpo e desviando pelos lados, quando tudo o que ela mais queria era ser atravessada por uma flecha – e só Herbert tinha o poder (ou talvez o dever cármico) de acionar a balestra.

Apesar do banho demorado para tirar o cheiro de Ângelo, Magnólia virou o pescoço para se cheirar. Não sentiu nada a não ser o perfume do sabonete frutado. Levou ao nariz a manga da camisa de seda que usava, em seguida a gola, e lhe vieram as mesmas notas cítricas que trouxera da Nova Zelândia. Lembravam Liam, o australiano possessivo – ou era Lachlan? Não seria Logan? Se o nome era incerto daquela forma, só podia significar que ele não tivera significado algum.

Ângelo era um nome igualmente feio, mas muito melhor do que o homem que o carregava com a elegância de um enólogo experiente de 54 anos e que há menos de dois pagava o salário de Magnólia. Podia ser um chefe por vezes difícil, o tipo de homem cujo machismo exsuda antes na rigidez do sexo do que nas palavras, mas ela gostava dele porque ele tinha um carinho meio obsessivo e transmitia uma segurança que ela não sentia com Herbert há muitos anos, talvez desde aquele presente caro que hoje não tiraria porque precisava exibi-lo durante o jantar, ofuscar a vista daquela que se sentaria na mesma mesa e que, por vontade própria ou vítima de um condicionamento inconsciente, trocaria olhares nervosos com seu marido.

Pensar nela causou um pouco de enjoo em Magnólia. Levantou-se devagar e foi até a cozinha. Serviu-se de água com gás gelada num copo alto e nela mergulhou duas fatias de limão siciliano e dois cubos de gelo. Um terceiro foi queimando a palma da mão esquerda, fechada com força, enquanto a direita girava a bebida com o dedo indicador. Aquele velho truque ainda funcionava, embora o desejo de se cortar ou colocar a mão sobre o fogo fosse igual ou maior. Era uma forma de se controlar, mas também de se machucar; tinha os dois ao mesmo tempo e nada tinha aquele mesmo efeito paliativo de forma tão eficiente. O reflexo dos próprios cabelos na porta da geladeira, iluminados pela lâmpada quente que ficava pendurada sobre a bancada central, fez com que Magnólia pensasse em Sylvia. Tinha cabelos muito louros, sempre reluzentes, ou pelo menos era o que pareciam ser nas fotos que Herbert já havia mostrado e em tantas outras espiadas no computador dele sem sua permissão. Sem querer, acabou pensando em Laura, que nunca teria aqueles cabelos nem aquela postura acadêmica invejável a qualquer adulto com pouca autoestima. Como estaria Laura? Orlando não falava mais dela, e com razão. Talvez tivesse se esquecido do Brasil, como ela própria gostaria de fazer um dia.

As bochechas de Magnólia estavam quentes. Soltou o gelo parcialmente derretido dentro da pia e levou a mão ao rosto, onde se espalhou uma nova sensação de prazer. Ali mesmo, de pé, bebeu toda a água e ainda mastigou uma das rodelas de limão, sentindo o amargor insuportável da casca. Cuspiu dentro do cesto de lixo e voltou para a sala, onde Herbert apareceu ofegante, de cabelos ainda molhados e vestindo apenas uma calça jeans escura e justa. Magnólia sentiu-se subitamente atraída por aquele pedaço de corpo despido. Alguma coisa tinha mudado no corpo de Herbert: uma cintura ligeiramente mais fina, um músculo a mais, embora a falta de bronzeado permanecesse quase como um emblema decorativo de sua figura. Ele sempre seria daquele jeito, muito branco, mas menos do que ela.

– O que foi? – perguntou, esfregando a toalha úmida nos cabelos.

– Como assim?

Desconfortável, Magnólia cruzou os braços para esconder a mão queimada pelo gelo.

– Você está me olhando estranho. Aconteceu alguma coisa?

Ela não tinha percebido como seus olhos haviam se demorado sobre o corpo do marido. Um corpo redescoberto. Tinha vontade de tocá-lo, embora estivessem relativamente distantes um do outro, cada um numa extremidade da sala. Mas a tensão sexual parecia inflar e aumentar o calor da noite. Parte da água que cobria os ombros de Herbert lembrava suor, tornando a imagem ainda mais atraente para Magnólia. O que ele vinha fazendo para ficar daquele jeito? Ela não sabia. Mas era cristalina como a luz do seu ciúme, guardado tão bem que tinha relação direta com *ela* – e isso a destruía. Restava saber se a destruição seria refeita com as migalhas de sua fúria depois daquela noite. Sylvia parecia o tipo de mulher que gostava de ser desafiada, e isso ela só tinha concluído a partir das fotos, porque nem a voz ela pudera ouvir.

– Não aconteceu nada, só estava observando como você está bonito – respondeu Magnólia, e sua voz saiu num tom respeitoso, quase diplomático, envergonhado até, o que a deixou subitamente constrangida.

– Eu estou igual – retrucou Herbert, olhando para a própria barriga sem conseguir disfarçar o orgulho que sentia dela.

Definitivamente não era a mesma barriga do início do casamento, tampouco do ano anterior. Era uma nova escultura, sua nova representação de vaidade, ainda que sempre oculta para os outros pela roupa. Estava longe de ser o reflexo de um David de Michelangelo, mas longe também de uma fronte saliente como a de Baco: o ponto exato que agradava Magnólia, mas que ela não havia reparado por falta de interesse ou porque julgasse mais importante controlar seus sentimentos diante dos acontecimentos dos últimos meses.

– Por que olhou para a barriga? – provocou ela, aproximando-se daquilo que poderia virar a próxima briga.

– Não estou entendendo, Mag...

– Eu falei que você está bonito, poderia estar falando dos seus cabelos, do seu rosto.

– Eu duvido muito – respondeu ele, rindo, levemente corado. – Fico pronto em um minuto.

Herbert deixou a sala, mas levou consigo, apertado no cenho franzido, um pouco da surpresa de Magnólia. Ela não o via ousado assim há muito tempo, se é que ele fora assim em algum momento de suas vidas. Parecia outro homem. Então, com quem estivera casada nos últimos meses? Como não tinha percebido antes as mudanças tão sutis? Era como se alguma coisa tivesse estalado em sua cabeça, desobstruído uma camada escura de fuligem mental, iluminado uma fístula com uma nova e fresca consciência. Não podia ser o sexo com Ângelo, definitivamente *não era o sexo com Ângelo*, que nem era tão bom assim, mas um passatempo que ela infantilmente considerava ser a cura de sua tensão. Não tinha sido o vinho da tarde nem aquela água. Talvez fosse ela. Talvez fosse o medo do jantar, o modo como a iminência daquele compromisso estava fazendo com que Magnólia acordasse não de um pesadelo, mas *para* um pesadelo, do tipo que seria muito próximo de uma realidade permanente.

Magnólia não estava inteiramente à vontade com a nova percepção. Ou com o relógio. Queria e não queria usá-lo. Parecia que Herbert estava *melhor* para aquela noite, *propositalmente* mais bonito. Ela já não sabia para qual lado tombaria a balança da ostentação: se para o lado do marido, aquele homem de repente tão másculo, sem o semblante passivo, o olhar caído sempre embaçado sobre os livros de suas pesquisas, ou para o lado do relógio, que atrairia a atenção de Sylvia para uma força fictícia de seu casamento. Isso, é claro, se ela já não tivesse um modelo igual ou superior. Devia ganhar bem, mais do que ela, supôs Magnólia, e só essa suposição, antes mesmo de conhecer a mulher, a irritava profundamente.

Ao ver Herbert voltar vestindo uma camisa azul-marinho, o cabelo milimetricamente penteado e arrumado com uma pomada de efeito seco, Magnólia afrouxou um pouco aquele arame farpado que vinha sangrando seu coração. Estava lindo. A palavra era tão piegas que chegava a ser grudenta como o caldo de uma bala derretida entre os dedos, prendendo a pele de maneira incômoda. Não falaria isso para ele; seu ego já estava inflado e ela não sabia por quê. Ou sabia muito bem. E, para sua surpresa, foi ele quem disse:

– Você está linda.

Magnólia tinha ouvido aquela frase de cinema muitas vezes, e sempre deixara escapar uma risadinha irônica. Soava como uma autoafirmação, o macho impondo sua elegância sobre a fêmea como quem cumpre uma regra da cartilha masculina.

No entanto, não queria analisar o que Herbert vinha ocultando ou se estava sendo apenas educado. Talvez ele realmente tivesse gostado de suas roupas, do conjunto de seda de calça preta lisa e camisa preta com delicadas pinturas que lembravam amentos de flores de salgueiro.

– Obrigada – respondeu Magnólia, pegando sua bolsa e indo na direção de Herbert.

Foi só. Não diria que ele também estava lindo. Ele sabia. E isso era uma merda.

– Vamos? Eu não quero perder a entrada – brincou ele, e agarrou um blazer de veludo preto que havia colocado sobre uma poltrona.

Quando estavam quase saindo, Herbert voltou-se para Magnólia com o olhar confuso.

– O que foi?

– Não vai com seu relógio?

Sem pensar, ela levou a mão ao pulso e, por alguns segundos, seu coração acelerou. Não sabia por que estava envergonhada, e seu próprio silêncio diante da pergunta de Herbert fazia inchar a vergonha, como se a demora em responder fosse exclusivamente para inventar uma boa desculpa.

Magnólia examinou toda a sala. Encostado no batente da porta já aberta, Herbert piscou algumas vezes com uma expressão estranha.

– Se não quiser ir com ele, tudo bem – disse.

Ela não deu ouvidos. Sem responder, voltou para a cozinha. No instante em que se aproximou da pia, viu. O relógio estava perto do ralo, molhado nas bordas pelo gelo que havia derretido. Com cuidado, secou a pulseira de couro num pano de prato e o colocou de volta no pulso direito. O calor no rosto havia aumentado, embora estivesse fora do campo de visão de Herbert, separados por uma curta parede.

– Eu tinha tirado para limpar e esqueci perto da geladeira – disse Magnólia, voltando para a sala. – Não sei onde estava com a cabeça.

Dessa vez foi Herbert que não respondeu. Antes de desligar a luz da sala e fechar a porta atrás de si, Magnólia ainda se perguntou quando havia tirado o relógio e por que fizera aquilo. Com ou sem aquela joia, ela não seria mais importante do que ninguém naquela noite. Poderia chegar ao restaurante com um abajur enfiado na cabeça que ainda assim talvez se sentisse despercebida. E se Herbert acreditava, por algum motivo inconsciente e vil, que aquele relógio era uma coleira que podia controlar as pulsões de Magnólia, ele não sabia da fera que estava prestes a se libertar.

De: alister23@email.com
Para: tomas1406@email.com
Data: 07 Fev 2019 21:02:00

Meu querido Tom,

São nove horas da noite e faz tanto calor que escrevo da varanda. Tenho meia jarra de chá gelado atrás do computador e fico imaginando o contraste das estações, do que você vive e sente aí, do que eu vivo e sinto aqui. Como você sabe que "amo" calor, meu exagero (e um suor constante na nuca e nos sovacos – quase escrevo "axilas", mas nunca mais esqueço de quando você falou que "axila é tão gay" hahaha) me permite dizer que à meia-noite a temperatura chegará aos quarenta graus e de madrugada não vai haver mais cidade, mas uma massa de lava, fogo e desolação. Taí uma imagem literária para você: a cidade comida pelo calor. E me permita aqui uma ousadia piegas, porque falar de calor só faz aumentar a quantidade de suor que brota do meu corpo: se a cidade se incendiar, a culpa é sua. Parte do que não fica retido em mim é sempre culpa sua, é sempre esse nosso amor querendo transbordar, como o excesso de um vulcão furioso. Acho que estou pegando o seu vírus literário, me desculpa. E me desculpa por considerar qualquer bobagem dessas como literatura.

    Por falar nisso, não existe livro melhor para eu ler do que seus e-mails. Hahaha sim, estou rindo alto porque nunca recebi um e-mail tão grande. O seu primeiro, desde que chegou aí, não chega aos pés do último. Sei que estava com sono, cansado, que tudo o que mais queria era uma cama (comigo nela, deitado de lado, só de cueca...), e não te culpo por isso. Mesmo. Só o fato de me escrever tão logo você chegou me encheu de alegria. Muita alegria. E lá no fundo eu esperava um e-mail maior. E recebi! Obrigado, meu lindo. Foi o e-mail mais incrível que alguém me mandou: o mais sincero, o mais apaixonado e o mais literário – pelo menos desde aquele especial de seis anos de namoro! Putaqueopariu! Posso jogar na sua cara uma coisa (não pense bobagens, porque eu já estou pensando)? Você nunca vai se livrar das palavras, Tom. Nunca. Eu percebo nas suas frases – como você mesmo disse sentir tantas vezes sobre a minha boca – uma "necessidade intracardíaca" de escrever, e não de escrever qualquer merda, não, escrever de verdade, coisas literárias, sentimentos. Essa sua força é tão linda, é uma das coisas mais lindas que você possui, meu amor. Por favor, não fuja disso. Não fuja de quem você é. Quantos artistas se escondem nas sombras de medos que não acrescentam nada ao mundo? Você sabia que isso pode dar câncer? Estou falando sério. Não guarde nada, não fuja. Escreva. Eu sei como foi doloroso tudo o que aconteceu. Se eu pudesse, matava aquele filho da puta. Mas não vou me estender sobre esse assunto nem gastar meu tempo falando dele. O que quero dizer é que não vale a pena. Isso está em você. Não sei se chegou a reler tudo o que escreveu, mas há trechos belíssimos ali. "Hemorragia do silêncio." Caralho! Coisa mais linda! Por isso (e por você inteiro) que eu te amo tanto. São tantas qualidades, e a escrita, a arte que faz parte do seu organismo, a linguagem, são inquestionáveis. É isso. Você não consegue e não pode fugir de quem você é, de quem sempre será. Queria que me prometesse que vai relaxar. Que vai voltar a escrever, e falo de ficção, quando sentir vontade. Não deixe que um impulso criativo fique de lado, não desperdice esses momentos. Se pararmos para pensar no e-mail, você se entregou a algumas artimanhas poéticas ali. Tantas analogias, tanta coisa linda!

    Tudo o que eu mais queria era ter você agora, comigo: nesta mesa, acabando com o chá gelado, sua mão pousada na minha coxa e seu olhar de menino nublado que é também meu olhar. Todo meu. Todinho. E seu queixo com uma gota gelada do chá: uma gotinha bem naquela entradinha que eu amo beijar. Tom, por que você me deixou? Parei. Estou brincando. Haha só queria ser um pouco dramático. Logo estaremos juntos e vou poder explorar toda essa poesia linda de que é feito meu namorado :)

    Acho que você se estendeu sobre dores demais. Não que isso seja ruim. Em parte é, mas eu queria que contasse mais o que viu, o que comeu, quantos gatinhos noruegueses te paqueraram, essas coisas amenas. Estamos muito longe um do outro para conversarmos sobre distâncias, tristezas. É claro que eu sinto também, é claro que eu choro (já chorei, mas não gosto de falar sobre isso), é claro que tudo isso é uma merda e eu também te incentivei a ir para esse lugar onde moram os caras mais lindos e atléticos e ricos do mundo – resumindo: é claro que sou um completo idiota, haha. Mas quero que fale mais desses dias em que está aí. Senti muita dor vinda das suas palavras e queria te abraçar forte, queria, ou melhor, quero que saiba que estou aí, dentro de você, que estamos sempre juntos, Tom. Tudo bem? E não podemos ficar só nos e-mails, amanhã eu ligo para você ou conversamos pela Internet – agora você não consegue viver sem ela porque o seu namorado lindo está loooonge. Hahaha

    Às vezes acho que me falta sensibilidade, porque o que escrevo é tão diferente do que você escreve. Queria poder escrever bonito, gostar de Flaubert e Proust como você tentou me fazer gostar, retribuir mais tudo o que você sente e a forma como se expressa. Mas você sabe que te amo: mais do que tudo. E espero que isso seja maior do que qualquer outra prova de amor, literária ou não :) Meu Tom. Todinho meu.

Pare com essa bobagem de ser frio. Nada de guardar emoções, nada de ficar se reprimindo. Já falei que isso dá câncer. E pare de se desculpar, caralho! Nossa, eu nunca escrevi tantos palavrões, agora que estou me dando conta disso... Mas não quero parecer agressivo, não estou bravo, mas somos um do outro, companheiros, amigos, namorados, não precisa pedir perdão porque não contou dos seus sonhos. Mesmo não gostando tanto da minha mãe, que nunca foi mãe de verdade, eu também sentiria essa dor que você sente caso ela morresse. Quantas vezes em nossas brigas já desejei que ela tivesse um aneurisma e ploft!, caísse no chão. Pelo menos eu me libertaria de tanta chateação. Mas as coisas não funcionam assim, e eu sei que me arrependeria profundamente. E por falar nela, está com um novo namorado, o terceiro desse ano – e ainda estamos em fevereiro, Tom! É mais sério e decente que os últimos. Ri muito sobre o comentário da prostituta com sífilis, haha. Se ela prefere isso, só pode ser porque está no mesmo caminho. Desculpa (não o seu tipo de desculpa, bobão), mas temos brigado bastante. Tudo o que eu mais quero, menos do que você aqui comigo, é ir embora. E que chegue logo o dia 26. E então seremos um só outra vez, meu lindo.

 Eu não sei se deveria ser tão aberto sobre isso, tenho medo de que você piore, que chore mais, e eu não quero que se machuque (já acho que machuco você só por existir – sai, me deixa ser um pouco dramático também). Enfim: eu também não entendi o motivo pelo qual você não me quis no aeroporto. Quer dizer, entender eu entendi, mas foi muito estranho. Eu não me senti bem com isso. Teria sido mais difícil? Com certeza. Eu não suportaria te ver chorar no saguão, acabaria chorando também e detesto chorar na frente dos outros, você sabe. Mas depois, pensando melhor, não sei se foi uma decisão inteligente. Era um momento a mais para nós, um dia a mais com você. Prefiro sofrer pelo seu sofrimento estando junto a estar bem ficando distante. Qualquer coisa nessa vida vale ser vivida com você, meu Tom maior, meu Tom mais alto, meu Tom grave.

 Esse papo não me deixa tão bem.

Conte mais das suas aventuras. Sei que são poucos dias, mas tenho certeza de que há muito a ser contado – coisas melhores do que toda essa dor que nós dois compartilhamos. Certo? E aqui vai outro pedido de desculpa, dessa vez mais sério: por não ter respondido o e-mail ontem. A ilha toda ficou sem luz, sem comunicação, até a rede telefônica foi cortada por oito horas. Mas pensei tanto em você e estava louco para escrever. Li no mesmo dia em que me enviou, umas duas horas depois, mas fiquei tão maravilhado, tão bobo com as suas palavras, que imprimi tudo (três folhas!) e fui reler na cama. Acabei dormindo, mas posso dizer que dormi abraçado às suas palavras, o que é o mesmo que dizer que dormi abraçado a você.

                      Te amo pra sempre também, meu Tom.
                                                    Teu,
                                                     Ali

3. O jantar

Embora estivesse quente e não fosse um feriado especial nem uma data comercial como o Dia dos Namorados, a fila para o Arneis indicava duas coisas: a primeira, que o restaurante era disputado, portanto tinha qualidade (embora parte dessa audiência viesse pela curiosidade que o nome atraía com suas resenhas positivas nas revistas especializadas e nos comentários deixados na internet, "sem qualquer intenção", por uma ou outra celebridade); a segunda, e mais óbvia, era que as pessoas não se importavam em não fazer suas reservas, dividindo-se num primeiro grupo que não via problema algum em esperar, num segundo que escolhia aleatoriamente onde iria comer e num terceiro que acreditava em sorte. Já fazia alguns anos desde a última vez que Magnólia e Herbert haviam jantado ali, numa das mesas próximas às janelas que davam para a rua, mas a fachada continuava igual, com suas charmosas, ainda que clichês, luminárias de garrafas de vidro verde, com seus painéis de madeira cobertos de hera e o nome ARNEIS, escrito em verde-pistache, num toldo vermelho e branco sustentado por uma armação dourada. Magnólia adorava a luz do lugar, a decoração, as paredes de tijolo e o nome que levava uma de suas uvas italianas favoritas.

Quando chegaram, deixando o carro com um manobrista, Herbert se afastou para fumar e Magnólia observou a fila com o olhar incisivo de um falcão. Sentiu-se aliviada por não ter de ficar atrás de quase vinte pessoas que seguravam suas garrafas de cerveja e taças de vinho e que provavelmente já estariam embriagadas antes do prato principal. Aquele era o lado bom da noite, a reserva, a praticidade de um telefonema para não encarar uma fila vaidosa de roupas escuras. No entanto, a lista de pontos negativos era crescente e perigosa como a espuma de um experimento químico que deu errado. Começando por Herbert. O cigarro preto de menta em sua mão direita denotava uma reserva sutil e uma pose intelectual que Magnólia abominava. De vez em quando ela se pegava ávida por uma tragada, mas nada tão frequente quanto vinha acontecendo com o marido. Ele havia retomado o hábito no ano anterior, após as brigas com Muriel, como se fosse uma espécie de consolo, de fuga, e não deixava de ser. Tinha fumado intermitentemente dos 19 aos 27 anos, e há meses readquirira o hábito sem avisar Magnólia, que um dia o surpreendera fumando calmamente enquanto lia um jornal.

Naquela noite, ali, do lado de fora do Arneis, tentando ficar o mais longe possível de uma camada de não fumantes com olhares suspeitos e queixosos, Herbert também adiava a entrada no restaurante. Eles tinham feito uma reserva para fugir da fila, mas agora Magnólia esperaria num outro tipo vergonhoso de fila, formada por camadas e mais camadas finas de tolerância com um leve ar de impaciência.

Sob o olhar de Magnólia, Herbert passou a fumar com mais pressa e em seguida apagou o toco de cigarro no chão, onde o abandonou entre dois blocos de pedra. Embora seu hálito tivesse o cheiro da chaminé de uma indústria de chicletes de menta, ele sabia que Magnólia não aceitaria um beijo. Ela não era absolutamente contra cigarros, fumantes, nicotina ou outras dependências, só não gostava daquele cheiro e daquele sabor em sua boca, um gosto que de tão estranho parecia ter cor: a cor cancerosa de um incêndio. *Mas nem um selinho?*, perguntara Herbert no passado, fechando o jornal e apagando o cigarro com a rapidez amedrontada de um adolescente pego em flagrante se masturbando. *Não, nem um selinho.* Naquele dia, ela tinha ido dormir contrariada, mas ao mesmo tempo feliz pelas liberdades com as quais Herbert se presenteava. Significava que ela também podia fazer o mesmo, se dar liberdades, sem a obrigação de avisá-lo, sem o dever de anunciar sua mais recente mudança. Afinal, no fundo rachado de seu venenoso significado, o casamento, em sua matéria bruta, não passava daquele acordo de uma aceitação crescente das imposições aleatórias da personalidade oculta do outro, para que a discórdia não resultasse enfim no divórcio.

Herbert se aproximou com um sorriso e balançou a cabeça. Seus gestos eram estranhamente apreensivos. Enquanto davam seus nomes p ara uma mulher emburrada atrás de um tipo presunçoso de púlpito de madeira logo na porta, Magnólia não se conteve:

– Agora sou eu que pergunto: aconteceu alguma coisa?

Ele ficou imóvel por alguns segundos. A mulher tossiu com uma elegância forçada e disse que os levaria até a mesa onde "o outro casal" (Sylvia e o marido) esperava.

– Não entendi – respondeu Herbert, tirando o blazer sem tirar os olhos de Magnólia. – Quando eu perguntei isso?

– Em casa.

– Mas não aconteceu nada.

– Você parece nervoso.

– Acho que estou com calor, espero que eles tenham pego uma mesa nos fundos.

Atrás do Arneis havia uma área externa com quatro árvores e seis mesas redondas, um ambiente separado do restaurante por um vidro escuro. Nas poucas vezes em que eles comeram lá, sentaram-se embaixo daquelas árvores, inclusive no inverno, onde colocavam aquecedores elétricos e ofereciam mantas para as pernas dos clientes.

– Está com medo de encontrar alguém?

– Não, Mag.

A pergunta fora uma picada proposital cuja perturbação ele fingiu não sentir. Magnólia não conseguiu segurar um meio sorriso com aquela pausa cautelosa, contida, mas o ambiente de luz baixa ajudou a esconder o suave traço de maldade estampado em seu rosto.

Antes de perceber onde se sentariam, se Herbert tinha os avistado ou não, antes mesmo de ver o brilho safírico dos cabelos amarelos de Sylvia e seus lábios reluzindo um batom coral oleoso, de reparar como ela possuía ombros pequenos, mas confortavelmente à mostra no que parecia um vestido preto com mangas abertas, antes de sentir a vertigem, Magnólia viu Ângelo, seu chefe, ao lado dela. Enquanto ela ria de alguma coisa que ele acabara de falar em seu ouvido, Magnólia o viu repetir aquele gesto que ela presenciara tantas vezes: a mão esquerda separando umas mechas prateadas de cabelo como uma cantada barata e subjetiva. Os cabelos meio compridos, falsamente desarrumados, eram seu charme, e ele sabia disso. Então Sylvia, a amante de Herbert, a notável acadêmica que trabalhava com ele na universidade, aquela mulher loira das fotos cujo olhar desafiador sempre irritara Magnólia, era mulher de Ângelo, o seu chefe, o seu amante.

A sua transa daquela tarde.

Magnólia quase perdeu a oportunidade, mas recuou para o lado e começou a andar em direção ao banheiro, uma porta que ficava atrás de um biombo feito de garrafas e treliça de madeira. Cravou uma unha no braço. Nada. Não era um pesadelo. Era a vida sendo cruel. A vida sendo aquela constante piada de mau gosto que só arranca uma risada forçada muito tempo depois, e por educação. Era aquele tipo de coisa que parecia só acontecer nos filmes, com figurantes passando em frente aos rostos conhecidos, ocultando a surpresa de quem assiste. O tipo de coisa para o qual ninguém está preparado, tendo ou não um transtorno de personalidade.

Foi intensa e legítima a vontade de vomitar, e tão logo entrou no banheiro, sentiu as mãos fracas e o caldo quente lhe subindo a garganta. Fez tudo de olhos fechados: segurou os cabelos, vomitou, acionou a descarga, abaixou a tampa do vaso e sentou sobre ele com as mãos pressionando as têmporas. Um segundo a mais e ela não teria tempo de se virar. Nada seria mais constrangedor do que vomitar na própria mesa ou sofrer um desmaio.

As duas batidas na porta a sobressaltaram.

– Mag? Você está aí?

A voz de Herbert conseguiu abraçá-la por algum tempo. Queria sair do banheiro e pedir que fossem embora, mas, mesmo que ele aceitasse, ainda teriam de inventar uma desculpa para o casal que os esperava com uma alegria ao mesmo tempo frustrada e nervosa.

– Por enquanto – respondeu Magnólia.

Por enquanto? Ela balançou a cabeça. Pelo menos a sinceridade não tinha ido embora com o vômito.

Ele bateu mais duas vezes.

– Como assim, Mag? O que aconteceu? Você sumiu.

– Eu não sumi, estou aqui.

Cada vez que falava, suas respostas pareciam mais idiotas.

– Tudo bem, mas por que você está aí?

Magnólia caiu na gargalhada, uma gargalhada baixa e quase cruel. Não sabia por quê. Foi espontâneo, como se tivesse sido pega de repente, coberta de cócegas. Talvez fossem aquelas respostas ou o caráter absurdo, quase infame, da situação. Podia voltar elegantemente com Herbert, pedir para que Sylvia sentasse ao lado do marido, enquanto ela se sentaria ao lado de Ângelo, e os novos casais, os *verdadeiros* novos casais, estariam formados.

– Eu me senti enjoada de repente, só isso.

– Mesmo? Está melhor?

– Um pouco. Me desculpe, daqui a pouco eu saio.

Herbert ficou em silêncio. Magnólia tentou imaginar sua expressão facial diante das gargalhadas. Com certeza ele estaria mais confuso do que ela. Queria caber no vaso e dar descarga, ser levada como um pedaço humano de vergonha, porque era tudo o que conseguia sentir, embora um gosto de desafio, de tentação, começasse a fazer sua boca salivar. E falar que estava *enjoada* talvez não fosse uma boa ideia. Quando uma mulher que sofre um aborto fala que está enjoada, os piores pesadelos retornam como se o próprio feto retornasse do além para rir da cara dela.

– Quer ir embora? – indagou Herbert. – Ainda podemos. Eu digo aos dois que você está passando mal, eles vão entender.

A ideia era tentadora, mas não mais do que encarar aquele jantar de uma vez por todas. E, se fossem para casa, perderia a oportunidade de comer uma massa bem temperada e de beber algumas taças de vinho, o que substancialmente seria o seu combustível para o restante da noite, ainda que isso provocasse uma catástrofe maior do que aquela já anunciada. Ângelo? Casado com Sylvia? Ele nunca mencionara. Tinha marca de aliança no dedo, mas Sylvia?! Toda a situação parecia colocá-lo numa categoria de escroto maior do que qualquer homem que conhecera na vida, e isso era muito. Um miserável. Sentiu nojo daquela tarde, embora fosse menos por ele do que por Sylvia.

– Não – respondeu ela, acrescentando mentalmente um *vai ser divertido* enquanto esfregava as mãos.

– Tem certeza?

– Sim, *amor*.

O vocativo não deveria surpreendê-lo. De vez em quando ela o usava para amolecer Herbert, ganhar uma discussão, enfatizar um argumento. Depois daquilo, ele deixaria a porta e voltaria para a sua amante.

Para sua surpresa, Herbert não disse mais nada. Não era propriamente do seu estilo deixá-la de repente, mas talvez fosse constrangedor permanecer na porta do banheiro feminino conversando com a maçaneta. Ou talvez ele tivesse pressa em se desculpar com o casal. O que ela não queria era pensar que ele tinha voltado à mesa para ficar perto de Sylvia. Aqueles lábios engordurados de brilho não lhe causariam outra ânsia de vômito se fossem menos parecidos com gordura de frango.

Aparentemente, estava melhor. Suas mãos não estavam mais fracas, a verdade era mais cristalina do que antes, por isso mais compreensível. Tinha mais de 40 anos, não podia fugir daquela situação como uma adolescente covarde e imbecil. Embora um gosto residual estranho permanecesse em sua língua, tentaria cobrir aquilo com uma entrada e um pouco de vinho. Agora que não possuía nada no estômago, sentiria fome, e a noite poderia ser longa. Na verdade, a noite *seria* longa. E, de alguma forma, isso não a assombrava mais.

Uma vez fora do banheiro, depois de lavar o rosto e arrumar o cabelo, não havia mais volta. Mais do que evitar o jantar ficando parada diante daquela porta, Magnólia queria evitar ficar parada de qualquer forma. O estômago vazio só fazia decair seu humor, e, para piorar, tinha colocado na cabeça que devia *andar graciosamente* até a mesa, como uma mulher configurada para as eleições presidenciais de um país machista. Lembrou da mãe, sempre pedindo para que fosse mais feminina, para que "mantivesse a pose". Ela odiava essa expressão. Embora não tivesse nenhuma vontade de fazer xixi, era difícil caminhar como se sua bexiga não fosse explodir. Continuava nervosa, ou era simplesmente alguma coisa do banheiro (talvez o tamanho, o ambiente apertado) que a mantivera calma.

Quando seus olhos encontraram os de Sylvia, Magnólia sorriu primeiro. Tentou não olhar para Ângelo, que conversava com o garçom, e conseguiu evitar o momento ao máximo, dando um abraço em Sylvia e apertando um ombro de Herbert.

– Finalmente! – disse Sylvia, jogando os cabelos para trás.
– O Herbert falou tanto de você.

Magnólia percebeu três coisas: 1) ela exalava um cheiro marcante de perfume importado, do tipo que dura mais de 24 horas e custa uma pequena fortuna que salvaria um vilarejo na Somália; 2) tinha uma voz fraca, que parecia ir sumindo como se roubada pelo próprio ar em torno dela; e 3) seu nariz era maior pessoalmente, meio aberto, desproporcional num rosto tão pequeno e bem talhado. No geral, era muito mais atraente nas fotografias, o que fez sua segurança estufar como um pão.

Ângelo finalmente a encarou. A princípio não pareceu nem um pouco surpreso, o que deixou Magnólia completamente desconcertada. Ela não conseguia acreditar que ele não havia notado sua presença enquanto falava com o garçom e podia jurar que, por um segundo, seus olhos tinham identificado de soslaio de quem era aquele corpo ao seu lado. Em seguida Ângelo sorriu, colocando uma das mãos nas costas de Magnólia e demonstrando, assim, uma simpatia que imediatamente transferiu o desconcerto para os rostos de Sylvia e Herbert.

– Esse é o Ângelo, meu marido – acrescentou Sylvia, voltando a se sentar.

– Nós já nos conhecemos – respondeu Ângelo.

O olhar de Herbert foi tão confuso quanto o de Sylvia, mas o de Ângelo se manteve baixo, consciente, aqueles mesmos olhos acinzentados que passavam uma segurança irritantemente blasé. Aliás, o que mais se destacava no olhar dele era essa indiferença imediata diante de qualquer situação.

– Ele é meu chefe – explicou Magnólia, mas isso não surtiu nenhum efeito. Foi como se ela não tivesse falado nada. As expressões se mantiveram, o silêncio só não se tornou incômodo porque tocava uma ópera num volume muito baixo, mas que já garantia certo alívio.

Magnólia ficou feliz com o fato de que ele falara a verdade, sem acrescentar um "transamos hoje à tarde na cama dela". É claro que ele nunca faria isso, mas algo em sua voz demonstrou uma ligeira intimidade que a fez corar.

– Ah, mas que mundo minúsculo! – disse Sylvia, os olhos brilhando sobre o miniabajur ligado sobre a mesa.

Herbert havia subitamente perdido um pouco da força viril que carregava desde o banho, quando exibira a barriga. Agora, tudo o que exibia era um sorriso frouxo e olhos arregalados como poucas vezes Magnólia tinha visto.

– Você não sabia disso? – perguntou ele, e sua voz veio num tom desafiador. A estranha corrida de Magnólia ao banheiro logo na chegada parecia se construir inteligente e lentamente numa sólida desconfiança em sua testa franzida.

Magnólia finalmente se sentou ao lado do marido, de frente para Ângelo, que estava estranhamente confortável com a situação. Isso era detestável. Mais do que o súbito olhar inquisidor de Herbert.

– Como eu saberia, meu amor?

Amor. A palavra devia espirrar como um jato de sangue no colo de Sylvia. Ela queria que fosse assim. E como uma cusparada no rosto de Ângelo. Sabia que ele era casado, sempre soube, mas não com aquela que Herbert mantinha como boneca inflável para suas necessidades.

– Aqui seremos só amigos – interrompeu Ângelo, sorrindo.

Só amigos. Aqui. Só amigos. Porque em outro lugar eram muito mais.

Magnólia sentiu uma leve tontura.

– Nada de chefe, patrão, funcionário – acrescentou ele. – Mas não deixa de ser uma grata surpresa. Nunca tive um jantar entre amigos com um de meus funcionários. E Magnólia é a melhor da companhia, sem dúvida alguma.

Herbert se ajeitou em sua cadeira. Estava tão incomodado que não parava de agitar uma das pernas.

– O Herbert já tinha comentado que você é enóloga, mas nem passou pela minha cabeça que por causa disso você e o Ângelo poderiam trabalhar no mesmo lugar – disse Sylvia.

Assim como vocês trabalham seus corpos nas mesas da universidade, pensou Magnólia. Justo. Ali estava uma troca justa, embora Magnólia se sentisse mais vitoriosa porque, mesmo sendo de gêneros opostos, a beleza de Ângelo era maior do que a de Sylvia. Herbert não tinha mau gosto, afinal se casara com ela, não? E ela precisava acreditar que era bonita, que *ainda* era atraente, apesar daquela traição.

– Não vamos falar de trabalho – disse Ângelo, abrindo uma carta de bebidas e apontando para a primeira página. – Nem de vinho, por favor.

Todos riram. Foi um riso forçado, mas necessário. O rosto de Herbert contorceu-se numa tentativa baldada de parecer alegre e leve, mas não havia nada de alegre ou leve em seus olhos. Ângelo era a pessoa mais confortável naquela mesa, ou representava bem aquele tipo de leniência que chega a ser irritante. Magnólia não perdeu a primeira oportunidade de cutucar sua perna com a ponta do sapato.

– Mas que é uma grande coincidência, isso é – insistiu Herbert.

Magnólia não estava se sentindo à vontade com aquele tom de voz, e, como um prêmio de sua memória, lembrou-se do que Sylvia havia falado tão logo as duas tinham trocado o primeiro abraço.

– Espero que ele tenha falado bem de mim – disse, encarando Sylvia.

Propositadamente, ergueu o braço sobre a mesa para exibir o relógio, mas foi sem querer que o círculo de safira refletiu uma das luzes do restaurante, ofuscando os olhos de Sylvia. Ela baixou o braço, mas manteve a joia à mostra. Não era do seu feitio fazer aquele tipo de coisa, embora a peça lhe desse um poder novo e mais saboroso diante de uma mulher – *daquela* mulher.

Por um momento Sylvia não entendeu, mas sorriu logo que agarrou o assunto clichê no qual poderiam entrar sem maiores problemas.

– Falou muito bem – disse Sylvia, sua voz saindo baixa e entrecortada como se precisasse recuperar o fôlego. – Estávamos agora mesmo brincando que você escolheria os vinhos da noite. O Ângelo também entende, mas prefere beber.

Uma esposa que colocava as palavras na boca do marido como se este fosse uma criança disléxica parecia ser o tipo de coisa que perturbava Ângelo. Ele não respondeu, mas sorriu, encarando a lista de vinhos. A luz cor de bronze que saía do abajur incidia diretamente sobre o papel creme da carta de bebidas, que por sua vez refletia um brilho quente, quase ofuscante, no rosto de Ângelo, marcando ainda mais as pequenas rugas que despontavam em sua testa e um pouco daquela nova impaciência. Magnólia sentiu prazer com o pensamento de que talvez ele tivesse vergonha da esposa. Bem, para começar, as coisas não deveriam estar indo tão bem, já que cada um deixara de *transar* com o parceiro para *trepar* com o amante. Essa era uma característica mordaz da traição: o ato continuava o mesmo, só mudava o nome. As coisas limpas se tornavam sujas. O amor se dissolvia em palavrões urgentes e intimidades reveladas. Os nomes se mantinham velados, como se pronunciá-los maculasse o silêncio de que eram feitos aqueles gozos secretos.

– Um ambiente delicioso, não acham? – perguntou Sylvia.
– Nós sempre viemos pra cá.
– Porque você gosta de restaurantes bons – retrucou Ângelo, sem tirar os olhos das opções de vinho, com um sorriso meio amargo.
– E quem não gosta?
– Eu tenho achado todos os restaurantes meio parecidos – disse Herbert, pousando uma mão sobre a coxa de Magnólia, o que a deixou desconfortável e ao mesmo tempo mais calma.
– Você fala da qualidade ou da aparência?
– Mais da aparência. Essa luz baixa e amarelada, tudo muito marrom, escuro, como se voltássemos a comer em cavernas.
– Cavernas? – perguntou Ângelo, um pouco contrariado.
– Sim. Daqui a pouco vão pedir na saída para desenharmos alguns mamutes com giz de cera vermelho nas paredes.

Todos riram outra vez, menos Magnólia. A falta do que comer, de uma taça para segurar, qualquer coisa para ocupar as mãos a deixava mais nervosa. Educadamente, retirou a mão de Herbert de sua perna e se arrumou na cadeira pela quarta vez.

O comentário de Herbert bem que podia ser uma provocação direta, afinal ele sabia que o Arneis era um dos restaurantes favoritos de Magnólia. Não havia nada de *primitivo* no ambiente. O fato de ser mais escuro que outros tantos restaurantes, geralmente iluminados por luz fria e que mais lembravam clínicas odontológicas, era um charme a mais – como deveria ser um lugar como aquele. Ela gostava e não entraria nessa discussão. O Arneis poderia ser um compacto de clichês, com suas centenas de garrafas de vinho espalhadas pelo ambiente em apoiadores de cedro que lembravam escadas, suas paredes com armazenamento de lenha em estruturas de ferro, seus potes de vidro transparente cheios dos mais diferentes tipos de macarrão, suas toalhas xadrezes em vermelho e branco e seu bar com motivos toscanos cujo balcão era charmosamente coberto por pastilhas verde-malaquita; podia ser uma coisa poluída e exagerada, carregada de uma aparência pretensiosa, mas ainda assim ela amava. Fora ali que tivera alguns de seus melhores momentos, com amigos e com o próprio Herbert, embora sentisse que aquela noite não se somaria a eles.

Magnólia estava tentada a pedir a mesma bebida que uma mulher sentada sozinha ao seu lado, algo que parecia um martíni de melão, mas o vinho serviria bem a todos e a primeira garrafa, talvez um frisante branco, combinaria com a entrada. Pediram bolinhos de funcho com parmesão, alcachofra frita servida com limão, uma tábua de frios e casquinhas crocantes assadas com alho e alecrim. Talvez o trivial pedido da *bruschetta* fosse mais interessante e saciasse mais os quatro, que estavam famintos, mas não tinham ido a qualquer restaurante italiano, de modo que não havia sentido naquilo – seria como pedir sorvete de chocolate numa sorveteria que oferece uma variedade de setenta sabores. Para acompanhar, Magnólia escolheu um Cortese do ano anterior e ficou admirada por não se lembrar que a casa só vendia vinhos italianos, de preços razoáveis a estratosféricos.

– Deve ser muito fácil para vocês essa tarefa de escolher o vinho – disse Sylvia, colocando um braço em volta do pescoço de Ângelo.

– É fácil quando não se tem muita opção – brincou ele.

– Para mim é automático – disse Magnólia. – Eu não penso muito. Se pensar, desisto e escolho um martíni.

– Um ótimo coringa sempre – disse Ângelo, e voltou-se para Herbert: – Você é de vinho ou prefere cerveja?

– Aprendi a beber qualquer coisa com a Mag. Antes eu vivia mais de café do que de água.

– O Heb é nosso *sommelier* na faculdade de Letras – disse Sylvia, rindo. – Quando tem alguma festa, algum bufê depois de uma palestra, ele sempre combina tudo perfeitamente. Como eu não entendo nada, só bebo e acho tudo ótimo!

Magnólia tinha parado de ouvir qualquer coisa depois do "Heb". O apelido veio tão natural quanto o "Mag" que o *Heb* havia deixado escapar. Dificilmente Herbert a chamava assim diante dos outros, sobretudo diante de alguém que havia acabado de conhecer. Era uma afirmação de sua intimidade com a esposa, ela sabia. Era o macho alfa marcando um território, ainda que isso excluísse sua amante. Mas Sylvia chamá-lo por um apelido parecia um insulto, uma espécie de descompostura. Não estavam no ambiente de trabalho, não eram profissionais ali, mas nem ela usava apelidos com o marido. "Amor" e "querido" eram os únicos vocativos que formavam sua lista, e "Heb" parecia um apelido vulgar e feminino.

Ângelo estava mais quieto do que o normal. Era um homem comumente silencioso, introvertido, mais ouvinte do que falante, característica rara nos homens, mas sua aparência ali não era das melhores. Talvez fosse o próximo a ir ao banheiro vomitar, embora houvesse algo em sua expressão que revelava um prazer secreto na situação. Sylvia era seu lastro, Magnólia teve de admitir. Se o jantar fosse a três, se Herbert conhecesse Ângelo antes, isso seria de fato insuportável. Não só para ela, mas para Ângelo. Ele parecia inclinado a levar o jantar tranquilamente porque a esposa chata e grudenta estava ao lado, tão íntima do colega de trabalho que o apelido nem o fizera corar.

O frisante chegou antes da entrada e foi servido minimamente em quatro taças. Um pouco exasperada, Magnólia recolheu o vinho do balde colocado numa mesa ao lado e terminou de servir a todos, esvaziando a garrafa sob os olhos intimidados do garçom. Menos de 200 ml para cada, o que pareceu risível, portanto pediu uma segunda garrafa, que chegou rapidamente com a entrada e ficou suando em seu balde de cobre cheio de gelo.

– Isso está maravilhoso! – disse Sylvia, servindo-se de um terceiro bolinho de funcho.

Pela forma como mastigava e comia com prazer, não dava para acreditar que se mantinha magra. Com rancor, Magnólia pensou que talvez o seu Heb viesse preferindo mulheres mais secas desde que sua barriga encolhera – ou será que sua barriga encolhera exatamente porque um corpo seco havia se sentido atraído pelo seu? De qualquer forma, era um pouco tranquilizador vê-la comendo bem. Se fosse o tipo de mulher chata que belisca azeitona e uva passa, ela mesma comeria de boca aberta para causar desconforto. E claro que comia carne, um ponto a mais para Herbert que ela nunca teria. Sylvia avançava sobre as lascas de presunto cru como se alguém a tivesse avisado de que só podia comer aquilo e nada mais, que os pratos principais não seriam mais servidos ou que havia um cronômetro para finalizar a entrada.

– Você não come carne? – perguntou Sylvia.

– Não – respondeu Magnólia, servindo-se de um pedaço de alcachofra.

– O Ângelo foi vegetariano por um tempo, não foi, querido? Era sempre um teste de resistência e paciência sair para comer.

A cadeira de Ângelo rangeu, resultado do seu desconforto. Ele só não comentou nada porque mastigava, e logo em seguida bebeu uma golada do Cortese para fugir da conversa.

– Mas por quê? – indagou Magnólia. – A carne é só um detalhe. Há muito mais variedade de ingredientes para se comer, muito mais grãos, cereais, massas, legumes. E ela não é absolutamente necessária, do contrário, nós, os vegetarianos, não existiríamos.

– Isso é verdade, claro. Mas não há variedade nos pratos, o que torna a tentativa de ser vegetariano quase impossível.

– Exatamente. Quase. Quem quer ser, come o que quiser onde quiser. Como eu estou fazendo agora.

– Mas você não sente um pouquinho de falta? – arriscou Sylvia.

– Não. Nunca senti falta do que me faz mal.

Sylvia soltou os ombros, resignada.

– Eu não sinto vontade de tentar. Gosto de carne. E só tenho essa vida pra viver, não é, meu querido?

Ela deu um apertão infantil, quase complacente, no ombro do marido, que manteve a boca ocupada com a comida.

– Os animais que você mastiga também tinham só uma vida – soltou Magnólia. Achava aquela mulher medíocre, mais pelo tom de voz desafiador do que pela postura e pelas respostas.

A despeito daquela ligeira tensão, Herbert sorriu. Magnólia lançou um olhar vitorioso para Sylvia, que esboçou o mesmo sorriso de Herbert. O sorriso que era do novo homem. Um sorriso de "Heb".

– Eu acho muito difícil, só isso – concluiu Sylvia, emburrada.

O "só isso" havia soado como uma mistura tímida de um pedido de desculpa com um desejo velado de acabar com o assunto antes que começassem uma briga e se atirassem sobre a mesa enquanto os homens assistiam. No entanto, não era fácil não se sentir na defensiva. O tópico alimentação sempre abria uma chaga nas conversas de Magnólia, sobretudo se seu interlocutor fosse ignorante ou tentasse defender sua própria tradição carnívora.

– Tudo bem, eu estou acostumada com esses assuntos, com a surpresa das pessoas – disse Magnólia, colocando sua primeira taça vazia sobre a mesa. – Acostumada mais a ouvir delas por que continuam comendo carne do que discursando os motivos pelos quais eu não como.

– No fundo, eu adoraria, de verdade. Queria conseguir – retrucou Sylvia, a voz de novo enfraquecendo como se o caldo do limão da alcachofra tivesse derrapado como um automóvel desgovernado em sua garganta. – Acho que seria uma mulher mais saudável.

– E mais bonita – acrescentou Magnólia.

O comentário não tinha a intenção de soar grosseiro ou ofensivo, mas foi isso o que de fato aconteceu. Ângelo encarou a mulher, depois Magnólia, enquanto Herbert tentava se esconder atrás de um guardanapo. Consternada, Sylvia olhou para o próprio colo e limpou os lábios no guardanapo antes de beber mais um gole do frisante.

– Eu não quis dizer que você é feia – continuou Magnólia, sentindo, para sua surpresa, um chute fraco de Ângelo com a ponta do sapato em sua canela. – É porque sua pele fica muito melhor quando você se alimenta melhor, é um fato. Eu acho que mudei bastante, física e emocionalmente, depois que parei de comer carne. Até emagreci um pouco.

Herbert se remexeu na cadeira outra vez e evitou olhar para qualquer um. Em seu desconforto, ele sabia que se a esposa tinha mudado física e emocionalmente durante a vida, não era por causa da dieta vegetariana, mas sim por causa dos remédios. Se ele pudesse falar, simplesmente falar o que pensava, talvez não houvesse mais ninguém naquela mesa antes do prato principal.

A explicação de Magnólia não tivera um pedido de desculpas, ela não sentia vontade de fazê-lo e nem via por que pedir. Sylvia parecia mais sonsa do que ela imaginava e mantinha um olhar meio perigoso e manipulador, do tipo de pessoa que usa o choro como autopiedade e como uma súplica silenciosa por compaixão. Magnólia detestava esse tipo de gente, embora ela mesma tivesse sido assim uma vez ou outra.

– Tudo bem – disse Sylvia, sorrindo, disfarçando aquele atrito com um levantar infantil de ombros. – Eu sei que não é fácil ser assim. Há toda uma pressão industrial, comercial, midiática, até artística para você comer carne. Eu me rendi porque sou fraca.

– Você se rendeu porque é mais fácil. É mais fácil comer o que todo mundo come – afirmou Magnólia. – É mais prático, é mais *social*. As pessoas não pensam no que comem, apenas comem. Todos os tipos de carne, nem sabem o que a indústria da carne gera no planeta.

Ângelo chegou a revirar os olhos e provocou:

– É por isso que voltei para os meus bifes, porque cansei de dar esse discurso.

— Ah, querido, não é um discurso. Ela está certa. Eu queria ser assim como ela, se não gostasse tanto de carne. Se fosse menos conformada.

Uma das coisas que mais irritavam Magnólia era quando alguém falava dela na terceira pessoa. Parecia que Sylvia não conseguiria encará-la pelo resto da noite, mas continuou:

— Às vezes eu compro uns legumes orgânicos, frango orgânico, troco a picanha pela truta. Sempre que posso, ou que lembro, deixo de comer carne vermelha para comer a branca. Acho efetivo.

Magnólia soltou uma risada que mais lembrava uma faísca. Parecia um discurso de Elisa.

— Tão efetivo quanto escovar os dentes usando merda como pasta.

O sobressalto de Herbert chegou a ser estranho e divertido ao mesmo tempo.

— Mag! Pelo amor de Deus!

Ângelo gargalhou, mastigando de boca aberta enquanto terminava sua taça. Ele fez questão de servir a segunda garrafa a todos e lançou a Magnólia um olhar penetrante que ela não compreendeu.

Sylvia demorou alguns segundos para entender e finalmente corou. Num átimo, seu corpo se virou para o lado, dando a entender que deixaria a mesa, mas Ângelo pareceu segurá-la por baixo da toalha.

— É só o que penso, não concordo com essa visão – disse Magnólia. – O importante é ser feliz com as próprias escolhas. Não era o que a Elisa dizia, Heb?

Ele a olhou visivelmente assustado. O apelido de Sylvia tinha sido uma provocação mais do que humilhante, mas na voz de Magnólia fazia gelar o miolo de sua espinha.

— Acho que sim, sei lá – respondeu Herbert, dando de ombros e chamando o garçom.

— Não – disse Magnólia, chacoalhando sua perna por baixo da mesa. – Ela dizia que tudo o que fazemos são escolhas.

E estava certa, apesar do tom irritante. Apesar de louca, minha irmã sabia das coisas, pelo menos de algumas coisas, não é?

Herbert só concordou. O garçom chegou para anotar o novo pedido enquanto a massa crocante e os bolinhos de funcho desapareciam rapidamente da mesa. A impressão não só de Herbert, mas de todos, era de que tinham comido com pressa depois daquela conversa estranha entre as mulheres. Os homens, sempre em silêncio, assumiram uma posição privilegiada, mas que não deixava de ser covarde. No fundo, eles gostariam que Magnólia e Sylvia se atirassem sobre a mesa e começassem uma briga, besuntadas no óleo da alcachofra.

Nem um pouco inibida pela noite e ainda mais assertiva depois de sua segunda taça de vinho, Sylvia pediu um *orecchiette* com camarões grelhados no alho, enquanto Ângelo, rindo, disse que tinha perdido a fome, mas acabou escolhendo um risoto simples de aspargos. Para surpresa de todos, Herbert pediu vitela e favas assadas com batatas, o que fez Magnólia bufar e pedir um *orecchiette* ao molho de quatro queijos. Com uma voz exasperada, mas um prazer quase oleoso nos lábios, como se gastar dinheiro aquela noite fosse sua próxima aventura do dia, ela pediu mais duas garrafas de vinho: um Barolo de Piemonte de 2014 e um Chianti de Aretini de 2017, alguns de seus vinhos e safras favoritos. O garçom anotou tudo correndo e desapareceu.

Herbert e Magnólia não se falaram mais durante o jantar. A vitela viera quase sangrando, Ângelo chegou a brincar que era possível ouvir o choro do bezerro, o que fez Sylvia cutucá-lo na frente deles. Magnólia continuou bebendo vinho de ambas as garrafas, deixando de servir os outros que já não pareciam mais necessários aquela noite – na verdade, nunca tinham sido. Sua massa estava perfeita, mas sempre que via Sylvia levar um novo camarão à boca, olhava para o próprio prato com medo de que tivesse algum deles ali, boiando no molho de queijo.

– Sei que não viemos falar de trabalho, mas me fale um pouco do seu – pediu Herbert, erguendo uma taça na direção de Ângelo. – É muito cansativo cuidar da empresa? A Magnólia nunca me conta nada.

– Um pouco cansativo, mas é bom.

Assim como trepar comigo, pensou Magnólia. E sorriu, atraindo a atenção de Sylvia e Ângelo. Ele não dissera nada de engraçado e o sorriso parecia outra indolência dela, mas desviou o olhar para não piorar ainda mais a noite.

Enquanto Ângelo desfiava sua coleção de anedotas sobre o trabalho e a história da empresa, alguns fatos sobre os quais nem Magnólia tinha conhecimento, ela sentia-se bastante surpresa consigo mesma. Os vinhos não a haviam deixado tonta. Pelo menos até aquele momento. E ainda que o risco de ficar bêbada de repente fosse real, acreditava que as coisas encaminhadas daquela maneira pareciam o certo, um roteiro menos desagradável – afinal, naquela noite ela já havia jogado um pouco com sua própria honestidade.

Logo depois da sobremesa, um bolo inglês de gengibre com sorvete de baunilha e amêndoas que só ela e Ângelo comeram, os quatro deixaram o Arneis com uma estranha sensação de derrota e pena: pela noite e pelos outros. Os abraços foram rápidos e falsos como o sono que verbalizavam para agilizar a despedida, e, tão logo se separaram, Magnólia soube que aquele tinha sido um de seus piores jantares. Também sabia que Herbert estava mais aliviado por terem escapado de um escândalo cognitivo de ebriedade. O que Herbert ainda não sabia era que Magnólia só sentiria os efeitos do álcool quando eles chegassem em casa.

De: tomas1406@email.com
Para: alister23@email.com
Data: 09 Fev 2019 18:43:07

"Você nunca vai se livrar das palavras." Se fosse possível, eu teria lido essa frase sentindo um gosto amargo embaixo da língua, como se você quisesse apenas me provocar. É certo que não vou me livrar das palavras, tanto que precisamos escrever esses e-mails, precisamos nos comunicar com as pessoas, embora minha vida social esteja tão animada, ilustre e considerável quanto um aniversário coletivo de crianças melequentas de um ano. Desculpa, estar aqui é muito bom, mas ainda me sinto perdido. Seu tio quase não tem tempo para mim e você pode sentir nessa reclamação um tom de criança mimada, mas olha: eu sou o estrangeiro, o forasteiro, o cara perdido que precisa de uma direção, ou pelo menos de uma visão para que a direção tenha lógica, para que meus passos tenham um pouco de sensatez e segurança. O Tadeu é muito ocupado, quase não me visita, mas tem sido muito generoso – qualidade indiscutível a começar pelo apartamento emprestado, sobre o qual tenho muitos comentários (adianto que você vai amar ficar aqui comigo, já imaginando a vida a dois que tanto visualizamos…). Sei que o que ele pode me mostrar, ele mostra, mas tudo num caráter distante, como se, literalmente, apontasse o dedo e dissesse: "Está vendo aquela estátua a dez quilômetros de distância? Ela foi feita pelo Fulano de Tal. E aquela pintura ali do outro lado da cidade? Feita por um espirro do Munch. E aquele café no meio da praça? Na verdade, é um contêiner e todos os cafés vendidos são brasileiros", mas nunca uma aproximação, uma vontade de enfiar minha cabeça à força nas águas eruptivas dessa cultura tão estimulante – talvez *ele* precise de algum estímulo. Sinto um pouco de desinteresse da parte dele. Bem, eu não o culpo, de verdade. Quando você vive numa terra estrangeira, toda a idoneidade romântica que precede o sonho de estar ali se torna comum e enfadonha depois de alguns anos, como se ela já não pertencesse mais a você, como se o lugar fosse uma continuação da sua também comum e enfadonha existência. É como ver um desejo se manifestar e no mesmo instante querer outra coisa, ir atrás de outro desejo, como a criança que ganha um presente de última geração e cinco minutos depois o abandona para brincar com uma bolota velha de meias fedorentas, como um cachorro indeciso. Estou azedo, eu sei, mas espero que me perdoe. Não consigo *mesmo* me livrar das palavras – uma frase enfática para a minha lápide, mas em francês ou norueguês, dependendo do nosso destino.

 Sei que não precisamos de tantas formalidades, mas eu tenho de agradecer seu telefonema ontem à noite. Sua voz é sempre um refúgio onde posso me resguardar do mundo, como um lugarzinho só meu, macio como sua pele e intenso como seu olhar quando estamos deitados numa quase escuridão. Foram duas horas e dezesseis minutos em que mal senti minha respiração, mas a verdade é que o tempo não existe para nós. Senti como se fossem vinte minutos e desliguei com uma dor terrível no peito, querendo apenas mais um segundo que fosse. Agradeço também sua compreensão pela minha repulsa à conversa por vídeo que poderíamos fazer pelo computador. Você não só é compreensível como respeita a minha (a nossa) decisão de usar apenas e-mails e telefone. Você sabe que nunca gostei do meu rosto em vídeos, fotos, quaisquer que sejam os registros, assim como minha voz. É lógico que seria um alento para você, seria bom (e ao mesmo tempo ruim) para mim, mas assim está... relativamente bom. São menos de três semanas até sua chegada, ainda sobrevivo com suas fotos, sua voz, seus gestos e seu olhar na minha imaginação. Meu Ali, posso repetir algo que já falamos quase todos os dias do nosso namoro nos últimos sete anos? Eu nunca pensei que fosse amar tanto alguém. E sentir saudade mesmo estando perto. Porque é verdade que ainda sinto uma mínima falta (uma faltinha) de você mesmo estando ao seu lado. Quando a física afirma que dois corpos não podem ocupar o mesmo lugar ao mesmo tempo, queria que estivesse enganada. Com você, eu quero fazer parte de você. Sei que somos um, mas é tudo evidentemente tão poético, tão nosso, tão romântico apenas para tornar a dor mais suportável.

Já comentamos quase tudo por telefone, mas a menção ao suor e ao calor em seu último e-mail mexeu muito comigo. Axila ou sovaco: o que importa é que seja sua – ou seu. E o suor é um detalhe tão gostoso que me levou diretamente àquele verão em que a tia Mag veio nos visitar. Desidratamos na praia naquele dia, dois camarões à milanesa, e você brilhando como uma estátua de cobre tombada na areia. Em contraste, o azul do mar, porque eu estava deitado ao seu lado e só via seu peito inchar com a respiração, as linhas das suas costelas sobressaindo como dunas de luz, a sua risada morna e silenciosa, seus olhos de mel apertados contra o sol e as gotas de suor misturadas aos resquícios atrevidos do mergulho na água. Naquele instante eu deveria ter lambido seu corpo. Foi um dia muito quente, mas não tão quente quanto a presença dessa lembrança – e tudo o que ela me causa entre as pernas... Nunca fui tão feliz, meu Ali. Qualquer palavra sua, qualquer notícia, expira o que vivemos, inspira o que ainda podemos viver e faz de mim a pessoa mais completa do mundo. Acho que ainda suporto estar tão distante, aqui, meio perdido, porque sei que você existe. E essa certeza é minha força, a sua existência é minha bússola. Por favor, nunca deixe de existir.

Sei que é difícil responder longas cartas, elas pedem pelo mesmo: longas respostas. E falamos de tanto ao mesmo tempo, isso também se deve à urgência amorosa que vivemos e da qual somos feitos – mesmo tão próximos (voltando a falar dessa saudade, dessa vontade de sermos um só corpo & sempre um só pecado). Você só precisa saber que as respostas não precisam ser longas: se forem, vou ser o homem mais feliz do mundo. Mas concentre-se no que quiser me escrever, e se eu estiver sendo muito chato com tantas palavras num único e-mail, não deixe de comentar – prometo não chorar. (Não chorar é fácil, acho que já sequei depois de tantas lágrimas e tanto drama. Como dói estar fisicamente longe. É essa dor da distância que deveria se chamar saudade. Então seria uma patologia, e iríamos a médicos românticos que, nas horas vagas, escrevem poemas que falam de saudade em bloquinhos de papel amarelo pautado, que receitam remédios feitos de açúcar e flores comestíveis, ou arnica para o músculo do coração, que é o sofredor nessa história toda, e então diríamos com ar de derrota e os olhos caídos como os de um leão com sono: "Sofro de saudade". Sabemos que ela não tem cura, mas voltamos a nos consultar com esses médicos para aliviar a dor, para ler, colados às receitas, logo abaixo de outra prescrição de cinquenta gotas de Saudadex ou três comprimidos ao dia de Saudalax, os poemas que eles escreveram e que fazem parte da terapia. Poemas que, conectados diretamente aos olhos como um fino cano de soro, nos tiram em mililitros as lágrimas, aliviando a pressão e o peso da saudade. Não existe nada mais belo e inesquecível do que chorar com um poema, conectar o sentimento à linguagem, criar essa ponte invisível entre a interpretação, com seu lustre vigoroso, e os símbolos cardiopoéticos que nos apertam as glândulas e nos expurgam as lágrimas, o sono, os soluços e uma série de suspiros...)

Para mim, é certo que acabo de escrever um longo parágrafo odiosamente literário. Não releio porque a razão é muito óbvia. Que sensação estranha é reconhecer a própria falta de imunidade (não de humanidade) nessas horas e ser atacado pela consciência do presente, do que faço sem perceber. Eu vou me livrar das palavras quando a morte encobrir a linguagem com seu pesado manto de escura mudez. Quando a vida for só um vácuo em que não se ouve a própria presença. Vou me livrar das palavras quando a vida não tiver sentido, e para isso basta um segundo, um estalar de dedos, um fósforo partido ao meio antes de acender-se, um batimento cardíaco a menos, um prego abrindo uma unha até o outro lado da carne, um pedaço de crânio exposto na língua afiada de uma calçada, um sopro do vento na direção contrária, uma pedra de gelo rasgando a nuca, o bico de um pássaro abrindo um túnel no centro do olho, até o cérebro, onde as ligações se perdem, onde a luz desaparece e é tomado len-ta-men-te pelo vermelho crepuscular de um sangue com cheiro de tomates, romãs, papoulas, crisântemos, esmaltes e morangos.
Sim, é difícil.
É impossível me livrar dessa porra toda.
Não vou mais lutar.
...
Tive de fazer uma pausa para beber um pouco d'água, respirar na varanda. Por descuido, reli algumas partes da ladainha acima e me arrependi – de ter escrito, de ter lido, de ter deixado o computador por quase uma hora. Mas o motivo para o afastamento é maior, mais extenso, e ao mesmo tempo mais simples: seu tio apareceu com o Gunnar. Eles são tão bonitos juntos. Sei que já falamos disso, que todos dizem a mesma coisa sempre que os dois vão ao Brasil, como se elogiá-los fosse uma espécie de tradição egrégia e inescapável, inquebrantável, mas como não repetir isso? Há algo de caloroso em lembrar de qualquer tradição, por mais subjetiva e indireta que seja, que tínhamos/ temos aí. E pensar neles como um par, como um casal perfeito

e tão bonito, me transporta para aquelas longas conversas sobre eles ou com eles, na varanda de casa, no Loulastau, na praia, todos aqueles momentos tão nossos em que trocamos esse carinho em comum, o desejo em comum, as dores e as alegrias de nossa tribo. Tribo é uma boa palavra, me traz esse senso bom de grupo, de hábitos e segredos compartilhados e confiados. Você nunca gostou da expressão "comunidade gay". Também sempre me pareceu algo estranho, distante, como "os excluídos". Segregar a comunidade humana (enquanto raça única a despeito de suas diferenças) que deveria ser uma só: esse foi o começo do fim do mundo. Mas gays, negros, carecas, cegos ou cientologistas, só deveríamos ter uma seita: a da humanização. Desculpe-me pelas digressões, eu estava falando do seu tio, da visita, e ela foi tão boa quanto... nem sei quanto. Foi boa. Eu comentei rapidamente que estava escrevendo para você. Mandaram abraços, deixaram um pedaço de queijo, dois pães pretos cobertos com um milhão de sementes de papoula (rasguei uma ponta e comi com manteiga: o melhor pão que já provei na vida!), quatro barras enormes de chocolate ao leite Freia e alguns pacotes de Kvikk Lunsj (vou guardar para comermos juntos), umas revistas sobre a cultura local, um mapa do centro, pegando do Slottsparken, passando pelo parlamento, até chegar na estação de trem, uns CDs de bandas locais (que sempre se apresentam num restaurante vegetariano aqui perto que você vai adorar, tenho certeza – servem um pão sírio quentinho e muito saboroso com alguns legumes e uma tigelinha com húmus polvilhado com pimenta e cominho; ainda comentarei mais sobre a gastronomia dessa cidade, tanto do sabor quanto do valor, claro) e um envelope com quinhentas coroas. Talvez eles voltem no fim de semana, não entendo uma palavra, ou melhor, não entendo uma vogal ou uma consoante do que falam entre si. O Gunnar estava mais quieto do que o normal e olhou com interesse para o apartamento, como se nunca tivesse estado aqui. Quando foram embora, pensei que aquele olhar devia entregar alguma preocupação com bagunça ou limpeza, mas você sabe que sou muito organizado. Só havia uma jaqueta jogada na mesa onde escrevo (desarrumada) e cinco livros empilhados ao lado da cama (menos desarrumada do que a mesa). De repente senti vontade de escrever de outro lugar. Recentemente descobri um café muito elegante a dois quarteirões daqui, um lugar agradável para escrever e fugir do frio, iluminado e escuro na medida certa.

O Tadeu sempre me deixa confortável, nunca pensei que fosse gostar tanto dele, Ali. Disse que sente falta das conversas que teve com você no Brasil e, antes que eu me esqueça, mandou abraços para todos, não só para você. Perguntou da irmãzinha que adora ter – abusando do eufemismo que eu sei que você me permite usar com meu tom de sarcasmo – e de suas variadas e multifacetadas relações amorosas (talvez para atingir um nível transcendental de experiências orgásticas; não, não estou chamando a Sônia de puta, mas sei que você gostou dessa passagem, confesse). Comentei de forma indireta e superficial que ela está bem, "namorando firme", ainda que eu deteste essa expressão, que sempre me passa algo de zombeteiro e adolescente. Mas se você diz que o novo namorado é "mais sério e decente que os últimos", acredito – embora até o Jeffrey Dahmer possa entrar nessa categoria.

Sempre achei você mais bonito do que eu, de modo que a observação sobre gatinhos paquerando quem e quando e onde veio sempre da minha parte, embora nunca exposta, é verdade. E sendo (muito) mais bonito do que eu, a convergência dos olhares nunca teve dúvida nem tomou o meu corpo ou a minha presença como atalho quando passeávamos juntos. Tanto homens quanto mulheres sempre olharam primeiro para você, e eu veria isso como um elogio caso esse tipo esfomeado de olhar (na maioria das vezes é quase um olhar de súplica) não durasse tanto tempo. Entretanto, acho que durariam muito mais caso você percebesse o quão atraente é e o que causa nas pessoas. E se escrevo tanto sobre a sua beleza é porque sei que vai discordar das minhas palavras, mas principalmente porque não vai deixar o ego atingir níveis estratosféricos – se fosse para isso acontecer, você já teria crescido presunçoso com os milhões de elogios da sua mãe. A propósito, essa é uma das boas características dela: reconhecer como você é especial. Tudo bem que "mãe é mãe", mas estamos falando da Sônia, não de uma mãe qualquer, não de uma mãe *mãe*. De repente pensei: estamos vivendo um nível tão lindo de entrega e companheirismo que já posso julgar sua mãe como você a julga. Talvez o verbo seja forte, mas é o mais cru, o mais verdadeiro. Também sinto um direito meio doentio, meio pretensioso, de falar dela porque não tenho uma. Não que eu quisesse falar assim da minha própria mãe, mas você entendeu. Ter pelo menos uma mãe da qual falar e da qual reclamar. Escrevo isso sem mágoas, acredite. Já falo das mães de todos, portanto isso só pode ser um desvio, um caminho malformado que a psicanálise explica. Falar de mãe quando não se tem uma é brincar com a lâmina afiada que pesa sobre essa ausência. E você sabe que gosto de brincar com coisas perigosas.

Não quero me comparar com Proust, mas as digressões desse e-mail parecem tão ousadas e irritantes quanto algumas passagens do *Em busca do tempo perdido*. Eu comecei o parágrafo falando da sua pergunta sobre os flertes e termino falando de mães – tudo a ver na cabeça pervertida de um freudiano, o que não é meu caso. Mas respondendo sua pergunta: acho que não flertam tanto comigo aqui porque sou muito branco e meus olhos são claros, então sou só mais um no meio da multidão. Você, com sua pele tostada de sol, com essa luz de surfista que irradia do seu corpo e dos seus cabelos, fora toda a beleza da qual já comentei, chamará bastante atenção. Se houve qualquer coisa comigo, não percebi – dei uma de Alister. E sabe que não me importo com essas coisas, tenho você. Os homens daqui têm uma beleza clássica, de cinema, um porte e um estilo tirados de alguma revista de moda, como comentamos uma vez que assim deve ser em Paris, mas são homens, apenas homens – mais homens num lugar diferente e muito frio. Quero ver a *sua* reação diante deles, vai ficar perdido. Espero que não. Mas vai.

    Meu Ali, gostaria de comentar sobre as comidas que já provei e sobre o frio e a neve (como ainda não comentei da neve? Tem sido mais cruel do que eu imaginava...), sobre tantas coisas, mas deixo para a próxima carta; não porque esteja cansado, mas porque VOCÊ deve estar cansado de me ler. Queria ter escrito algo menor, mais conciso do que o primeiro, do dia 5, mas não consegui. Não consigo me livrar das palavras, certo? Certo. Mas tentarei algo mais direto na próxima vez... ;)

Amo você, meu lindo. Cuide-se.
Teu,
Tom

4. O depois

Presumivelmente, o apartamento ficaria com cheiro de cigarro logo que Herbert colocasse os pés dentro dele. Após saírem do Arneis, trocando abraços mais falsos do que a alegria daquela noite, ele havia fumado uma sequência incontrolável de quatro cigarros, três sob os olhos de Magnólia, enquanto dirigia de volta para casa, e o último sozinho, porque queria "pensar" na garagem. Magnólia não fez nenhuma objeção, achou até melhor porque odiava quando ele fumava na sala, fingindo se importar com o cheiro só porque insistia em ficar de pé diante da janela, lançando suas baforadas descaradamente estilosas entre as cortinas.

Mantiveram-se em silêncio durante todo o trajeto, mudando as estações de rádio e olhando pelas janelas como se estivessem sozinhos. Herbert não tinha mais o ar carregado do início do jantar, de modo que parecia quase ofensiva aquela nova postura, impondo sobre Magnólia o que ela chamava de "ditadura da culpa". Nesse tipo de ditadura, ele a diminuía no silêncio, deixando que ela pensasse sobre seus erros enquanto a distância entre eles se espalhava em seus corpos, em suas linguagens e em seus gestos, como uma metástase fria e calculista. Esse sentimento de satisfação não era comum em Herbert, e definitivamente não era *natural*, mas havia surgido sem que ele mesmo percebesse, como uma espinha no rosto despontando durante o sono. Nos últimos tempos ele havia provado uma espécie de sadismo que nunca achou que viveria durante o casamento, o que tornara o romance finalizado três anos antes muito mais realista e honesto. Não era exatamente o caso de ter se tornado um homem ruim ou desagradável, mas o cansaço de Magnólia era legítimo e ele fazia questão de não esconder isso dela para que pudesse mudá-la um pouco. Continuava amando a esposa, amava inclusive sua doença, porque apesar disso ficara com ela e fora paciente, preocupado e amoroso por mais de dez anos, mas aquilo, aquele cansaço específico vindo de seu temperamento, de suas manias, de suas teimosias dramáticas, tinha sido o gatilho para a primeira traição de sua vida. Talvez nenhuma mulher valesse tanto o esforço, mas nada tinha sido intencional ou planejado. Simplesmente acontecera. Por outro lado, Magnólia via essas pequenas mudanças como estratégias infantis de Herbert. Pequenos detalhes para chamar a atenção. O problema das coisas pequenas e aparentemente sem importância é que elas têm uma força perniciosa e aliciante de acumulação, e quanto mais se acumulam, maiores são os problemas criados, como insignificantes grãos de areia que, com o virar de um vento inesperado, formam uma imensa duna. Ou, no caso de Magnólia, pequenas rochas de insatisfação e desassossego que erguem um muro de lamentações veladas.

 Magnólia foi direto para a cozinha e começou a preparar uma xícara de café. Uma boa dose de conhaque cairia bem, até melhor, mas não queria ouvir um comentário irônico de Herbert nem brigar com ele sobre a quantidade de álcool ingerida naquela noite. Com um potencial arrependimento atrasado, ela choraria pelo simples fato de que teria bebido mais e ficado minimamente feliz, até mais satisfeita com a comida, se tivesse jantado sozinha. Magnólia sabia que aquele momento seu ali fazia parte da ditadura da culpa imposta por Herbert. Quanto mais ele demorava, mais ela se remoía, embora nos últimos tempos ela tivesse conseguido reverter aqueles pensamentos mais calcinados numa espécie de ódio saudável. Ao invés de se martirizar e de se detestar por aquele jogo idiota, preferia sentir algo ruim por Herbert, nutrir alguma coisa que ela pensava só fazer mal a ele. Ao mesmo tempo, essa opção era perigosamente traiçoeira, porque Magnólia se sentia como uma península ligada ao mundo só pelo ódio, aquele braço de terra que era o único sentimento que a fazia pulsar por alguma coisa.

    O café queimou sua língua e ela acabou jogando dentro da pia a xícara, uma peça azul-clara de porcelana que quase não usava e cuja asa quebrou na mesma hora. O líquido torrado se espalhou na cuba de aço como a mancha de sua derrota. Magnólia sentiu até um prazer sombrio naquela mancha, tinha lá a sua beleza, como algo feio que tivesse vazado dela mesma. Lembrou-se do aborto. Não queria pensar nisso, mas foi inevitável.

    Deixou a cozinha com um ranço persistente sobre a língua queimada e sentou-se num canto do sofá que ficava mais afastado da porta de entrada. Queria ter uma visão clara, nítida e perfeita de Herbert. Interpretar seus gestos, seu caminhar, seu olhar, inclusive observar atentamente a forma como viraria a chave quando fechasse a porta. Havia algo de delicioso naquele ritual de espera, algo que crescia dentro dela como uma expectativa que se torna visível na respiração de uma criança, embora ela soubesse que por trás daquilo brotavam umas gotas escuras de medo. Medo do desconhecido. Medo e euforia de uma discussão que ao mesmo tempo queria e não queria ter. Estava desgastada, mas se sentia também corajosa.

    Talvez tivesse sido outra espécie de preocupação com Magnólia, mas Herbert chegou rapidamente ao apartamento. Ela esperava que fosse um tempo maior, algo entre dez e vinte minutos, mas sua língua ainda ardia e parecia um pedaço de lixa quando ele entrou segurando o blazer e dando duas voltas com a chave daquele jeito impaciente que ela já conhecia. Bingo! Estava nervoso e não se deitaria em silêncio. Sempre que as chaves tilintavam daquele jeito, com o furor de um bêbado diante de uma porta trancada, ele falava. E não havia nada mais excitante, nada mais vivo e mais desafiador para Magnólia do que experimentar a versão de Herbert, que verbalizava e se chocava com a própria natureza passiva dele – como ela mesma dissera durante uma briga.

– Mag, o que acabou de acontecer? – perguntou Herbert, jogando o blazer nos braços da poltrona e sentando-se de frente para ela.

Ele apoiou os cotovelos nos joelhos e a encarou. Por um breve instante, Magnólia pensou ter visto seus bíceps maiores sob a camisa, o que pela primeira vez a deixou amedrontada, como se ele pudesse machucá-la. Mas não eram músculos para machucar, eram músculos para exibir, para lançar seu feitiço sobre Sylvia ou sobre qualquer outra que fosse mais interessante do que ela.

– Como assim? – retrucou, cruzando os braços e mantendo uma expressão insolente que muitas vezes deixava Herbert confuso e desarmado.

– O que acabou de acontecer no Arneis? Você estava completamente... descontrolada! Agiu como uma criança impaciente.

– Por quê?

– A forma como você agiu com a Sylvia, uma mulher que você acabou de conhecer. Fazia tanto tempo que você não ficava assim...

– Eu não agi de forma alguma. Fui autêntica.

– Não, você foi bem estúpida.

– E isso te incomoda por quê?

Ele respirou fundo e franziu o cenho. Magnólia nunca pareceu tão controlada e decidida a ganhar uma discussão. Seu corpo era uma muralha, seus olhos dois cristais de gelo, seus braços cruzados duas barreiras que seguravam a agitação do coração, e sua boca, a única coisa que se movia numa figura que era inteira de perigosa e ebuliente advertência.

– Isso incomodaria qualquer um, Mag! Aposto que incomodou Sylvia, sem falar no seu chefe.

– O que tem ele?

– Pelo menos por ele você poderia ter se comportado, sido um pouco mais simpática, mais flexível.

– Menos *eu mesma*, você quer dizer?

– Não precisava pensar na Sylvia, se não gostou dela, mas poderia fingir um pouco de simpatia diante do seu chefe, pelo menos para garantir o seu tão elogiado emprego – disse, bufando.

– Parece que incomodei mais você do que eles...

– Está enganada, porque você eu já conheço de todos os ângulos, de todas as formas. Agora eles...

– O Ângelo me conhece.

– Não esse seu lado...

– Louco?

– Eu não ia falar isso, não comece, por favor.

– Ele me conhece mais do que eu te conheço – desafiou Magnólia, e cruzou as pernas, o primeiro movimento entre eles.

– Do que você está falando? Toda essa noite já começou estranha pelo fato desse Ângelo ser seu chefe – disse Herbert. – Por que você nunca me contou?

– Eu já devo ter mencionado o nome dele uma ou duas vezes. Como eu iria saber que ele é casado com sua Sylvia?

Herbert arregalou os olhos e se remexeu na poltrona. Seu blazer escorregou para o chão, abrindo um corte fundo naquele novo silêncio. Nenhum dos dois olhou para a peça, embora Magnólia tivesse lançado um olhar demorado para as costas da poltrona em que Herbert estava, como se tentasse encontrar ali a resposta para os seus apelos. Ainda não sabia se tinha ou não o direito de desmascarar o marido, mas o pronome possessivo havia jogado um balde de água fria em suas costas.

– Ela não é... Então tudo se trata de ciúme? – perguntou Herbert, erguendo-se e dando uma volta na poltrona, a mão esfregando o bolso da calça em busca de um novo cigarro.

– Não é ciúme, é um fato, *Heb*.

Outra vez a menção ao apelido fez Herbert congelar. Ele parou de andar atrás da poltrona e a encarou como não encarava há muito. Talvez a última vez que ela vira aqueles olhos escuros tão assustados e brilhantes fora com a notícia da gravidez. Nem o aborto deixara Herbert tão expressivo, com um olhar tão profundo e abrasivo como naquelas duas vezes. Bem, talvez em outras, mas ela não se recordava. Eram olhos de culpa, mas também de terror. Herbert tinha medo de mudanças, não lidaria com um abandono dela, e o fim do casamento, apesar de previsível, de prenunciado nos últimos anos, sempre pareceu mais um receio natural dentro de um instinto de sobrevivência diante das circunstâncias do que um fato que se erguia aos poucos, pernicioso e silencioso como uma trepadeira cheia de espinhos, prestes a desabar com seu peso.

Ele segurou o encosto da poltrona com força, abaixou a cabeça e respirou fundo. Magnólia esperou que a verdade finalmente viesse, que ele a manipulasse logo em seguida e que se desculpasse entre abraços que seriam seu tão detestável paliativo; que o caso acabasse naquela mesma noite e que pelo menos uma lágrima de comiseração irrompesse dele como um sinal de humanidade, dando lugar a uma noite de sexo conciliatório.

Mas aquele Herbert parecia torturado por um novo Herbert, pelo Heb que agora Magnólia desconhecia. Aquele Herbert poderia jogar tudo pela janela, inclusive a si mesmo.

– Eu não vou discutir com você enciumada – disse ele, finalmente, colocando os ombros para trás e assumindo uma postura defensiva.

Sua cabeça estava novamente erguida, o corpo inteiro ereto e decidido, o que deixava Magnólia um pouco menor. Apesar daquela postura, seus olhos estavam mais mansos, a vontade de chorar era grande, mas não muito digna.

– Você não vai discutir porque eu tenho razão. Pelo menos dessa vez, *Heb*.

A ênfase no apelido o fez soltar os ombros e contornar a poltrona, onde novamente se largou num claro gesto de derrota.

– Não vai me contar? – insistiu Magnólia.

– Contar o quê?

Magnólia esfregou as duas mãos. Tinha vontade de quebrar o antigo vaso de alabastro que estava ao seu lado, herança de sua mãe, que sempre protegera a peça como a um recém-nascido. Como era difícil enfrentar Herbert daquela forma! Não porque pensava na própria traição, seus olhos correndo até a porta do quarto onde havia transado com Ângelo algumas horas antes, não porque se sentia injusta em sua acusação, mas porque era simplesmente duro enfrentar uma verdade que a carcomia como uma traça, uma verdade que nunca pensou que partiria de Herbert. E se fosse abandonada, se ele a trocasse por um novo casamento, um casamento com uma mulher mentalmente saudável, que até tivesse seus defeitos, como um nariz desproporcional, uma voz fraca ou um gosto duvidoso por fígado de ganso, mas que o *compreendesse* e que o amasse de uma forma que Magnólia nunca conseguiu, de forma serena, livre e pura; ela nunca amaria com leveza, seu amor tinha a pressão compacta de uma tempestade, e ela o defenderia como se assim defendesse sua própria identidade.

– Muitos me chamam de Heb na universidade – retrucou Herbert. – Se era essa a sua preocupação, pode parar.

– Você nunca me contou isso.

– Eu nunca te contei várias coisas.

– Por exemplo...?

– Que os alunos também me chamam assim. Alguns alunos. Poucos alunos. Nunca pensei que um apelido fosse tão relevante quando...

Ele ficou em silêncio e desviou o rosto.

– Quando...? Continue, Heb, por favor.

– Quando você só me chama de querido.

– E "amor".

– Quando quer provocar ou ser cínica.

Magnólia mordeu a língua. A queimadura não doeu como o esperado. Agora, a ideia de quebrar o vaso e enfiar um caco no próprio corpo, até mesmo no corpo de Herbert, não parecia tão absurda.

– Agora eu sou cínica?

– Você foi durante o jantar, Mag.

Lentamente, ele a desarmava. Conscientemente. Mag. Aquelas três letras tinham um poder inegavelmente sentimental sobre ela. Seu coração ficava delicado como uma folha de papel molhada. Não sempre. Às vezes a irritava, às vezes a abreviação do nome soava como um afeto forçado, uma bandeira branca erguida por uma falsa trégua, mas agora não. Em momentos como este, "Mag" era carinhoso e a fazia voltar para um estágio anterior a ela mesma. O poder dos nomes e dos apelidos era sempre mais intenso do que o das palavras ou das vozes que as pronunciavam.

– Você não me contou mais uma coisa.
– O quê?
– Que está comendo a Sylvia.

Ele arregalou os olhos. O verbo era forte e estranhamente incomum nos lábios de Magnólia. Tinha uma força suja e ao mesmo tempo uma elegância ataviada na sua voz, como um elogio. Ela dificilmente usava "comer" naquele contexto. Herbert já a ouvira falar *foder*, *trepar* e outros termos comuns para o sexo, mas não aquele. Era um tipo de violência nova e forçadamente contida, mas que se espremia e se deixava escapar através de uma linguagem imagética como aquela.

Comendo a Sylvia.

Por quase meio minuto essas palavras ficaram ecoando pela sala.

– Eu sei – disse Magnólia. – Não sou idiota. Até certo ponto, claro, porque eu nunca pensei que você seria capaz de fazer isso. Se tornar mais um homem no meio de tantos. Mais um miserável no meio de tantos.

As palavras saíam sulfurosas, borbulhantes, quentes, ácidas, pandemônicas. "Miserável" tinha ferido ainda mais sua língua queimada.

– Mag, a Sylvia é casada. Eu sou casado.
– E que diferença isso faz? Você tem bolas.
– Você sabe que eu nunca faria isso.
– Sei? Eu acho que não.

– Mag, eu te amo.

Subitamente, ela se ergueu do sofá e ficou parada diante dele, os braços cruzados e um desejo profundo de chorar. Não sabia se porque estava sendo injusta ou porque tinha medo de que aquela briga colocasse um fim na paciência de Herbert, tornando o abandono a manifestação de uma resposta tácita para o seu casamento.

– Eu estou tão confusa, Herbert! – explodiu Magnólia.

Ele a encarou. Ela não sabia por que tinha dito aquilo. Parecia que o rosto de Ângelo ficava cada vez mais nítido, que o jantar ficava cada vez mais nítido, que Sylvia, embora consideravelmente bonita, se tornava menos ameaçadora, menos importante, tudo isso como se o álcool do vinho começasse a se dissolver no tempo e Magnólia pudesse ver com mais clareza onde se encontrava diante daqueles sentimentos e das grandes atrocidades que o destino havia lhe reservado. O fato de Ângelo ser marido de Sylvia até então não tinha feito diferença, apesar do baque inicial logo na chegada ao restaurante, mas agora aquilo assumia um formato novo e assustador. Não podia continuar com aquele caso, ainda que isso custasse seu emprego caso Ângelo fosse o tipo de homem vingativo, o que não parecia. Mas a culpa voltava mansamente.

Herbert também se levantou e, num gesto impensado, pegou as duas mãos de Magnólia. O choro dela foi inevitável, mas ele fingiu não ver, não podia se concentrar nisso. Era o tipo de lágrima que doía mais, sem esforço, como se estivesse à espera da queda há muito tempo.

– Você parou de tomar seus remédios de novo, Mag?

Então foi ela que o encarou da mesma forma como ele havia recebido suas acusações. Seus olhos expressaram surpresa, mas era uma surpresa meio alucinada, como se de repente uma luz girasse em suas íris e fosse apagada logo em seguida, deixando-a desorientada.

– Eu não parei completamente – respondeu ela, abaixando a cabeça e encostando-a no peito de Herbert. A camisa dele estava úmida de suor, embora não fizesse calor dentro do apartamento.

– Então você não vem tomando como deveria? – perguntou Herbert, acariciando seus cabelos.

– Acho que não. Às vezes eu esqueço... – balbuciou Magnólia. – Preciso ser vigiada, preciso que alguém me salve...

Herbert segurou a cabeça de Magnólia, e com uma rápida torção, quebrou seu pescoço. Clec. Não era a primeira vez que ele se imaginava fazendo aquilo. Clec. Até na imaginação o som do osso partido era monstruosamente real – e prazeroso como pisar numa folha seca ou quebrar por engano as costas de um besouro. Não sabia de onde vinham essas pulsões, mas eram raras, e quando aconteciam, sentia-se imensamente envergonhado, pequeno, *miserável*, como Magnólia o tinha chamado. Em dias piores, quando tudo parecia prestes a ir para os ares – seu trabalho, seu casamento, seu humor, sua saúde mental e física, seu alinhamento consigo mesmo –, relâmpagos como aquele cintilavam em sua mente criativa, não só de homicídio, como de suicídio. Tudo tinha começado no ano anterior, com Muriel. A grande briga desde sua partida havia sido o movimento de destravar aquele revólver. Deslizar o dedo até aquele gatilho imaginário que era a vida fragmentada diante de si – aquilo, sim, vinha sendo cada vez mais comum e, por isso, tranquilizante.

Magnólia se afastou e arrumou os cabelos. Não podia seguir com aquela conversa, não tinha como. Ela não tinha provas da traição, e sua própria traição era muito pior. A mesma casa, os mesmos lençóis. Se Herbert soubesse, seria o fim de tudo, inclusive dela, do trabalho, do carinho e do refúgio que tinha no marido. Só ele tinha o poder de ser a casa que não ruía. Só ele, apesar de tudo, era seu lar. Se ficasse sem teto, não encontraria outro. Tinha de aceitar Herbert como fosse, não porque o perdoava, mas porque era egoísta e não viveria sem ele. Sua presença dolorida era muito mais importante do que sua ausência lenitiva. Porque era assim que as coisas funcionavam.

– Vamos deitar – pediu ele, dando-lhe um beijo na testa.
– Por favor.

Magnólia assentiu com a cabeça enquanto ele ia até a cozinha apagar a luz. A xícara quebrada dentro da pia era o fim daquela noite e refletia, num ponto que lembrava um olho, a luz amarelada do outro ambiente. Herbert estranhou aquilo e perguntou o que tinha acontecido, mas, ao voltar para a sala, Magnólia não estava mais ali. A porta da entrada estava entreaberta e, como um aviso sombrio, o chaveiro balançava na fechadura.

De: alister23@email.com
Para: tomas1406@email.com
Data: 10 Fev 2019 20:02:01

Meu lindo,

 Minha mãe acabou de sair com o namorado. Foram jantar no Loulastau, onde está acontecendo desde ontem um festival de frutos do mar – hoje é minha folga, eu já não aguentava mais mexer com lulas, vieiras e aquelas coisas melequentas. Quando ela perguntou se eu gostaria de alguns camarões empanados, quase enfiei o dedo na garganta. Ela sabe que não gosto de camarão, que como pouca carne (será que sua tia me influenciou durante aquelas conversas tenebrosas que sempre terminavam em discussões e com toda a família com cara de cu?), mas sabe também que quase não tem parado em casa, que não pergunta de mim, que não nos falamos direito. Quando conversamos, parece que as primeiras palavras já vêm com aquela ponta de dinamite acesa, sabe? Foi só outra brincadeirinha chata para me irritar na frente do André. Pois é, esse é o nome dele. Acho que não comentei antes por uma espécie de proteção inconsciente. De qualquer forma, é outro André, não aquele. Esse tem caráter, acredite, e eu nunca pensei que diria isso de algum namorado da mamãe. Falando nisso, não é estranho que ela chame esses caras de "namorado" logo no primeiro encontro? Ela saiu com umas amigas no dia da sua viagem e logo na noite seguinte fez toda a apresentação aqui em casa, como se o conhecesse há pelo menos um mês. Ele estava bastante desconfortável. Agora, pensando melhor e revendo os dois atravessando o estacionamento do condomínio, acho que me simpatizei com ele porque me lembra você. Não quero dizer que seja bonito ou coisa parecida, mas ele tem a mesma cor de cabelo, os olhos verdes, é quieto, nada canastrão como os anteriores. Quem sabe mamãe dá um jeito na vida? Seria bom. Se você não tem mãe, eu não tenho pai, podemos falar disso para sempre – como se já não tivéssemos feito isso, né? Haha ;)

Estou sozinho agora. Por que você não está aqui? Seria perfeito. Logo poderemos começar uma contagem regressiva, o que acha? Meu coração já começou, mas está tão pertinho! Pouco mais de duas semanas. E é claro que mamãe não pergunta nada, já está bem resolvida com o André. Eu posso morrer e ela vai continuar saindo todas as noites, como se não houvesse o perigo de manifestar uma cirrose hepática. Ela tem bebido muito, isso me preocupa. Apesar de tudo, é minha mãe, mas não posso falar nada. Quando comentei daquela briga no outro e-mail e no telefone, não contei que as últimas palavras não saíram dos lábios dela, comentei? Saíram do dedo do meio. Minha própria mãe, Tom! É claro que estou acostumado, mas ela tem sido bastante infantil, por isso não aguento mais viver aqui. Quero te ver logo, quero trabalhar e ficar aí um bom tempo, e, se for possível, nunca mais voltar. Duvido que ela sentirá falta. É capaz de dizer daqui a alguns anos que não conhece Alister nenhum, que nunca teve um filho. Ok, ok, posso estar exagerando e ainda por cima de mau humor, mas é o que sinto no momento. Acho que temos muito o que chorar quando nos encontrarmos.

Fiquei com muita vontade de conhecer o apartamento. Por enquanto você me deu poucos detalhes de tudo e sabe como sou curioso, então pode parar com as digressões e com tudo o que não nos serve, meu lindo. Conte das coisas boas, do que tem comido, do que tem visto, como as pessoas te tratam (bem, com isso eu sei que não preciso me preocupar, porque você disse por telefone que é sempre bem recebido, que todos são generosos e calorosos, qualidades que a maioria dos latinos não espera do povo nórdico). Ah, quero saber tudo da neve! Você podia enviar algumas fotos, não? Sei que logo estarei aí, mas pode começar a enviar fotos dos lugares que você conhece para eu começar a sonhar do lado de cá, tão longe, tão sozinho e distante num continente separado por um marzão... Haha estou te provocando, apenas.

    Faz tempo que não converso com o tio Tadeu, a última vez foi por telefone, no mês passado. Vou escrever um e-mail para ele agradecendo por tudo. Não sei o que seria de nós sem esse suporte tão incrível dele e do querido do Gunnar. Você disse que ele estava mais quieto, será que brigaram? Ou será que perto de você ele é mais tímido? Nós quatro nos encontramos poucas vezes, mas ele sempre foi muito falante comigo, talvez porque, de acordo com você, eu sou o mais bonito de nós dois, hahaha. Ai, Tom, vai à merda. Hahaha nada de um mais bonito que o outro, acho que você não tem espelho. Não existe espelho na Noruega? Todos já sabem que são lindos, então decretaram fim aos espelhos do país? Se precisar, levo um pequeno, aí você vai parar de falar essas bobagens. Acho que nunca contei isso, mas o tio Tadeu elogiou muito sua beleza quando conversamos pela primeira vez sobre o nosso namoro. Não vou dar detalhes da conversa, mas foi um momento bonito e engraçado, de confidências e companheirismo, coisa que eu gostaria de ter tido com um pai. Se bem que, como você mesmo disse uma vez, ele já é quase um pai. E por falar em pai, como está o Lando? Sei que não gosta que eu o chame assim, mas não é carinho, eu juro, é apenas um hábito. Pode ser um hábito ruim, mas continua sendo um hábito que, com o passar do tempo e o aumento da distância, vou acabar perdendo. Há muito tempo não falamos dele, mesmo quando você ainda estava aqui. Está tudo bem ou continua igual?

Se bem que "estar tudo bem" e "continuar igual" são a mesma coisa. Melhor que tudo continue como sempre foi, às vezes o silêncio de certas situações torna a vida mais suportável, né? :)

Não tenho nada novo para contar. O síndico brigou com a minha mãe hoje de manhã por causa de uma conta de água (e é claro que ela pôs a culpa em mim). Descobri que, quando como amendoim velho, o céu da minha boca coça, haha. É verdade. Quero trocar de celular, mas pensarei nisso quando estiver aí, apesar dos impostos e tudo mais. Tenho cantado uma musiquinha sobre saudade quando vou tomar banho, mas ela não existe e sempre mudo o ritmo. Queria conversar com você o dia todo pelo telefone. Parei de ir à praia para não chegar aí tão escuro e levar um choque térmico com a brancura da neve, haha. Ah: aprendi a fazer um bolo vegano de banana maravilhoso! Receita que a Mag passou há muito tempo e que encontrei perdida nas minhas coisas há alguns dias. Vou fazer pra você, meu lindo.

Para quem não tinha nada novo para contar, até que me saí bem. Mas quero falar mais sobre outras coisas no próximo telefonema. Morrendo de saudade do meu amor. Morrendo. Fica comigo para sempre, Tom. Meu tom. Todinho meu.

Te amo, lindão.
Teu,
Ali

5. O desaparecimento

A boca de Herbert estremeceu. Em mais de uma ocasião, enquanto ele e Magnólia moravam naquele apartamento, ela havia deixado a porta daquele mesmo jeito, entreaberta como um envelope mal-fechado que provoca quem o segura a ler a carta dobrada em seu interior. Como nas outras poucas vezes, em espaços regulares de dois ou três anos, Magnólia desaparecia subitamente, sempre sem dar sinais de que o faria. Herbert já havia encontrado a esposa em cafés distantes, na biblioteca pública do quarteirão de trás, andando pelas ruas como se tivesse pressa, e até tivera algumas oportunidades de segui-la de longe, observando aonde ia, como ia, pegando táxis ou ônibus, sempre com a cabeça baixa e parte dos cabelos cobrindo-lhe o rosto. Era uma fuga provisória, uma maneira de escapar de uma situação perturbadora – e os olhos de Magnólia logo escureciam numa visível derrota quando Herbert a encontrava. Toda a sua expressão murchava e ela acabava se entregando ao amor persuasivo do marido, que a levava de volta para casa, preparava uma caneca cheia de chá e deixava a conversa para o dia seguinte. Só que a conversa-do-dia-seguinte não acontecia. Magnólia costumava ser outra, revigorada e forte, uma versão equilibrada que parecia sufocar a versão do dia anterior, o que deixava Herbert bem, mas ligeiramente desconfiado e temeroso. Como a intensa April de Richard Yates, ele acreditava que aquela alegria renovada era sempre um disfarce que a estava preparando para uma possível tragédia.

Foi como das outras vezes, como se aquilo já tivesse sido ensaiado: Herbert correu até o quarto, depois ao banheiro, em seguida ao escritório, e chamou por Magnólia mesmo com a certeza de que ela não estava ali. Era sempre assim. A tentativa de encontrá-la no pequeno apartamento parecia a coisa mais inteligente e instintiva a se fazer antes de caçá-la pela cidade. No entanto, aquele eco tão peculiar a Magnólia tinha mesmo retornado, e ela não fingiria uma fuga. Poderia desaparecer exatamente para chamar a atenção, mas nunca desapareceria "de mentira", se escondendo embaixo da cama como uma criança até que ele batesse a porta do apartamento.

Herbert tirou a chave da fechadura, olhou para os dois lados do corredor quase escuro, bateu a porta e trancou-a antes de sair apressado. O som das chaves tilintando no bolso de sua calça o perseguiu por todo o caminho como um vestígio lamentoso daquela situação, embora fosse até agradável ter algum som em meio a tanto silêncio. Se ouvisse outro passo distante, o gemido de um sapato dando meia-volta contra o chão encerado, sentiria o alívio bruto de ter Magnólia de volta, que talvez tivesse apenas ido até a grande janela da escadaria para tomar um pouco de ar e ficar sozinha, mas isso nunca tinha acontecido. Ela nunca voltara por conta própria.

Quando chegou ao térreo, esbaforido e confuso, Herbert inteiro estremeceu com aquela realidade paralela em que Magnólia não voltava para casa porque ele não havia ido atrás dela. Ela estava segura com ele porque ele se esforçava? Ou ela voltaria se ele simplesmente desse de ombros, deixasse a porta do apartamento encostada e fosse esperá-la na cama enquanto cinicamente lesse um livro? Ele não tinha esse sangue frio, não conseguia ignorar a criança mimada e complicada que Magnólia se tornava sempre que mergulhava numa de suas crises. No entanto, o medo daquela alternativa, a ideia de que até aquele dia ela ainda estava viva por causa dele, por causa de todas as vezes que ele a buscara e que não desaparecera de casa como ela havia feito, embora tivesse muita vontade, só o deixou mais determinado a encontrá-la.

A rua inteira em frente ao antigo prédio cintilava sob uma garoa que Herbert não esperava. Na verdade, há dias ele não acompanhava a meteorologia, hábito criado desde que o noticiário na TV se tornara enfadonho e sensacionalista. Quando as notícias do mundo deixam de ser interessantes, resta uma curiosa necessidade humana de saber se amanhã vai ou não chover. Chovia naquela noite como não chovia há tempos. Primeiro uma camada fina de garoa que mais lembrava o jato risível de um grande aspersor sobre a cidade, brilhando contra os postes como minúsculas contas de vidro ou flocos de neve. Depois, quando Herbert já estava virando o quarteirão, de onde podia ver apenas a fachada do prédio meio encoberta por uma árvore, uma camada grossa de água estourou sobre o asfalto em milhares de pequenas formas cristalinas e pesadas. O som daquela chuva repentina sobre os carros parados era tão alto que Herbert não ouvia os próprios passos. Sem muita escolha, foi correndo quase colado aos prédios e pontos comerciais do bairro, fugindo da água debaixo de marquises, toldos e árvores.

Parecia típico aquilo, uma brincadeira cósmica ou um plano de Magnólia para desaparecer exatamente numa noite chuvosa. As pessoas corriam e atravessavam poças como se não tivessem nada a perder, apenas ele tentava não se molhar e, sobretudo, não se desesperar diante da situação. Se Magnólia não estava na rua, provavelmente havia entrado num café para se proteger, mas todos agora estavam lotados. E quanto mais Herbert corria e respirava ofegante, mais a comida do Arneis revirava em seu estômago. Parecia que o jantar tinha acontecido há um mês, mas a comida ainda estava sensível no paladar. De repente, sentiu vontade de vomitar.

Ele parou durante alguns segundos diante de uma padaria e ficou na entrada, dividindo espaço com meia dúzia de pessoas desavisadas e sem guarda-chuva. Ela não estava lá dentro. Por um momento, teve de se esforçar para lembrar a roupa que usava, e a imagem que veio foi a de um tecido escuro com desenhos – era isso. Alguma coisa estava errada no fato de não lembrar o que Magnólia vestia. A culpa voltou. A culpa por deixá-la partir daquela forma, a culpa por não conseguir ser o mesmo Herbert de antes. Doía mais o aumento da sua própria mudança do que doeria a redução de seu amor – coisa que não havia acontecido, embora aquele amor tivesse mesmo se alterado de alguma forma, ganhado um novo contraste, uma nova textura, umas camadas a menos ou a mais, ele ainda não sabia. Só sabia que não podia perder Magnólia.

A escuridão, a água, o enjoo, a pressa, o cansaço, tudo isso o comprimia como um abraço letal. Decidido a voltar ao prédio para respirar e pegar o carro, tentou afastar qualquer pensamento mais obscuro e deixou, envergonhado pelo clichê e pela própria fraqueza naquele instante, que as lágrimas de seu rosto se confundissem com a chuva. Aquele Herbert parecia o mesmo de dez anos atrás, e essa nova consciência iluminou seu rosto como o de um menino que beija pela primeira vez, tendo a certeza de que Magnólia gostaria de vê-lo assim, mais sensível, mais patético. *Mais ele.*

Um dos segredos de Herbert era manter a calma. Parecia bastante óbvio, algo que irritaria qualquer um numa situação de alerta, mas essa calma se alimentava exatamente do passado, como se tudo o que acontecera até então fosse um padrão e ele pudesse se entregar a isso. Ele pensava que, *se sempre tinha sido assim, continuaria sendo assim.* Mas não era muito inteligente ou seguro acreditar nisso quando se tratava de Magnólia. A instabilidade dela não dava lugar a uma confiança ilibada, mas precisava se agarrar àquela ponta de esperança inclusive para diminuir um pouco da culpa.

Herbert odiava dirigir na chuva, sobretudo à noite, mas não tinha outra opção. Poderia ligar para a polícia, mas, como ela tinha acabado de desaparecer, tinha medo de parecer um idiota carente se a mulher voltasse tranquilamente do supermercado. Sabia que Magnólia não voltaria tranquila – e o "se voltasse" alastrou-se em seu corpo como se o sangue tivesse sido repentinamente substituído por água gelada.

Chegou no prédio ensopado e demorou alguns segundos diante do elevador antes de apertar o botão. A construção não tinha um hall de entrada muito grande, nem porteiro, o que diminuía muito a segurança, mas nem por isso deixava de ser imponente, sofisticado num estilo europeu difícil de explicar para quem não morava ali. Era pretensioso acreditar que um prédio como aquele estava imune a toda gente perigosa e desconhecida que só precisava ter uma chave para destravar a entrada, ou um pouco de talento para disfarçar a voz no interfone. Herbert pensou em retornar ao apartamento pela escadaria. Com sorte, Magnólia estaria dramaticamente encolhida em algum degrau sombrio à sua espera. Mas ele não podia perder tempo e, além de sentir-se resignado sob a ameaça de uma pneumonia, estava quase sem ar.

No apartamento, a chave do carro não estava na velha concha de abalone, um dos muitos objetos que enfeitavam um pequeno móvel de madeira ao lado da porta. Ali eles haviam colocado porta-retratos de viagens, miniaturas de cristal que iam de taças de vinho a cavalos-marinhos, pratos decorados, castiçais de prata e um jarro com rolhas de bebidas abertas em datas comemorativas. Herbert olhou para aquilo tudo como se olhasse um cadáver, porque agora seu passado parecia um corpo morto, uma coisa distante, difícil de alcançar. Mas não tinha vontade de tocar nele, embora fosse essencialmente melhor, mais *real* do que o presente.

Em uma das fotos, com o rosto quase inteiro encoberto por um chapéu de feltro carmim, Magnólia sorria. Em seus lábios pulsava aquela mesma cor da peça, e mais abaixo vinha o queixo quase severo, as costas eretas contra a proteção de uma balsa que tinham usado para chegar a uma ilha, onde passariam um fim de semana com amigos que não viam há muito tempo. Aquela foto ainda fazia romper um sorriso no rosto de Herbert – era este o verbo: romper. O sorriso vinha de repente, num estouro, inesperado, vazava para as bochechas e iluminava seu rosto quase sem permissão. Durava pouco, logo se apagava escurecido, oculto sob o rompimento. Tudo porque a camisa de Magnólia tinha subitamente inflado com a passagem de um vento forte justo no instante do clique, e sua forma abaloada fora digitalizada assim mesmo. Na hora ela riu, disse que já tinham sua versão grávida. Ainda gostava da foto quando a colocou no porta-retrato, mas, com o passar do tempo, começou a se sentir humilhada pela maneira como aparecia, como se Herbert tivesse esperado aquele instante para ofendê-la. Apesar de não olhar para a foto, nem para aquela nem para as outras ao redor, Magnólia permitiu que as coisas ficassem daquele jeito. Ainda podia usar uma ou outra coisa contra Herbert. E a verdade era que no fundo ela gostava, sim, da foto. Não era desagradável como as de Muriel, pensou Herbert, não tinha a massa plúmbea de sua melancolia, então com certeza satisfazia Magnólia de alguma forma. Era uma foto divertida, espontânea, um registro dos bons tempos. Muriel nunca comentara nada sobre ela, e talvez tivesse sido melhor assim.

 Sentir-se sugado por aquele momento, por *aquela* Magnólia, era o que Herbert não queria. A concha vazia sem a chave o alertou para a possibilidade de tê-la deixado no carro, coisa que dificilmente acontecia. Bateu a porta e desceu até a garagem, escura e já com o cheiro úmido de bolor vindo da chuva. Quando as luzes se acenderam automaticamente, soltou os ombros. Magnólia estava dentro do carro, encurvada sobre o volante, os braços envolvendo o próprio corpo num abraço firme.

 – Posso entrar? – perguntou Herbert, batendo de leve no vidro da janela.

 Magnólia ergueu a cabeça e revelou um par de olhos inchados como duas azeitonas em brasa. Ela apenas assentiu com a cabeça e, enquanto Herbert dava a volta no carro para sentar-se no banco do passageiro, destravou as portas e o recebeu com um abraço. Permaneceu assim silenciosa sobre o seu ombro, respirando fundo. Herbert notou que ali dentro estava muito quente e virou a chave para abrir as janelas, cujas folhas de vidro deslizaram com um som deprimente.

– Você está molhado – disse Magnólia, afastando-se e apoiando o braço na janela agora aberta. Seus olhos se mantiveram voltados para a frente, como que envergonhada de Herbert.

– Eu fui procurar você, Mag. Está chovendo – acrescentou ele, num tom que para ela pareceu uma crítica.

– Eu não vou pedir desculpas – disse ela, a voz baixa e séria.

– Tudo bem.

– Não era para você ter vindo atrás de mim.

– Você não faria o mesmo se eu sumisse de repente? Durante uma conversa?

– Não – respondeu ela. – E não foi durante uma conversa.

– Eu só tinha ido até a cozinha apagar a luz, Mag.

– E eu só quis ficar um pouco sozinha.

– Poderia ter falado.

– Como? – perguntou Magnólia, avançando não fisicamente, mas com o tom de voz muito mais elevado do que a sua própria vontade de começar aquela discussão.

– Era só você conversar, pedir um tempo. Você sabe que pode ficar sozinha quando precisa e eu sempre respeitei e entendi esses seus momentos.

Magnólia lançou um olhar de cólera para Herbert.

– Será que eu sei que posso ficar sozinha? Será que eu não vou me cortar e acabar com tudo isso de uma vez? Será, *Heb*?

– Mag...

– E será mesmo que você me deixaria ficar quieta, sozinha, no meu canto? Eu fiz isso porque eu tinha certeza de que você ia querer me abraçar na cama, conversar, ficar *de conchinha*, como se isso fosse me fazer melhor. O máximo que você conseguiria seria me fazer chorar mais, me deixar mais confusa e culpada.

Fingir que ele não estava impressionado com aquele novo ataque era uma tarefa árdua. Abrir as janelas não tinha sido uma boa ideia. A voz de Magnólia não só já reverberava pela garagem toda, com ecos que estremeciam as pálpebras de Herbert, tão acuado quanto uma criança, como também parecia prestes a rasgar uma parte dela, através da qual sairia algo pior, uma versão perigosa que talvez nem ela mesma conhecesse ainda. O monstro. Mas Herbert o conhecia. No entanto, como se detém um monstro dentro de um carro?

Ambos respiraram fundo, um movimento quase ensaiado de relaxamento dos dedos e dos ombros. Dessa vez, Magnólia não olhou para ele. As lágrimas desceram ocultas pelo cabelo, a cabeça virada para fora, para uma garagem de repente escura com um clique seco, iluminada apenas por uma lâmpada de emergência que despontava de um canto. Herbert calculou a distância de sua mão até a mão de Magnólia. Queria tocá-la sem assustá-la, usar do calor dos seus gestos, como tantas vezes fizera, não somente para acalmá-la, mas para lhe dar segurança, para que finalmente respirasse com leveza. Estava desacostumado. Excetuando a ocasião do aborto, uma crise como aquela não acontecia há muito tempo. Nem com Muriel ela parecera tão desnorteada. Era difícil para Herbert ouvi-la chorar em silêncio e não interromper sua tristeza com a própria respiração.

Quando Herbert finalmente conseguiu romper aquela barreira, a impressão de que a noite se esticaria de maneira indefinida era perturbadora. As badaladas do sino da igreja próxima pareceram o sinal perfeito para que ele falasse, abrindo no ar a chaga pela qual sua conversa poderia enfim sangrar. Sangrar era bom, ele pensou. Sangrar era ter a prova da vida. No entanto, no estado de Magnólia, o que ela fazia estava mais próximo da supuração. E tinha o mesmo cheiro enjoativo, tanto o seu silêncio quanto a sua voz carregada daquela doença, transtornada em si mesma.

– Magnólia – começou Herbert, e, num gesto quase de autossuperação, agarrou sua mão.

Sobressaltando-se, ela o encarou outra vez, sem saber se pelo susto do seu toque ou se pela voz firme chamando-a pelo nome em vez do apelido. Para ele, "Mag" pareceu de repente uma forma covarde de abordá-la, como se pudesse tratá-la como uma criança. Naquele momento ela tinha de ser sua mulher, sua esposa, sua companheira, a enóloga Magnólia, quase um trava-língua que tinha nascido com ela como uma nódoa na pele.

– Se tudo isso aconteceu porque você acha que a Sylvia e eu estamos tendo um caso, então esqueça – disse Herbert, com mais firmeza e tranquilidade do que imaginava, um ponto a seu favor. – Eu nunca traí você com a Sylvia. Somos colegas na universidade, você sempre soube disso.

Magnólia não se moveu. Apesar da pele quente sob a mão fria de Herbert, o resto do seu corpo era de uma inexpressividade cadavérica. Ela tinha parado de piscar, o que também não era um bom sinal. E respirava pela boca, empurrando uma mecha de cabelo para frente e para trás, como um balanço diante do rosto. Uma única mecha de cabelo que lhe dava uma aparência de louca, de desleixada, como que recém-saída de um surto.

– Eu preciso que você acredite em mim – insistiu Herbert.

Subitamente, Magnólia respirou fundo. Soltou os ombros e pareceu pensar antes de falar:

– Você precisa disso porque quer que eu fique bem?

– Não. Eu preciso disso porque é a verdade. Eu quero que você confie em mim.

– Eu me sinto enganada – admitiu ela. – E, pensando melhor, me sinto exposta. Exposta no jantar de hoje, como uma louca. Exposta diante *dela*. Exposta para você. Exposta para mim mesma. Eu estou tão cansada, Herbert...

– Precisamos cuidar do seu tratamento como sempre fizemos. Você não pode se automedicar quando bem entende, sabe? E me desculpe se pareço grosseiro, eu só quero que você entenda isso alguma hora. Tudo fica muito difícil quando você esconde as coisas de mim. No fim do dia, sou *eu* que preciso confiar em você, não o contrário.

– Então você é a vítima agora?

– Eu não disse isso.

– Eu não deveria ter falado dos remédios – resmungou Magnólia. – Foi exatamente a mesma coisa na casa do Orlando, há sete anos, você lembra? Eu deveria ter continuado quieta, fingindo.

– É assim que você quer continuar vivendo? – perguntou Herbert. – Numa mentira? Sendo a atriz que todos esperam que seja? Ou você quer ser feliz de verdade, Mag?

– Tenho certeza de que você está agindo assim para ficarmos bem, para que tudo volte ao normal – retorquiu ela. – Mas e o caos? Você me disse há pouco tempo que gostava de um pouco de caos na sua vida. Nas *nossas* vidas. Sinceramente, achei aquilo bastante estranho. Mas depois você me explicou que era por causa do seu trabalho criativo, porque as coisas pareciam fluir melhor.

– Você não precisa ser o meu caos proposital.

– Isso daria uma ótima frase para o seu livro – disse Magnólia, amarga, retirando sua mão da de Herbert e relaxando a cabeça no banco.

– Mag, eu quero o seu bem. Eu amo você. Não sei mais o que fazer.

Quando Herbert chegava naquele ponto, um ponto vazio, um pedaço cuja parte faltante é exatamente o seu embrião, como um fruto descaroçado, as forças de Magnólia se reduziam a pó, ou, ainda na imagem daquele fruto quase proibido, ao bagaço seco e opaco de sua conformidade. Seu silêncio e seus olhos perscrutando a escuridão da garagem eram resultado de um medo muito comum e profundo: o medo de perder Herbert. Agindo daquela forma, ela o afastava cada vez mais. Para recuperar não só o marido, mas também sua confiança, precisava atuar, precisava se controlar, e se os remédios podiam fazer aquilo, então voltaria com eles.

Ou pelo menos tentaria.

Ainda era difícil acreditar em Herbert. A certeza da traição era tão incômoda quanto uma pincelada rançosa de óleo de rícino em seus lábios. Por mais que tomasse a sua verdade como água que lava o brilho e o cheiro daquele óleo, sobrava um resquício de dúvida nos cantos da boca, um sabor penetrante na língua. Alguma coisa estava errada e não era somente ela. Era em Herbert. Era em Heb.

— Vamos? — convidou Herbert, abrindo a porta do carro.

Ambos saíram lentamente. Ele pegou a chave, bateram as portas sem nenhuma vontade e o alarme foi ativado, fazendo ecoar um duplo bipe na garagem vazia. Diante do elevador, envolvidos por uma densa neblina de incertezas, mas sobretudo cansados, Magnólia e Herbert se abraçaram. Tudo continuaria bem, suportável, enquanto enxergassem seus limites. Não estavam radiantes, mas era possível atuar enquanto as luzes da ribalta não apagassem, enquanto as pesadas cortinas daquele puído espetáculo não fechassem diante da realidade.

De: tomas1406@email.com
Para: alister23@email.com
Data: 12 Fev 2019 10:10:12

Meu amor,

    Hoje eu acordei com um sentimento muito intenso, do tipo que Clarice gostaria: um sentimento sem nome. Ele é tão intenso, tão voraz, tão perturbador, tão cruelmente coberto por espinhos de palavras cruas, que dar um nome a ele seria o mesmo que domesticá-lo, domá-lo, inferiorizá-lo; seria colocá-lo no mesmo nível dos outros sentimentos – e se me permite ser um pouquinho audacioso, eu não quero que seja um sentimento de todos, que fique banal. É uma mistura de saudade, de ansiedade, de medo, de necessidade. De fome. De te querer por perto.
    Acordei chorando, coisa que nunca aconteceu. Sim, estou mais sensível hoje, por isso escrevo agora de manhã, embora nossa ligação de ontem à noite tenha sido maravilhosa e eu devesse estar melhor por causa dela. Desconfio que isso tem a ver com a confusão, com a sensação de estar "perdido" num lugar estrangeiro, sabe? Sem as pessoas que mais amo por perto – no caso, *a pessoa* que mais amo por perto. Vai me fazer tão bem

quando você estiver aqui convivendo comigo, vai *te* fazer tão bem quando você estiver longe da sua mãe, sem mais motivos para discussões e arranhões. Talvez isso seja uma fase e você sinta falta dela quando estiver aqui, afinal ela é sua mãe. A propósito, o nome "André" me deu um ligeiro gosto amargo na boca, fazia tempo que eu não pensava nele. De qualquer forma, obrigado por me proteger. A lembrança me cutuca mesmo quando não penso nela, e uma hora vou ter de encarar tudo o que aconteceu sem deixar que isso me afete tanto. Eu sempre disse que você pode conversar sobre o que quiser comigo, sem medo de me machucar. É no sangue das nossas feridas que encontramos os contornos luminosos da nossa verdadeira identidade.

Apesar da sensibilidade (acho que tive algum pesadelo, por isso não acordei bem; tenho a estranha sensação de que envolvia perda, de que a tia Mag me consolava e de que estávamos na casa de praia), uma boa notícia é que hoje, pela primeira vez desde que cheguei, está ensolarado. Nenhuma nuvem no céu, um azul tão esticado que parece quase perigoso, como a pele de um balão prestes a se romper; um frio incansável também, vindo da umidade da neve que insiste em não derreter, e agora um sol que cobre toda a mesa onde escrevo e que traz uma sensação efêmera de que a vida é boa e de que tudo está perfeito. Não é com tristeza que a chamo de efêmera, estou apenas sendo realista. Já tive muitos momentos como este, em que acordei, vi o dia como o coração lascado e rutilante de uma pedra preciosa, respirei fundo aquela consciência ampla, arejada e cristalina de estar vivo e de que tudo é possível, mas que aos poucos fui abandonando, deixando que o resto do dia me apresentasse outras horas iguais com sentimentos iguais em lugares iguais, mergulhando outra vez no cotidiano comum sem perceber. Você já sentiu isso? E se sim, notou como não percebemos que esse viço da manhã não dura até a noite? Somos embaçados pelo mundo exterior, somos atingidos por outras consciências que turvam a nossa, e então aquele vórtice de êxtase e euforia quase já não dá pra recordar, quase não gira mais. A gente se entrega com muita facilidade, esse é o problema.

Eu, que sempre preferi os dias escuros, frios e úmidos, me senti melhor ao abrir a cortina da sala e ser ensopado por esse clarão. É verdade que a falta de vitamina D nos deixa deprimidos, isso afeta bastante meu emocional, sei disso, embora tente negar. Ah, meu Ali, venha logo, por favor. Sei que quase todos os dias te peço isso por telefone, sempre como uma provocação, uma brincadeira que gostamos de repetir, mas venha. E me faça prometer que eu nunca mais vou permitir uma separação física assim, com medida oceânica. Mesmo com telefonemas diários, com esses e-mails que só respondem o que calamos nas ligações por um motivo ou outro, minha saudade e minha vontade de você não são amenizadas. Eu não queria ter vindo antes, eu teria desistido de tudo para que viéssemos juntos dia 26, mas você não deixou e todos me chamariam de louco, ainda que eu não me importasse com isso. Você sabe o quanto tentei mudar a data da viagem, não entendo porque me enviaram um mês antes de começar o curso, mas, escrevendo isso, sinto um ranço de ingratidão, e não quero de forma alguma parecer ingrato. Sei que muitos gostariam de estar no meu lugar e passar um mês "de férias pagas" na Noruega, mas sem você eu não consigo sentir a mesma alegria que deveria sentir. É verdade que Oslo me fascina, que as caminhadas pelos parques e pelas praças têm me feito muito bem, e a ideia de explorar isso com você só me motiva a não desistir de tudo, mas ainda assim... é difícil.

Mais duas semanas e toda linguagem será corporal.

Agora eu acho que consigo responder a pergunta que você me fez ontem, lembra? Você perguntou, com medo de me ferir, o que nos faz trocar esses e-mails, se já nos falamos todos os dias. Acredito que a resposta seja essa facilidade maior de expressão. Eu não consigo me abrir tanto com você por telefone. Nas ligações, não quero parecer chorão nem melancólico, só quero aproveitar sua voz, te ouvir, quero estar bem, quero, sobretudo, *parecer* bem. (E não quero dizer com isso que finjo, que dissimulo minhas emoções, mas é sempre mais agradável parecer estar bem – ainda que isso soe como uma convenção mofada de uma tia velha e

chata.) Apesar de tudo, a escrita continua sendo minha melhor forma de expressão.
    Dificilmente eu teria falado as coisas que falei acima, só mesmo aqui. Você também me parece mais expressivo nos e-mails, mais aberto, mais relaxado. Meu lindo, são quase sete anos de namoro, e a impressão que dá é de que ainda nos reprimimos em certos assuntos, como se nossas vozes nos aprisionassem em nós mesmos e nossos dedos, nossa linguagem escrita, pela primeira vez, nos libertassem. Sinto o mesmo sabor dessa liberdade em nossos beijos: existe uma entrega profunda e total neles, de coisas que guardamos, de intenções, de tudo o que não falamos um ao outro, mesmo as coisas mais inúteis ou incômodas, o que chamamos de as "cáries da fala", embora eu ache que nosso relacionamento seja tão forte e bonito porque não escondemos o que nos maltrata. Sempre tivemos essa abertura, essa conversa, esse companheirismo, e quero continuar assim. Se trocamos e-mails com tanta frequência, como nunca fizemos, é por uma necessidade de aproximação maior do que a dos telefonemas, um modo de ficarmos juntos por mais tempo, porque este é o papel das palavras: ser a ponte dos nossos afetos, o embrião de uma vida voltada para dentro e que não precisa nascer.
    Parece que já enrolei bastante. Até agora não falei muito sobre a neve nos nossos telefonemas, e como já disse, ela tem relutado em desaparecer, mesmo com sol. Tenho sentido um frio absurdo no rosto; minhas bochechas ficam vermelhas o dia todo, meu nariz também – você acharia lindo, eu sei, e com aquele sorriso que sempre me ganha diria que eu fico com cara de criança. Mas o frio tem me feito bem, exceto pela rinite e outros problemas respiratórios que de vez em quando aparecem. Ontem, quando nos falamos, tentei disfarçar a rouquidão da minha voz, mas não consegui. Felizmente você não percebeu, mas agora, com um pouco mais de coragem, posso confessar que estava mesmo rouco e que daqui a alguns dias estarei melhor. Tenho comido mais frutas e tomado umas cápsulas de vitaminas que podem (ou não) ajudar. É estranho e interessante ver como as

pessoas acham normal aqueles montes de neve agrupados pelas ruas. As crianças não brincam mais com eles, acho que porque a fase mais crítica do inverno já passou, então esquecem os blocos brancos que parecem resquícios de uma festa cujas esculturas de gelo já derreteram.

    Vou parar por aqui. Mais uma longa missiva virtual (você sempre me chama de velho quando chamo um e-mail de *missiva*) sem grandes novidades. Quero você por perto, quero você comigo. Quero você aqui. Vem, meu Ali. Vem, por favor. Mais duas semanas e seremos um só outra vez.

Sempre teu,
Tom

6. A solidão

Na manhã seguinte, incentivada por uma culpa voluntária, mas também por uma dose de insegurança, Magnólia tirou a garrafa de Tokaji de dentro do guarda-roupa e olhou uma última vez para as gotas douradas que se agitavam como um barco líquido no fundo do vidro. Sem rolha, a garrafa fora guardada com cuidado entre uma pilha de calças e outra de camisetas, um santuário íntimo e privado do qual Herbert nunca chegava perto. Era ali, naquele móvel robusto e escuro herdado de Elisa feito à mão num canto distante do estado, com portas corrediças que insistiam em emperrar em dias úmidos, que Magnólia podia esconder sua vida. Ou pelo menos parte dela. O cheiro do vinho húngaro fazia sua mente fulgurar em clarões que mostravam o corpo de Ângelo estirado na cama, o peito ofegante, o perfume almiscarado, os cabelos prateados brilhantes de suor sobre o travesseiro de Herbert. Parecia um tipo infantil de castigo, aquele corpo suado ocupando o lado de Herbert na cama – no entanto, ela não achava que ele o merecia de verdade. Talvez não a tivesse traído, talvez falasse a verdade, afinal ela não tinha prova alguma, não tinha uma foto, não tinha uma marca de batom, uma gravação, nada. Nada. Tinha apenas o seu medo, pegajoso e virulento, exacerbado pelo sorrisinho patético de Sylvia.

Era um pouco triste aceitar que o cheiro daquele vinho sempre recuperaria a imagem de Ângelo mesmo se fosse trabalhar em outro lugar, mesmo se um dia fosse morar em outra cidade ou país quando quisesse esquecê-lo. Tinha sido seu primeiro Tokaji, um presente especial, requintado, algo que talvez ele nunca desse à própria esposa, que por sua vez reduziria o valor daquela safra e daquele gesto apenas com o olhar ignorante sobre o rótulo. *Eu sei que você vai gostar*, ele dissera com um sorriso provocador, mas arrogante, característica que nunca passava despercebida por Magnólia. *Sei que você nunca mais vai esquecer o sabor desse vinho, minha querida, é de outro mundo de tão bom. Tenho pensado em importar uma boa leva, porque...* Ângelo sempre tivera uma postura presunçosa sobre tudo e todos, mas era só dar a ele uma garrafinha de Stella Artois que o homem parecia amedrontado por não saber socializar bebendo cerveja – o primeiro homem assim que ela conhecia. Era divertido e também irritante. Ele tinha tantos traços ausentes em Herbert, Magnólia valorizava essa diferença, essa oposição, embora soubesse que fosse o tipo de homem fiel às suas escolhas, e o casamento com Sylvia tinha sido uma delas. A traição tinha sido outra. Escolher abandonar a esposa para ter muitos casos e assim diminuir sua culpa estava longe de fazer parte dos seus planos. A liberdade era tentadora, mas solitária.

Ela gostava de pensar que Ângelo tinha nascido para o vinho, que aquela era a sua bebida – algo não muito comum entre os homens, sempre apreciadores contumazes de cerveja – e isso acabava sendo uma marca que também mexia inexoravelmente com suas emoções. Por isso Ângelo seguira a profissão de enólogo, gerenciando não só uma importadora e uma distribuidora, que incluíam outras bebidas como vodcas, uísques e licores, como também fazendo o que Magnólia fazia de melhor: dando consultoria às vinícolas brasileiras e produzindo conteúdo de marketing para a venda dos vinhos em restaurantes e em casas especializadas. Os congressos internacionais eram a parte mais interessante do trabalho. Conhecer outras pessoas, outras culturas, novos rótulos, novas formas de produção sustentável. Esse nicho mais criativo e empreendedor, como o suporte técnico e a busca por melhores métodos de plantio, as viagens e o interesse pela agricultura biodinâmica, era o que mais agradava a Magnólia e o que permitia que ela não enjoasse do trabalho. A enologia às vezes podia ser traiçoeira em vários aspectos, mas era uma das poucas coisas que a mantinham focada – o único momento da sua vida, somado aos orgasmos, em que esquecia do transtorno, dos remédios, do cuidado, do medo, das tempestades.

Nos últimos anos, Magnólia vinha sendo o seu próprio barril de carvalho: a ideia de escrever críticas para revistas e outras publicações na área, juntando um pouco de ficção e as próprias experiências como enóloga, tinha fermentado a ponto de fazê-la embriagar-se com o prazer da possibilidade. Quando o álcool do desejo escorria sanguíneo pelos dedos, transferindo para fora sua necessidade de expressão, de vazão, ela escrevia. Escrevia pouco, mas escrevia. E guardava com o orgulho refeito de uma garota que esconde nas gavetas de sua escrivaninha um diário com fechadura. Magnólia nunca tinha comentado com ninguém sobre essa pulsão cada vez mais cristalina e mais profunda de escrever, de expandir seu conhecimento para o mercado editorial, de "tentar as letras", como dizia Herbert. Ele compreenderia, até apoiaria, mas Ângelo lançaria aquele olhar cansado de desdém e diria, num tom de voz macio, que ela fazia perfeitamente bem o trabalho da empresa. E isso bastava. Bastava? Não para ela.

No entanto, não podia simplesmente largar tudo o que havia construído; o sonho teria de surgir aos poucos, conseguindo espaço em algum lugar, talvez um blog na internet, uma pequena coluna mensal numa revista. Se pelo menos Elisa estivesse viva, poderia apelar para ela, que conhecia algumas pessoas do meio da comunicação. Herbert também conhecia, sobretudo da editora universitária, mas não queria que ele tivesse participação no projeto. Seu maior medo era envolver em seus sonhos as pessoas mais confiáveis, porque elas tinham a terrível tendência para a aceitação cega, a condescendência e a falta de crítica. A opinião de alguém próximo era sempre uma adulação vazia, muito mais potente e exagerada quando dada sobre o trabalho de um aprendiz como ela. Também tinha o fato de que Magnólia não aceitava bem críticas negativas. Se algum dia publicasse qualquer coisa, tentaria não ler, e tampouco se interessaria pelo retorno de um possível leitor. Com a escrita guardada, sua linguagem era inexistente, portanto impossível de ser sufocada numa redoma de julgamentos.

Talvez a inclusão de Ângelo na equação fosse estúpida demais. Ele não fazia parte da sua vida, não *nesse* ponto – pelo menos não afetivamente, porque afeto era uma camada muito profunda, mas sensível, construída com anos de confiança e alinhamento. Olhar para aquela garrafa por tempo demais fazia seu estômago embrulhar e já causava a ela certa vergonha de si mesma. Ele não era assim tão importante, era? Vinha sendo seu amante, sim, mas antes de tudo era seu chefe, com quem tinha pouco contato durante o trabalho, essa era a verdade. Ela não podia lhe dar tanto valor, sobretudo depois daquela noite, quando ele parecia já saber que o amigo de Sylvia era Herbert, casado com sua melhor assistente – e também amante.

Magnólia correu até a lixeira embutida num compartimento na escadaria do prédio e atirou a garrafa como se quisesse se livrar da própria morte. Nunca mais conseguiria beber uma taça de Tokaji. De *nenhum* vinho húngaro. Por sorte, eles eram difíceis de encontrar.

O desafio de atravessar o dia sem enlouquecer sozinha era grande. Herbert podia dizer o que fosse, Magnólia não havia aceitado que o trabalho na universidade tinha retornado antes do início de março. Ela passava todas as manhãs sentindo-se uma sonâmbula, andando de um lado para o outro do apartamento com um sentimento apreensivo incubado como uma doença. Dava seus passeios, é verdade. Ia até um café, à livraria mais próxima, folheava uma dúzia de livros que não queria comprar, voltava para o apartamento, saía novamente e às vezes, três ou quatro vezes nas últimas duas semanas, pegara-se entrando na catedral do bairro, uma construção em estilo gótico que estava sempre vazia. No silêncio penumbroso, feito da cera das velas enlutadas, Magnólia sentava-se no último banco, ou ajoelhava-se no estrado de um lustroso genuflexório que ela simplesmente não sabia usar. Elisa, que não tinha o hábito de ir à igreja, teria gostado de ver aquela cena, não sem deixar de provocá-la com algum comentário sobre sua nova e refrescante flexibilidade. No entanto, Magnólia não estava sendo flexível, não estava à procura de ajuda espiritual. A igreja a tinha convidado por descuido. Ela gostava da frouxidão daquele silêncio, da atmosfera constante, da certeza de não ser interrompida, das sombras subaquáticas nos cantos da estrutura, aonde a luz não chegava. Certa vez ficara olhando para aqueles cantos, imaginando que era ali que os pequenos demônios viviam, com seus faiscantes olhos de cereja e dentes amarelos, vigiando cada oração, cada gesto ou balanço dos terços, cada lágrima e cada punho fechado contra uma cabeça angustiada. Apenas uma vez Magnólia sentira um ímpeto muito forte de ir até lá propositalmente, saindo do conforto do apartamento direto para a catedral, mas Herbert voltara do trabalho e ela acabou trocando meia hora de silêncio por quase quatro horas de conversas lentamente desfiadas sobre educação, política, o golpe contra o governo e os acontecimentos daquele dia, o ouvido e a impaciência anestesiados pelo álcool de um vinho branco gelado que acabou dando mais sono do que prazer.

Não ter uma companhia durante o dia não era exatamente o maior problema de Magnólia. Desde criança ela se acostumara a aceitar a solidão. Não que isso fosse bom – definitivamente *não* era, e ela detestava a sensação premente de abandono que isso lhe causava. Nas vezes em que Herbert chegara depois das dez horas da noite, era como se ele nunca mais fosse voltar. Houve um único dia, durante todo o casamento, em que ele chegou silenciosamente depois da meia-noite, e, como que por um milagre ou exaustão, Magnólia já havia dormido depois de chorar por horas e se retalhar com uma faquinha de queijo, que ele descobriu cheia de sangue debaixo da cama no dia seguinte. O maior problema era a ansiedade que ficar sozinha causava em Magnólia. Ela sofria pelas mesmas coisas, os mesmos sentimentos e os mesmo conflitos internos potencializados pelas férias, como acontecia agora. Queria que o final de fevereiro chegasse logo e, com ele, sua principal e mais saudável preocupação: os vinhos.

Todavia, bastou entrar de férias, no fim de janeiro, para que Orlando a convidasse para passar uns dias na casa de praia. Queria que ela se despedisse de Tomas, que ganhara uma bolsa de criação artística e partiria no início daquele mês para a Noruega. Obviamente ela não tinha ido. Recusou diversas vezes o convite, e por diversas vezes Orlando insistiu de maneira aborrecida, como se contra a própria vontade. A verdade é que ele não queria que ela fosse visitá-los: seria como uma reprise desfigurada e sardônica daquelas férias de inverno em 2012 e da rápida visita seguinte, em 2015. Tanto o convite quanto a consciência de ficar sozinha, embora tivesse a opção de fugir daqui para se refugiar ali, haviam deixado Magnólia mais ansiosa. A ansiedade vinha em perigosas e volumosas ondas de alerta que piscavam um brilho lancinante de excesso: fome excessiva, vontade excessiva de beber vinho e às vezes até de se drogar. Ela nunca tinha se drogado tão seriamente, exceto uma vez, com cocaína, durante uma festa em Roma, incentivada por um polonês que mal sabia falar italiano. Não se arrependia da atitude, embora preferisse trocar o pó por uma garrafa de vodca para sentir-se igualmente alucinada. Ao contrário das pessoas que conhecia, o álcool não a deixava cansada na maioria das vezes. Era como um combustível de fato, acelerando seus movimentos, seus batimentos e sua capacidade de pensar. O álcool lhe dava ânimo. Desde que Magnólia concluíra que o irmão se saía melhor no papel de abstêmio do que ela, a vida lhe parecia mais injusta. E mais difícil de encarar. Assim como encarar Orlando era encarar um espelho distorcido pela verdade mais brutal.

Naquele dia, especificamente, a vontade de comer era maior do que a de beber. Talvez porque tivesse jantado pouco na noite anterior, se estressado com Herbert, tomado apenas uma xícara de café pela manhã com um naco de pão seco, ela não podia ver com clareza, nem queria. Mas se aquilo não fosse um tipo de apelação do estômago, e sim da ansiedade, a solução a deixaria ainda mais ansiosa, pois ela se encontrava sob uma dose perigosamente prudente de topiramato, uma droga antiepiléptica que diminuía todas aquelas vontades viscerais. Da mesma forma que Magnólia aceitara o casamento com Herbert sem pensar nas consequências, ela tinha aceitado a prescrição de Topamax. No começo era fácil. O apetite causado pela ansiedade era inibido pelo remédio. Por muitas vezes ela conseguira até deixar de beber por causa dele. Com o passar dos anos, o medicamento tivera o poder de agir sobre seus batimentos cardíacos antes mesmo de ela ingeri-lo. Era como um placebo instilado gota a gota por osmose. O medo de emagrecer e gostar do resultado por causa disso só piorava sua aceitação. Herbert, por sua vez, não sabia do medicamento. Nunca soubera. Quase dez anos tomando aquilo de forma irregular, e ele não sabia. Se soubesse, talvez decidisse interceptar sua gaveta de remédios, uma panóplia de caixas de cores e formatos diferentes, quase uma tela de Mondrian em terceira dimensão.

Eram raras as vezes em que Magnólia se preocupava com a gaveta, *aquela gaveta*. Por necessidade ou simples vontade – e as duas coisas pareciam monstruosamente intrincadas –, encarava a gaveta dos remédios como uma gaveta de talheres, abrindo-a conforme sua necessidade. O frágil tecido do seu tratamento naqueles últimos anos tinha se tornado uma renda cheia com os buracos de sua imprudência, de sua negação e de sua fuga. Ela sabia que isso não era bom, que sua vida inteira dependia daquela única carta para não desabar aquele delicado castelo de uma vez por todas. No entanto, era divertido e libertador tratar os remédios com a mesma indiferença com a qual seu psiquiatra parecia tratá-la. Desde 2016, Magnólia não tinha mais consultas com o doutor Vítor, cujo olhar cinzento e praticamente desdenhoso acompanhara seus altos e baixos por quase sete anos. Como uma provocação latente ao seu trabalho, fora trocado por um sobrinho cuja clínica mais parecia um hotel e que recebia Magnólia, tendo Herbert a tiracolo, sempre com simpatia e interesse. Interesse:

era isso que faltava no doutor Vítor. O sobrinho, inegavelmente mais charmoso, podia receitar cicuta e ela beberia. Na sua cabeça aquilo era um jogo que atingia o antigo médico de alguma forma, embora nunca tivesse absoluta certeza. Mas sua alegria, e principalmente sua tranquilidade, terminavam aí. Dentro do consultório, Giovani tinha a mesma postura do tio, e ela se sentia pouco amada, pouco cuidada, tratada como mais uma paciente ou um percentual gratificante da conta bancária do psiquiatra. Somente quando mantinha por muito tempo um padrão quase ridículo de desmarcar suas consultas (coisa que Herbert desconfiava, mas não investigava), Magnólia perdia o controle sobre sua rotina com os remédios. Tinha e não tinha vontade de pedir socorro. Amava e odiava os remédios como amava e odiava as pessoas. Por fim, todos eram a mesma coisa, medicamentos e amigos e familiares – só o que mudavam eram suas intenções e embalagens. O conteúdo duvidoso era sempre igual.

Tentando não pensar na gaveta e no que estava acontecendo consigo, Magnólia foi até a cozinha e fez um sanduíche. Não conseguiria cozinhar com aquele calor. Separou duas fatias de pão de macadâmia, colocou o restante das folhas de rúcula que tinha na geladeira, rodelas de tomate, cebolinha, três fatias de queijo *gruyère*, uma bela porção de maionese temperada, azeite e muita pimenta calabresa. O gosto pela pimenta não era novidade, mas a constância em seus pratos, sim. Vinha colocando em tudo, às vezes até no café e em cremes frios. Sentada com as pernas cruzadas sobre um dos bancos altos que rodeavam a ilha de madeira e pedra, ela podia finalmente mastigar em paz. Se ficasse com mais fome, comeria. Um vinho branco cairia bem, mas não era exatamente uma necessidade, não veio como aquele desejo pela pimenta.

A solidão no apartamento a forçava a pensar. Suas mastigadas, a forma como limpava os lábios engordurados de maionese com a língua, o som da macadâmia em pedaços explodindo seu gosto lubrificante na boca, tudo isso se expandia no silêncio como uma sonata de tensão. Magnólia lembrou-se das tantas vezes em que encontrara Muriel naquele mesmo banco, naquele mesmo lugar, comendo sozinha após a faculdade. Ela tinha vindo morar com eles no mesmo ano em que conhecera Giovani. Aliás, fora exatamente por causa da mudança que ela havia trocado de psiquiatra. A convite de Magnólia, a sobrinha arrumara quatro caixas de objetos pessoais num pequeno quarto perto da lavanderia e ali ficara por quase dois anos.

O efeito foi muito rápido. O sabor do sanduíche a deixou enjoada. Não era o queijo nem a maionese, tampouco a quantidade de pimenta, que nem parecia arder. Era a lembrança. Não pensava em Muriel ou no terrível período em que ela tinha morado ali com eles há muito tempo, desde sua mudança. Herbert tinha ido atrás, querendo apaziguar a situação, "colocar panos quentes", como a própria Muriel dissera revirando os olhos. Depois de uma explosão de ciúme de Magnólia, ocasionada por uma estranha e feliz relação de amizade entre Muriel e Herbert, a sobrinha decidira ir embora. Magnólia não fora contra. Tinha lançado sobre a situação seu próprio ponto de vista e não perdera tempo em informar Orlando do que tinha acontecido. Furioso, ele ofereceu ajuda para a filha, que recusou. Devia estar agora na faculdade, tirando outra centena de fotografias em preto e branco de pessoas desconhecidas, de olhares vazios, de pés apoiados em paredes, de mãos ossudas nos ônibus, roubando a legitimidade dos instantes sem que seus modelos, suas cobaias, suas obras de arte, soubessem. Ela ainda gostava de Muriel, mas a simples imagem de Herbert transando com a garota naquele mesmo banco, ou no sofá da sala, fora o pináculo de sua perigosa imaginação.

Sem saber o que fazer com o sanduíche sem gosto, correu até o banheiro e enfiou o dedo na garganta, vomitando os ruídos que perturbavam o silêncio de seu rancor.

De: alister23@email.com
Para: tomas1406@email.com
Data: 13 Fev 2019 09:48:11

Meu Tom,

 Espero que você possa ler este e-mail antes que anoiteça por aí. Quase mandei uma mensagem para o seu celular, mas lembrei que você ainda não habilitou um plano internacional e preciso dizer que isso me irrita e me preocupa um pouco. Não comentei antes para não parecer chato, mas não poder mandar mensagens nem ter aquela facilidade que tínhamos com o celular há duas semanas me deixa apreensivo. Acordei mais sensível e por isso já estou escrevendo, talvez para me sentir mais próximo, para me conectar com você de alguma forma.
 Para piorar meu estado – não, não estou péssimo, só com saudade, uma nostalgia estranha e uma vontade infinita de voltar para a cama –, minha mãe pediu que eu jantasse com ela e o André no Loulastau. Parece que a coisa ficou mais séria do que eu imaginava, espero mesmo que dê certo – e que assim ela suma de vez com esse cara e seja muito feliz. De verdade, é o que eu desejo. Também escrevo agora por isso, para avisar que talvez não

possamos conversar como de costume, o que me deixa ainda mais chateado. Por mais que eu tentasse recusar o convite, ela não me ouviria e sei que brigaríamos, por isso aceitei. Ela me olhou como se eu a tivesse chamado de puta, de tão admirada com minha aceitação quase automática. A verdade é que estou cansado dela, das brigas, dessa vida aqui no Brasil quando há outra mil vezes mais atraente e interessante com você me esperando na Noruega. Essa semana tem sido bem arrastada, os dias são lentos e parece que o dia 25 não chega – e se ele não chega, você pode imaginar o que acho do dia 26, quando finalmente irei te abraçar :)

Esqueci de comentar na ligação de ontem que tentei pegar meu certificado do curso de gastronomia antes da data prevista, mas só vão enviá-lo mesmo depois do dia 20. Juro que se enviassem antes eu trocaria a passagem de avião, faria qualquer coisa para estar aí mais cedo. Se não fosse esse maldito pedaço de papel, talvez já estivesse aí nesse exato instante.

Mas voltando ao jantar (não estou conseguindo comentar tudo numa ordem decente, você já percebeu), além de não querer brigar com a minha mãe, também quero conhecer melhor O TAL – vai ser difícil não citar o nome dele de vez em quando. Quando você comentou que sentiu um gosto amargo por eu ter mencionado o nome, meu coração ficou apertado. Se pudesse, faria alguma coisa contra aquele filho da puta, ou o substituiria por algo bonito na sua memória para que você esquecesse tudo o que te machuca, não só o que aconteceu. Você lembra quando passamos uma tarde inteira discutindo quais lembranças apagaríamos das nossas mentes se fôssemos à Lacuna Inc.? Acho que nunca mais fui o mesmo depois de *Brilho eterno de uma mente sem lembranças*. Eu queria apagar agora tudo o que você viveu com aquele cara, e não só isso: queria apagar tudo o que senti vendo você sofrer daquele jeito. Ainda me dói bastante pensar nisso, mas o que me ajuda é saber que consegui deixar você um pouco melhor naquela época.

A pior coisa de quando se está emocionalmente instável é trazer à tona as piores lembranças, não só as nossas, mas as de todos. Eu não estava pensando sobre o ano passado, simplesmente acordei assim meio triste, meio cansado de tudo, ansioso e ao mesmo tempo de saco cheio. Não vai dar pra evitar por um booom tempo lembrar desse cara por causa da minha mãe – pelo menos até ela largar dele, o que parece que não vai acontecer agora =/ Enfim. Me desculpe por falar dessas coisas.

Não fique bravo comigo nem pense que estou te cobrando, Tom, por favor, mas acho que existem outros motivos para eu estar assim. Um deles é que achei seu último e-mail um pouco mais seco do que o normal. Não acho que *você* esteja seco, mas sim o e-mail, suas palavras. Foi estranho, como se você estivesse com preguiça ou simplesmente triste, como eu estou agora. Pensando melhor, você estava menos literário, é isso. Me pareceu um e-mail que eu teria escrito, sem aquela sua paixão pela escrita em si, sabe? Isso não é uma cobrança, hein, só uma observação. Fiquei preocupado, pensando que talvez você não estivesse bem.

O outro motivo talvez esteja ligado ao primeiro: achei muito estranho você não escrever "te amo" ao final do e-mail. Sempre nos despedimos assim em e-mails, telefonemas, bilhetes, mensagens, e se não percebi antes é por causa dela de novo: a minha sensibilidade fdp. Não queria me sentir assim, nem perceber essas coisinhas mínimas que machucam. Penso que te amo tanto que, quando você não escreve que me ama, parece que aconteceu alguma coisa. Você (e só você) sabe que eu tenho muito medo de te perder, Tom, e até para mim é difícil admitir isso. Não consigo mais ver minha vida sem você. Que merda, não me sinto assim há muito tempo, mas não se preocupe, por favor. De verdade, tá bom? Não vou ali na cozinha cortar os pulsos. Hehehe.

A saudade, essas sensações, o fato de sair para jantar com minha mãe (e meu futuro padrasto, quem sabe, a ideia até que não me assusta como assustaria há alguns anos, depois de tantos exemplares de cueca furada que rodaram pela nossa casa…) e não poder falar com você – tudo isso foi se somando e me deixou assim. Não queria pedir para você ligar mais cedo por causa das tarifas, mas se puder… Não sei o horário em que estará em casa, se está muito ocupado hoje, mas espero uma notícia, qualquer coisa. Queria tanto te abraçar!

    Se eu disser que sua tristeza é um novo contágio virtual, você vai parar de me escrever ou vai escrever e-mails disfarçados, mais curtos, cautelosos. Sabe que eu não quero isso, então nem tente. E não esconda de mim esses probleminhas de saúde que aparecem, por favor. Deve ser normal nosso corpo dar uma desequilibrada estranha quando viajamos para outro país, principalmente quando viajamos para outro hemisfério, onde o clima é extremamente oposto. Vou levar umas vitaminas daqui e me preparar também, mas a chance de ficar rouco e o desejo de esfolar o meu nariz num ralador de queijo são quase certos.

    Meu lindo, eu sei que você queria ter ficado comigo, assim como eu queria ter ido com você, mas agora não podemos pensar nisso, nem chorar por isso – acredito que você nem tenha mais lágrimas para chorar, haha. É impressionante o quanto já falamos sobre isso ao telefone, sobre como nos arrependemos dessa separação provisória, mas talvez ela tenha algum sentido, sei lá. Não gosto de pensar muito nisso – e nem posso, né?

    Por aqui, nada novo, a não ser esse jantar hoje à noite :(Fico em casa até umas dezenove horas, então, se puder, ligue antes. Se não, vou entender. Mesmo com o fuso horário, acho que você já vai estar de volta ao apartamento :) Torça para que dê tudo certo no jantar e que eu não morra de tédio ou de vontade de atirar minha taça de vinho na cara da minha mãe.

Te amo amo amo, meu Tom.
Sempre teu,
Ali

7. A mentira

O globo de vidro que Magnólia girava entre as mãos parecia cheio de uma verdade da qual ela queria fazer parte. Uma minúscula e charmosa torre Eiffel de metal, dois pares de pequeninas garrafas de vinho com a inscrição *"Bordeaux"*, rodeadas por um Sena de um mítico azul, e uma porção de microcasas esculpidas na base da torre estavam mergulhadas na água já amarelada daquele casulo. A passagem do tempo tinha transformado a água francesa num vinagre onde Paris, mergulhada num pequeno caos provisório, se afogava em seus próprios clichês.

Magnólia chacoalhou o globo, uma esfera do tamanho de uma maçã, com força exagerada. A neve de mentira se espalhou, primeiro girando em círculos, depois, lentamente, assentando sobre a torre, sobre as casinhas, no espaço de vidro em volta da miniatura. O caos repousava. Dentro dela, porém, o caos emergia e se chocava em ondas. As escarpas de seus sentimentos já talhadas pela água escura da doença. Agitou o objeto outra vez com mais força. A tempestade de neve cresceu, como se acordasse. Era o que podia fazer naquele momento. Era o único caos que conseguia produzir, enquanto seu interior só ameaçava, preparando o momento como um predador atento diante de sua presa.

Ela não sabia exatamente por que tinha comprado aquele globo. A inutilidade desses suvenires europeus, possíveis de serem facilmente adquiridos não só em viagens, mas em lojinhas de produtos chineses em qualquer esquina do Brasil, era tão grande que Magnólia não sabia se o inventor queria apenas ganhar dinheiro, deixar inquieta a ansiedade dos viajantes saudosistas ou – e ela preferia essa opção – proporcionar um momento de caos, de poder. O poder de ser Deus. Não havia salvação fora daquele mundinho de vidro e água. De casinhas perfeitas com seus telhados escuros. Um mundinho de miniaturas submersas. De prisão segura. O mundo em que ela vivia. Só havia controle ali dentro – das horas, porque não havia tempo; da tempestade de neve, porque não havia escolha; da inexistência, porque não havia emoções. Sem emoções, a vida seria tranquila e limitada como aquele globo. Magnólia não queria isso. Nem podia. Ela era a água – poluída – que agitava os recônditos das pessoas, os pequenos universos controláveis de cada um. Sobretudo o seu próprio.

    Chacoalhou outra vez. Diferentemente das suas atitudes, o pequeno universo subaquático só fazia dançar a neve. Cada floco de mentira pousava num lugar diferente. Foi com carinho, com um sorriso que nem mesmo ela percebeu, que Magnólia se lembrou de uma brincadeira que fazia sempre com Orlando na época do Natal, quando ambos ainda acreditavam em Papai Noel. Eles tinham um globo de vidro como aquele, uma peça natalina com crianças cantoras de boca aberta ao lado de uma árvore enfeitada com bolinhas coloridas. *Você chacoalha, vai,* dizia Magnólia, *enquanto eu olho.* Longe dos olhos da mãe, Orlando pegava a peça com as duas mãos gorduchas, agitava para frente e para trás com medo de derrubá-la, como se fosse um chocalho. A neve girava e girava. Os olhos de Magnólia fremiam e brilhavam diante do espetáculo. *Para! Vai!* Ele parava, sorridente, e colocava o globo no chão. Os dois chegavam bem perto, deitados de bruços, e olhavam a neve cair numa dança enjoativa. Se um floco caísse na boca de cada criança, um buraquinho quase sem profundidade marcado por um círculo carmim, tinham o vencedor. Faziam isso até se cansarem. *Sua vez!*, berrava Orlando, e eles continuavam. Às vezes o floco caía sobre a árvore, às vezes sobre o gorro vermelho da menina; isso valia meio ponto numa rodada. Elisa só conhecera o jogo quando a família já não se importava mais com o Natal. Todos os enfeites e a árvore de montar passaram a maior parte dos anos encaixotados. Só a visita de alguns parentes, a ceia e os presentes lembravam os irmãos de que era Natal e de que havia alguma coisa diferente no ar além do cheiro de panetone.

Magnólia estremeceu e recolocou a peça de Paris em sua mesa. As crianças daquele antigo globo tinham uma expressão desesperada de louvor e automatismo, como que programadas para cantar o silêncio de cada Natal. E todo Natal era igual, seus corpos de gesso presos na redoma de vidro onde nada fazia sentido e, ainda assim, era tudo eterno. Quando criança, além de desejar a morte de Elisa, Magnólia também tinha chegado a ansiar pela retomada dos hábitos natalinos em família só para prender a irmã numa daquelas peças. O que havia de belo e lúdico nos tão famosos globos, havia de aterrador e indescritível. Havia dentro deles o grito indócil de sua infância e o silêncio frio deixado por seus pais.

Tinha sido baldada a tentativa de Magnólia de se acalmar no escritório, um cômodo menor e mais silencioso que o restante do apartamento. Os objetos pareciam opressivos, uma parte deles herdada do pai, mastigando sua infância até que virasse aquela pasta espessa e amarga de passado; a outra parte, um lembrete de que era casada, de que metade daquelas coisas – os livros, as pastas, as caixas, a Remington preta enfeitando o canto da mesa abaixo da janela – era de Herbert. E por isso os problemas não acabavam. Pelo menos não no passado, não na memória. O problema era presente e ela vivia cada camada dele, se espremia entre cada camada dele.

Herbert continuava se mostrando indiferente sobre o jantar, sobre a última "crise" – que ele não queria enxergar como uma crise, usando as aspas na última noite e sorrindo como se estivesse falando de um fato engraçado do dia. Magnólia esperava um tratamento diferente, afinal tinha exposto seus medos, tinha verbalizado toda a verdade que considerava importante, inclusive a traição. Não havendo traição alguma, ela esperava que Herbert mudasse o comportamento, que lhe desse mais afeto, que corresse mais para ela, que não se mantivesse distante como vinha se mantendo – não exatamente diferente, mas do mesmo jeito que vinha se comportando nos últimos meses, talvez desde que começara seu caso com Sylvia.

Sylvia era um ponto de interrogação não só no coração de Magnólia, mas nas vísceras. Queria acreditar em Herbert e pelo menos uma vez na vida culpar sua doença, enxergar as farpas da sua insegurança, quais partes da racionalidade elas podiam perfurar. Preferia – essa era a palavra certa – confiar no próprio instinto, não no marido. Herbert era persuasivo, sempre fora, do contrário não estaria com ela até hoje, tranquilizando-a e aceitando-a. No entanto esse poder, conhecer esse poder, quase um talento dele, deixava Magnólia ainda mais desconfiada. Sempre fora um homem bom, respeitoso, quase diplomático (inclusive durante o sexo), mas uma pessoa tinha a capacidade de mudar o caráter de alguém, não tinha? Uma única pessoa, com charme, inteligência, más intenções e objetivos bem-traçados, poderia ter um poder de persuasão igual ou maior que o de Herbert. Não poderia? E sendo uma mulher, esse poder era potencializado. Sobretudo num casamento roído pelo cansaço. O que antes parecia impensável de tão invisível, imaterial, agora era cristalino e ameaçador. Magnólia nunca se sentira assim, ameaçada. Com ciúme, sim. Menos desejada, talvez. Mas nunca ameaçada. E Sylvia fazia crescer nela um desejo de reparação. De acerto de contas. Alguma coisa tinha de ser feita. Alguma coisa vai ser feita, pensou ela, deixando o escritório.

A verdade é que ela tinha ido até lá em busca de um vestígio, de algo que denunciasse Herbert. Mas essa intenção estava disfarçada, ela sabia. Queria encontrar algo que gritasse o nome de Sylvia, mas sem ter de procurar por isso. Que o indício se apresentasse a ela, como que por descuido. Como se ela descobrisse sem querer, embora Herbert nunca fosse acreditar. Mas não havia nada. Nada. Nada aparente. Só encontramos aquilo que não procuramos, e procuramos aquilo que está diante dos nossos olhos. É um anátema contínuo que, na primeira tentativa de fraude, na primeira tentativa de enganar o feitiço, se contorce, vira do avesso, muda o padrão. Somos nós os enganados pela própria busca incessante das coisas que não devem nos pertencer.

Mergulhada em conjecturas e lançada continuamente contra novas ondas de ansiedade, Magnólia estava (ou achava estar) preparada para um passo importante. Se Herbert não diria, ela descobriria sozinha. Aceitar sua mudança ainda tinha um gosto perverso nos cantos da língua, um gosto que repuxava sua boca, que a deixava com ânsia. Desde a noite do jantar vinha tentando causar uma série de vômitos, tentando arrancar aquele mal que formava um bolo de carne em sua garganta. Algo como um grito intumescido, ou o caroço de um silêncio dormente. Era tudo o que podia fazer para sentir um pouco de alívio. Cortar-se já não tinha o mesmo efeito, e, por outro lado, Magnólia estava cansada de esconder seus retalhos de Herbert, de vestir roupas de frio naqueles dias quentes de verão porque seus braços e pernas carregavam as marcas que acordariam os monstros dele, os julgamentos dele, que incentivariam seu lado mais intolerante a acorrentá-la mais uma vez aos remédios que ela não queria tomar.

Ela voltou para a sala e lançou sobre os porta-retratos um olhar de reprovação. As fotos de Sylvia estavam no computador de Herbert. Imagens dos dois abraçados a uma equipe de uma dúzia de professores e outras mais no site da universidade. Em setembro do ano anterior, Magnólia encontrara uma foto dos dois com outra professora do instituto de linguística numa piscina. Tudo o que ela queria era uma prova irrefutável, e essa prova seria a mesma foto com a parte da mulher rasgada. Herbert sempre sorridente, um sorriso mais largo e mais feliz do que os registrados nas fotos das últimas férias. Sylvia com o mesmo jeito contido, mas não menos alegre. Apesar de incerta, ela tinha sentimentos ambivalentes quanto à expressão do marido. Ficava feliz por aquele sorriso, afinal ainda o amava. No entanto, os olhos castanhos transformados em traços, aquele rosto feliz *de verdade*, satisfeito *de verdade*. Isso era irritante. Inaceitável. Não havia esforço nenhum em esconder sua alegria. Se não eram coisas da sua cabeça, então ela não sabia o que eram. E Sylvia parecia muito insolente para não cumprir aquele papel ao qual estava destinada.

Julgando a própria conduta, Magnólia tremeu ao pegar o telefone. Já tinha decorado o número desde a primeira ligação, quando Herbert correu para tomar o aparelho de suas mãos sem agradecê-la. Aquilo tinha se repetido várias vezes, a corridinha até o telefone, a voz propositalmente pastosa de Magnólia e uma falsa neutralidade no olhar, coisa que deixava Herbert confuso e, por segurança, temeroso. Quando o celular de Herbert passou a tocar – ou vibrar, como na maioria das vezes –, só ele podia atender. O mesmo discurso macio, a voz baixa, o sorriso que Sylvia devia sentir através da ligação, tudo isso a inquietava e a mordiscava por dentro. Se o seu caso com Ângelo tivesse começado antes disso, talvez se sentisse melhor. Como se Herbert tivesse um motivo, quisesse vingança. Mas não. Aquela decisão havia partido de Herbert. A traição tinha sido uma escolha dele, muito antes da traição dela – pelo menos da última.

Olhou para os lados com um medo ilógico de que alguém a observasse ou a ouvisse. Podia perceber os olhos arregalados de Herbert. O suor. O coração. Entre procurar e encontrar, ter o trabalho de revirar o apartamento e até o silêncio das coisas ocultas por Herbert, e marcar um encontro com Sylvia, ouvir sua voz, sua verdade, sua versão, preferia a segunda opção. Podia ser a última vez que a veria. Podia ser a primeira briga. Sabia que a partir desse encontro surgiria uma discussão memorável com o amado *Heb*. Ou não. *Talvez ele nem se importe com você*, sussurrou a voz em sua cabeça, em tom de deboche. *Depois de tantos meses, de tantas trepadas, de tanta indiferença, você acha mesmo que ele vai se importar com um encontro?* A voz era cruel e parecia sair do telefone, já colado em seu rosto. *Você acha que a Sylvia vai contar a verdade, sua imbecil? Ela vai sorrir, vai desmentir, vai fazer cara de vítima, e por pena, por compaixão, por medo também, vai pagar a sua parte e ir embora antes de você, sem esquecer de passar a mão em seu ombro, dar um leve aperto nele e desaparecer pela porta do restaurante com um ar hostil de vitória contida.* A voz era uma versão escurecida da voz de Magnólia, algo mais sombrio, pesado, mas era ela, espelhada de dentro para fora. Aquilo era ela, refletida de seu próprio inferno em borbulhas de magma que na superfície se transformavam em palavras sulfúricas. É tarde demais.

Magnólia bateu o telefone contra a própria cabeça. Contra a têmpora. Uma. Duas. Três. Quatro vezes. A dor, transferida para dentro, latejou e fez abrir um pequeno corte próximo aos primeiros fios de cabelo. Soltando o aparelho, descansou a cabeça entre as mãos e começou a chorar. Tudo o que a voz dizia era verdade. Tudo o que a voz dizia era mais doloroso do que as batidas na cabeça, e ela só podia aceitar. Era difícil, mas necessário.

Na mesma tarde, quando a noite já projetava sobre um céu lilás suas primeiras estrelas e uma sombra cor de amora, amenizando o calor e a luz filtrada pelas nuvens suadas de poluição, Magnólia conseguiu marcar um encontro com Sylvia. Parecia impossível, mas ali estava ela, sentada contra uma parede de tijolos aparentes, beliscando as costas da mão esquerda e bebendo devagar uma taça gelada de Chardonnay. Um pequeno curativo quadrado da cor da pele cobria o hematoma produzido pelas pancadas com o telefone, e, para disfarçar melhor, ela tinha soltado os cabelos e trazido algumas mechas para a frente, coisa que raramente fazia.

Outra vez no Arneis, o que mudava era a quantidade de fregueses: apenas cinco mesas estavam ocupadas e todas as outras completamente nuas, quase tristes sem suas toalhas de linho e os castiçais de chamas tremulantes. A atmosfera romântica da noite era precedida àquela hora do dia por outra mais casual e despretensiosa, menos secreta, algo como um *happy hour* sem amor, gravatas ou saias evasê. Magnólia usava um vestido curto amarelo que revelava um par de pernas mais brancas do que ela via em anos. Por algum tempo sentiu-se mal por isso, a falta de cor na pele podia denotar um pouco de desleixo e também contrastar com o halo solar de Sylvia, embora naquele dia elas não fossem carregar seus pares de olhares masculinos para um julgamento inapropriado.

Sylvia chegou quase meia hora atrasada, rebolando seu corpo de acadêmica ocupada dentro de um vestido azul florido muito apertado e com mangas bufantes. As pernas tinham bronze suficiente, assim como os braços e a base líquida no rosto. Tudo nela era suficiente, menos o batom vermelho, que transformava seus lábios em duas bagas flamejantes de pimenta, o que irritava Magnólia porque parecia propositalmente vulgar. O traje indicava que ela não vinha da universidade, mas de sua casa, e mais do que a roupa e a forma física, mantida provavelmente com pouca comida e umas caminhadas pelo condomínio, Sylvia ostentava uma alegria difícil de ser quebrada, como uma espécie de provocação anterior à própria simpatia.

– Desculpe pelo atraso. Passei a tarde corrigindo trabalhos em casa e não vi a hora.

– Tudo bem – respondeu Magnólia, a contragosto.

Um lampejo de apreensão atravessou sua mente: lembrou-se de Herbert se desculpando pelo atraso antes do jantar. Provavelmente estava com ela. Podia perguntar a Ângelo se ele e Sylvia tinham se atrasado aquela noite, mas se o risco comprometesse sua tranquilidade, ele perceberia e talvez as coisas piorassem.

– Mas valeu a pena – continuou Sylvia, deixando a bolsa numa cadeira e se aproximando de Magnólia, que continuou sentada. – O Arneis é melhor assim: vazio.

As duas se beijaram friamente no rosto, e Sylvia também pediu uma taça de Chardonnay. Embora mantivesse um sorriso que Magnólia considerava forçado, sua expressão não escondia a curiosidade pelo encontro. Até um brilho de terror parecia romper dos seus olhos, que, Magnólia descobriu com irritação, eram de um belíssimo azul-escuro quase acinzentado. Como a luz naquele horário era outra, ou talvez fosse outra a sua percepção das coisas, ela não tinha percebido quão bonitos e aliciantes eram aqueles olhos.

Um ponto para ela.

– Você já parou para pensar em quantas vezes alguém vem aqui numa única semana? – perguntou Sylvia, rindo. – Isso é muita ostentação da nossa parte. E beber vinho tão cedo, confesso que não estou acostumada.

– Vamos pensar que já é noite na França – respondeu Magnólia, levemente simpática.

Sylvia sorriu. Seu vinho chegou logo em seguida e ambas brindaram sem tocar as taças, detalhe que não passou despercebido por Magnólia. O ar estava quente e o vinho gelado descia quase como um gole de água. Uma dose de algo mais forte seria muito mais eficiente, mas o calor não permitia. De novo. Menos um ponto para Magnólia. Queria estar solta naquela conversa. Queria sentir-se poderosa. E era com um pouco de constrangimento, do tipo que não se admite, embora se sinta, que ela se pegava desejando estar entorpecida para sentir um pouco mais de coragem.

– Você vai comer alguma coisa? – perguntou Sylvia.

– Não, na verdade eu queria ser breve.

– Vou pedir algo fácil e rápido, então. Estou faminta.

– Fique à vontade.

– A última coisa que comi foi uma fatia de torta salgada no almoço. Depois me perdi nos trabalhos de estudos clássicos...

Sylvia pediu uma pequena quiche de ricota com ervas. O prato não combinava com o "faminta" declarado cheio de um orgulho estranho. Era a segunda vez que ela falava daqueles trabalhos. Talvez quisesse jogar na cara de Magnólia que era muito ocupada, uma professora importante, alguém a quem não se chama para um encontro no fim da tarde. Mas por ser pequena, magra, talvez fosse do tipo diligente com a própria forma. Ângelo devia gostar e até cobrar aquele corpo constante, aquele limite. Herbert não parecia tão próximo assim dele, tinha uma mente masculina mais flexível, embora ela soubesse que nenhum homem reclamaria do peso de Sylvia. Definitivamente, ela não era atraente, mas tinha beleza, tinha charme, e um magnetismo sexual que estava longe da atração, algo que tinha a ver com seu olhar e com a forma como gesticulava, uma coisa mais profunda e por isso menos óbvia, percebida depois de um tempo, como um fio de cabelo branco no topo da cabeça – isso ela não tinha, mas, se tivesse, não faria diferença.

A dor na têmpora beliscou Magnólia. O telefone parecia vibrar dentro do seu crânio. O que Sylvia diria se soubesse que ela tinha se espancado com o aparelho? Provavelmente o mesmo que Herbert: que era perturbada. Talvez nem ele nem ela se expressassem dessa forma, sobretudo ela, que quase não conhecia Magnólia, mas os julgamentos estariam lá, toda a impressão ruim faria ruído por dentro. Ninguém precisava saber, assim como os cortes nas pernas e nos braços; ninguém saberia, mas era palpável aquela sensação divertidamente chocante ao imaginar as reações. Ela mesma tinha chorado e logo em seguida gargalhado com seu furor violento. Aquilo não se repetiria, doía mais do que os cortes e parecia ter instilado nela uma dor de cabeça aguda como o repique metálico de uma tigela tibetana.

Sylvia não escondeu a curiosidade:

– Mas me diga: por que você precisa ser breve? Achei que seria um encontro bacana para nos conhecermos.

– Eu estou com um pouco de pressa – respondeu Magnólia, bebericando de sua taça de vinho para que terminasse logo, pelo menos antes que chegasse a quiche.

– Aconteceu alguma coisa? Achei estranho você me chamar assim tão de repente, sabe, mas o Heb me disse que você é excêntrica.

Outro ponto para ela.

– E eu adoro pessoas excêntricas, acredite – acrescentou, rindo.

A palavra fisgou Magnólia, puxou sua emoção contida até aquele instante para um lado, depois para o outro, como um peixe preso na isca, sangrando pela bochecha. Reverberou dentro dela como uma ofensa, não uma característica. *Heb* nunca tinha usado "excêntrica" para defini-la. A palavra machucava mais do que o telefone, mais do que a voz seca e perversa em sua mente, como um tipo de traição velada. A segunda traição de Herbert.

– Eu não sou excêntrica – disse Magnólia, fria como aço.
– Eu só gosto de deixar as coisas resolvidas, claras. Preciso disso para a minha saúde mental, se você quer saber.

Magnólia mantinha os olhos semicerrados, as mãos em concha sobre as pernas e uma tranquilidade perigosa. Sylvia, por sua vez, já sentia a mudança daquelas águas. Havia algo de perigoso, e seu silêncio era mais do que uma proteção: era um silêncio antiofídico.

Antes que ela pudesse continuar, o garçom trouxe a quiche num prato vermelho e perguntou se Magnólia gostaria de mais vinho, saindo diante da negativa seca. Sylvia sequer ergueu os braços para comer. Agora parecia faminta de explicações.

– Eu queria ter certeza de que não estou ficando louca – começou Magnólia. – O Herbert tem estado muito estranho desde o ano passado. Gostaria muito de saber se você tem ideia do porquê.

Sylvia ergueu os ombros, mas não tocou a comida.

– Como você trabalha na universidade e passa uma parte do dia com ele, talvez soubesse. Ele está... estranho. Distante. Tem comido menos, se atrasado mais. Por enquanto não chegou com uma marca de batom vermelho na cueca ou na gola da camisa, mas tudo é possível. Talvez você saiba de alguma coisa.

Sylvia sorriu.

– Olha, eu não sei de nada. O Heb não mudou comigo.

– Eu preferiria que você o chamasse de Herbert.

– Ele não se importaria – disse Sylvia, num tom mais ríspido do que o esperado.

– *Eu* me importo.

– Tudo bem. Não somos melhores amigas e não nos conhecemos direito, eu entendo seu ciúme, eu mesma...

– Eu não estou enciumada – interrompeu Magnólia. – Eu só quero a verdade.

– Que é...
– Você sabe.

A dissimulação entre as duas parecia aumentar o calor sobre a mesa. Magnólia sentiu a parte traseira dos joelhos suar contra o estofado da cadeira. Sylvia se ajeitou, visivelmente nervosa, e afastou o prato para apoiar os braços, agora cruzados.

– Você não marcou esse encontro para me acusar de alguma coisa, não é?

– Talvez você saiba melhor do que eu – respondeu Magnólia.

Seu coração pulava e suas mãos já estavam frias. Há muito tempo não tinha uma discussão com um quase desconhecido. As brigas com Herbert já tinham virado um passatempo, ou uma tarefa que deveria realizar para que sua autoestima e seu autocontrole ganhassem alguns pontos, mas aquilo era perigoso, era difícil, era errado. No entanto, uma parte dela a impulsionava e vibrava de prazer com o sangue que vazaria daqueles cortes feitos com precisão por uma realidade menos embaçada.

– Magnólia, eu conheço muito pouco o Herbert. Não tenho *nada* a ver com a vida dele.

Magnólia também cruzou os braços, mas continuou jogada sobre a cadeira como se nunca mais fosse levantar dela. Já estava cansada e sentia uma ardência iminente atrás dos olhos. Uma ardência que se abriu como uma aquarela de sangue até o lado da cabeça, iluminando sua clareza e cristalizando, naquele momento, a compaixão de Sylvia.

– Você está vendo isso? – perguntou ela, afastando os cabelos e revelando o curativo.

Sylvia se aproximou e continuou em silêncio. Magnólia puxou o curativo e, pela careta de Sylvia, o hematoma devia estar mais escuro e maior do que no início da tarde.

– Foi o Herbert – disse, e seus olhos lacrimejaram. – Ontem à noite.

– Como? – indagou Sylvia. Ela teve vontade de segurar a mão de Magnólia, mas se conteve. A quiche de repente se tornou um objeto deslocado no meio da situação.

O restaurante inteiro não parecia certo, e o ar estava mais pesado do que Magnólia podia suportar dentro de sua mentira.

– Eu o acusei de algumas coisas, chorei, brigamos. Ele tinha bebido.

– Mas o que aconteceu? Pelo amor de Deus, Magnólia, me conta!

A voz de Sylvia já estava modulada pela revelação e todo o seu corpo, seus gestos e até seus olhos tinham um caráter materno que Magnólia não esperava. Isso a desconcertou por alguns segundos. Lembrou-se da mãe e tremeu.

– Eu disse que ele estava me traindo com você – continuou Magnólia, levando algum tempo para se habituar àquela nova voz, não a de Sylvia, mas à sua, ligeiramente piedosa, mas, para ela, essencialmente detestável. – Ele pegou o telefone e ameaçou várias vezes telefonar para a sua casa para que você conversasse comigo. Eu o chamei de covarde e por fim ele bateu o telefone no meu rosto.

– Você precisa fazer uma denúncia – disse Sylvia. Sua voz tremia.

– Não, foi a primeira vez que isso aconteceu.

– Claro, sempre existe a primeira vez, isso não quer dizer que acabou. Eu não sabia que ele era violento, me desculpe.

Magnólia recolocou o curativo e não se importou em escondê-lo com os cabelos novamente.

– Eu não vou denunciar ninguém, Sylvia. Foi uma briga e só. Acho que foi sem querer.

– Ninguém acerta uma pessoa com um telefone sem querer!

– Nós dois estávamos exaltados.

– Isso não dá nenhum direito a ele – esbravejou Sylvia. Parecia outra pessoa, e Magnólia preferia essa versão: era mais divertida.

Ambas respiraram fundo e, em silêncio, beberam o resto do vinho. A quiche de ricota estava escurecida nas bordas, como se tivesse queimado com o súbito incêndio das emoções da mesa.

Magnólia encarou Sylvia com curiosidade.

– Então eu estou mesmo errada? Vocês nunca tiveram um caso?

Sylvia hesitou e olhou para as próprias mãos.
– Não, ele nunca teve um caso comigo, mas...
Magnólia sentiu o coração disparar. A cabeça girava com a dor lateral. Em sua mente, Herbert era nitidamente um monstro. Ela não tinha planejado aquilo, mas parecera um bom plano. Sylvia estava controlada. Ou melhor: *sob controle*.
– Há um boato de que ele tem um caso com a Cíntia, uma professora de linguística. Não sei se é verdade, mas... Sinto muito.
Sentindo-se relativamente vitoriosa, Magnólia experimentou um misto de asco e prazer. A foto. A foto piscou em sua mente como um lembrete atrasado. Lembrou-se da professora na piscina. Uma mulher de cabelos castanhos, meio sem graça, com as orelhas grandes demais para o rosto e um sorriso insolente. Não sabia se era verdade, era um boato. Um boato apenas. Mas que iluminou sua mente para uma nova realidade, um novo cenário montado lentamente, peça por peça, fazendo sentido à medida que as partes se encaixavam.
– Obrigada, Sylvia – disse ela, enfim apertando a mão dela sobre a mesa. – Muito obrigada por isso.
Contrariando a voz que perturbara a visão daquela tarde, Magnólia se levantou primeiro. Estava pronta e não tinha razão para continuar ali. Não queria ser amiga de Sylvia, e como sua atuação não tivera um ensaio, ela não sabia quando seria o fim daquele espetáculo. Dentro de Magnólia, as luzes já tinham se apagado e os assentos estavam todos vazios. Só um holofote estava voltado para ela e queimava lentamente a crosta improvisada de suas falas internas.
Sem conseguir dizer mais nada, detestando-se pela mentira já menos sedutora, Magnólia acenou com a cabeça, pagou a conta das duas e deixou Sylvia sozinha, remoendo a nova imagem que tinha de Herbert, uma imagem tão repulsiva quanto fria, como a quiche intocada à sua frente.

De: tomas1406@email.com
Para: alister23@email.com
Data: 14 Fev 2019 08:12:12

Meu Ali,

Como foi difícil não falar com você ontem, como se por causa da noite sem sua voz, toda a quarta-feira tivesse perdido o pouco brilho que achei que teria – quase literalmente, porque o sol foi outra vez engolido por uma massa cinzenta de frio e melancolia, por fora e por dentro das coisas, parecendo uma grande e antiga pedra cheia de fósseis escurecidos pelo que há de mais turvo e entorpecido dentro dos noruegueses. Acordei pensando que a sua ausência e o tempo novamente fechado fossem uma espécie de pacto ou força desconhecida da natureza, um sinal do universo de que as coisas não andam bem quando nos distanciamos. De qualquer forma, refletiu perfeitamente o meu estado. É exatamente por isso que escrevo tão cedo, porque mal consegui dormir e esperava qualquer novo e-mail seu que fosse, uma notícia da sua chegada, você contando brevemente do jantar, mas acredito que, se não me escreveu, foi pelo cansaço – e também não quero que leia nessas observações e nas minhas esperanças uma cobrança aborrecida. Eu sei como são esses jantares, podem se estender até de madrugada quando as conversas formam alianças naturais. Confesso que fui dormir pensando muito em qual seria sua ligação com o André, em como você se sentiria perto dele – seguro? Relaxado? Tranquilo? Confortável? Eu espero que sim. Um lado meu bastante infantil e um pouco descontrolado foi beliscado pelo ciúme porque não pude evitar imaginar o cara sorrindo para você, lembrar daqueles filmes pornôs que abusam da temática do padrasto com o enteado, mas foram apenas ritos muito íntimos, nada com o qual você deva se preocupar. É difícil estar longe e não poder viver essas coisas com você, meu Ali. Muito difícil. Muito. Espero que o jantar tenha sido gostoso e, sobretudo, que você esteja bem. Devo ligar mais cedo hoje e nem quero imaginar quais são as tarifas de telefonia por aqui...

Antes de comentar os assuntos do seu e-mail, preciso contar que não escrevo do apartamento. Estou instalado num pequeno e charmoso café que fica dentro de uma galeria. É a primeira vez que sinto vontade e coragem de sair para a rua tão cedo – e você vai entender por que é preciso ter *coragem* para isso. Ainda está escuro, como se fosse cinco da manhã no Brasil, e nunca pensei nisso, mas durante o inverno aqui, temos quase a mesma intensidade de luz no mesmo instante. Logo vai amanhecer, mas os postes continuam acesos com suas luzes de tangerina, os carros com seus faróis azuis, as pessoas cheias de casacos, luvas, cachecóis e uma profunda vontade de sol, quase uma fome. Já contei que elas correm para o sol, mesmo que seja apenas uma faixa tímida ao longo de uma rua ou num parque? De onde estou é difícil ver o céu, mas acredito que teremos outro dia sombrio.

Bem, o café é muito gostoso: pedi um cappuccino com creme, um pão preto cheio de grãos que vem coberto com queijo e rodelas de pepino e um pedaço de bolo de maçã – só agora percebi que é a primeira vez que tomo café da manhã fora do apartamento, e a razão disso são os preços absurdos, embora de vez em quando esse luxo não seja uma má ideia (estou usando o dinheiro que o seu tio me deu). Há mesinhas de madeira trabalhada lá fora, bancos estofados de couro verde aqui dentro, paredes amarelas refletindo as luzes ainda mais amarelas de dois lustres enormes e uma vitrine de pães fumegantes e bolos perfumados. No canto onde estou há uma cristaleira com pratos antigos e por todo o ambiente se espalham prateleiras antigas com louças de cobre. A parede oposta é coberta por quadros com fotos antigas de Oslo e do próprio café. Em cada mesa há um vasinho com umas flores brancas bem pequenas, e isso pode parecer inútil, mas deixa o ambiente mais confortável, quase caseiro. É um bom lugar para escrever – não aquele sobre o qual comentei em outro e-mail e também por telefone, porque estava fechado, mas vai me ajudar bastante e tenho certeza de que você vai amar. Um dos funcionários acabou de passar por mim e está acendendo quatro aquecedores que ficam lá fora entre as mesas, e uma senhorinha muito simpática usando um chapéu verde-garrafa sorriu para mim depois de abocanhar um bolinho de frutas vermelhas. Isso é um pouco de Oslo, mas ainda falta você, meu amor.

    Penso que você tem razão sobre suas observações. Eu não estava bem quando escrevi o último e-mail. Além da sensibilidade, da saudade, desses sentimentos que parecem criados por um monstro e que arrancam do peito todas as camadas de vida que me restam, das mais superficiais às mais profundas, eu tive aquele pesadelo do qual não me lembro nada. Uma coisa que não contei é que pensei muito no André, em tudo o que ele me disse, em cada palavra, em cada olhar dos outros alunos enquanto ele me humilhava. Uma lembrança foi puxando maliciosamente a outra, lembrei dos assédios, do tapa, do olhar dele quando me destruiu aquele dia. Tudo voltou como se eu estivesse numa sessão de análise. Não sei o motivo, mas eu estava travado anteontem. Reli parte do e-mail e me arrependi de contar que tinha acordado chorando. Acho que você não precisa desses detalhes, sobretudo estando tão longe, de onde não pode fazer nada – a não ser continuar me amando. Mas me perdoe se pareci menos literário, mais seco. Estar aqui sozinho, o motivo de eu estar aqui e o que me levou até este momento, tudo isso tem mexido muito comigo e às vezes sinto vontade de sair correndo, de voltar para o Brasil, de desistir desses sonhos grandes que são mais difíceis e penosos de alcançar. Eu queria ser uma pessoa de sonhos pequenos, que se alegra com presentes pequenos e se satisfaz com uma vida pequena. Infelizmente, não nasci para isso, então minha própria natureza faz com que eu me corte nos espinhos dos caminhos longos ao invés de ser acariciado pelas flores macias dos atalhos. Que saco é ser assim. Que saco!

Quanto a finalizar o e-mail sem o nosso tão puro e vasto (não gasto) "eu te amo", não sei, talvez tenha sido um lapso, pressa, tristeza. Eu nunca deixei de sentir amor por você, e não será agora que isso vai acontecer porque esqueci de registrar uma frase que você já tem no coração e nos meus gestos, na minha espera, na nossa vida de quase sete anos. O que eu sinto é muito mais do que qualquer coisa que escrevi ou que venha a escrever. Mas me desculpe se isso o deixou magoado. Precisamos tomar cuidado com nossas emoções, não as alimentar como se alimenta uma planta carnívora, dando mais motivos para que elas, as emoções, ardam em sua própria intensidade e sejam cegadas pelas pulsões diárias de nossas mentes diabólicas – embora às vezes isso seja terrivelmente difícil. Você sabe que temos muita inclinação a ficarmos magoados por pequenas coisas, tudo isso porque nos amamos de uma forma muito forte, simbiótica, quase ancestral. Nenhum de nós aprendeu ainda a domar esse animal selvagem que extravasa quando cintila em nós o amor verdadeiro, e não acho que há necessidade disso, mas a observação e a atenção são sempre válidas. Eu me observo muito, mas com essa distância de agora, pela qual nunca passamos, parece impossível cuidar das emoções, que dirá observá-las e compreendê-las. Talvez seja melhor, até mais produtivo, apenas vivê-las em sua inteireza, até a polpa. Enfim. Espero que me desculpe, meu amor é maior que a linguagem, não precisa ser verbalizado, só sentido – e eu quero (e espero) que você o sinta aí com você, sempre, sempre, sempre, independentemente do que velamos, do que fica implícito, do que ainda nem fizemos nascer com nossas intenções.

Meus pés estão gelados, apesar da bota e do calor do café. Ao terminar aqui, vou tentar escrever o esboço de uma ideia que tem me desorientado. E uso essa palavra porque realmente perdi a direção do que quero com a escrita, com a literatura, e até com a minha vida, ao ter essa ideia. Às vezes ela muda meu rumo, literalmente. Hoje mesmo, ao vir para cá, errei a rua porque estava desatento, pensando na ideia, nos personagens e no porquê do caráter cru das cenas que incham na minha mente me incomodar tanto, me perturbar tanto. Concluí que mesmo me perdendo, me sentindo desorientado, você continua sendo a minha bússola, meu Ali. Acho que isso tem a ver também com o que quero escrever. Quando você chegar, mostrarei tudo, ou pelo menos uma parte. (Já contei um pouco da tal ideia para não brigarmos como da última vez, embora eu já consiga sorrir lembrando daqueles tempos tão cheios de crises e lágrimas – já faz quatro anos! E tudo que eu quero é que o tempo pare e me deixe respirar um pouco dentro de você.)

Te amo para sempre & além disso também,
Teu,
Tom

8. A briga

Talvez o fim de semana terminasse melhor se não fosse a correnteza de sentimentos que levava Magnólia cada vez mais para as profundezas. Quanto mais ela nadava contra o monstro volumoso que eram as águas turbulentas de seu silêncio, mais era puxada para baixo. No dia seguinte ao encontro com Sylvia, a cabeça tinha parado de latejar, mas nem por isso ela retirou o curativo que escondia de Herbert a sua última cartada – a cartada mais vil. A hostilidade perspicaz com que tratara do assunto também a tinha impressionado, e, naquela mesma noite, com a cabeça no travesseiro ao lado dele, não se importou em sujá-lo daquela forma, afinal tinha chegado à verdade, mais rápido do que previra, através de uma pessoa facilmente impressionável. Depois de meses acreditando que Sylvia era a mulher responsável pelas mudanças em seu casamento, pelo novo comportamento de Herbert, depois de meses lutando contra uma incerteza corrosiva, a verdade tinha surgido como um relâmpago, abrindo um clarão no escuro da sua espera e fazendo, logo em seguida, vibrar num espasmo o seu coração falsamente preparado para aquele susto.

Então a professora de linguística se chamava Cíntia, quase um espelho de Sylvia, pelo menos no nome. No sábado, durante uma manhã chuvosa em que Herbert passou no supermercado sozinho, Magnólia revirou o escritório em busca daquele nome.

Encontrou a mesma foto da piscina: Sylvia à esquerda, vestindo um maiô vermelho que combinava com sua pele, os cabelos presos num coque quase seco, a água exatamente no meio dos seios simétricos; Herbert no meio, grande e feliz, um raro registro do seu corpo sem camisa, as gotas de água brilhando em seus ombros mais fortes e em seu pescoço, e um sorriso tão nítido de satisfação que chegava a ser acintoso; e finalmente ela, Cíntia, à direita, de maiô preto com tiras um pouco apertadas nos ombros, a linha dos lábios separada por um pequeno pedaço da língua, e o sorriso que tinha começado a fazer mais sentido e parecia quase perverso. Ao lado de seu corpo notavelmente menos atraente que o de Sylvia era possível ver, através da massa cristalina da água, com suas filigranas de luz formadas pelo sol, uma mancha que lembrava um braço, um braço retorcido pela ondulação: o braço de Cíntia desaparecendo atrás de Herbert.

Magnólia não se lembrava de quando era a foto, não tinha data, tampouco lembrava daquele dia. Sabia que Herbert não era figura frequente nessas festas dos professores, mas, por fazer parte de um corpo docente mais jovem, tudo era possível e permitido – desde que os estudantes não tivessem conhecimento. Talvez o Herbert de onze anos atrás se envergonhasse daquilo. Ela tinha certeza de que o seu longo ensaio sobre *As ondas* ainda não estava pronto. Nunca estaria.

Era uma perturbação imaginar Herbert com aquela mulher. Uma professora comum, *sem graça*, o rosto redondo de pão italiano, o pescoço curto, entrevado pela estatura, porque ela era muito mais baixa do que os outros dois. Magnólia não entendia como Herbert podia ter um caso com ela, o que ela tinha de tão especial, o que havia conquistado sua carência, uma característica quase permanente da personalidade dele. Na verdade, pensava que teria sido melhor se a amante fosse Sylvia – isso identificaria o gosto de Herbert, mas a falta de qualquer qualidade perceptível na outra professora era tão visível que doía. Doía saber que a outra era uma mulher comum. Pior: uma mulher *feia*. Infelizmente, não havia outras fotos, um relato, nada que contasse mais daquele caso. O único registro de Cíntia estava naquela imagem, guardada entre pastas dentro de uma gaveta. Magnólia ofereceu uma segunda chance a si mesma e ao marido. Uma chance silenciosa. Talvez pudesse contorná-lo, ludibriá-lo, tentar arrancar dele a verdade. Sylvia dissera que era um boato, mas todas aquelas mudanças de Herbert corroboravam o boato. Por outro lado, não sabia se estava bem quanto a Ângelo. Uma parte sua muito maldosa queria que Herbert tivesse um caso com Sylvia, queria que Ângelo fosse tão enganado quanto ela. Mas não, só ela era a enganada naquela história. Se Cíntia tinha marido, não sabia, e enquanto não soubesse ela seria a grande vítima. Odiava se vitimar, mas nas últimas horas, colocada naquela posição, a vida parecia fazer mais sentido, havia uma autocompaixão que ela não sentia há muito tempo. Era como se precisasse que aquelas coisas estivessem acontecendo para se dar mais valor, para ser mais corajosa e por fim fazer algo *de verdade* acontecer naquele casamento, que mais parecia um teatro escolar de crianças com transtorno mental.

No domingo, ela acordou com o barulho do liquidificador. Herbert não estava na cama e ainda não eram nem nove horas da manhã. Estava menos quente e tão nublado quanto o sábado, e quando Magnólia pôs os pés no chão, sentiu um calor reconfortante vindo das tábuas de madeira, como se o chão tivesse sido aquecido para que ela acordasse um pouco melhor, para que se preparasse para aquele grande dia. Não passaria do domingo. Não podia passar. E não tinha nada a perder. Herbert já negara um caso com Sylvia, mas não tinha negado qualquer outra traição efetivamente, tinha?

Ela encolheu as pernas e abraçou os joelhos. A tranquilidade desapareceu. Não sabia como começaria, que palavra atravessaria a barreira de vidro já rachada pela frieza de Herbert. Um só nome – Cíntia –, talvez uma ameaça, e o vidro explodiria em estilhaços de verdade, formando no chão, entre eles, o pó de uma ruína perigosa, cortante. Magnólia não sabia explicar de onde vinha a imagem do vidro no chão, mas desejou que ele fosse colocado dentro daquele liquidificador barulhento. E o que isso significava, tampouco ela queria saber. A intenção era uma só: que doesse.

Foram a fome e o desejo de acabar com aquilo que a colocaram para fora da cama. O quarto de repente girou. Magnólia já não lembrava quando tinha sido a última vez que tomara café da manhã com Herbert, porque ele sempre saía muito cedo. Tipicamente, não era com pressa que ela deixava o quarto para vê-lo nos finais de semana, pois aquela imagem dele na cozinha preparando o café ou lendo um livro na sala, estirado no sofá, já tinha se tornado habitual – ele sempre fizera aquilo quase até a hora do almoço, quando ambos, ainda de pijama, preparavam um espaguete ao sugo e comiam a panela inteira com uma taça de Chianti na bancada da cozinha, livres como jovens preguiçosos. Aqueles tempos com a imagem clichê do casamento ainda fresco, com o viço que forma a matéria da alegria dos casais deslumbrados com a vida, aqueles tempos não eram coloridos, não tinham a paleta policromática de um parque de diversões, mas eram agradáveis, tinham sua luz, seu sabor, sua beleza. Os tempos agora, se Orlando os retratasse, teriam tons de ocre, cinza, preto desbotado e verde ruço, cores cruas, com ambos envolvidos por uma sombra azulada que separaria aquela relação de um mundo exterior quase impossível de se tocar.

Propositalmente, Magnólia não lavou o rosto nem penteou os cabelos, mas ajeitou-os com as mãos para que Herbert não levasse um susto nem visse o hematoma.

Chegando à sala, sentiu um misto de alívio e cautela ao interpretar a expressão do marido. Ele estava em pé diante da bancada e enchia um copo com uma vitamina cor-de-rosa de morango, leite e flocos de aveia. Não estava mal-humorado, mas seu olhar foi rápido e o "bom dia" mais pareceu uma convenção ao qual estava acostumado do que uma efetiva abertura para terem um bom dia.

– Quer? Tem bastante ali dentro – disse ele, indicando o copo do liquidificador.

Ela aceitou e foi até ele, que a serviu enchendo o copo com aquela pasta saudável.

– Comprei o leite orgânico que você tanto gosta – disse Herbert. – E os morangos também são orgânicos.

– Obrigada – foi sua resposta, desconcertada pelo cuidado inesperado.

A impressão que ela tivera em menos de dez segundos era que, apesar de não estar necessariamente armado, Herbert tinha a bondade a seu favor, e isso era, paradoxalmente, sua principal arma para lhe causar mal. O prejuízo não estava na forma como aquilo se dava, na conclusão de seus atos, mas na intenção. Se ele sabia que Magnólia queria conversar, se estava manso (assim como ela), era porque sendo simpático, sendo o Herbert e não o *Heb*, ele teria o controle da situação.

Respirando fundo e tomando um gole da vitamina (que ela descobriu com desgosto ter linhaça dourada e melado), tentou não julgar o amor de Herbert. Estava cansada de enxergá-lo como um estrategista emocional, um ceramista que moldava seus sentimentos como se fossem um pedaço de argila preso entre as mãos, girando e tomando forma conforme sua vontade – não tinha se casado com esse tipo de homem e negava aceitar um prisma tão doentio. A possível traição, sim, tinha as mãos e a habilidade de um ceramista para moldar sua nova percepção, mas Magnólia não queria que isso fosse o centro do seu sofrimento. Não queria que isso fosse tudo.

De maneira impensada, beijou Herbert nos lábios e sorriu. No início não pareceu um gesto estranho, mas à medida que seus olhos se denunciavam diante da surpresa, o calor subiu pelo pescoço, chegando ao rosto e ruborizando suas bochechas.

– Você ficou envergonhada? – perguntou ele, rindo.

Magnólia virou o rosto e voltou para a sala com o copo de vitamina ainda cheio.

– Mag, o que houve?

– Nada, eu estou normal.

– Você está vermelha.

A surpresa dele era constrangedora. Para ela. Sentiu-se subitamente imatura, como se tivesse beijado um homem pela primeira vez. Não entendia por que tinha feito aquilo, mas detestou-se por isso. Carinhosa era a última coisa que queria ser com ele ou com qualquer um naquele dia. Desejava ser discreta, direta, controlada, mas não simpática, não apaixonada. A meiguice estava fora do seu catálogo e não tinha previsão de retorno. Naturalmente, aquele beijo ainda pulsava em seus lábios, solapando o sabor amargo da linhaça e do melado.

– Acho que foi seu jeito de olhar pra mim, sei lá – disse ela, pousando o copo no braço do sofá.

– Você quer conversar?

Herbert sentou-se ao seu lado. A pergunta tivera o efeito de um disparo de revólver. Ela mal tinha chegado na sala ou tomado aquela vitamina amarga e sem açúcar (Herbert vinha reduzindo drasticamente o consumo de açúcar, o que era maravilhoso, mas a frutose do morango não era suficiente para transformar aquela bebida em algo agradável), e eles mal tinham trocado algumas frases. Claramente, a necessidade de conversa era dele.

– Não, Herbert, por que você está assim?

– Assim como? – indagou ele, confuso.

– Solícito, carinhoso, preocupado.

– E eu não sou assim?

– Não sempre.

Ele bufou. Ela tentou desviar o mal-estar com outro gole repulsivo da vitamina, que descia como cimento por causa do excesso de aveia.

– Você não gostou da vitamina – disse ele. – Pode deixar.

– Eu estou tomando, não estou?

A pergunta dela tinha saído seca e impaciente. Não queria ter começado assim. Ele continuava manso, apesar de tudo. A proximidade do joelho dele, visível pela bermuda que tinha subido ao sentar-se, começava a esquentar sua perna, descoberta em um palmo acima do joelho pela camisola de algodão. Se estivessem bem, se fosse há alguns anos, os dois provavelmente teriam transado ali mesmo e repetido a dose depois do sono vespertino.

— Só achei estranha a sua conduta — disse Herbert, soltando-se no sofá e ficando num ângulo desfavorável pelo qual só via as costas encurvadas de Magnólia.

— Minha conduta? — perguntou ela, exasperada, e virou-se, batendo o copo na mesa de centro.

— É, o jeito que você se afastou e ficou estranha.

— Desde quando você usa essas palavras? *Minha conduta?* Ela não está no seu padrão de conduta?

Herbert respirou fundo. Ele sabia que isso a irritava, esse inspirar profundo e um expirar mais do que libertador, como se o que precisasse dizer só saísse pelas narinas em forma de implicância.

— Mag, você acabou de acordar e já está me atacando. A gente não pode recomeçar tudo?

— Eu não vejo ataque nenhum.

— E eu não vejo por que você tem de ficar alterada dessa forma! Eu quero saber por que você se afastou depois do beijo, é muito difícil me explicar isso?

— Eu não sei — respondeu ela, resignada.

Magnólia soltou os ombros e também se largou no sofá. Estava se odiando de novo. Tudo ficou mais claro, não só metaforicamente, mas literalmente, porque um canal de luz se abriu no meio da sala. Ela olhou para trás e viu o sol ardendo entre as nuvens escuras. Em seguida, a escuridão coagulou-se outra vez e a sala mergulhou na luz cinzenta de antes. Herbert se manteve em silêncio, esperando. Ela cruzou os braços. Era brutalmente nítido o seu erro. Ao invés de demonstrar um pouco de carinho, ao invés de tentar ganhá-lo com confiança e não metralhá-lo com seus achaques, sem avançar como uma louca, tinha se assustado com aquele beijo. Tivera vergonha de si mesma porque não podia suportar a ideia de beijá-lo depois de Cíntia. Depois de *saber* de Cíntia, o que era muito pior.

Mas havia uma coisa *a mais*. E isso ela não sabia explicar.

— Você não dormiu bem? — arriscou ele, a voz já seca.
— Não é isso.
Magnólia virou-se para ele. Colocando uma mão em seu joelho, sentiu outra vez o calor no pescoço, mas, contradizendo o impulso, não se afastou.
— Olha, eu não queria ter começado dessa forma — disse ela.
— Eu quis começar diferente, mas acho que estava nervosa, sei lá.
— Nervosa com o quê?
Ela respirou fundo, quase uma mimese de Herbert. Sua perna começou a chacoalhar e Herbert a relaxou com a própria perna. Magnólia sorriu, ligeiramente sem graça.
— É muito difícil começar essa conversa, permanecer nessa conversa e imaginar o desfecho dessa conversa — disse ela. Uma lágrima pareceu explodir do seu olho direito. — Mas eu preciso saber...
— Mag, você está me assustando — disse Herbert.
Seus olhos arregalados quase lhe provocaram uma risada. Parecia aquele mesmo homem que ela conhecera na livraria com cheiro de terebintina, aquele mesmo assombro, aquele terror novo suscitado pelo amor recém-descoberto. Era genuíno, e isso lhe transmitiu um afeto doloroso, difícil de aceitar.
— Eu preciso saber sobre a sua traição.
Herbert não manteve a postura. Magnólia esperava um relaxar de ombros, um argumento corrido, a palavra em trânsito. No entanto, tudo o que ele fez foi levantar-se de súbito e massagear as têmporas, como se reunisse forças para aquela comoção crescente.
— Mag, você não vai voltar com essa história, pelo amor de Deus!
— Por que não?
— Eu já disse que não tenho nada com a Sylvia, esqueça isso. Nós não podemos...
— Eu não falei da Sylvia — disse ela.
Herbert empalideceu, mas tentou disfarçar o nervosismo com um sorriso de piedade que comumente desarmava Magnólia.

– Agora é quem?
– Cíntia. E não negue, por favor.
Ele não negou, mas também não olhou outra vez para ela. Estava parado, muito próximo do copo de vitamina. Um movimento desajeitado e o tapete cor de macadâmia estaria para sempre manchado. Isso fez Magnólia lembrar-se de uma vez em que desejara virar uma garrafa inteira de vinho sobre aquele mesmo tapete depois de uma briga em que Herbert defendeu sua participação quase totalitária na decoração do apartamento. Ela odiava aquele tapete por causa disso.

– Você sempre foi o meu melhor amigo – disse Magnólia, as lágrimas brotando sem ela perceber, cada vez maiores na camisola já úmida. – Sempre confiei em você, sobretudo por causa da doença, por causa da sua paciência, porque você era o meu lastro.

O verbo no pretérito entrou como uma faca naquele espaço entre os dois.

– Eu não quero explicações, Herbert. Eu só quero saber por quê.

Ela finalmente o encarou. Ele estava olhando para ela outra vez. Os olhos vermelhos. Havia muito tempo que ela não o via tão sensível, tão fraco. Colocá-lo naquela posição lhe deu um prazer brutal do qual não queria se soltar. Era revigorante estar abaixo dele e ainda assim olhá-lo de cima.

– Mag, eu não...
– Não negue! – berrou ela.
O grito o assustou e fez com que ele se afastasse um pouco.
– Só quero o motivo.
Herbert sentou-se no divã água-marinha, agora coberto por uma colcha feita por Elisa, e aquilo beliscou Magnólia. Herbert desolado, Elisa morta, o casamento em ruínas. O desmoronamento das coisas tinha o som anelante de um pássaro atravessado por uma flecha.

– Suas crises – disse ele, finalmente, e escondeu o rosto atrás das duas mãos como uma criança envergonhada. – Suas crises. Eu suportei suas crises por quase onze anos, Mag. Você começou a se afastar, a me afastar, eu já não estava suportando mais. Nada disso...

Suas palavras saíram duras, firmes, mas eram envolvidas por lágrimas cada vez maiores, mais salgadas. Mas de tão salgadas se tornavam intrépidas, e talvez por isso, possíveis.

– Eu não acho que isso seja motivo – retorquiu Magnólia, fria. – Você me suportou por quase onze anos, como você mesmo disse. Como conseguiu ficar esse tempo todo sem me trair? O que aconteceu para você mudar tanto de repente?

Ele tirou a mão do rosto e a encarou outra vez. Tinha a expressão ligeiramente resignada, mas era um engodo, ela sabia.

– O aborto me deixou abalado também – disse ele.

– Então eu vou ter de virar aquele tipo de mulher que tem um filho para segurar o marido?

– Eu não disse isso.

– Foi o que pareceu.

– Você tem culpa nisso – disse ele, a voz um pouco mais firme.

– Como?

– Sempre soube das suas traições, Mag. De todas, ou quase todas. E nunca falei nada. Nunca a acusei de nada. Sempre suportei.

– Sempre suportou – repetiu Magnólia.

– Você não pode negar. Falar disso é mais difícil do que você imagina.

– Por quê?

– Porque se para você as suas traições sempre foram brincadeiras e pulsões às quais você dava vazão por causa do seu maldito transtorno, para mim elas sempre foram conscientes, sempre foram uma forma de me machucar, ainda que você achasse que eu não sabia nada sobre elas.

– Bem, a culpa não é minha se você não abre a boca.

– Como assim? Você me traía porque eu não conversava sobre suas traições? Agora é assim que funciona?

– Não, mas poderíamos ter melhorado nossa relação.
– Mag, ela só sobreviveu até agora porque ficamos quietos esse tempo todo. Você mais do que eu.
– Você está mais pirado do que eu.
– Pode ser, mas pelo menos eu me expresso, eu verbalizo, como estou fazendo agora, e não me escondo atrás da porra de uma doença que não trato e que carrego como a porra de um troféu!

Magnólia ergueu-se do sofá e chutou o copo com a vitamina, que explodiu ali mesmo, espalhando vidro e massa rosada por todos os cantos. Um pedaço triangular do copo bateu na perna de Herbert, abrindo um pequeno corte. Ela teve vontade de mostrar o hematoma, de contar do telefone, do encontro com Sylvia, mas seu ódio era tão grande que tudo o que ela queria era desaparecer. Ela só queria morrer, e de forma rápida.

Mas morrer não causaria a mesma dor em Herbert, e ela queria que ele se sentisse pior. Que ele se sentisse sozinho.

Deixando-o com suas lágrimas e suas verdades, Magnólia foi para o quarto e bateu a porta. De lá, ainda pôde ouvir o marido chorando, os soluços, a representação de um fim pior do que ela esperava. Tinha de acabar logo com aquilo e a morte não lhe daria esse prazer imediato.

Meia hora depois, Magnólia voltou para a sala carregando uma mala grande com metade das suas roupas. Herbert continuava no divã, a cabeça caída sobre as pernas e as veias das têmporas saltadas como fios de espaguete inchados sob a pele.

– Eu só precisava disso para acabar com tudo – disse ela, abrindo a porta.

Herbert tinha um olhar derrotado, de cansaço, como se fosse desmaiar. Mas seus lábios ainda conseguiram se mover:

– Você acabou com tudo quando perdeu nosso filho, Mag.

Ela respirou fundo.

– E a morte dele foi a melhor coisa que me aconteceu.

Deixando a porta aberta, Magnólia puxou sua antiga Samsonite e desapareceu pelo corredor do prédio com passos que ecoavam um adeus pesado de soluços.

De: alister23@email.com
Para: tomas1406@email.com
Data: 16 Fev 2019 21:01:55

Meu Tom,

O calor continua intenso por aqui. Se eu tivesse de escrever tudo o que conversamos ontem por telefone, acho que precisaria de umas três jarras de água e muita boa vontade, haha. É verdade, está difícil até para escrever, até para ficar sentado e não suar sobre o teclado. De novo faz quase trinta graus, parece que estamos numa ilha amazônica, sufocados pelo bafo quente do demônio =P Hoje eu tomei três banhos (todos pensando em você, é claro hehe), mas o suor brota como se eu morasse numa sauna. Para piorar, minha mãe está em casa, meio doente, reclamando da vida e do calor como se fossem os piores inimigos dela. E quem tem de ouvir? Quem tem de concordar? Estou tentando ser paciente, compreensivo, você sabe, depois do jantar. Como já comentei ontem, gostei do André, percebi que ele gosta da minha mãe de verdade. Enfim, quero o bem dela e isso diminui um pouco a minha culpa por ter amaldiçoado tantas vezes a coitada, hahaha. O André veio aqui mais cedo "examiná-la", mas é só um resfriado.

Quando ele foi embora, ela me chamou no sofá e disse, rindo baixinho: "Ele não fica um tesão com esse telescópio no pescoço?". Quando finalmente entendi que ela queria dizer *estetoscópio*, caí na gargalhada. Ela achou que eu estava rindo do comentário, depois expliquei do erro e só vi aquela cara fechada outra vez, mas com um leve sorriso que não era para ser notado. Isso me deixou feliz pelo resto do dia porque a pergunta me pareceu uma espécie de aproximação, sabe? Eu nunca imaginaria que minha própria mãe perguntaria *para mim* se eu acho um cara um tesão, ainda que fosse uma pergunta retórica. E ela tem razão: ele fica mais bonitão com aquele ar de médico. Tô brincando! Haha sem ciúme. Aliás, preciso mandar aquela foto do jantar para você finalmente tirar suas próprias conclusões sobre ele. Não é um homem feio, mas também não é bonito, ou seja, muito diferente dos que costumavam entrar e sair aqui de casa. Acho que, por ele ser médico, o imaginário da minha mãe goza antes mesmo que ela possa ser tocada, hahaha. Foto anexada! :) Ficou horrível porque o tio Lourenço não sabe fotografar, então metade da foto é uma amostra da nova decoração do restaurante. Mas sei lá, por algum motivo eu gostei: os nossos sorrisos, as cores, parece uma foto antiga tirada com aquelas câmeras de filme.

    Amor, sei que já comentei isso, mas preciso repetir: me desculpe se a cobrança do "eu te amo" pareceu chata. Eu sempre disse que não queria ser aquele tipo de namorado que domina seu espaço e te sufoca. Eu estava bem sensível, tenho estado mais por causa da distância e da saudade, mas vou me controlar mais e, como você escreveu no último e-mail, perceber mais, me observar e não deixar que essas coisas que parecem pequenas me machuquem. Eu sempre soube e sei e sinto tudo sobre o seu amor. De novo: me desculpe. Foi tão maravilhoso conversar com você, como eu precisava! Daqui a pouco nos falaremos de novo e só estou escrevendo agora pra ter algum assunto, haha. E acrescento também algo que já conversamos: sobre não termos nos falado na quarta. Eu senti muito, de verdade, mas como você já sabe, minha mãe e o André encontraram outros amigos, juntaram três mesas, quiseram estender a noite, pediram vinho, meu tio adorou a ideia e eu acabei ficando pra dirigir pra eles. Imagine que experiência estranha é ver um monte de gente esvaziar seis garrafas de vinho enquanto só você bebe, sozinho, uma jarra de suco doce de morango com acerola. Não sei como não passei mal depois. Enfim. Foi uma noite gostosa, mas eu teria preferido ficar em casa pra conversarmos.

Você é sempre tão lindo e tão cuidadoso. Seu último e-mail me encheu de luz, acendeu em mim aquela alegria gostosa que só quem ama conhece. Senti aquela força literária, caprichada, bonita mesmo, nas suas palavras. Sempre sinto quando você está bem porque você carrega essa escrita sua como parte das suas emoções. É assim: escrever bem, e com paixão, é outra emoção muito sua (e talvez de todos os outros escritores), ligada ao bem-estar. Quando você não está bem, sua escrita fica mais crua. O bem-estar é o fogo da sua escrita, é o que cozinha suas ideias e sua forma de se expressar de maneira tão única. E mesmo te aceitando de qualquer forma, sentindo qualquer coisa, é assim, com esse fogo, que vou te querer sempre :)

Apesar do calor, queria muito que você estivesse aqui. Melhor: *eu* preferiria estar aí passando frio, abraçadinho, embora qualquer clima compense quando estou com você. Daqui a exatamente dez dias estarei longe do computador, não precisaremos mais de ligações ou e-mails, só da presença um do outro. Dez dias. DEZ! Acho que já podemos começar a nossa contagem regressiva, hein. Todos os dias eu tenho olhado para a passagem de avião, decorando cada centímetro, conferindo se está tudo certo, assim como tenho pensado em começar a fazer a mala na semana que vem. Por falar nisso, minha mãe já fez uns pedidos de perfume, creme e não sei mais o quê. Na cabeça dela, eu volto pra cá mês que vem. Expliquei que não sei quando volto, mas ela fingiu não escutar e saiu de perto – infelizmente, acho que para chorar. Talvez para ela esteja sendo mais difícil do que eu imagino. Apesar de tudo, ela é minha mãe, né? Tem sido quase um mantra mastigar essa verdade e entender que ela, de alguma forma obscura, sentirá minha falta. Eu não sei como me sentir. Quando paro pra pensar, me dói um pouco saber que vou deixar esse lugar, a praia, a ilha, o ambiente onde vivemos tantas coisas. Mas logo penso que estou indo para um outro lugar onde viverei histórias muito mais bonitas. Vou parar porque isso já está cafona e eu não quero chorar ;)

Acho que na próxima terça ou quarta-feira já consigo pegar o certificado do curso, mas no telefone falo mais sobre isso. Vou ter de me segurar pra não rasgá-lo, já que ele é o culpado por eu ainda não ter viajado. Pensei em pedir para o meu tio enviá-lo pra Oslo, mas a coordenadora do curso disse que eu preciso assinar uns documentos na retirada e isso atrapalhou tudo – acho que comentei com você.

Aqui continua tudo igual desde ontem. Passei o dia lendo e na parte da manhã dei uma passada preguiçosa no Loulastau para ajudar meu tio por umas duas horas. Sabe aquele cara que trabalha no bar há muitos anos? Não parou de me olhar. Fiquei bem desconfortável – não menos do que ficaria contando isso por telefone, haha. Mas meu tio percebeu e não falou nada, nem riu. O cara estava de férias, voltou hoje e me comeu com os olhos como se nunca tivesse me visto. Enfim. Eu não reparo quando alguém me encara, mas quando me deixa envergonhado é quase impossível não perceber. Não gosto desse tipo de olhar e não sei o que eu faria caso fosse com você. Meu ciúme nunca ferveu a esse ponto, haha.

Amor, termino outro longo e chatíssimo e-mail. O próximo será mais interessante, prometo.

        Um beijo longo e quente daquele que mais te ama!

Teu,
Ali

9. A volta

Como se lamentasse o calor do meio da tarde, o trem vibrou mais uma vez ao ser acionado e lançou uma nuvem de ar quente antes de deixar a estação refazendo o mesmo caminho pelo qual tinha vindo. Magnólia não se moveu mesmo quando uma lufada de vento abrasivo lhe queimou o rosto, empurrando a aba do chapéu e fazendo seus cabelos estalarem sobre os olhos como um alerta para que ela não visse aonde tinha chegado nem compreendesse a realidade na qual estava prestes a mergulhar – de cabeça e com o delicado crânio de um bebê. Como o símbolo de um castigo. Talvez não fosse para ela estar ali, mas depois de ser ignorada por Ângelo, cuja resposta aos seus apelos tinha sido apenas uma voz seca gravada na secretária eletrônica, Magnólia só tinha o irmão. Durante os primeiros dois minutos da ligação, feita com o celular quase escapando de sua mão trêmula, a voz de Orlando soara visivelmente aborrecida, deixando-a ainda pior. Ele estava sozinho e tinha demorado a atender. Mau sinal, ela concluiu quase desistindo. Quando ouviu um clique e a voz familiar, começou a chorar antes que as palavras pudessem identificá-la. Depois, conseguindo forçar uma compaixão que acabou sendo mais autêntica do que gostaria, Magnólia explicou brevemente a briga com Herbert e Orlando cedeu sem pedir mais explicações, amolecendo a voz, respirando fundo contra o bocal do telefone e tornando-se outra vez aquele irmão preocupado com o qual ela podia se confortar. Bem, não sempre – e para o bem dele.

Mesmo isolada, tendo o trem partido e a maior parte das pessoas desaparecido através das portas de vidro que levavam à saída, a estação continuava quente, como se o sol houvesse lançado sobre ela um sopro de descontentamento. O ar inchava com o calor. Parte da estrutura da estação, pintada de vermelho, tinha o fulgor do verão e isso inquietava Magnólia. Embora soubesse que estaria quente ali e que os ventos úmidos do mar traziam um alívio mínimo àquela hora, ela não tirou a jaqueta de algodão nem o chapéu, não saiu do lugar nem se abanou com a mão canhota, não desejou voltar para o conforto dos vagões com seu ar-condicionado nem voltar para casa – sobretudo voltar para casa –, onde a frieza de um marido agora estranho tivesse o poder de lhe devolver o bem-estar de um inverno apaziguador.

A viagem da cidade ao litoral tinha atrasado. Eram pouco mais de duas horas da tarde quando Magnólia pôs os pés na estação, desejando mais do que a própria vida – ou a recuperação dela – ver o desdobramento da crista de uma onda, ouvir aquele jorro fervilhante das marés, o som único do mar, pujante e aberto, desmedido, espumoso, que lembrava sempre algo de alívio, de satisfação, de chegada e permanência, apesar da impermanência das águas. E Orlando, tão distante quanto o mar naquela hora, não chegava.

Um vento inesperado sacudiu Magnólia, deixando-a inquieta. Sentiu um frio súbito, como se estivesse com febre, mas que logo passou. Encolheu-se, envolveu o corpo num abraço meio envergonhado que passava mais pena do que conforto. Não queria ser a vítima para o irmão, não queria mais *fazer* o papel da vítima, tampouco queria um abraço condescendente de Orlando. Mas ela *era* a vítima e precisava de um abraço qualquer, sem julgamentos. E quando pensava na traição, não fazia sentido para ela lembrar-se das suas, com Ângelo ou com qualquer outro. Na verdade, ela se culpava, sim, por cada vez que tinha sido infiel, mas isso nunca a afetara a longo prazo, nem afetara seu casamento. Se por acaso se apaixonasse por outro homem, algo que transformasse sua vida como aconteceu ao conhecer Herbert (que se casou com sua carência em primeiro lugar, não com ela), não pensaria duas vezes em deixá-lo. A ideia de entregar suas inseguranças nas mãos de alguém novo, alguém que não conhecesse suas armadilhas, que não soubesse como se orientar no labirinto que era o seu coração, mas que se perdesse nele, chegando também à loucura para encontrar a saída, essa ideia era tentadora. Alguém que confiasse cegamente nela, que não tentasse ler as entrelinhas de sua expressão, de suas palavras, alguém para quem ela pudesse novamente interpretar, mesmo que isso não parecesse mais possível.

Um rumor de vozes fez com que Magnólia acordasse de seus devaneios e puxasse sua mala para fora da estação. Por alguns segundos ela se imaginou ali para pegar outro trem, que a demora era para dar vazão a essa nova ideia. E se ela se entregasse à ideia, poderia fugir dos olhos do irmão, de um novo tormento ruidoso de julgamentos.

No entanto, tinha Lourenço.

Lourenço.

O nome formava uma onda, quebrava com um estrondo num banco de areia e recuava. Magnólia não tinha certeza de como ele reagiria àquela visita inesperada, mas ela tinha de tentar. Durante essas viagens esporádicas, Lourenço era uma espécie de âncora na qual podia se segurar, permanecendo no mesmo lugar sem ser arrastada pela violência das águas. As águas. As águas. Sempre as águas. Bastava chegar no litoral e sentir aquela atmosfera salgada, o tremor do sal no vento, o frescor de uma anunciação esperada, para que tudo vibrasse, para que as imagens fossem inconstantes e de vez em quando trouxessem aquele alívio temporário que só o mar trazia, com sua história, sua infância, seus mergulhos e afogamentos.

Já na rua, diante de um estacionamento quase vazio, com um nó na garganta e de repente temendo pela própria vida, ainda que fosse dia, que pessoas circulassem por ali, Magnólia esperou. Sete anos atrás, em julho, também era domingo, mas não havia tanto terror como agora, e diferentemente daquela vez, estava sozinha. Era o terror do abandono se avolumando cada vez mais – mais uma vez. E como doía admitir que estava sozinha pela primeira vez. Bem, outras brigas com Herbert já tinham acontecido, mas nunca uma que os separasse, que forçasse uma das partes a viajar para longe, a desistir de uma conversa para que a distância falasse por si. No entanto, essa fuga geográfica não falava nada, só calava e evitava o pior. Era uma fuga covarde para desviar a realidade de seu curso natural. Lembrou-se de uma vez em que fora viajar a trabalho um dia depois de uma briga. Foi como se libertar do próprio casamento, dos nós da relação, não só de uma cara feia ou de um almoço silencioso, com goles altos e irritantes demais e o som dos garfos batendo nos pratos para beliscar o silêncio perdido no meio da abobrinha italiana. Contrariando as próprias expectativas, estar sozinha não era bom. Era melhor que suportar o novo Herbert, mas ainda assim não era bom. Não tinha aliviado nada como da outra vez, talvez porque antes havia a certeza do retorno, porque a viagem dissolveria tudo. Agora era verdadeira, e o retorno era incerto como o destino do seu casamento.

Ela tinha acabado de chegar e temia voltar.

Enquanto esperava, Lourenço ocupou um espaço mais importante e decisivo nos pensamentos de Magnólia. Agora parecia que tudo dependia *dele*, de como *ele* a receberia, de quanto amor ela conseguiria *dele*. Talvez Lourenço fosse o tal homem sem julgamentos, aquele que desconhecia suas armadilhas, seu jeito, sua doença. Por um tempo seria fácil esconder, ser outra mulher, alguém suportável. Ao mesmo tempo, ele não era um desconhecido, sabia quem era Magnólia, pelo menos uma parte dela, e essa familiaridade a deixava mais tranquila – ou menos ansiosa. Lourenço era o tipo de homem que, apesar da mente aberta e da clareza que possuía a respeito da vida adulta, dos negócios, das relações sociais, não gostava de mudanças.

Ela se encontrava com o pensamento muito avançado, como se os dois fossem morar juntos dali a uma semana, mas era inútil. Ele nunca se mudaria daquela pequena cidade. Não deixaria seu restaurante, o litoral, a brisa salgada. A solidez da sua vida. A maioria das pessoas demora muitos anos, décadas, para construir uma estabilidade que satisfaça os próprios padrões, mas com Lourenço tinha sido diferente: ele tinha conseguido tudo muito cedo e tudo muito rápido. Mudar-se seria reinventar-se, renascer.

Magnólia pensou que não fazia sentido ir tão longe, embora também não fizesse sentido excluir uma possibilidade. Até aquele instante, praticamente soterrada pela espera de uma tarde de domingo, a única possibilidade que nunca seria riscada da lista porque nunca fora colocada nela era a de voltar a morar ali. As recordações eram muitas, o trunfo das emoções era algo sempre certo, e estar longe do passado dava às ausências afetivas uma leveza facilmente suportável.

O velho Volvo cereja fez uma curva no estacionamento e seus faróis piscaram duas vezes. Embora ainda não tivesse completado quatro anos desde a sua última visita, Magnólia pensou que Orlando teria trocado de carro. Ela não sabia o que a tinha levado a acreditar que o irmão gastaria dinheiro com um novo carro, mas já passava da hora. A cor estava desbotada, a lataria manchada, os bancos meio puídos e o conjunto mais lembrava uma peça rara malcuidada, um desses automóveis que se abandona na garagem por orgulho. Orlando ainda o ostentava com carinho, e pela primeira vez Magnólia percebeu que aquele apego tinha relação com Sara. Só podia ser isso.

A lembrança que tinha do irmão era a mesma de 2015: um pouco mais magro, a careca aberta numa clareira considerável, a bermuda marrom, as sandálias de couro mole, o rosto um pouco mais fino. No entanto, para a sua surpresa, o Orlando que saiu do Volvo deixando a porta aberta era o mesmo de sete anos atrás, redondo e reluzente como um sol. Tinha ganhado alguns quilos, mas continuava inegavelmente saudável, com um novo par de olheiras e talvez com os braços mais fortes, mas o restante era igual e Magnólia sentiu que uma parte dentro dela se aquecia pela primeira vez naquele dia – e em todos os últimos. Depois da parte aquecida, ela ardeu e entrou em combustão. Nunca sentira tanto amor e tanta saudade de Orlando como agora, e seu sorriso conseguiu transmitir isso porque ele não demorou muito para abrir os braços à medida que abria um sorriso, como se houvesse um mecanismo ligando aqueles movimentos.

Quando se abraçaram, ela sentiu imediatamente que podia confiar nele. Era como abraçar Herbert muitos anos atrás, sem o caráter sexual. Era como abraçar seu irmão. Pela primeira vez em muitos anos, Magnólia teve consciência do abraço de Orlando e o sentiu como um irmão de verdade, alguém em cujas veias corria o mesmo sangue, sem a parte venenosa de seu transtorno. Em geral, eles se afastavam rapidamente, mas Orlando a apertou com força, quase se colocando na ponta dos pés, e num acesso inesperado de carinho disse que estava feliz por vê-la novamente.

Magnólia ficou sem reação, não respondeu nem assentiu com a cabeça, senão choraria. Àquela altura, tinha de deixar a resistência de lado e permitir que aquele gesto de amor fosse recebido. Não resistir parecia uma tarefa difícil, mas sua realização lhe trazia conforto. Era como se pudesse soltar nos ombros de Orlando tudo o que vinha sentindo, colocar nele o peso de suas frustrações. Afinal, estava ali para isso, não estava?

Ele tentou agarrar sua mala, mas ela envolveu seus ombros com um único braço e os dois foram até o carro. Magnólia incorporou o papel de irmã mais nova. Agora, sem Elisa, ela era a caçula, e Orlando parecia tratá-la como tal, como seu novo protetor. Havia naquele abraço, ela sentiu, mais do que amor, do que acolhimento: havia confiança. A presença de Herbert teria impedido que ela sentisse as coisas daquela forma, que percebesse emocionalmente a importância do irmão e a efetividade daquele abraço, daquele reencontro. Eles trocaram um olhar que salinizava as palavras veladas como a brisa marítima daquela hora, costurando no ar um entendimento de densidade diferente.

Não era preciso muito para compreenderem-se, apenas aquele reencontro, aquele instante, aquele silêncio.

Uma profusão de sentimentos avançou sobre Magnólia ao entrar no carro. Era bom estar ali, mas não queria novas brigas: queria um recomeço. E como era difícil aproximar-se do irmão sem parecer carente, sem parecer piegas, sobretudo sem parecer uma vítima faminta por atenção. Orlando desligou o rádio e deu partida ainda em silêncio, contornando o estacionamento e deixando a estação.

A cidade ardia em silêncio. O sol cozinhava o que era colorido. Tudo fechado, tudo quieto, como o coração de Magnólia, que deixou que o vento morno levasse os sentimentos estranhos. Era um deslocamento o que ela sentia, mas um deslocamento familiar, o que era ainda mais inaceitável. Lembrou-se da semana em 2015, quando esteve ali para ver a segunda exposição de fotos de Muriel, mas baixou a cabeça para esquecer. Tinha deixado Orlando com um nó na garganta, confusa sobre Lourenço e um pouco assustada com as mudanças dos sobrinhos, da casa, ainda entorpecida pelos acontecimentos de 2012. A carta de suicídio de Sara às vezes cintilava em sua retina como o reflexo do sol sobre a água em formas gelatinosas de luz, atrapalhando sua visão. Mentalmente, ela relia aquelas palavras e se perguntava por que não tinha decidido pela morte de uma vez por todas. Por que sempre um ensaio? Por que sempre uma ameaça? Por que sempre os cortes estúpidos que só faziam sangrar, mas que nunca a levavam a lugar nenhum? Sara tinha sido corajosa, Magnólia concluiu naquela semana. Ela renunciara ao desespero para descansar. Alguns chamariam de covardia, egoísmo. Magnólia, não. E o mar continuava sendo a sua última opção, a sua fuga.

– Como foi a viagem? – perguntou Orlando, de repente.

Embora soubesse que mais cedo ou mais tarde os dois teriam de conversar, Magnólia não esperava que ele quisesse um diálogo ainda no carro. Era um pensamento ingênuo, mas não estava preparada para isso. Também não queria se armar com um escudo, não queria se armar com nada. Estava cansada, inclusive para pensar nas consequências daquela conversa.

– Tranquila – respondeu, finalmente, trocando um rápido olhar com ele, que parecia analisá-la e, em último caso, julgá-la.

– Como você está?

A pergunta tinha o caráter banal de qualquer encontro, mas apenas na superfície, e Magnólia percebeu um tom verdadeiro na voz de Orlando, não superficial. Ele queria realmente saber como ela estava. Se não perguntasse, os rompantes de Magnólia responderiam mais tarde. Na maior parte do tempo, ela considerava aquele tipo de pergunta mais uma invasão do que uma curiosidade.

Como ela estava?

– Pra falar a verdade, não sei – concluiu, respirando fundo. – Acho que estou um pouco cansada da viagem. Cansada pra pensar como estou.

– Vai querer uma tacinha de vinho quando chegarmos em casa?

Eles se entreolharam novamente e sorriram. Um misto de cumplicidade e amor crescia naquele instante e ela se sentiu bem. Outra vez protegida, como durante o abraço na estação.

– Eu queria que você pudesse ler minha mente – disse Magnólia.

– Eu não sei fazer leitura dinâmica.

Os dois riram, dessa vez alto. Magnólia permitiu-se até soltar os cabelos depois de arrancar o chapéu e atirá-lo no banco traseiro. Orlando soltou os ombros e toda a sua expressão corporal tornou-se mais receptiva, relaxada, como se tivesse acabado de receber uma boa notícia. E não deixava de ser. Aquele reencontro leve era uma boa notícia. A despeito do que estava passando Magnólia, sentia-se definitivamente flexível com a nova situação – não quanto à traição, mas quanto à viagem, à volta, ao reencontro.

– Eu tenho pensado muito em você – disse Orlando, a voz um pouco mais baixa, quase tímida, porque era sempre muito

difícil afundar as mãos naquela massa pegajosa que era a relação entre irmãos.
— Obrigada por me deixar ficar com você — disse Magnólia.
— Eu não tinha para onde ir.
— Eu conheço um bom hotel aqui perto — arriscou Orlando, e os dois riram outra vez.
A piada era perigosa, mas ela estava calma, estável. O inconsciente de ambos sabia que as brincadeiras lançavam um pouco da luz amorosa de que precisavam no momento, amenizando dores antigas. Se os irmãos fossem antiquários — e não deixavam de ser, cada um com as suas relíquias emocionais, as porcelanas frágeis dos seus sentimentos, os espelhos trincados de seus desejos, os baús sombrios de seus medos —, aquelas risadas e aquela cumplicidade subitamente tão preciosas seriam as qualidades que manteriam o brilho de suas peças internas. Seus corações podiam estar usados, gastos, manuseados de forma incorreta, mas ainda tinham uma fina camada de brilho e era com ela que dissolveriam um pouco das sombras.
Orlando estava fazendo um caminho diferente, mais curto, talvez porque tivesse pressa. Magnólia pôde ver outras partes da cidade vazia, fechada em si mesma. A brisa do mar ficando cada vez mais presente, e na boca o gosto do sal, e no ar o perfume da água, das plantas, de uma vida novamente possível. Mas ela tentava não se entregar, porque esse tipo de sensação era efêmero e deixava apenas um resíduo de resignação.
O estreito caminho de cascalho que dava na casa tinha sido calçado com lajotas, novidade que Magnólia demorou a perceber.
— As últimas chuvas destruíram tudo por aqui — disse Orlando, apontando a garagem onde há muitos anos pintava suas telas. Uma parte da metade do telhado tinha cedido e havia um buraco na outra metade, formando uma clarabóia que ele havia coberto com um quadrado de plástico. — Depois das lajotas, falta a garagem.
— Foi uma ótima ideia — disse Magnólia. Era verdade. Sem o cascalho, a chegada era silenciosa, embora ela gostasse daquele

som crocante dos pneus contra as pedrinhas, lembrava sua infância, lembrava o primeiro dia de férias, quando chegavam ali de carro com seus pais para passar invernos e verões.

Com formas improvavelmente ovais, uma série de nuvens riscava uma fileira sobre o mar, lembrando uma porção de sementes de girassol. Tinham aquele aspecto esverdeado, iluminadas tanto pelo sol quanto pelo reflexo das águas. Nuvens baixas, pensou Magnólia ao sair do carro e respirar fundo. Uma luz lavosa tomava conta de tudo. Logo, o movimento crepuscular anoiteceria suas palavras de dentro para fora, e tudo seria dito, tudo seria contado. Orlando pegou a mala, o chapéu e parou ao seu lado, admirando a quietude do mar.

– Deve chover essa noite – disse ele.

– Era tudo o que eu precisava – respondeu Magnólia, sem desdém. – Lavaria tanta coisa.

Orlando tentou não a encarar, mas era difícil. Sentiu uma pontada fulminante de compaixão. Queria protegê-la de alguma forma, que não fosse mais embora. Como se tivesse lido seus pensamentos, ela admitiu num suspiro:

– Às vezes eu queria que minha vida fosse isso. Só isso. Desse jeito. E nada mais. Que eu não precisasse nem ir nem voltar.

– Você pode ficar o tempo que quiser, sabe disso.

– Antes de querer ficar um tempo, eu preferiria que não houvesse tempo e não precisássemos pensar nele, sabe?

Orlando agora estava olhando para a casa, tentando não entender aqueles devaneios.

– Vem, Mag, vamos tomar alguma coisa.

Orlando indicou que se viraria para subir os degraus que levavam à varanda, mas Magnólia não saiu do lugar. O mar era muito grande, provocante sob aquela luz, e muito áspero, esfaqueado por mil lâminas de sol, para que ela lhe desse as costas tão cedo.

De: tomas1406@email.com
Para: alister23@email.com
Data: 18 Fev 2019 19:33:34

Meu Ali,

Por teimosia e porque cansei de andar pelas mesmas ruas, hoje eu peguei um caminho diferente para chegar ao apartamento, atravessando um parque cujos bancos parecem túmulos de neve, cujos postes são pequenos olhos amarelos observando o mistério de quem passa, e cujas árvores estão todas congeladas e escuras como se feitas de turmalina. O contraste com o céu branco e aquela neblina cinzenta criou um universo tão particular e sombrio que por várias vezes achei que os galhos dos bordos, pinheiros e salgueiros fossem articulados e, como dedos, me chamassem para as trevas nórdicas que os troncos escondem.

Só hoje, atravessando o parque lentamente, percebi o quão criativa pode ser a vida de quem mora aqui e observa seu entorno com atenção. Acho que eu sou mesmo um velho que nasceu na época errada: fico sonhando feito idiota com aquelas cartas trocadas por escritores dos séculos XVIII, XIX, XX, e penso – duvidando – se eu conseguiria escrever bem um manuscrito, me sentir confortável com a caneta por muito tempo sem me cansar. O Herbert, marido da tia Mag, disse que a Virginia Woolf escrevia muito à mão, com uma caneta especial de tinta roxa. Naquela época parecia tão comum e *normal*, hoje é tudo muito romântico, trabalhoso e, na pior das hipóteses, *engenhoso, coisa de gente fresca e que gosta de aparecer*. Tenho certeza de que meu pai falaria isso, ainda que ele goste de trabalhos artísticos orgânicos, e nada mais orgânico do que escrever um livro à mão em 2019. Ou pior: cartas. Com cola, carinho, carimbo, selo e tudo.

E porque mudei meu caminho, acabei chegando mais cedo para te escrever. Foi lá no parque, quase procurando um banco para me sentar, apesar da neve e do frio, que eu tive a consciência de que você chega semana que vem! A data caiu na minha cabeça e se quebrou em mil fragmentos de ansiedade! Oito dias para a sua chegada, meu amor! Na próxima terça-feira eu faço questão de ir até o Gardermoen te pegar – já combinamos que você me esperaria lá, não combinamos? Não vou conseguir dormir, Ali, tenho certeza. E você vai estar tão cansado. Quando chegar, tomamos um banho bem quente e dormimos um pouco. Então, desde essa pedrada ou facada na consciência, vim caminhando com pressa para me esquentar e porque fui de novo infectado pela ansiedade. Parece um sonho, assim como parece que faz pouco tempo que estou aqui, que nos despedimos em sua casa e que eu não o deixei ir me ver no aeroporto – tudo bem, não vou mais falar disso, mas ainda me sinto mal. De vez em quando esse fato me cutuca e não me perdoarei por isso, eu me conheço bem.

Ontem não deu tempo de comentar melhor sobre a foto no restaurante – e como você é lindo! Como em todas as outras que me enviou, essa foto do restaurante revela que você estava confortável, e isso me deixou tão bem. Apesar de tudo, sua mãe merece sua companhia, sobretudo nesses últimos dias – nós sabemos bem o quão difíceis são os últimos dias antes de uma viagem, como se alarga essa fissura de apreensão que antecede o período da saudade. Como já conversamos, o André é bonito, sim, e combina com a sua mãe. Eu nunca a vi tão sorridente perto de um homem.

A composição toda é muito bonita: os braços dele envolvendo vocês dois e aquela parte tão chamativa do restaurante no canto direito. Talvez o Lourenço tenha feito isso inconscientemente, de tão orgulhoso que deve estar da reforma. Enfim, é uma foto bonita para a qual olharei sempre com amor – pensei comigo que, se um dia eles se casarem, vou enquadrar a foto e dá-la como presente de casamento. Queria muito ter estado com vocês, talvez até sua mãe gostasse de me ver lá. Aliás, eu não cheguei a perguntar: o André sabe que você namora um cara que está morando na Noruega? Se sim, o que ele acha disso? Como você não comentou nada ao telefone, talvez não tenham tocado no assunto, mas estou curioso, embora isso não tenha nenhum efeito na nossa relação. Ele parece um cara legal e respeitável – confesso que ainda estou rindo do "telescópio" e do questionamento da sua mãe. Eu sempre soube que existe uma mulher muito legal e menos complicada dentro da minha sogrinha, talvez a felicidade amorosa faça com que ela a liberte de uma vez por todas.

A única novidade do dia, sobre a qual com certeza darei mais detalhes no nosso telefonema, é que encontrei o Gunnar por acaso. Eu estava entrando numa loja de roupas para comprar luvas e ele estava saindo apressado. Nossa conversa foi rápida (sobre o Tadeu, sobre o frio, umas amenidades desnecessárias, ou eu estou de mau humor, sei lá), mas difícil o suficiente para me mostrar que tenho de praticar (muito) mais meu inglês. Você sabe como ele fala bem, quase um nativo da Grã-Bretanha, e eu, enferrujado que estou, mesmo há quase três semanas tentando sobreviver apenas com o inglês, falo como se descesse a rampa de mármore branco da Ópera de Oslo num dia de chuva. (Aliás, precisamos ir até lá juntos: não apenas ir, mas *entrar* de fato para assistir a algum espetáculo. Quando fui durante a minha primeira semana aqui, foi só pela curiosidade de pisar no lugar e ter uma vista diferente da cidade...) Pelo menos consegui me comunicar, isso já é alguma coisa. O Gunnar não parece um desses seres engraçados e misteriosos saídos dos romances do Tolkien? Às vezes tenho essa impressão – talvez porque ele esteja deixando a barba crescer, ficando com cara de selvagem, embora aquele semblante meio infantil não o permita ser um legítimo Hobbit –, e que seu tio não me leia.

Do último parágrafo até agora, fui ao banheiro, comi um sanduíche e reli parte do e-mail. Acho que eu não preciso exercitar essa vontade literária que arde em mim, assim minhas missivas podem ser menos chatas, não podem? Eu sei que você gosta dos meus e-mails elaborados, do capricho, mas eu me canso também. Às vezes pode parecer presunçoso querer escrever bonito, metafórico, mesmo quando acontece naturalmente. Muitos escritores foram e são condenados por escreverem bem, porque possuem uma obra aforística, como se isso fosse proposital. Não acho que seja – e quando é, isso não diminui a arte nem a torna uma fraude. Ou será que torna? Fiquei pensando muito sobre isso enquanto comia. Quase apaguei o e-mail para começar um mais conciso. Se você se achou enfadonho e prolixo no seu último, então imagine quando *eu* me sinto assim: sempre. E posso te falar (ou escrever) de coração: você nunca é enfadonho ou prolixo. Sua escrita é diferente da minha? Sim, mas isso não torna seus e-mails piores. Aliás, pensando bem, é com esta experiência tão gostosa de troca de e-mails que estou finalmente conhecendo melhor sua escrita. Você escreve bem – melhor do que muitos com quem já troquei mensagens, então relaxe. Continue me escrevendo o que quiser e como quiser, eu amo ler suas novidades, suas dores, suas luzes e suas sombras. Mesmo que não tenha absolutamente *nada* para escrever, um "oi" já vai me tirar um suspiro e me deixar bem pelo resto do dia. Qualquer comunicação durante essas semanas tem sido um abraço quente no corpo oco da nossa distância.

Por favor, meu Ali, venha logo. Tenho certeza de que Oslo vai arder em cores outra vez quando você chegar.

Te amo para sempre!
Teu,
Tom

10. A conversa

Pontos lustrosos se espalhavam na areia transformada em brasa como poças incandescentes. O murmúrio espumoso das marés chegava e recuava, tímido e discreto, sem contar os segredos que àquela hora seriam depositados no interior das conchas. Os olhos verdes de Magnólia arderam, quase eles próprios duas lagunas píricas onde o crepúsculo queimava o fim da tarde para receber a noite e a chuva.

Quando ela e Orlando sentaram-se na escadaria de madeira que levava à praia, cada um segurando um enorme copo de sangria, o sol, oculto por um quebradiço vitral de nuvens, cortava o ar de fevereiro com suas lanças de luz, espetando a bruma dourada que cobria o mar e afundando em sua carne a lâmina acobreada de mais uma despedida.

– É a minha hora preferida do dia – disse Orlando, girando os pedaços de morango com o dedo indicador.

– Parece uma tragédia – disse Magnólia.

– O quê?

– Essa hora, o pôr do sol. Mas só aqui no litoral – explicou ela. – Na cidade só vemos aquele céu lilás cor de remédio e suspiramos de alívio porque mais um dia chegou ao fim sem que nos matássemos.

O comentário era para ser engraçado, afinal eles ainda escalavam as rebarbas daquela delicada relação, e nada parecia mais eficiente do que fazê-lo com um pouco de pretensão e malícia. No entanto, o suicídio não era o melhor assunto para fazer piadinhas contemplativas. Primeiro tinha sido Sara, depois Elisa. Sem falar nas próprias tentativas de Magnólia, fracassadas pelo medo de não poder continuar pedindo por ajuda.

– Você continua mórbida – disse ele.

Orlando forçou um sorriso que sob aquela luz o deixou muito mais novo. Magnólia quase viu um lampejo de sua adolescência: o irmão sorrindo naquele mesmo lugar, o rosto redondo e imberbe, o brilho nos olhos e aquele olhar ainda virgem, puro, ansioso pela vida. Estranhamente, ela pensou que ele não pareceria tão simpático nem afetuoso se tivesse o rosto muito magro. A magreza em algumas pessoas podia ser agressiva. Magnólia não tinha herdado as bochechas do avô, mas se fosse mais redonda como o irmão, talvez transmitisse uma primeira impressão mais afetuosa. Ela desejou profundamente que seu sorriso, também forçado agora, enquanto esticava as pernas até os degraus mais baixos que podia alcançar, parecesse tão natural quanto o de Orlando. E aquela luz ajudava, a luz da tragédia.

– Você sabe que nem todo dia é bonito como está hoje – continuou ele. – Eu não assistia a um pôr do sol assim há muito tempo. Mas talvez porque eu tenha ficado mais na garagem ou na rádio.

– Pode ser um presente porque eu cheguei – arriscou Magnólia.

– Pode ser uma tragédia você ter chegado.

Os dois riram e, como se tivessem ensaiado, ergueram seus copos pesados de bebida e fruta e brindaram. O vidro estalou. Beberam devagar, sorvendo as primeiras frutas e fazendo explodir o caldo alcoólico que dentro delas bombeava aquele sabor incomparável.

– Na verdade, eu achei que você estivesse falando da sangria – disse Orlando, apontando para o copo. – Ela sim parece uma tragédia.

— Depois eu que sou mórbida. Mas se você quer saber, é a melhor tragédia que eu vivo em meses.

Ela olhou as frutas vermelhas do próprio copo e sentiu vontade de mergulhar nelas, de nadar com elas, de se desfazer naquela bebida que não tomava há tanto tempo. Orlando tinha preparado uma versão especial e antiga da família, que incluía, além dos morangos, porções de framboesa, mirtilo, uva, anis-estrelado e xarope de cereja. Era quase impossível sentir o gosto do vinho, mas Magnólia não reclamou: estava gelado e absurdamente delicioso. Orlando se esforçou para não olhar para ela com pena, incentivando com o seu silêncio que falasse, que aquelas brincadeirinhas falsamente leves dessem abertura para que ela começasse a desfiar as *verdadeiras* tragédias.

— Fico feliz por isso — soltou ele, sem graça.

Vê-lo beber a sangria em goles miúdos fez Magnólia repensar seus disfarces, o que era aquilo que estavam sentindo e compartilhando. Que tipo de felicidade era aquela, se açucarada de verdade ou se entupida de adoçante artificial.

— Eu sei que já perguntei isso, mas não tem problema você beber?

— Relaxa, Mag. Está tudo bem.

— Isso não é uma resposta para a minha pergunta.

— Não, não tem problema — respondeu Orlando, o tom de voz um pouco entediado, arrastando as vogais.

Ele deu outro gole provocativo encarando a irmã, mas ela não sorriu. Não tinha certeza do que Orlando vinha vivendo, como estava lidando com o alcoolismo. O pouco que se falavam por telefone era uma síntese de trivialidades cordiais para que o contato não acabasse de repente, sem perceberem, e nunca falavam dos problemas — nem de um nem do outro. Sabia que ele não gostava de vinho, mas a quantidade de xarope e de frutas que havia macerado na bebida tinha mascarado muito do sabor, inclusive do álcool.

— É porque não falamos mais sobre isso — disse Magnólia, e Orlando também esticou suas pernas, revelando na comparação com as pernas dela o quão mais baixo era.

– Não falamos sobre muitas coisas.
– Mas você está melhor?
– Eu sempre estive.
– Não precisa mentir, Lando.

O apelido tinha escapado com uma naturalidade assustadora. Orlando a encarou como se houvesse acabado de levar um soco na orelha. "Lando" carregava a suavidade da voz de Elisa. Só ela o chamava assim, Magnólia sempre tinha considerado a forma do nome muito infantil. Gostava da força que habitava em "Orlando", assim como no seu próprio, embora fosse o nome de uma flor. Quando ele a chamava de "Mag", ela só sentia carinho e um pouco de conforto nessa familiaridade.

– Ah, me desculpe – disse ela, bebendo três goles seguidos e colocando o copo no degrau entre eles.

– Por um instante achei que a Lisa estivesse aqui conosco – disse ele, rindo. – Lando? Puta que o pariu.

– Pode parar com isso – riu-se Magnólia, dando um leve empurrão no tronco do irmão, que não saiu do lugar.

– Esses apelidos possuem más intenções.

– Você me chamou de Mag.

– Mas eu posso, sou seu irmão mais velho.

Era verdade. Os vocativos tinham uma força que desarmava. Ela queria que ele falasse sobre o alcoolismo, não tinha ideia de como estava o tratamento, se ele tinha ou não voltado a beber. As mãos pouco inchadas, aquele lado do rosto, o ponto perto das orelhas que não estava estufado, indicavam que ele não vinha bebendo. Pelo menos não muito. E se ele vinha se controlando, era um avanço vitorioso do qual Magnólia poderia (e queria) sentir orgulho. Aquela leveza para tratar do assunto representava um desprendimento genuíno e isso com certeza era um bom sinal.

– E então? – insistiu Magnólia. – Vai me contar ou não?

– Você tem muito mais tragédias para compartilhar do que eu.

– Por isso você deve contar as suas primeiro, para eu não ficar aqui como uma idiota, tagarelando e chorando até o anoitecer.

Quero ouvir você. Acho que temos muito tempo para eu contar tudo, não precisa ser agora.

Orlando suspirou e tomou outro gole da sangria. As pedras de gelo tilintaram, o único som diferente naquele segundo. O mensageiro dos ventos que costumava ficar pendurado na varanda não estava mais ali, notou Magnólia, olhando de soslaio para a casa, silenciosa e escura como um ninho de abandono. E não deixava de ser. Sem Sara, sem Muriel, sem Tomas, o antigo sobrado da família era um oco para os pensamentos e a nova vida solitária de Orlando. Ela sentiu uma pontada de pena. Assim como não gostaria de morar sozinha num lugar tão grande, não gostava de imaginar o irmão naquela situação. Acordar todos os dias sem dar um bom-dia, tomar café sozinho, andar pelos cômodos como um zumbi, relembrando tudo o que tinha vivido com a família como se fosse pela última vez.

– O que você quer saber exatamente, Mag? Sinceramente, acho que não tenho nenhuma grande revelação, nada de novo.

– Não é isso. Eu quero saber do álcool, dos encontros.

– Posso falar da Adeline, lembra dela?

– Eu não quero saber dela, deve continuar forte daquele jeito. Quero saber de você.

– Ela voltou a beber, Mag. Foi horrível. Um choque para todo o grupo. Ela era como um guru para nós.

A notícia causou um choque momentâneo em Magnólia, mas para ela parecia comum alguém se entregar a um vício, ainda que lutasse muito contra ele.

– E não é mais?

– Não. E nem tinha como. Ela foi se tornando uma de nós, reaprendendo, aceitando, tudo de novo. Eu estou limpo, Mag, mas não parei de beber.

– Eu achei que o conceito de "limpo" era não beber nada.

– Sei lá, na minha cabeça tem a ver com vício. Às vezes eu sinto vontade de abrir a terceira lata de cerveja, mas nunca passo da segunda. Tem sido... interessante. Não sei se essa é a palavra certa, mas parece um tipo de teste.

– Tem a ver com morar sozinho outra vez?
– Pode ser. Pra falar a verdade, eu acho que tenho medo de perder o controle estando sozinho. E foram anos de AA, você sabe. Foram anos de amizade com gente certa. O pessoal da rádio continua fazendo umas piadinhas desnecessárias, mas eu não dou a mínima. Agora vou ter de carregar isso por toda a minha vida, mas estou bem. Mesmo.
– É muito bom te ver assim – admitiu Magnólia, mas não estava segura dessa afirmação. Sentia certo receio sobre a tranquilidade de Orlando, sobre aquela "limpeza". Soava artificial. Mas se era autêntica, ele tinha mudado. De qualquer forma, era verdadeiramente bom vê-lo tranquilo, estável, embora fosse nítida aquela nuvem de melancolia sobre ele, chovendo sobre sua cabeça meio careca os restos da vida em família. Havia um peso em seus ombros, algo que fugia da figura que ele queria ser e queria fazer transparecer. O seu "estar bem" era razoável, mas ela não podia insistir, não podia obrigá-lo a ficar melhor quando nem ela possuía aquele autocontrole invejável.
– Talvez eu faça mais daqui a pouco – disse Orlando, erguendo o copo.
– Não, não precisa. Nem terminei o meu – e pegou o copo do degrau, tomando dois goles e mastigando um pouco do purê de frutas vermelhas.
– Nem sei se eu quero, Mag. Eu estava brincando. Acho que ainda me divirto com as provocações.
– Como assim?
– Tem algo de tentador nesse jogo perigoso do viciado, sabe? Durante a recuperação, após a recuperação. É como um cara que não fuma há vinte anos e acende um cigarro diante da família enquanto revela que tem câncer no pulmão. No meu caso, é divertido provocar as pessoas com bebidas. Elas arregalam os olhos, suam frio, ficam pensando o que falar, acham que eu vou fazer um escândalo para depois voltar para o fundo do poço.
– E você não tem medo de que isso realmente aconteça?

– Eu sei de algumas pessoas que têm. Eu não. Acho que estou mais consciente das coisas, sabe? Menos impulsivo.
– Eu queria ser assim.
– Mais consciente das coisas?

Magnólia revirou os olhos e sorriu. Orlando soltou um riso baixo. Ele tinha entendido. Uma das maiores características de Magnólia era a impulsividade, mas ela não estava completamente sob o seu controle. Parecia mais duro tatear os cactos que se rompiam daquela conversa.

– Apesar de tudo, e não é a sangria falando, eu amo você pelo que você é, Mag.

A transformação no corpo de Magnólia foi rápida e evidente. Suas sobrancelhas relaxaram, seus cotovelos de repente se apoiaram no degrau que cutucava suas costas, até sua cabeça pendeu, mas só porque precisava esconder os olhos marejados. Orlando manteve um sorriso provocador, embora não tivesse falado aquilo por mal. Ela não sabia quando fora a última vez em que ele se sentira assim tão confortável com ela, tão leve. Doía pensar que talvez isso tivesse relação com Elisa, com a falta que ela fazia, com o buraco que ela havia formado na família desde a sua morte, mas tentava não acreditar nisso. Ela sempre tinha sido uma irmã suficiente, não tinha? Pelo menos para ela, nada de Elisa fazia falta, nem sua presença nem seus discursos. No entanto, se culpava duplamente por pensar na irmã tão cruelmente e por perder um pouco daquele momento com Orlando por causa dela e de sua lembrança intrometida.

– Ei, não quero te deixar mal – disse Orlando, envolvendo Magnólia com o braço direito.

– Eu sei, eu sou uma boba mesmo, só isso.

– Uma boba forte, eu diria. Quer conversar sobre as suas tragédias agora?

Magnólia bebeu mais um pouco e limpou o nariz com as costas da mão, depois com os dedos, em seguida os olhos, que estavam úmidos, ainda que as lágrimas não tivessem caído. Sentia-se frágil de novo, meio mole, distante do "forte" mencionado por

Orlando. Não era a sangria, não podia ser a sangria, mas naquele instante o desejo de falar e reverberar suas dores se abriu como um estalo.

Um vento mais frio atravessou a orla, subiu a escadaria e atingiu os dois irmãos, abrindo-se como um leque de frescor para uma nova direção naquela conversa. Orlando continuou girando a bebida com o dedo enquanto os cubos de gelo, já pequenos e transparentes, batiam contra o vidro do copo. Tinha algo de acolhedor naquele som e Magnólia podia ficar assim, em silêncio, ouvindo aquelas pedrinhas, as ondas baixas chegando à praia, deixando a marca azul e cintilante do espelho escuro e poroso de sua passagem, uma marca que se interpunha entre a areia intocada e a água, formando uma moldura que lembrava uma sombra de ardósia, vendo o sol mergulhar nas águas, chamuscar a noite, flambar as nuvens num movimento de gota caindo no fundo das horas.

– Acho que você já sabe das minhas tragédias – começou Magnólia, mastigando um mirtilo que antes estava intacto no copo.

– Mas você não veio aqui para conversar sobre elas?

– Eu vim para fugir delas, para fugir de um casamento horroroso. Nem sei se preciso mesmo falar disso. Pode ser pior.

– Tente – insistiu ele. – Eu queria saber melhor sobre essa traição.

– Foi muito repentina – disse Magnólia. – Eu já desconfiava, mas desconfiava da mulher errada.

– Isso não diminui a dor, eu imagino.

– Não. Só me deixou mais confusa porque a outra é sem graça, aí fiquei pensando sobre tudo o que o Herbert já me falou, todos os elogios. Eu sou o oposto daquela mulher, sabe? Isso me irrita profundamente.

– Ele deu alguma justificativa?

Magnólia jogou a cabeça para trás para encará-lo. Seus olhos faiscavam com o pôr do sol coagulado no fundo das pupilas.

– Orlando, você acha que traição tem justificativa?

— Não, eu acho que todos os nossos atos de forma geral têm justificativas. Eu não quero defendê-lo.
— Que bom – disse ela, azeda.
— Mas o que ele disse?
— Basicamente que não me suportava mais. Minhas crises e tal. Mas estamos juntos há quase onze anos e agora me fala isso? Eu já traí o Herbert muitas vezes, mas nunca deixei de amá-lo, nunca enjoei dele.

Orlando ergueu o cenho tentando não parecer um juiz arbitrário, mas Magnólia já tinha lido sua expressão. Para o irmão, as *muitas* traições de Magnólia não eram uma surpresa, mas sim o modo como ela falava daquilo naturalmente, sem o mínimo vestígio de querer se defender do fato. Suas narinas dilatadas indicavam que estava um pouco menos tranquila – ou mais furiosa.

— Eu não sei o que fazer – disse Magnólia, cruzando os braços.
A sangria se moveu lentamente dentro do copo suado. Apesar de deliciosa, sentiu vontade de arremessar a bebida na areia.
— Primeiro você fica aqui uns dias, pensa, ou melhor: não pensa. Tenta não pensar.
— E depois?
— Depois você volta, tem uma conversa com ele, expõe o seu lado, espera que ele exponha o dele e...
— Ele já expôs tudo, Orlando! Tudo! Principalmente a falta de caráter. A frieza. E mesmo assim, mesmo odiando o Herbert, eu o amo, entende? Isso é o pior de amar alguém, é sentir que o ódio vem com a mesma intensidade e que ambos ocupam o mesmo lugar, o amor e o ódio.
— Mas vocês precisam conversar, mesmo que acabe tudo, Mag.
— Eu acho que prefiro morrer, não estou pronta para isso.
— Então volte e finja que está tudo bem.

A voz de Orlando tinha saído impaciente. Surpreso, ele também percebeu e se calou.
— Não é assim tão fácil, mas eu gostaria que fosse.

Ele respirou fundo. Como se a sua coragem fosse uma bexiga, precisava de ar para dar forma a ela.

– Posso fazer uma pergunta?

– Pode – respondeu Magnólia a contragosto, esperando jogar a sangria no rosto do irmão, coisa que ele também esperava acontecer, afinal de contas não conhecia os limites da irmã.

– Se você já traiu o Herbert muitas vezes, por que essa única escapada dele a deixa assim?

Ela pensou por algum tempo. Era uma boa pergunta.

– Eu não quero que você se sinta bem porque ambos fizeram a mesma coisa, porque ambos erraram – explicou-se Orlando. – Eu só quero entender por que você ficou assim, se já fez o mesmo que ele.

– Eu não sei – admitiu ela. – De verdade. Talvez porque eu ache que o amo mais do que ele me ama, e para mim isso parece inaceitável. Ele sempre foi o cara certinho, o homem ético, respeitoso, correto, profissional, quase um pai de família perfeito. Eu não. Eu sempre fui a louca perturbada, já estava no meu manual de instrução que eu viria com mil defeitos de fábrica, e um deles era a traição. Orlando, eu sou o mecanismo inteiro de uma máquina. O Herbert é só uma peça, mas é a peça essencial, sabe? Ele não tinha o direito de falhar.

– Mas ele é humano, Mag, e eu não estou defendendo-o. Assim como ele, você é humana. Não tem nada de máquina, mecanismo, peça.

– Eu só não quero acreditar que eu deixei isso acontecer. Que eu fui a responsável por essa mudança nos sentimentos dele. É muito difícil aceitar a minha culpa nisso e a culpa dele. Às vezes eu acho que ele não se sente culpado. De nada. Da traição, do aborto, de nada...

– ABORTO? – gritou Orlando, batendo o braço no corrimão e quase deixando o copo cair. – Que história é essa?

Magnólia mordeu a língua. A vontade de cortar não a perna, mas a boca, era tão grande quanto a de voltar para dentro da casa e dormir. Subitamente, sentiu-se como em um sonho, sem som, sem grandes percepções, nadando num universo confuso onde a voz de Orlando parecia abafada como se presa numa garrafa. Parecia surreal que tivesse falado do aborto, menos do que o fato de que não tinha contado aquilo ao irmão.

– Eu sofri um aborto espontâneo no fim do ano passado – disse ela, finalmente. – Não era para ninguém saber.

– Ai, Mag...

– Já foi. Eu não quero mais pensar nisso. E me desculpe por não contar da gravidez. Foi até melhor. Do jeito que você é, não suportaria outra notícia de falecimento.

Sem querer, o comentário tinha soado maldoso demais, mas Orlando ignorou. O álcool não fazia efeito nenhum, sentia-se de repente tonto com a informação. Não conseguia imaginar Magnólia grávida, tampouco cuidando de uma criança pequena, que chora, que grita, que mama, que defeca...

– Eu espero que você me conte melhor essa história – pediu ele.

– Hoje não, Lando. Hoje não – e o "Lando" saiu doce, quase piedoso, dessa vez. – Mas me desculpe por soltar isso de repente.

Os dois ficaram em silêncio por muito tempo. A sinfonia das águas, a inclinação das ondas e o horizonte já embebido num lilás cremoso e sem brilho ocuparam aquele espaço quieto e estranho de sensações cúmplices.

– Você só pode estar bêbada para pedir desculpas – disse Orlando, sorrindo.

– Não. Quando eu estou bêbada sou terrivelmente honesta. Mas peço desculpas quando me sinto envergonhada.

– Tudo bem. Eu não quero mais que você se sinta envergonhada, quero honestidade. Talvez seja hora de encher o seu copo.

De: alister23@email.com
Para: tomas1406@email.com
Data: 20 Fev 2019 13:30:16

Meu Tom maior,

Acordei agora há pouco, depois de uma noite cheia de pesadelos e sentimentos ruins. Eu preferiria não falar sobre isso, mas foi uma noite muito pesada. Primeiro: eu estava sem sono depois que desligamos. Tentei ver um filme, ler um livro chato, mas nada adiantou. Deitei mesmo assim e esperei. Consegui dormir às quatro da manhã, quando o clima refrescou um pouco e os lençóis já estavam mais suados do que eu. Esse calor tem me feito muito mal, nunca me senti tão incomodado e irritado com isso e sei que uma das causas é a ansiedade pelo clima que vou encontrar aí em Oslo. Segundo: quando finalmente dormi, tive pesadelos estranhos em que você se afastava de mim. Nós andávamos por um litoral cheio de prédios modernos e trapiches que davam num mar muito azul, tão azul quanto o céu (tenho certeza de que não era o Brasil, fazia muito frio e a paisagem era muito diferente). Estávamos de mãos dadas, andando devagar, quando de repente você olhou para o mar, depois para mim, de novo para o mar e outra vez para mim. Seus olhos estavam carregados de um terror que eu nunca vi. Eu estendi meu braço e você começou a se afastar. Então eu comecei a andar em sua direção e quanto mais eu andava, mais a gravidade me puxava e eu tinha dificuldade de tirar os pés do chão, enquanto você se tornava menor e mais distante. De repente os prédios não estavam mais lá, eu estava numa ilha deserta e sentia muito frio. E não conseguia parar de chorar. Às nove e pouco acordei enjoado e chorei muito. Bebi bastante água e voltei para a cama, mas algo dentro de mim estava descontrolado. Acabei dormindo outra vez, mais cansado do que com sono. E foi isso, amor. Só estou acordado porque o telefone tocou: era a responsável pelo curso, ela disse que posso pegar o certificado depois de amanhã, sexta-feira.

Agora já estou melhor, mas ainda com uma sensação estranha no peito. Queria te abraçar bem forte e ter a certeza de que vai ficar tudo bem, de que você não vai me deixar. Mais do que as imagens do sonho, as forças ao meu redor, mais do que o seu rosto tão alterado pelo pânico, o que ficou foi esse sentimento pesado e dolorido de perda. Estar longe de você realmente não me faz bem algum – eu nunca tive dúvidas disso. Sei que acordei mal e fiquei pensando se seria possível você deixar de me amar um dia. Se você mudaria em algum aspecto, sabe? Tenho medo de que você mude e deixe de me amar, assim de repente, como se pudesse cortar os cabelos e sem querer deixasse o amor ir com eles. Eu sei que isso é impossível, que é improvável, mas é meu maior medo: que alguma coisa mude dentro de você e que eu deixe de ser esse cara que você repetiu tantas vezes ser especial.

Ai, Tom, desculpa por esse e-mail tão triste. Também não é fácil para mim escrever essas coisas, me expressar dessa forma, mas estou pelo menos um pouco mais leve – espero que você não tenha ficado pesado. Sei que também já teve pesadelos comigo, e são imagens passageiras, fiquei repetindo isso para mim mesmo várias vezes, mas eu só precisava compartilhar. Como melhores amigos e companheiros que somos, achei que deveria contar um pouquinho da dor e do medo tão potencializados por essa noite terrível.

Tem sido tão solitário aqui sem você, meu lindo. Minha mãe, cuja companhia sempre me foi indiferente, nunca está em casa e por isso fico sempre sozinho. É foda viver assim. Mas eu tento e consigo focar nas coisas boas, e a melhor delas, a única talvez, e a mais importante: essa solidão física, esse humor, esse estado e sei-lá-mais-o-quê, duram só até terça-feira. Quando penso nisso fico um pouco mais sereno, mais tranquilo, quase já posso sentir nosso abraço e os dias maravilhosos que temos pela frente. Quantas vezes já falamos disso nos e-mails e nos telefonemas? Já perdi a conta. Mas continua sendo bom ter essa perspectiva, saber quais serão nossos próximos passos e onde eles serão dados :)

Começo a fazer a mala hoje mesmo, ou melhor, as malas: uma grande e uma pequena. Minha mãe achou que eu estava doente quando perguntei da mala, disse que sou muito ansioso, mas eu tenho medo de esquecer alguma coisa e não custa nada me organizar. Fora que isso dá um gostinho a mais na ansiedade, na viagem, em toda a preparação. Eu nunca cheguei a perguntar, mas você quer que eu leve alguma coisa daqui? Paçoca, doce de leite, os nossos deliciosos chocolates cheios de gordura vegetal? Haha se precisar de algo, me avise.

Uma coisa que esqueci de contar ontem: o tio Lourenço veio aqui e disse que quer fazer um jantar de despedida pra mim no domingo, será lá no Loulastau. Não fiquei tão feliz com a notícia porque pensei em você, que você também merecia algo assim. Sei que ele não é seu tio, que tivemos uma despedida bem gostosa no dia primeiro naquela insana pizzaria rodízio, mas ainda assim... Sei lá. Ele poderia ter feito algo pra você. Até me senti um pouco culpado em aceitar o "presente", mas mesmo que eu quisesse, não conseguiria ter recusado porque você conhece o poder da boca da minha mãe: ela falou por nós (inclusive pelo André) antes mesmo do meu tio terminar de falar. Domingo estaremos lá e estou confuso quanto ao que vou sentir, tristeza ou alegria. Se por um lado vai ser bom ir embora, por outro vai ser muito estranho atravessar essa festa sem você – assim como foi estranho, apesar de bom, aquele jantar com o André. Desde que você foi embora, sempre que eu como, sozinho ou acompanhado, olho para uma cadeira que está vazia e penso que você poderia estar nela. Isso me incomoda na mesma hora e acabo perdendo a fome. Sua presença virou um hábito, o tempo dos meus dias, Tom. Mas isso vai acabar, eu sei.

    Só tenho lamentado, né? Tenho ficado com preguiça de mim nos últimos e-mails, talvez seja melhor só telefonarmos, sua voz me dá mais alegria e eu não penso em tantas bobagens, haha. Espero que você esteja bem, meu lindo, e me escreva quando quiser e puder.

Te amo pra sempre, Tom.
Sempre teu,
Ali

11. O espaço

Antes de abrir os olhos na manhã seguinte, Magnólia reviu mentalmente toda a noite anterior. O sabor da sangria doce retornou à língua e aos lábios. Um pouco do resíduo açucarado do xarope havia secado no canto da boca, sinal de que não tinha escovado os dentes antes de deitar-se. Não tinha chegado ao quarto embriagada, mas quase, meio sonolenta, meio triste, com uma vontade infantil de ser pega pelos braços e levada até a cama antes que começasse a chorar. Talvez tivesse se deitado menos embriagada do que realmente queria e precisava, porque ainda se lembrava de rolar na cama por quase meia hora antes de adormecer com o abajur ligado. Orlando preparara mais um copo de sangria para ele e outros três para ela numa tentativa de amaciá-la, ela sabia. Era muito fácil deixá-la *honesta* com algumas doses de álcool, embora a bebida quase não tivesse vinho e, no último copo, lembrasse mais um refresco de frutas com gelo demais.

Quando finalmente abriu os olhos, a luz leitosa de uma manhã nublada a atingiu como um golpe. Orlando havia trocado as cortinas pesadas do quarto por uma musselina branca que não tinha eficiência alguma, o que deixou Magnólia ligeiramente aborrecida. Não estava mais com sono, embora ainda parecesse cedo e tivesse uma brecha para dormir até a noite se assim desejasse, afinal não tinha compromissos e o irmão, por mais que não gostasse, compreenderia. Por incalculáveis minutos, ela cogitou ficar ali até ser chamada, ver a luz do dia inclinar-se em despedida para dar lugar à escuridão mais uma vez. Refazer o movimento no outro dia e no outro. Morrer de inanição com a porta trancada, testar a preocupação de Orlando. Magnólia o conhecia: ele viria na hora do almoço, a voz mansa, o convite para um prato vegetariano feito por ele. De repente, lembrou-se de que era segunda-feira, não sabia se ele estava trabalhando ou não. Orlando não tinha falado quase nada sobre seu trabalho na rádio e ela forçou a memória a fim de recuperar algum aviso sobre os hábitos dele, o que faria durante aquela semana, se ela teria ou não a casa inteira para si. Mas o fato de estar nublado, porque a luz que invadia o quarto era de um branco brumoso, era a motivação necessária para que se levantasse.

Lembrou-se da chuva que havia caído enquanto bebiam na escadinha, agora pintada de um azul berrante que, quando misturado ao laranja dos fins de tarde, parecia roxo. Orlando tinha corrido até a varanda, seguido de Magnólia, que preferiu ir andando para se molhar um pouco. Era um choque bom, um choque revigorante, do tipo que desperta, perceber que andar na chuva aos 42 anos ainda era prazeroso, ainda tinha a mesma sensação fresca da sua adolescência. Respeitando um limite tácito que existia entre irmãos, especialmente naquela idade, ela deixou de convidá-lo para uma dança na chuva. Seria um motivo a mais para que fosse julgada como bêbada e louca, embora não visse loucura naquele comportamento. O que fez foi abrir os braços enquanto Orlando permanecera de costas, vendo os pingos de chuva se misturando à sangria e sentindo a água escorrer pelos olhos. Se estivesse de chapéu, teria jogado longe. E teria rido também. Com certeza teria sido uma noite mais feliz se houvesse aproveitado a chuva. Na varanda, onde já não existia mais a cadeira estilo Rietveld, substituída por dois sofás de vime canela, eles se sentaram e riram. A chuva tinha vindo de repente de outra direção e os obrigado a passar o resto da noite ali, conversando de maneira anódina sobre as coisas que doíam. Magnólia não chegara a falar do seu caso com Ângelo, a história do aborto tinha sido suficiente. Ela teria preferido deixar aquilo tudo para outro dia, queria fazer isso, mas a sangria havia se revelado bastante eficiente e o olhar concentrado de Orlando, quase contemplativo, tinha sido o combustível para que ela ligasse os motores de sua fala. Nada saíra dramático, exagerado, pelo menos em retrospecto não parecia assim. Agora, naquela manhã, quase vazia de tão leve, Magnólia sentiu um alívio que chegava a ser espaçoso dentro dela pelo fato de não precisar mais dividir as piores histórias com o irmão. Tudo estava contado. Tudo estava exposto e nada mais era novo.

 Iniciou-se uma espécie de ritual para sair da cama, mesmo com os músculos das pernas e dos braços forçando-a para o movimento contrário. Não era ressaca nem sono, apenas uma vontade inopinada de não existir, de ser uma bolota de mofo com a qual ninguém se importa. Embora temesse mais do que tudo ser ignorada, ser abandonada, estar sozinha de um modo geral, naquela manhã o desejo de não existir revelava-se quase como uma necessidade fisiológica. Não era como querer morrer, ver-se livre do vazio, do enfrentamento, da resistência, não; era só não existir, nunca ter chegado a esse estado. Nunca ter sido Magnólia.

 De repente sentiu falta dos remédios, ainda que uma terapia de choque parecesse mais agradável.

 Quando enfim levantou, Magnólia sentiu o estômago doer de fome, sinal de que já era tarde. Entre os copos de sangria, Orlando e ela tinham beliscado umas *bruschettas* e acabado com uma tábua de frios. Magnólia se sentira tão satisfeita por estar ali e por se abrir com alguém que não chegou a se importar com as rodelas de salame que o irmão colocara perto dos cubos de queijo. Tinha sido um jantar frugal, e ela escondia de si mesma o fato de ter ido deitar com um pouco de fome. Agora, de pé, a coisa mais racional a se fazer era descer e comer.

 Aproximando-se da janela, ela afastou a cortina e viu o dia leitoso estendido sobre o oceano como um mantra felpudo de paz. Tudo já estava seco onde a chuva caíra, exceto por uma bolsa de água que havia se formado nos plásticos colocados sobre o telhado da garagem. Ergueu a janela respirou fundo. Naquele mesmo quarto, há sete anos, tinha acordado com Herbert ao seu lado e o casamento parecia aceitável. Resignado. Talvez essa fosse a palavra. Desde quando ele a vinha *suportando?* Não parecia o caso daquela época. Havia paciência em Herbert. Paciência, um dos principais pilares de um casamento – quando não toda a sua fundação, se o amor é apenas o reboco. Ela não sabia se valia a pena continuar pensando nele. Evidentemente, a conversa sobre a qual Orlando tinha falado teria de acontecer e talvez, a partir dela, daquele ponto decadente e certeiro, estivesse tudo acabado. Não oficialmente, mas verbalmente.

 A casa era estranha sem os sobrinhos. O recorrente som das portas, dos degraus estalando no constante subir e descer, a batida abafada dos calcanhares de Muriel no carpete, o bater das janelas causado por Tomas, que nunca aprendera direito a fechá-las, as panelas sob o cuidado de Orlando batendo no fogão, os pratos na pia, a vitrola enchendo a casa de música antiga – não havia mais nada disso. Na sala, Magnólia reparou que Orlando mudara a vitrola de lugar, e agora lembrava mais um objeto de decoração do que um aparelho de uso diário. Pelo pó acumulado na tampa e pelos vinis que não estavam mais à vista, o irmão devia ter trocado a música em casa pela seleção repetitiva tocada em seu aquário na rádio todas as noites. Ele não era responsável pela programação musical, mas fazia parte de uma equipe de vários programas, portanto sabia mexer no computador e talvez preferisse essa função às entrevistas esporádicas com artistas locais.

 Na cozinha, o relógio marcava 10h20 e o cheiro forte de café indicava que Orlando tinha deixado um pouco para ela. Mas Magnólia não queria café. Sua boca encheu-se de saliva diante da garrafa de vinho branco vazia sobre a mesa. Um cesto de lixo próximo à pia revelava um vulcão plástico das embalagens das frutas que eles tinham usado na sangria. Tudo o que Magnólia queria era trocar o pão e o café, a fruta e a saúde, por uma taça de vinho branco geladíssimo. Só precisava disso. Fazia calor, apesar do dia nublado, e se pudesse, ainda acrescentaria um cubo de gelo à bebida.

O silêncio espaçoso de uma casa ainda mais espaçosa era outra indicação de que a passagem do tempo inchava os ambientes de uma matéria inominável, mas que tinha relação com as ausências. Era como se fosse uma ordem natural, uma falha natural, a casa do passado ir sumindo de dentro para fora: menos pessoas, menos objetos, menos barulho, menos histórias. Menos amor. A falta de emoção numa casa destrói seu caráter familiar, estanca lentamente seu fluxo sanguíneo, num movimento irrecuperável de solidão. Aquela casa nunca mais seria a mesma. Ainda que Muriel e Tomas retornassem, que Sara ressuscitasse para conviver com os filhos já mais velhos e frutos de sua ausência, que os afetos fossem outra vez agitados como se agitam os flocos de neve num globo de vidro com miniaturas de Natal, o sedimento daquilo que se sentiu e de tudo o que se viveu permaneceria intacto no fundo, preso à sua condição de pureza, de inalterabilidade, de resistência.

Colado à porta da geladeira havia um aviso de Orlando escrito a lápis: *Fui ao supermercado, maninha, volto logo*. Maninha. Ele tinha acordado de bom humor, mas isso não era motivo para chamá-la de *maninha*. Soava falso, mas podia ser uma mensagem subliminar. Talvez Orlando estivesse realmente feliz com sua presença ali, sobretudo agora, com a casa tão vazia. Entre "Mag" e "maninha", ela preferia o primeiro, também carinhoso.

O aviso indicava o que estava explícito dentro da geladeira e nos armários, Magnólia viu minutos depois. Havia pouquíssima comida, o que a fez pensar sobre como Orlando vinha se cuidando, se sua alimentação estava toda descontrolada e se era por isso que parecia mais redondo do que da última vez. Havia uns biscoitos de leite na bancada, duas maçãs com a casca ligeiramente enrugada e duas fatias de pão de forma integral no fundo de um saco plástico amassado. O café parecia mais interessante do que tudo isso. E o vinho ainda mais interessante do que o café. Na geladeira, além de alguns ovos, geleia e um vidro de maionese, havia três latas de cerveja e uma garrafa de vinho branco fechada. Sem pensar duas vezes, Magnólia a pegou rapidamente, como se estivesse sendo vigiada, agarrou uma taça no armário e foi para o deque.

    O vento úmido que soprava ali fora surtiu o efeito da cafeína que ela não tomaria. Seus olhos, antes pesados, ficaram leves e se acostumaram à claridade cinzenta da manhã. Subitamente, ela ficou disposta, e como se arrancada pelas mãos do vento, sua fome desapareceu. O desejo pelo vinho continuava. Com Orlando fora, poderia mentir, dizer que comeu, embora a garrafa fosse estar aberta na geladeira quando ele voltasse. Mas eram suas férias, não eram? Ela estava ali para aproveitar, e isso incluía trocar uma refeição pelo prazer de uma bebida gelada.

    Como o vinho era de rosca, Magnólia destravou o lacre em um segundo e encheu a taça até a metade. O Chardonnay desceu mais seco do que ela previra, mas estava bom. Orlando não sabia comprar vinhos, para ele tudo era a mesma coisa, só mudava a cor. O que ele sabia era diferenciar os caros dos baratos, e sabia, como soubera em 2012, quais caros Magnólia gostava, os doces licorosos, aqueles que não se compra numa quarta-feira qualquer. Sentia o vinho repuxar um pouquinho na língua, mas talvez fosse o ano, 2016. Ela gostava de levar a taça aos lábios, sorver um pouco, deixar a bebida nadar sobre a língua alguns segundos, engolir devagar e abrir a boca um pouquinho só, como se soltasse a fumaça de um cigarro, sentindo o álcool refrescar o hálito. Naquela manhã, nada parecia mais prazeroso na vida do que aquele gesto, vendo o mar escuro salpicado de espuma e desassossego adejando como uma enorme bandeira de prata enrugada, e sentindo o vento atravessar os cabelos, o quintal, trespassar seus pensamentos como se assim pudesse fragmentá-los em coisas menores e sem importância.

    – Parece que a sangria não foi o suficiente.

    Magnólia quase derrubou a taça. A voz de Orlando veio antes dos seus passos. Como agora não havia mais a estradinha de cascalho, ela não tinha ouvido o irmão chegar, embora esperasse o carro e não ele de pé, carregando meia dúzia de sacolas.

– Você foi a pé? – perguntou ela, pousando a taça na mesa e perdendo completamente a vontade de continuar bebendo. Se soubesse que Orlando viria tão cedo, teria forjado uma desculpa, ou melhor: não teria chegado a abrir aquela garrafa. Subitamente, ficou constrangida. Parecia uma alcoólatra e sentia-se como uma.

– Tive de deixar o carro ali em cima, antes da entrada – explicou Orlando. – Tenho uma reunião agora e nem me lembrava, por isso fui correndo abastecer a geladeira pra você.

Magnólia sorriu e eles trocaram um olhar que dizia tudo sobre o vinho branco. De repente, ela já não sentia o sabor e ficou enjoada. Queria ter aquele momento só para si. Ser pega de surpresa era uma das coisas que mais detestava e que mais a deixavam perdida.

Enquanto Orlando entrava na cozinha com as compras, ela pegou a tampa do vinho e fechou a garrafa, que agora parecia mais a prova de um crime. Detestou-se por ser tão impulsiva. Poderia ter esperado e estaria bem agora, com uma caneca de café à sua frente. Não haveria julgamentos e Orlando não faria nenhuma piada.

Ele voltou logo em seguida, segurando uma pequena xícara de café e assoprando o vapor quente. Magnólia sentiu ainda mais calor vendo a bebida fumegar daquele jeito. Voltou a acreditar que o vinho tinha sido sua melhor opção.

– Comeu alguma coisa? – perguntou Orlando, puxando uma cadeira e sentando-se ao seu lado.

A pergunta escondia outras questões e algumas afirmações. Ocultava o fato de ele saber que ela não tinha tocado no café que ele preparara; de se perguntar se ela estaria bem para acordar tão tarde e trocar o café da manhã pelo vinho; e, principalmente, a pergunta era somente uma forma de fazê-la falar sobre aquele gesto. Orlando, talvez mais do que ela, entendia de alcoolismo e sabia o quão perigoso e anormal era aquele comportamento.

– Eu não estava com fome – disse Magnólia, virando o rosto para o mar.

A expressão de Orlando não se alterou, mas ele sabia que ela não estava mais tranquila e dócil como na noite anterior. Havia na postura da irmã algo de defensivo. Não era para ele ter visto aquela garrafa, não era para ele saber de nada, e tinha consciência disso.

– Eu não sei que horas eu volto, Mag. Se quiser conversar um pouco...

– Eu estou bem.

– Mas eu acho que você pode ficar melhor.

– Por favor, Orlando...

Magnólia levantou uma das mãos, pronta para pegar a taça, mas desistiu, dobrando os dedos no ar e levando o punho fechado até abaixo do queixo, onde o apoiou sem conseguir olhar para o irmão.

– Foi uma escolha estranha – disse ela.

– O quê?

– Esse vinho.

– Era pra você.

– Eu sei, obrigada. Mas ele está com um gosto esquisito.

– Não precisa beber. Você sabe que não entendo de vinho.

Eles ficaram em silêncio por algum tempo, o suficiente para que Orlando tomasse todo o seu café e perdesse o olhar nas próprias mãos, numa clara atitude de constrangimento. Não sabia o que fazer. Queria dizer para Magnólia tentar não beber tanto, não mergulhar naquilo que na superfície era um elixir, mas que na essência não passava de um veneno para o calor das emoções. Arrependeu-se profundamente de ter comprado aquela outra garrafa. Nas sacolas das compras, colocadas na mesa de qualquer jeito, a única bebida era água com gás.

Orlando decidiu sair de sua zona de conforto. Arriscou:

– Talvez você devesse se cuidar mais, Mag. Você está passando por um momento delicado, eu não queria que piorasse.

Magnólia o encarou. Seus olhos faiscaram por um segundo, mas logo ganharam aquele tom brumoso que eram também o tom do dia.

– Você não se sente mal morando sozinho numa casa tão grande? – perguntou ela. – Desde que acordei, me senti meio triste aqui. É tudo espaçoso, largo, não tem uma voz, um assobio. Nada.

Ele não esperava que ela fosse falar daquilo. Do mesmo modo que falar da bebida a incomodava, citar a casa vazia e a nova vida solitária de Orlando era cutucar a casca de uma ferida profunda que não cicatrizaria tão cedo. Era como se Magnólia estivesse revidando: se ele fosse mexer em suas feridas, ela mexeria nas dele. O jogo era cruelmente perigoso, mas se mostraria eficiente caso um dos lados calasse a insistência.

– Eu ainda vou me acostumar – disse ele, olhando ao redor.

– Parece que a casa morreu.

– Eu continuo aqui.

– Mas você pode vendê-la.

– Eu não vou fazer isso, Mag. É a casa da nossa família, onde passamos nossas férias, nossa infância.

– Grande infância – retrucou Magnólia com desdém.

A voz de Orlando ficou levemente alterada, como se ele tivesse sido contrariado. Parecia que ela estava ganhando a disputa, mudando o foco para ele, mas infelizmente para aquilo que o incomodava.

– Eu gosto daqui. Poucas casas têm essa vista, Mag. E onde os meninos ficariam durante as visitas?

– Eles cresceram, Orlando.

– E o que isso quer dizer?

– Que vão aparecer raramente.

– Como você?

Magnólia se calou. Teve vontade de encarar o irmão, mas se conteve. Estavam jogando e ela não queria continuar. Já estava mais machucada do que supunha, embora gostasse de usar o sangue dos seus machucados para sujar o jogo do adversário.

– Me desculpe.

– Tudo bem – disse Orlando, levantando-se. – Mas eu não vou embora. Já foi muito difícil me desfazer da memória de Sara.

– O que for melhor para você – disse Magnólia, azeda.

Ela não tocou mais no vinho. Orlando não demorou mais do que dez minutos dentro da casa, arrumando as compras, enquanto ela permaneceu observando o movimento do mar e das fragatas. Havia um grupo delas ali perto, cortando o ar quente e dando mergulhos onde a visão de Magnólia se perdia.

Ao sair, Orlando se despediu secamente e desapareceu pela lateral da casa. Prestando atenção, ela ouviu o motor do velho automóvel e respirou aliviada por estar sozinha outra vez. Ao mesmo tempo que parecia boa aquela nova condição, não deixava de se perguntar se a saída do irmão não seria uma armadilha para que ela continuasse bebendo. Talvez ele estivesse ali, em algum canto, esperando flagrá-la com a segunda taça. Mas ela não daria esse gosto a ele, nem o gosto de aceitar o presente. Preferia entornar a garrafa na pia a continuar bebendo, mesmo se tivesse vontade.

Antes de voltar para dentro da casa, seu celular tocou. Tinha dormido com ele no bolso da calça e agora vibrava e apitava pela terceira vez. Quando ela puxou o aparelho, o nome de Herbert apareceu no visor junto à sua foto, tirada num café. Os olhinhos fechados, o sorriso ingênuo, a luz amarela demais, era o Herbert que ela tinha amado. O novo Herbert não carregava mais aquelas feições.

Se a expressão da foto do contato refletisse a decisão da pessoa de atender ou não o telefone, o rosto de Herbert teria se contorcido de tristeza, porque ela simplesmente optou por não atendê-lo e deslizou novamente o aparelho para dentro do bolso.

De: tomas1406@email.com
Para: alister23@email.com
Data: 22 Fev 2019 22:19:00

Meu Ali,

Foi muito bom termos nos falado mais cedo hoje. Passei parte do dia roendo as unhas, sangrando metade dos dedos e me castigando também por isso. Eu não podia falar das unhas no telefone porque você brigaria comigo (eu acho), e nossos telefonemas não precisam de discussões. Mas foi delicioso ouvir sua voz tão feliz contando os detalhes do certificado que você pegou hoje. Ele com certeza vai abrir portas monumentais para você aqui – se não as primeiras maiores, pelo menos as primeiras mais importantes que levam às maiores. Repito: estou muito orgulhoso de você, por você, e tranquilo que agora, com o certificado, a mala pronta, o jantar de despedida se aproximando, faltam poucos dias pra você pegar o avião. Você sempre será a luz talentosa de qualquer restaurante – e eu um homem de sorte por me casar com um *chef* e não depender mais dos meus raviólis congelados que passam do ponto, nem dos espaguetes muito duros que têm mais gosto de óleo que de alho (quando eles não queimam).

E se o nosso próximo destino for Paris? Pelo menos com a língua eu sei que teremos menos dificuldade. Eu não comentei ainda, mas pensei muito sobre esse jantar de domingo e só queria que você não dormisse tão tarde. Não quero ser chato, mas você vai fazer uma viagem de duas horas para chegar ao aeroporto e lá esperar talvez mais duas horas até o embarque, então é só uma preocupação carinhosa para que não se canse muito. Tome cuidado com a sua concentração também para não ficar nervoso nem acabar esquecendo de algo – o que, sabemos, vai deixá-lo ainda mais nervoso, e eu não quero isso. A viagem será linda e tranquila, eu sei. E quando falei que não senti nada sobre esse jantar, nenhum rancor, foi a mais pura verdade. Talvez eu me sentisse rancoroso se seu tio não fizesse nada para *você*, mas aquele monte de pizzas que nos deu não sei quantos quilos a mais no início do mês foi a coisa mais especial que eu queria e precisava. Mentira: o mais especial era você. E já não importa que não tenha vindo antes: *agora* você está vindo. É estranho olhar para trás, reler alguns e-mails, pensar em tudo o que sentimos e fizemos, lembrar que já se foram quase três semanas de uma tortura envernizada pela esperança, por essa camada intransponível de amor e de ansiedade. Se não fosse você, se não fosse a gente, se não fossem as preciosas lutas que travamos contra o mundo e contra os nossos medos, eu não sei o que seria de mim. Eu não sei nem se eu ainda estaria vivo.

Se tivéssemos mais tempo, eu teria contado como foi a minha visita à escola de artes onde farei meu curso. Mas aqui vai uma descrição mais aproximada da minha manhã:

Como um presente pra mim, e pela própria alegria que me acordou (tenho acordado cada dia melhor e mais ansioso por causa da sua vinda), decidi tomar café da manhã fora outra vez.

(Aqui eu preciso acrescentar algo importante: logo que acordei, abri a nossa geladeirinha e só encontrei uma garrafa de suco de cranberry, pão, um queijo que não como há dias e um vidro de geleia de mirtilo. Olhar para tudo isso me deu um pouco de preguiça, acho que estou enjoado de comer as mesmas coisas – sobretudo sozinho. E com o frio que tem feito, não sei se foi uma boa ideia guardar o pão na geladeira. Diante da imagem de pães cremosos e quentinhos, cafés caprichados e do cheiro provocante de manteiga derretida de alguma padaria convidativa, me escondi em três blusas, duas meias, luvas, calças, pendurei a bolsa com o computador no ombro e saí pelas ruas escuras e úmidas de Oslo.)

Finalmente fui àquele primeiro café que eu queria tanto conhecer. Não é tão acolhedor quanto o outro da galeria, mas tem uma vista melhor, além de uma localização melhor – fica a dois quarteirões da rua Karl Johans: é um café de esquina com duas longas paredes de vidro que dão para uma praça. Eu não fui para escrever, mas me senti como aqueles escritores que criam passagens inspiradoras em cafés que dão para as árvores e não resisti. Consegui deixar mais clara a minha nova ideia, mas tudo ainda continua muito cru, talvez eu desenvolva isso melhor durante o curso – é para isso que vai servir, não é? Fiquei lá comendo *croissants* e uns pãezinhos pretos, saí quase na hora do almoço e corri para a escola. Infelizmente, tive de pegar um táxi e gastei todo o restante do dinheiro que o seu tio me deu. A escola fica afastada do centro, numa nobre área residencial. É um conjunto de três construções: uma sede bastante antiga em estilo meio barroco bem no centro do terreno e dois prédios modernos de cada lado, imensos quadrados de granito preto, vidro e aço, rodeados por pinheiros. O lugar é muito maior do que eu imaginava e muito mais bonito também. Quando entrei, me senti pequeno diante de tanta história, de tanta solidez e austeridade – pelo menos é o que o lugar transmite, apesar das árvores e do ambiente bem iluminado. De qualquer forma, é difícil não se sentir intimidado. Sou um brasileiro de 18 anos sem muita técnica literária ou narrativa, imagine o que os professores e os meus colegas acharão? Bem, não quero pensar nisso. Falei com uma mulher muito simpática chamada Line. Ela chamou um rapaz para cuidar da recepção e me mostrou o lugar, algumas salas, a biblioteca, e disse num inglês perfeito que eu seria muito bem-vindo. Não falou nada sobre o meu curso especificamente, só o que eu já sabia: que as aulas começam em março e terminam no início de setembro. Serão seis meses intensos de muita escrita – em inglês, coisa sobre a qual eu também não quero pensar agora. Quero muito voltar aqui com você na semana que vem – e no verão podemos fazer piquenique nas áreas verdes.

Confesso que meu lado romântico e um pouco chato deu tanto brilho às minhas expectativas que, quando entrei na escola, fui um pouco ofuscado pelo desapontamento. Não quero reclamar, mas o que eu tinha no meu imaginário não eram blocos futuristas de pedra, vidro e metal, mas casarões antigos, varandas, mesas de madeira maciça, alojamentos com estantes forradas de livros antigos, algo mais puído do que o presente, eu sei. Mas meu sonho não desfocou a beleza do lugar, ainda parece um lugar muito gostoso para escrever e aprender coisas novas. Quando eu estava indo embora, carregando um calhamaço de folhetos e uma agenda do instituto embaixo do braço, Line disse que na primavera o lugar fica menos sombrio e os prédios não se parecem tanto com lápides. Saí de lá rindo, com a esperança renovada.

Acho que por enquanto é isso, meu amor. Pensando melhor agora, não sei se havia necessidade de contar nesse imenso parágrafo como é a escola, se estaremos lá na próxima semana, mas eu queria muito ter falado dela por telefone – talvez eu lembrasse de mais detalhes. Mesmo saindo de lá feliz, com esse sentimento auspicioso que só quem fermenta um sonho conhece, fiquei um pouco triste pelo fato de o lugar não oferecer um curso de gastronomia. Infelizmente, eles dão cursos mais "comuns", curtos e longos, de escrita, dança, dramaturgia, filosofia, sociologia, cinema e fotojornalismo (tenho certeza de que a Muriel amaria, ainda não falei sobre isso com ela). E por falar em *família*, meu pai quase não tem ligado, acho que se esqueceu de mim – o que, em parte, acho ótimo.

Ansioso por sua chegada, meu lindo! Vem logo! Te amo!
Sempre teu,
Tom

12. A visita

Ultimamente, Magnólia vinha sabendo lidar melhor com um tipo de ódio, aquele tipo infantil, imaturo, causado por um atrito passageiro, como o último com Orlando. Ao invés de esperar que o irmão retornasse da rádio para verbalizar tudo o que tinha ruminado desde sua partida, ela simplesmente se recusou beber o restante do vinho. Na cozinha, jogou fora o que sobrara na taça e guardou a garrafa na geladeira exatamente no mesmo lugar de onde a tirara. O objetivo era mostrar a Orlando que não precisava dos seus presentes e, acima de tudo, que podia se controlar. O orgulho era a camada de tinta perfeita que tinha o poder de cobrir as manchas do seu ódio, embora toda a sua estrutura começasse a apodrecer por dentro. Na verdade, na maioria das vezes, era o orgulho que salvava Magnólia de um ato impensado, de uma solução mais cruel. Se não fosse isso, já teria fechado sua mala mais uma vez e estaria, por volta do meio-dia, num hotel do centro da cidade.

A conversa sobre a venda da casa tinha causado uma perturbação profunda nela, e talvez ainda mais profunda em Orlando. Aquele assunto não era só uma pedrinha atirada na superfície de um lago, batendo e girando diversas vezes na água, pulando como um inseto como se nunca fosse afundar. A casa era a própria pedra, do tamanho de uma casa, e era solta sobre o lago de uma única vez, afundando até desaparecer na escuridão, criando ondas, cobrindo as margens e inundando a paz ao redor. Ela não via razão para que Orlando continuasse morando ali, parecia estúpido demais. Pensar nos filhos, em suas visitas, também era arriscado. No fundo, Magnólia sabia que Orlando nunca sairia daquela casa, que morreria ali, num dos cômodos, lendo ou pintando outra tela com a velha e esquisita técnica do sono. Se Elisa estivesse viva, não aprovaria a ideia da venda, mas seria generosamente complacente com o que ele escolhesse, *desde que o fizesse feliz*. Às vezes ela achava bom não ter a irmã por perto. Nos últimos anos, tinha pensado em Elisa como um fantasma de uma vida possível. No fim das contas, tudo o que acontecia incluía a irmã – como seria se estivesse viva, o que diria, o que pensaria. Nunca teria falado do aborto para ela, mas talvez admitisse a ideia de visitá-la caso Orlando estivesse muito ocupado. Além do irmão, não tinha mais ninguém. Os poucos amigos enólogos viviam viajando, mudando de emprego ou de país, fascinados pela produção do Velho Mundo. Quando restava só ela, parecia ainda mais difícil confiar, como se sua própria personalidade fosse mais misteriosa e intocável do que a de um estranho.

 Quando deixou a cozinha depois de almoçar um sanduíche de rúcula, tomate e queijo, Magnólia compreendeu que não deveria sequer ter comido. Não queria atrair a atenção de Orlando, não queria parecer uma criança emburrada que desiste de tudo, mas teria sido doloroso para ele ver que a comida da casa continuava intocada. Por outro lado, estava com fome, e ainda que fosse difícil deixar o orgulho de lado, quando ele era esquecido a autossabotagem acontecia naturalmente. Não queria ter comido sozinha, olhando para o nada enquanto ouvia a própria mastigação, mas Orlando estava ressentido e, conhecendo-o bem, só voltaria ao anoitecer porque não teria mais como escapar dela. E talvez até estivesse com o humor recuperado, fingindo que nada acontecera, que não tinha achado ruim o vinho branco aberto logo cedo, perguntando-se interiormente quando ela iria embora.

 Desde a hora em que acordara, Magnólia só tinha andado pela casa como um espírito entediado. Tudo continuava igual e nada parecia igual. As cores das paredes eram as mesmas, os móveis eram os mesmos, mas sem as parafernálias de Sara, sem a marca dela. Magnólia ainda tinha dúvidas quanto àquela nova aparência. Era como se Orlando houvesse tirado Sara à força, recusando qualquer ideia de seu suicídio, de sua conduta. Talvez o maior castigo para um morto fosse a recusa da extensão de sua permanência através dos objetos, como algumas pessoas faziam doando roupas, remodelando quartos, vendendo móveis ou, de maneira mais amarga, rasgando fotos, atirando no lixo o desnecessário, estourando cada lembrança como um casulo de pus, vendo sua matéria inflamada escorrer até não sobrar nada além de um resíduo de sua existência. Magnólia gostava das ideias de Sara, respeitava seus projetos e, mais do que o próprio irmão, que fora casado com ela, sabia admirá-la em toda a sua força, inclusive no silêncio do transtorno. Entrar em cada cômodo da casa outra vez era revisitar o silêncio deixado pelos mortos: os mortos como Sara e os como os sobrinhos, que de alguma forma tinham morrido para aquele lar. Sem falar nos mortos abstratos, as memórias. Da infância, da juventude, dos pais, dos gritos. As portas batidas, os vasos quebrados, os pulsos cortados e tanto sangue estancado nas coisas não ditas.

À tarde, o céu ficou ainda mais carregado e uma garoa fina cobriu a costa. Uma névoa escura desceu pela baía ao longe e tocou a água, transformando-as numa única massa de ferro macio. Em seguida, uma crosta mais escura de nuvens tisnou o mar no horizonte, e o sol, impedido de aparecer, calcinou a costura daquele encontro transformando as águas num lodo escuro e cremoso pronto para engolir o dia. Magnólia queria estar lá, tomada pelo terror.

Mesmo sob a garoa, ela desceu a escadinha que dava na praia e caminhou até onde a maré chegava. Como esperado, estava tudo deserto. Seus pés foram cobertos pela espuma e ela sentiu vontade de nadar. A água estava mais fria do que previra, e mais forte também. As ondas quebravam ali num estrondo que ela não tinha ouvido da casa. O mar parecia um monstro feito de mil tentáculos de um líquido cinzento, e quanto mais Magnólia se deixava hipnotizar por sua dança rastejante, por seus movimentos de feitiço, maior se tornava dentro dela a vontade de fazer parte dele. Talvez Sara tivesse sentido o mesmo, ela pensou. Sabia que Sara tinha testemunhado outra cena, outra luz, que havia sol e um mar calmo, que tudo o que ela precisara fazer fora entregar-se, soltar-se e não seguir o instinto de sobrevivência que vinha com a força dos braços. Naquele dia, talvez fosse ainda mais difícil, talvez Magnólia fosse devolvida à areia como um objeto estranho rejeitado pela natureza.

Antes que pudesse tomar uma decisão, seu telefone vibrou e ela levou um susto. Um misto de ansiedade e ódio a paralisou diante do nome de Herbert no visor. Desligou. Era a segunda vez naquele dia. O telefone voltou a vibrar e Magnólia quase o depositou na maré que envolvia suas pernas, desejando que o celular fosse levado e que ela nunca mais precisasse dar uma explicação ao marido. Desligou outra vez e recuou alguns passos, desistindo de nadar. Largou-se na areia e segurou o aparelho com força. Não tinha planejado bem aquele passeio na praia e detestou-se por levar o telefone no bolso. Tinha virado um hábito e agora sentia-se encurralada, coagida a atender a ligação. Talvez seu inconsciente tivesse deixado o celular no bolso, afinal ela sabia que ele retornaria durante a tarde. Também tinha receio de que Orlando telefonasse e o clima entre eles ficasse pior caso ela não respondesse.

Herbert apareceu no visor pela terceira vez. Preparada para os preâmbulos consolatórios que viriam, Magnólia finalmente atendeu sem falar nada.

– Mag?

O som das ondas cortou a voz dele, mas ela compreendeu.

– Mag? Como você está?

– Indo – foi sua resposta seca. – Por que você não ligou ontem?

– E você teria atendido?

Ela ficou em silêncio. Ele continuou:

– Você podia ter atendido das outras vezes, eu ia continuar insistindo.

– Esse é um defeito grave da sua personalidade – disse ela, elevando o tom de voz para que os humores do mar não solapassem a força que havia nele. – Você insiste demais. Mas eu não me importo.

– Se não se importasse, teria atendido da primeira vez.

– Você ligou só para isso? Eu estou um pouco ocupada agora.

– Não parece. Sei que você está na praia.

Ela mordeu o lábio e olhou ao redor. Queria mais do que tudo que alguém aparecesse. Qualquer um. Viu Muriel sentada em seu tapete roxo feito no tear. A sobrinha mantrando, mas nenhum som saindo de sua boca. Seus lábios se movendo naquele ritmo frenético e repetitivo, mas a calma nauseante. Não pensava na sobrinha com afeto desde as brigas do ano anterior, mas sentiu uma súbita saudade dela. Magnólia queria lembrar-se do mantra, queria ir para longe, nem que esse longe estivesse num plano perigosamente espiritual.

– Eu liguei para saber como você está – continuou Herbert.

– Já falei. Não sei se preciso falar mais, você não se importa comigo. Não sabe como eu me sinto.

– Então fale como você se sente, Mag.

– Eu não quero. Eu quero ficar em paz, só isso.

As lágrimas já tinham despontado e rolavam pelo rosto de Magnólia. Esperava que Herbert ouvisse seu choro, que percebesse sua voz triste, que isso o ferisse. Tinha vontade de gritar no telefone, de espumar sua raiva como o mar vinha fazendo nas ondas que abandonava na areia, mas não queria mostrar-se defensiva, principalmente viva. Uma versão amortecida dela machucaria mais a culpa de Herbert, reviraria suas preocupações como ela agora sentia o estômago revirado diante da ideia de correr até o mar, emulando o comportamento de Sara.

– Quando você volta? – perguntou ele do outro lado da linha, parecendo suspirar enquanto mexia em alguma coisa.

– Eu não sei. Não agora.
– Mas você vai voltar, não vai?
Magnólia respirou fundo antes de responder, todo o seu corpo vibrando como se fosse dar início a uma crise convulsiva de choro.
– Eu também não sei.
– Por favor, não faça nenhuma besteira, Mag. Eu sinto sua falta.
– Eu fui embora ontem. Você tem uma amante, Herbert. Pode substituir a minha ausência com a presença dela.
– Volta, Mag – pediu ele. – Nós precisamos conversar. Não só sobre o que aconteceu, mas sobre tudo. O ano passado, as crises, nós dois. Isso vai nos ajudar, nós podemos encontrar uma solução, não podemos?
A raiva dentro dela começava a ganhar uma nova forma. Herbert tinha adotado um novo tom de voz, mais condescendente e manso, como se falasse com uma criança. Magnólia tivera um psiquiatra assim, não Vítor, um anterior que a deixara traumatizada. Odiava aquele tom que domesticava e ao mesmo tempo controlava, quase uma espécie de sarcasmo velado.
– A solução nos encontrou, Herbert. Ela veio para os nossos braços em forma de separação.
– O que você quer dizer? Você está dizendo que...
– Eu não estou dizendo merda nenhuma. E eu não quero dizer mais merda nenhuma. Adeus, Herbert.
Ela esperava ouvir a voz apressada dele, um grito antes de desligar o celular, o que combinava bastante com seu discurso urgente, mas por quase cinco segundos ele se manteve em silêncio, talvez pensando no que dizer, talvez assustado com a violência dela.
Magnólia queria ter desligado no meio de uma palavra, cortando sua fala como uma lâmina. Teria se sentido vitoriosa, era bom esse gosto que ficava. No entanto, sentia-se terrivelmente triste e sozinha. Na verdade, queria conversar, e, embora afastasse cada vez mais a possibilidade de continuar casada, ela já podia sentir a

textura gelada do abandono. Ouvir a voz de Herbert, o equilíbrio nas vogais, os suspiros de aceitação, aquele *eu sinto sua falta*, a forma como conduzia sua paciência, todo aquele comportamento eram suas armas perfeitas. Mas cansada e envolvida por uma ideia cada vez maior de entrar no mar e esquecer-se da vida, Magnólia não estava disposta a encarar aquelas armas, porque ela, e somente ela, poderia planejar e ser o seu próprio fuzilamento.

A garoa foi se intensificando, transformando-se numa chuva constante e gelada. Magnólia ergueu-se de um pulo e, antes de voltar para a casa, olhou outra vez para o mar. Se ali estavam suas respostas, primeiro ela precisava encontrar as perguntas. Só assim poderia ter um pouco de sossego. Quando dissera a Orlando que gostaria que ele lesse seus pensamentos, não estava mentindo. Não era uma ideia animadora, na verdade era assustadora, mas esse desejo improvável a deixaria mais leve. Talvez Orlando, "sangue do seu sangue", pudesse entender como ela se sentia. Embora a pergunta agora fosse: o que ela sentia? Nem Magnólia sabia para que lado daquele abismo deveria tombar, contanto que não voltasse mais para cima e lá embaixo pudesse, finalmente, se reconhecer.

Quando chegou à varanda, os cabelos quase pingando, um par de faróis deslizou pela casa e se apagou. Antes sequer de olhar direito para o automóvel, ela teve vontade de entrar, de correr para o banheiro e tomar um banho quente – talvez isso a preparasse para encarar o irmão. Mas não era Orlando. Correndo da chuva e dando a volta na casa, Lourenço cobria a cabeça com uma jaqueta fina de couro. Logo atrás vinha Alister, andando devagar.

Fazendo gestos para que se aproximassem, sem saber se primeiro sorria, se os cumprimentava ou se simplesmente começava a chorar e rir de histeria, Magnólia os convidou para que subissem os degraus e ficassem na varanda com ela.

– Que surpresa! – disse Lourenço, e a abraçou rapidamente.

Ela o apertou com mais força do que gostaria (queria ter ficado um minuto inteiro naqueles braços fortes, já tinha se esquecido do jeito carinhoso dele) e ajeitou os cabelos molhados antes de dar um abraço em Alister. Arrependeu-se de não ter usado um chapéu aquela manhã e do atraso. Das duas, uma: ou ela teria ido nadar se Herbert não tivesse ligado, ou teria conseguido se manter seca, recebendo os dois menos constrangida.

– Espero que me desculpem, eu estava na praia, vim correndo – disse ela, sem graça.

– Veio de repente, a chuva – disse Alister. – Como você está?

Ela não respondeu, mas ergueu o cenho num gesto de afirmação silenciosa. Alister estava muito mais encorpado, os braços fortes, embora delgados, os ombros largos, e tinha a mesma altura do tio. Quatro anos atrás, quando o tinha visto pessoalmente pela última vez, era só um adolescente bonito de 16 anos com a postura esguia e a cor de um surfista. Tomas devia sentir saudade dele.

Lourenço parecia um pouco mais encurvado, mas era o tipo de homem cuja beleza seria sempre uma característica, quase um emblema de sua personalidade, ou uma parte vital de seu corpo. As entradas acima da testa estavam maiores, o entorno dos olhos mais cansados e marcados pelo tempo. Os últimos quatro anos pareciam ter lhe proporcionado a sabedoria de um homem com mais de 50 anos, embora ainda não tivesse chegado nessa idade. Ele estava com quantos anos mesmo? Talvez 47. Ou eram 48? Magnólia quase teve o impulso de perguntar em voz alta, mas não sabia o que era mais constrangedor, isso ou os seus cabelos e aquela expressão de quem tinha corrido uma maratona. O coração estava acelerado e a respiração falhava. Supunha que era por causa da visita surpresa, mas também acreditava estar fora de forma.

Os três se sentaram nos sofás de vime.

– O Orlando não me falou que você vinha – disse Lourenço, abruptamente.

A frase tinha um ranço de acusação, como se ele estivesse um pouco indignado. Ela teria preferido que ele perguntasse como ela estava e, no fundo, se sentira sua falta. Tudo bem, era

idiota acreditar que ele fosse ser gentil, sobretudo depois de como ela o deixara sem se despedir tanto em 2012 quanto em 2015.
– Nem ele sabia – disse Magnólia.
– E como estão as coisas? – perguntou Alister. Ele não estava genuinamente interessado, mas parecia menos distante do que o tio.
– Tudo bem. Acho que eu vim porque estava com saudade do litoral, e estou de férias.
A resposta era vaga, cheia de manchas de inverdade, mas, para eles, ela podia interpretar um papel que não causasse comoção. Lourenço parecia incomodado com alguma coisa: seu olhar não parava de recair sobre o carro, como se contasse os minutos para ir embora.
– E vocês? Estão bem?
Os dois concordaram em silêncio e durante algum tempo ficaram assim, sem assunto. Magnólia sorriu. Pela primeira vez naquele dia, desejou que Orlando voltasse mais cedo. Sentia seu corpo completamente violado, as emoções chacoalhadas naquele susto, tudo fora de lugar. Detestava surpresas como aquela e não tinha pensado em ver Lourenço tão cedo. Querendo ou não (e mais não queria do que queria), ele ainda mexia com ela. Seu sorriso, seus dentes perfeitamente brancos, mas havia um brilho a menos em sua figura, em cujo lugar exato, no meio do todo, como a peça de um quebra-cabeça, fora fixado um pedaço de sombra. Rancor. Aquilo só podia ser rancor. Ela sabia que ele ainda guardava e digeria o modo como havia sido tratado. Tinha se apaixonado, não tinha? Tinha se entregado muito mais rápido do que ela, e isso não era comum. Magnólia estava acostumada a se apaixonar primeiro, a se entregar primeiro, a se machucar primeiro. Entre eles tinha acontecido o oposto, e ela não estava preparada para aceitar. O amor que vem fácil é o amor que assusta, por isso repele. Ela desconfiava não das intenções de Lourenço, mas das próprias. Amava Herbert – ou ainda acreditava amar, já não tinha certeza – e não podia se apaixonar por um homem que vivia há quase quinhentos quilômetros de sua casa.

– Eu soube que você vai para a Noruega semana que vem – disse Magnólia, virando-se para Alister.
– Sim, vou ficar com o Tomas.

A resposta era bonita, tinha a coragem de um jovem destemido cuja voz, limpa e clara, causaria inveja numa versão mais nova de Magnólia.

– Aproveitem bastante. Talvez eu passe lá para visitá-los – brincou.

Lourenço pigarreou, chamando a atenção para si. Alister sabia que ele tinha pressa, não estavam ali a passeio.

– O Orlando está aí? – perguntou ele.

– Não, está na rádio – respondeu Magnólia, tentando não ser seca, embora quisesse.

– Nós estávamos aqui perto e decidimos passar para convidá-lo para o jantar de despedida do Ali – explicou Lourenço.

– Vai ser domingo no Loulastau.

– Você pode vir – acrescentou Alister.

– Eu não sei se ainda estarei aqui. Mas se estiver, é claro que vou.

Os três sorriram ao mesmo tempo. O convite estava feito. Não tinha saído da boca de Lourenço a permissão para ela ir ao jantar, mas ele não seria contra. Talvez fosse sua oportunidade de reaproximação. De repente era plausível, distante do que antes parecia loucura, a ideia de morar ali outra vez e ficar com Lourenço. Ele não a queria agora. *Agora*. Mas as pessoas mudam, pensou.

– Bem, temos de ir – disse Lourenço, levantando-se. – Só precisávamos deixar o convite. Avise o Orlando, por favor.

Magnólia assentiu com a cabeça e eles trocaram outro abraço rápido. Mais frias do que essa aproximação corporal foram suas expressões diante do choque dos rostos para um beijo inexistente. Alister tinha sido infinitamente mais carinhoso, o que a afetou um pouco. Ao contrário do que sentira com a chegada deles, agora queria um pouco mais de atenção, queria convidá-los para tomar alguma coisa, queria ter vozes dentro daquela casa sinistra. E, mais do que tudo, queria ser abraçada, mimada, colocada outra vez como o centro do universo de alguém.

Os faróis se acenderam e o novo carro de Lourenço deu ré, em seguida contornando o quintal e subindo a estradinha de lajotas. Magnólia esperou um toque duplo da buzina, mas o carro se afastou até desaparecer e ela entrou para se deitar, segurando com força o celular ainda quente no bolso. A chuva continuou caindo, envolvendo o silêncio da casa e de Magnólia, expressando por ela o que tinha se transformado numa dor em sua garganta.

De: alister23@email.com
Para: tomas1406@email.com
Data: 24 Fev 2019 21:01:55

Meu Tom,

A mala já está pronta. Estou olhando para ela enquanto escrevo e ela me olha tão incrédula quanto eu. Até minha mãe viu e achou um exagero, mas não vou discutir com ela. É verdade que ficou maior do que eu imaginava, muito apertada, como se fosse estourar, mas acho que sou eu que estouro antes de ansiedade, haha. A mala representa perfeitamente como estou, incluindo o peso. Não sei se você vai notar (minha mãe notou, é claro, essa é uma das maiores características dela diante de qualquer pessoa), mas engordei uns quatro quilos durante a última semana, todos acumulados no rosto e na barriga. Apesar do calor, tenho comido mais, por causa da viagem, eu sei. Queria ser menos ansioso, ter mais controle sobre isso tudo, mas além de ser minha primeira viagem para fora do Brasil, é um passo muito grande na minha vida, nas nossas vidas, e às vezes, bem de vez em quando, sinto que não vou conseguir. E acima disso tudo está aquela vadia da saudade, o desejo de te abraçar forte e não me separar mais.

Eu nunca desejei tanto uma coisa como estar com você e dividir uma vida linda com você, Tom. Até hoje não sei o que temos, mas não é amor, é algo muito mais forte e sem nome, talvez um sentimento que poucas pessoas conheçam por ficar ali, na raiz do amor. (Acho que foi você que um dia me falou da "raiz do amor", não foi? Eu não posso estar inventando isso. Essas coisas poéticas têm a sua cara, não a minha.)

Meu certificado do curso de gastronomia também está bem guardado na mala. Não sei se ele vai mesmo me abrir portas, mas pelo menos indica com um pouquinho de respeito que eu tenho *algum* conhecimento na área. Quero muito fazer um curso melhor aí em Oslo, de muitos anos, me aperfeiçoar quando vivermos em Paris, por que não? Depois que você falou de Paris, tenho pensado muito nas possibilidades, em como vai ser bom morar na Europa e fazer curtas viagens de avião de um país para o outro. Tudo bem que não estamos cagando dinheiro, mas chegaremos lá :) Como você comentou no telefone, seria mais do que perfeito se houvesse um curso para mim na sua escola.

Por falar em cozinhar, comida etc., meu tio acabou de me ligar perguntando quando chegaremos ao restaurante para a minha despedida. Eu tinha me esquecido completamente, Tom! Minha mãe ficou louca comigo, e antes que eu saísse sem te escrever, liguei o computador e aqui estou escrevendo um e-mail para o meu amor. Ele pediu que chegássemos antes das 22h, então daqui a pouco vou ter de trocar de roupa e ir com a minha mãe e o André – ele insistiu em nos levar, tem feito de tudo para minha mãe ficar ainda mais apaixonada e boba por ele. Estou com uma preguiça mortal de sair de casa, de colocar tênis, de passar as próximas horas disfarçando a ansiedade com sorrisos de alegria e de uma vitória mentirosa, porque parece que existe um acordo, uma verdade no fato de que, se alguém vai morar fora do Brasil, é porque já pode se chamar de vitorioso. Mas eu não venci nada. Tudo o que consegui foi economizar dinheiro e experiência para morar num apartamento emprestado com meu namorado de 18 anos. Acho que só vencemos nesse sentimento mais forte e sem nome que comentei ali em cima – neste, sim, somos vitoriosos. O amor não é nada perto do que vivemos, meu Tom, e é muito mais por ele, é muito mais por você, que embarco amanhã para a Noruega.

Esqueci de perguntar se você quer que eu compre alguma coisa no aeroporto de Londres. Devo ficar por lá durante cinco horas, posso levar alguma coisa, se precisar – mas não me peça chocolates belgas ou suíços, por favor, estou levando alguns quilos de paçoca, leite condensado e meia dúzia de caixas com misturas para maria-mole. A diabetes já está quase garantida.

Confesso que às vezes eu olho para a mala e não sei o que pensar. Parece tudo um sonho. Não acredito que esses dias passaram tão rápido, que eu sobrevivi a esse calor senegalês, que *consegui* fechar a mala, que finalmente vou *morar* com você, que depois de amanhã nos abraçaremos e que, então, a vida vai começar de verdade. Eu te amo tanto, Tom. Tanto! Tanto! TANTO! Não sei se você sabe e sente o quanto. É difícil até para mim medir tudo o que sinto. E se nenhum sentimento restasse, eu pegaria você para ser meu sentimento ausente – acho que você também escreveu ou falou algo parecido :) A saudade me deixa meio idiota, a vontade me deixa idiota, você me deixa idiota. Tudo o que eu mais quero é estar com você. Para sempre.

Meu amor, como combinado, amanhã no aeroporto eu ligo do celular para conversarmos um pouco – esse pequeno gasto será meu presente de despedida pra minha mãe, hahaha. Acho que ela não vai se importar e que nem será tão caro assim, devemos nos falar pouco. Mas quero muito fazer isso porque depois só será mesmo possível durante a escala em Londres, quando conseguirei usar o notebook enquanto bebo um café "tabu" pensando em você, é claro ;) Antes de sair para o Loulastau, vou pela quinta vez ao banheiro hoje. Não queria contar, mas tenho sentido fortes cólicas por causa da ansiedade e passo o dia inteiro no banheiro ou meditando para controlar minha respiração. Comentei com minha mãe porque ela percebeu e já foi querendo me levar ao médico, comprar remédios, mas neguei até ela cansar. Sei que todas essas sensações e esse mal-estar (às vezes acompanhado por uma interminável série de soluços) vão passar quando eu estiver aí.

    Amanhã eu prometo comentar sobre o encontro no restaurante, o que o meu tio preparou e como foi tudo. Como já contei ao telefone, convidamos a Magnólia, mas ainda não sabemos se ela vai – parecia bem estranha quando a encontramos, como se estivesse dopada. Não sabemos nem se o seu pai vai, mas espero que sim. Depois eu te conto :) Vou tentar encarar essa despedida como algo bom e não cansativo, mas está difícil. Só quero dormir rápido para que o tempo pareça acelerado e eu esteja logo aí, com você, vivendo todas as coisas lindas que nos esperam, meu Tom. Sinta meu calor aí com você, sinta o meu amor – ou o sentimento sem nome que inventamos – e cuide-se bem. Te amo mais que tudo, meu Tom maior. Mais que tudo. Para sempre.

Teu,
Ali

13. O sexo

A visita de Lourenço havia instigado em Magnólia uma força oculta em sua natureza havia algum tempo: o desejo sexual. Sua libido não costumava ser reduzida a ponto de sentir-se quase virgem de novo, embora isso acontecesse nos períodos em que tomava remédios mais fortes. No entanto, aquilo era diferente. A chegada inesperada de Lourenço havia sido a primeira faísca. Quando ele foi embora, ela correu para o quarto e tentou dormir, mas a tentativa foi frustrada por uma ligação de Orlando no telefone fixo da casa. Emburrada, ela atendeu, disse que estava tudo bem e comentou brevemente sobre o convite de Lourenço, cuja voz não saía de sua cabeça. Com o telefone outra vez no gancho (era o mesmo aparelho de baquelita com disco giratório que Sara havia comprado), Magnólia voltou para o quarto e se masturbou. A faísca causou o incêndio. Em parte porque tinha uma imagem atualizada de Lourenço em seu arquivo mental, em parte porque estava sozinha – Ângelo não conseguira satisfazê-la completamente nas últimas semanas, e ela se deu esse prazer momentâneo como um prêmio. Um prêmio por atravessar outra fase sombria da sua vida sem se abrir para a lâmina de um canivete suíço. O caráter efêmero do gozo vinha sempre acompanhado de um ressentimento profundo, como se, apesar de bom, não tivesse valido a pena e fosse somente uma energia gasta sem propósito. Magnólia olhava os próprios dedos úmidos depois do ato e sentia-se indiferente, com vontade de se esconder ou de culpar alguém. O orgasmo vinha e passava. Era como um desejo. Era como o farelo emocional depois de uma morte: vinha e passava. Depois do gozo e depois da morte, ninguém mais se importava.

O retorno de Orlando naquela noite só tinha confirmado as suspeitas de Magnólia de que ele estava bem e de que o clima dali em diante poderia ser bom – se *ambos* colaborassem. Ele ainda podia estar chateado e preocupado com a saúde dela (a imagem de Magnólia sozinha bebendo vinho antes das onze horas da manhã o havia perturbado de tantas formas, a começar pelo vislumbre do próprio passado que aquilo causara), mas na superfície decidira manter a diplomacia que o momento pedia. Se fosse ele mesmo, Magnólia já teria ido embora. Orlando sabia que ela teria preferido ficar em outro lugar, mas qual seria esse lugar? Ele também sabia a resposta: qualquer lugar onde não houvesse julgamento. Um lugar onde as pessoas a amassem, mas que ao mesmo tempo fossem indiferentes. Era difícil cuidar de Magnólia, mas, mais do que isso, era difícil conviver com ela de maneira pacífica sem que os próprios sentimentos resvalassem para o desequilíbrio.

Apesar do comportamento calmo de Orlando, o assunto sobre o convite não tinha evoluído durante a noite, quando mal se falaram. Foi na manhã do dia seguinte, enquanto tomavam café e comiam panquecas com geleia (coisa que Magnólia agradeceu internamente, porque estava com fome e adorava as panquecas do irmão), que eles finalmente conversaram sobre o encontro no domingo. Orlando era ambivalente com a questão. Não tinha mais Laura para ver no restaurante, não tinha muito contato com Lourenço, preferia passar a noite de domingo assistindo a um filme, comendo pipoca e bebendo cerveja, mas havia o desejo de se despedir adequadamente daquele que, na falta de um termo mais exato, já era o seu *genro*.

– Eu não sei se vou estar aqui – disse Magnólia. – Está tudo tão vago. Não sei se posso confirmar que vou e não aparecer, ou recusar o convite e aparecer, sabe? Acho que seria um pouco indelicado da minha parte.

Orlando teve vontade de brincar com ela. Teria dito (sem deixar de sorrir, porque era a evidência necessária para esse tipo de brincadeira arriscada) que a indelicadeza era uma de suas características, uma das marcas mais fortes do seu cartão de visita. Mas talvez ela assumisse aquela expressão emburrada pelo resto do dia, e ele não podia se atrever dessa forma justo quando estava de folga do trabalho. Ficar em casa com Magnólia era um desafio, mas, ao contrário daquela angústia latente e do pavor que sentira quando ela telefonara pedindo para ficar com ele, estava resignado, entregue à nova condição – ou a uma *velha* condição de ser o irmão-mais-velho-que-ajuda-os-outros-irmãos.

– Você não precisa avisar, o convite já está feito – disse Orlando. – Pode aparecer comigo ou não.

– Então você vai? – perguntou ela, levando à boca o último pedaço de sua panqueca.

– Preciso ir. Pelo Tomas.

– A gente sempre vai a algum lugar por causa de alguém.

– Você só quer ir por causa do Lourenço – arriscou ele.

As bochechas de Magnólia arderam. Orlando já tinha percebido que ela gostava dele, embora nunca tivera conhecimento do estágio desse sentimento tão misterioso.

– Eu iria por todos, mas nunca por mim. Não acho que vai ser divertido, mas também não quero ficar aqui sozinha à noite enquanto vocês aproveitam.

– Vai ser bom pra você, Mag.

– Isso se eu ficar aqui até domingo, já falei. É muito tempo, não sei se você está preparado para isso.

– Preparado? Se eu te recebi e fiz compras no supermercado é porque, sim, eu acho que estou bastante preparado.

– De qualquer forma, o Herbert não está preparado.

– Como assim? Você não avisou quando voltaria?

— Orlando, nós brigamos — disse Magnólia, levemente cansada daquele assunto. — Você acha sensato anunciar depois de uma briga, carregando uma mala cheia de roupas, quando vai voltar para casa?

Ele não respondeu. Ela tinha razão. Intimamente, Orlando esperava que a irmã e o cunhado já possuíssem um acordo tácito daquele retorno para que pelo menos Magnólia tivesse uma perspectiva de quando ir embora. Orlando não gostava das coisas assim, soltas, sem programação, com visitas inesperadas.

— Você pode ficar o tempo que quiser — disse ele, servindo-se de mais café.

— Então vou começar a procurar um trabalho novo aqui na região — brincou Magnólia.

A expressão inteira de Orlando se fechou, mas era outra provocação dele. Não teria achado ruim, mesmo se fosse verdade, porque sabia que a irmã não suportaria viver lá por muito tempo. Era um imenso alívio saber que Magnólia não era mais apegada à cidade. Aquela nostalgia arraigada que por anos tantas pessoas carregam dos lugares que frequentaram, das casas onde passaram suas férias e onde viveram, não estava no sangue de Magnólia. De Orlando sim, de Elisa, um dia, talvez. Sem admitir para si mesmo, ele se mantivera ali, na cidade, na casa, aprisionado num comodismo quase atávico, por causa de Sara. A casa tinha perdido a extensão dela através dos objetos e das cores, mas o passado continuava o mesmo e ele nunca teria a ousadia de se desfazer daquele mar que havia tirado a vida dela. Não deixava de ser uma autopunição olhar todos os dias para aquelas ondas, imaginar Sara afundando cada vez mais rápido num balão asfixiante de tecido e desespero, a morte vindo agarrar-lhe as pernas como os tentáculos de um polvo.

— Posso perguntar uma coisa? — indagou Magnólia, pensativa.

Orlando levava a xícara até os lábios e parou ali mesmo, no meio do caminho. A irmã nunca perguntava se *podia* fazer alguma coisa.

— Claro.
— Você iria se a Laura ainda estivesse aqui?
Ele não esperava que fosse uma pergunta sobre Laura. Tinha pensado em Tomas, em Alister, talvez em qualquer coisa relacionada à estada dela. Já não se lembrava há quanto tempo não pensava em Laura, tampouco ouvia aquele nome.
— Se ela estivesse aqui, nós ainda estaríamos juntos, eu acho. Eu teria de ir porque há alguns anos ela tinha feito uma espécie de sociedade com o Lourenço, lembra? Fui eu que coloquei isso na cabeça dela. Mas, como já sabemos, a parceria dos dois não durou muito.
Magnólia não queria machucá-lo falando dela, no entanto estava curiosa. Orlando tinha falado pouco sobre o rompimento e ela não podia cobrar nada dele. Na verdade, eles tinham falado pouco sobre *qualquer coisa*. A curiosidade foi se acumulando ao longo dos anos e tudo o que ela tinha chegado a saber possuía apenas aquela crosta sensível da fofoca.
— Você soube alguma coisa dela? — perguntou Magnólia, olhando para a própria xícara de café.
Orlando estranhou a forma mansa, cautelosa, com que Magnólia abordava a questão. Aquilo, sim, era cuidado. Estava sendo cuidadosa pela primeira vez, talvez por saber que, mais do que um apoio questionável para ele depois da morte de Sara, Laura tinha sido o seu único grande amor desde então.
— Não — respondeu ele. — Tudo o que eu sei é que ela está feliz na Suécia, numa cidade cujo nome eu não me lembro. Malo. Mamo. Sei lá.
— Como você sabe que ela está feliz?
— A Sônia soltou a informação num encontro que tivemos no restaurante ano passado.
— De propósito.
— Acho que não foi por mal, Mag. É irmã dela, é racional que esteja feliz.
— Eu nunca gostei da Sônia — rebateu Magnólia.
— Nem da Laura.

— *Especialmente* da Laura. Mas eu suportava porque você estava com ela. Havia um limite do que eu podia expressar e do que você podia permitir.

— Você deve estar feliz com ela longe.

— Tanto faz, eu não moro aqui, nós quase nunca nos víamos. Mas eu gostaria de estar *no lugar* dela, sabe? Suécia! Quem imaginaria? Acho que ninguém dessa cidade foi tão longe, exceto o Tomas.

Foi necessário um demorado gole no café para que o assunto morresse. Mas não morreria. O nome Tomas ficou pulsando no ar como uma cigarra, correndo o silêncio entre os dois e aumentando o desconforto de Orlando.

— Eu imagino que você já sinta saudade dele — disse ela.

— A Muriel está há mais tempo longe.

— Mas ele é o caçula, você sabe como são os filhos mais novos. Você sabe como a Elisa era tratada.

Subitamente perdida em sua vergonha, Magnólia não sabia se era pior falar o nome dos filhos ou da irmã morta. Todos eles eram ausências, umas mais recentes, outras menos. Mas todas doíam.

— Eu sei. Sinto muita falta dele, Mag. Não sei se ele está preparado para essa aventura, para essa mudança de cultura, sabe? Às vezes eu acho que ele vai pegar o primeiro avião para o Brasil e voltar para casa, mas é um desejo meu tão idiota, uma esperança que eu sei que... Sei lá.

— Não vale a pena sentir esse tipo de esperança — concordou Magnólia. — Vale sentir esperança por ele, pela felicidade dele. Eu sempre amei muito o Tomas, ele tem uma sensibilidade que acalma. Talvez ele e eu sejamos parecidos, não sei.

— Ah, vira essa boca pra lá — riu-se Orlando. — Nem brinca com uma coisa dessas.

Magnólia riu, e foi um riso verdadeiro. Lembrou-se com carinho, e sentiu com o mesmo carinho, da conversa tranquila que tiveram no domingo. Por alguma razão, obscura ou natural, estavam novamente num território de paz. Ainda que fosse forçada, era paz, porque a categoria, a adjetivação, não importava.

– Eu queria que ele fosse parecido comigo – disse Orlando, e havia uma nota de tristeza naquelas palavras, mas uma tristeza absoluta, que não dava espaço para a recuperação de uma alegria fadada ao esquecimento.
– Como? Fisicamente? Agora sou eu que digo: vira essa boca pra lá!
Orlando riu alto, seus ombros chacoalharam, mas uma coisa ficou inalterada em sua expressão: os olhos. Estavam tristes e apagados desde o início da conversa, quando os filhos e a irmã foram mencionados.
– Mais parecido de uma forma mais profunda, sabe? Não genética, mas no jeito, sei lá. Todo ele me lembra constantemente a Sara, isso sempre vai me machucar. Não sei se um dia vou superar, Mag.
– Mas você precisa. Já faz quase dez anos.
– Oito, exatamente – disse ele, suspirando.
– Talvez o que você deseja dele não é o que ele deseja para si mesmo.
– Nunca é, né? Os filhos, propositalmente ou não, são o oposto das nossas aspirações.
– E é por isso que eu decidi não os ter – brincou Magnólia, tentando amenizar o assunto. – O mundo não precisa de aprendizes de Magnólia.
Orlando sequer esboçou um sorriso. Tudo dentro dele doía.

No dia seguinte, com uma certeza cristalina que nada seria capaz de poluir, Magnólia tentou não emitir um sinal de ansiedade desesperada diante da possibilidade de rever Lourenço. Ela tinha dormido muito pouco, tomada por uma ideia fixa de conversar com ele, de tentar cavar naquele silêncio dele alguma explicação. Tudo bem que as coisas não tinham fluído das outras vezes, mas ela se achava merecedora de uma segunda chance, ou já era a terceira? A postura de Lourenço durante a visita surpresa tinha sido bastante desmotivadora, e na verdade tudo o que ela queria fazer, mais do que tentar socializar com Alister, era empurrar Lourenço do sofá, dar uns tapas em sua cabeça e perguntar qual era o problema dele. Ele se mostrara apático, e aquela expressão em seu rosto não tinha saído da mente de Magnólia. Portanto, precisava saber o que estava acontecendo. Agora isso parecia muito mais urgente do que resolver seus percalços matrimoniais com Herbert.

Depois de tudo o que tinha acontecido, Magnólia não queria pedir favores a Orlando muito menos parecer mesquinha, fugindo da presença dele, uma vez que fora ela quem decidira ficar ali, fora ela quem *pedira* para ficar ali. Mas na quarta-feira ele ficaria a tarde toda na rádio. Menos motivada pela oportunidade do que pelo desejo, ela aproveitou a carona e permitiu-se uma mentira que não estragaria a vida de ninguém, nem sua já inconstante e delicada relação com o irmão.

– Mas o que você vai fazer no centro, se é que posso perguntar? – indagou Orlando quando os dois já estavam no carro, subindo o caminho de lajotas.

– Eu quero andar um pouco, sair dessa casa – disse Magnólia.

E em parte era verdade. Ela precisava deixar um pouco aquele ambiente que, uma vez tomado por tudo o que ela tinha conhecimento, seria sempre claustrofóbico. Por mais que tivessem a exclusividade quase completa da praia, do mar, dos quilômetros de areia, era preciso sair daquela bolha e andar pela cidade. Ela não tinha previsto o quanto teria de andar do centro até o restaurante, mas queria fazer esse esforço não por Lourenço, e sim por si mesma.

Atravessar metade da cidade dentro de um carro com uma pessoa sem assunto era sufocante. Orlando queria inventar alguma coisa para falar, mas Magnólia tinha colocado a cabeça para fora da janela como um cão animado com o passeio – e ele temeu pelo chapéu que ela usava, cuja aba se dobrava para trás como se fosse se desprender de sua cabeça e sair voando. Fazia um dia ensolarado, com poucas nuvens, e o calor tinha voltado com sua força abrasiva. Orlando gostava daquele clima, embora o ar-condicionado do estúdio da rádio tornasse a previsão do tempo algo irrelevante. Mesmo silenciosa, Magnólia estava bem, mas era uma espécie de humor que o assustava. Parecia estar feliz com algo que não compartilhava, e ele não sabia se isso era bom.

– Você tem certeza de que pode ficar aqui no centro? – perguntou Orlando logo que chegaram na avenida principal, incomodado com aquela decisão de Magnólia.

– Eu não tenho cinco anos, Orlando – retrucou ela. – E vivi quase metade da minha vida aqui, lembra?

– Tudo bem, só queria saber. Se precisar de alguma coisa, me ligue.

– Não vou precisar. Mas obrigada pela carona.

Ela bateu a porta do carro sem querer parecer ingrata, mas o plano não deu certo. Porque o vidro da janela estava abaixado, a porta foi com tudo. Orlando, que já estava confuso com o comportamento de Magnólia, considerou aquele gesto sem sentido. Pela primeira vez em muito tempo ele não sabia interpretar as emoções da irmã. Era um misto de ansiedade, frieza, pressa e dispersão. Tentou lembrar se ela tinha tomado mais do vinho branco que permanecera intocado na geladeira depois da segunda-feira, mas não, eles tinham ficado juntos desde cedo. Quanto aos remédios, preferia não avançar nesse território. Orlando já tinha experimentado ocasiões em que ela chorara, gritara ou simplesmente ficara muda diante de qualquer pergunta sobre o tratamento. Quando as perguntas vinham depois da abertura da própria Magnólia, então já não fazia diferença, e ele geralmente aproveitava para entender melhor aquele vasto e intrincado universo farmacológico no qual ela já era uma profissional. Era como apontar um revólver para um condenado à morte: não havia reação, só resignação.

Quando o Volvo dobrou uma esquina, Magnólia arrumou o chapéu e ajeitou o vestido. Propositalmente, tinha combinado um par de sandálias com um vestido curto turquesa sobre o qual Orlando não fizera nenhum comentário. Ela detestava o vestido por ser curto demais e não sabia qual era o nível de vulgaridade daquele corte para a sua idade. No entanto, a peça sempre tornava seus seios mais firmes, inclusive Herbert testemunhara o fato na primeira vez em que ela a vestira. Ao mesmo tempo em que era curto, combinava elegantemente com sua compleição delgada, o que a deixava ainda melhor. Se Lourenço continuasse o mesmo de quatro anos atrás, queimaria o vestido.

Estava fora de cogitação bater à porta da casa dele. Embora fosse mais próxima do que o restaurante, ele não estaria lá: o Loulastau carecia da sua presença depois da hora do almoço, quando os empregados saíam para comer. Se estivesse vazio, melhor ainda.

Magnólia disse a si mesma que não tinha pressa, mas no fundo queria chegar o quanto antes. Queria um momento só entre os dois. Pensou, com um sorriso malicioso nos lábios, que se o vestido fosse um pouco mais longo e não estivesse ventando de leve como ventava naquela tarde, teria ido sem calcinha. A estratégia sempre funcionava e, por mais ousada que fosse essa postura, a ação não refletia de forma direta em seu íntimo. Ela sabia que se odiaria caso começasse a desfiar julgamentos sobre si mesma, mas não via o que tinha a perder. Preferia acreditar que estava ali naquela semana, naquele lugar, usando aquele vestido, para esquecer Herbert, não para traí-lo. Traição, àquela altura da vida, era apenas uma palavra cujo significado poderia mudar conforme a luz, o ângulo, a perspectiva e o próprio sujeito diante dela.

Depois de uma passagem cansativa pela cidade, revendo pequenas praças e parques e lojas, árvores que foram cortadas e antigos casarões demolidos substituídos por pequenos prédios comerciais, Magnólia finalmente chegou exausta ao Loulastau. O restaurante ficava longe da cidade, no extremo oposto à casa de praia, e qualquer um levado de um lugar ao outro com os olhos vendados pensaria estar quase no mesmo lugar. Havia sido uma boa caminhada, mas ela sentiu os cabelos grudando na testa e tirou o chapéu. O vento fresco vindo do mar foi sua recompensa.

O restaurante não tinha sofrido grandes mudanças e precisava de uma pintura. Lourenço havia ampliado o espaço do estacionamento e tirado os vasos de plantas da fachada. De um determinado ângulo externo, era possível divisar parte da varanda dos fundos que dava para o mar lá embaixo, e dali mesmo Magnólia percebeu que não havia mais nenhuma planta nas pérgulas de madeira.

Ela entrou no restaurante sem fazer barulho. Estava abafado e as luzes se derramavam através de telhas de vidro com um calor insuportável. Vazio. As mesas estavam arrumadas e tudo parecia em ordem. Se não fossem a limpeza, o brilho da madeira, o cuidado com as toalhas e o ar, que de tão asseado chegava a reluzir, Magnólia pensaria que o lugar havia sido abandonado. O silêncio indicava que os empregados tinham saído para almoçar e que logo fechariam para reabrir à noite. Lourenço manejava dois horários de funcionamento: o primeiro, das dez da manhã às duas da tarde, e o segundo, das sete às onze da noite. Da última vez em que esteve ali, Magnólia ouviu de uma versão cansada e enfadonha de Lourenço que o lugar ficava às moscas durante toda a tarde e que não tinha sentido ficar esperando os clientes, que só chegavam quando escurecia.

O calor pareceu empurrá-la para os fundos do restaurante, onde as portas estavam abertas para a varanda. Como previra, as pérgulas estavam vazias como molduras sem telas. Apenas um emaranhado de galhos secos enroscava-se numa parte da estrutura. Mas havia sofás espalhados ali, meia dúzia de cadeiras e um novo e pequeno balcão vazio que ela não sabia para que servia. De repente, o lugar parecia mais abandonado do que o normal. Se vinha falindo, ela não podia dizer, mas mesmo assim, apesar da administração aparentemente duvidosa, ainda gostava do restaurante – ele sempre teria um grande significado para ela.

Quando Magnólia pensou em gritar o nome de Lourenço, ela ouviu o barulho vindo da cozinha. O painel com as rolhas continuava pendurado ali, um pouco mais escuro, talvez, como se a cortiça tivesse ficado muito úmida. O som que ouvira parecia o de uma louça pequena caindo dentro da pia, mas o susto tinha sido do mesmo tamanho.

É comum sentir um bolo de comida subir à garganta diante do horror. Magnólia experimentou uma sensação parecida ao se aproximar da entrada da cozinha. Oculta em parte por uma parede, ela sentiu suas pernas enfraquecerem, as mãos ficarem levemente trêmulas e o suor explodir em sua cabeça como se tivesse mergulhado os cabelos num caldeirão de lava. Colados contra a pia e com as calças abaixadas até a altura dos joelhos, os corpos de Lourenço e de outro homem fremiam, ondulavam e suavam num gemido baixo que chegava aos ouvidos de Magnólia como um cântico diabólico. Lourenço estava com as pernas levemente flexionadas, o tronco tombado sobre a pia. Sua respiração formava uma enorme mancha de vapor no aço. Um homem que Magnólia não reconheceu, mas cujo corpo era inquestionavelmente definido e muito mais novo, fazia pressão contra o corpo de Lourenço, forçando sua cintura para dentro dele, contraindo os músculos das nádegas enquanto apertava seus ombros com as mãos, puxando-os para si.

Lourenço gemia baixo, mas não era de dor – definitivamente não era de dor. Seu corpo inteiro tremia, o homem atrás dele tremia e ambos se entregavam a um ritual tão perfeito que Magnólia se sentiu ao mesmo tempo fascinada e enojada com a cena, como se aquilo fosse uma espécie de encenação feita para castigá-la. Tudo era tão terrivelmente cru que chegava a ser ofensivo.

Ela não foi embora. Corroída por dentro pela autopunição, esperou que os dois terminassem de transar, que o homem gemesse cada vez mais alto até que ambos gozaram ao mesmo tempo, num estouro aflitivo e trêmulo, sobre a pia, sobre as costas, sobre o silêncio. Depois de um urro de prazer que encheu a cozinha, o segredo inchou entre eles.

Mas da mesma forma que tinha inchado, afastando seus corpos para uma breve recuperação, aquele segredo fora estourado de uma única vez – como uma bolha de sabão, *ploc* – quando, ainda suados, excitados e seminus, os dois se reaproximaram, beijando-se demoradamente, usando as mãos para um último carinho nas pernas, nos pelos, nos braços. Estavam novamente entregues ao movimento selvagem de dois animais não domesticados pelo olhar perturbado de Magnólia.

De: tomas1406@email.com
Para: alister23@email.com
Data: 26 Fev 2019 23:00:00

Meu Ali,

Tenho escavado forças que eu não conhecia. Esta foi a primeira frase do meu primeiro e-mail, quando cheguei a Oslo. Agora, uso a escrita para escavar outras forças muito mais profundas, talvez inexistentes. Escrever é se distrair e eu preciso me distrair da dor.

...
Existe uma árvore enorme no parque aqui perto cuja espécie eu desconheço. É uma árvore que atrai mais atenção do que as outras: sua copa umbrosa parece um lustre de madeira através do qual podemos ver milhares de lâmpadas naturais, cristais de sol, chamas douradas, cacos oleosos de manteiga cintilante brilhando e beliscando o ar do inverno quando o vento se fragmenta num mergulho maleável entre seus galhos. Seu tronco é largo, suntuoso, escuro como o corpo da noite, e sua casca, trincada por mil laivos como rasgos de carvão, formam desenhos e nódoas que lembram espelhos e molduras. Num

desses espelhos, o maior deles, olhando bem de perto, parece que outros espelhos se repetem num infinito reflexo de formas ovais escuras, como se alguém que tivesse tocado o tronco da árvore exatamente naquele ponto abrisse um portal para trevas convolutas, como os que se abrem no toque de uma superfície líquida, em ondas concêntricas que se expandem até o sono absoluto do gesto. Eu olhei bem fundo para esse espelho e só vi a escuridão mais escura, do tipo volumoso, com massa, que parece entrar no corpo da árvore em forma de buraco negro. Assim, de perto, deixando-se ser tomada pelo breu que parece também comer os olhos de quem o espia, a forma se torna cada vez maior, o espelho reflete um pesadelo e o corpo é possuído por um estranho poder que vem da terra. As pernas fraquejam, os joelhos doem, a gravidade age a partir do tronco e suga como um ímã, puxando para dentro de seu coração apodrecido e insolúvel quem para diante de seu mistério. Enquanto houver acordo com o transe, o cordão umbilical não é rompido. Experimenta-se por um segundo o gosto da morte ainda dentro da placenta do instante. Quanto mais o corpo se envolve no terror da árvore, menos escura ela fica. O espelho continua escuro, os reflexos se nutrem de sua autofagia, no entanto, ao redor o tronco vai ganhando um tom luminoso de branco, um estrato leitoso cujas estrias são as responsáveis por demarcar a dimensão das cores, a profundidade dos laivos, cada vez mais azuis e cinzentos como cadáveres. Se o corpo recua um passo, um único passo, o feitiço se quebra e a árvore inteira se escurece num imaculado humor de rocha. Tentar encontrar o mesmo espelho também é um erro: ele nunca mais vai estar lá. A árvore é a mesma árvore de sempre. As cascas e os laivos, os mesmos de sempre. Só o lustre de madeira, virado para baixo, mantém sua dança, revelando em mil partes desiguais e assimétricas a luz que vem de fora do feitiço, que vem de trás da existência readquirida.

...

Acordei num banco do parque me sentindo tonto e perdido. Depois que a luz perolada das nuvens quase me cegou, percebi que uma mulher dava ligeiros e cautelosos tapas no meu rosto enquanto um homem me encarava visivelmente aliviado, como se eu tivesse acordado de um longo período em coma. Levantei com muita dor de cabeça, o maxilar dolorido, os ossos gelados como se mergulhados na minha rala vontade de viver, e tremendo de frio deixei o parque sem olhar para os lados, sem me despedir dos dois ou agradecer por qualquer coisa que eles tivessem feito. No apartamento, sozinho e chorando, soluçando vez ou outra e me sentindo deslocado no próprio espaço que a vida me reservara, tomando chá sentado no chão ao lado da cama, sem vontade de olhar para ela, para o mundo, sem saber como eu respirava e como eu ainda conseguia efetuar um simples ato como engolir cada gole quente, eu fui lembrando de tudo. De como cheguei ao parque, da dor que eu sentia no peito, da atração que senti pela árvore, uma atração poética, monstruosa, algo que me levou a encarar seu tronco e a estranheza do "espelho" como se nada mais existisse no mundo. A verdade, meu lindo, é que por alguns segundos pude sentir qualquer coisa que não fosse dor. Se eu fosse enterrado vivo naquele momento, seria menos dolorido; a terra nos meus olhos e dentro da minha boca teria a maciez de uma voz materna cantando uma cantiga de ninar nos meus ouvidos já cheios de vermes. No entanto, eu apenas me entreguei ao feitiço daquela árvore, às trevas que dela se desprendiam e me abraçavam como anjos da morte, cujos braços firmes me apertavam com o desespero de um abandono e com o desejo pernicioso de um leve e sedutor sufocamento, um sino repicando a hora sacra das costelas e da medula finalmente estilhaçadas. Eu queria morrer assim, naturalmente, mas foi apenas um sonho, um sonho acordado. Pensando melhor, já nem sei se hoje eu saí do apartamento, se o parque foi um sonho, se a árvore fez parte dele, se por algum minuto eu tive forças para deixar esse canto do quarto, abrir a porta e sentir com angústia que o mundo lá fora continua existindo, com ou sem a minha presença. Talvez tudo não tenha passado de um sonho ruim, de um pesadelo impressionista, talvez as pessoas que me ajudaram não existam ou sejam estranhos que vi em cafés, em filas, em museus ou mesmo nas escadarias do prédio. Ao mesmo tempo, a dor de cabeça que pulsa como um segundo coração torna o sonho real, palpável: quando desmaiei diante da árvore, bati a cabeça numa de suas grossas raízes e então me transformei na escuridão que antes eu olhava com tanta fome, que antes eu queria tanto tocar, para extrair dela a carne de um milagre, o sumo do meu grito contido, o feto pegajoso do meu silêncio que eu então criaria como um filho natimorto.

...

Meu amor, se Deus existe, Ele só pode ser uma extensão perversa da natureza a qual não se deve reverenciar; Sua palavra sagrada é apenas um engodo ou um feitiço, uma linguagem maliciosa que oculta, com a calda brilhante do amor, os mais cruéis planos. Somos todos bonecos de vodu nas mãos de Deus, e em nosso miolo de pano, em nossos rins e intestinos de algodão, em nossa pele de feltro e olhos de madrepérola, no coração carcomido como a renda mais frágil e podre, são espetados os pregos enferrujados de Sua maldade, do grande prazer pelo poder, pelo controle absoluto. A maldição dos dias apenas começou, o grande silêncio dos vãos, que transborda e recobre todas as coisas com seus gemidos profanos, apenas começou; tudo será tomado por uma pesada ausência de sentido. Se Deus existe, foi Ele quem despedaçou seu corpo jogando o avião contra o Atlântico. Foi ele quem impiedosamente partiu em mil fragmentos de amor e luz seu belo corpo, arrancando de mim, como se arranca um coração com as mãos cheias de longas unhas metálicas e quentes, a razão e o único motivo da minha existência. Eu vejo Deus rindo, dando as mãos para o Diabo, lambendo as mil línguas de fogo do Diabo, transando com o Diabo para se tornar um só. Nunca existiu o bem, nunca existiu o mal, apenas o nosso olhar ingênuo, estúpido, sobre uma vida descaroçada. O caroço das nossas vidas, aquela pedra feia e raramente brilhante a que chamamos de esperança, que nos torna por algum tempo a imagem e semelhança do sarcasmo divino, é o câncer que alimenta a fome de um Deus obeso e nojento. Se Deus existe, ele é o maior estuprador da vida, e de todo estupro de Deus nasce uma morte, revela-se um avesso, floresce uma coisa já murcha e seca. Meu Ali, eu não sei como vou continuar vivendo. Sua morte trágica não me deixou nada, a não ser uns sentimentos tão pontiagudos e atraentes que me cortam profundamente de dentro para fora. Este sou eu, Tomas, sendo estuprado, sendo violentado, sendo comido e amaldiçoado pela vida, me tornando um nada e enxergando, entre lágrimas que queimam meus olhos e meu rosto, sob o calor da falta de respiração, a escuridão da árvore da morte. Meu Ali, eu não sei se depois dessas palavras haverá mais alguma coisa, nem sei mais se estou vivo. Um nódulo cresce na minha garganta, não me deixa engolir, não me deixa respirar, e meu coração já não parece estar no lugar de sempre. No lugar dele existe um buraco que suga toda a beleza da vida, que aos poucos se alimenta de mim mesmo, me mastiga com dentes cariados e vai me engolindo cada vez mais para dentro. Lentamente, do lado de fora, colocado num canto escuro longe dos olhinhos suados e doentios Dele, meu coração vai anoitecendo, congelando, se cristalizando, até finalmente se tornar a rocha velada do meu último adeus.

SEGUNDA PARTE
Noruega

1.

Uma paisagem muda, feita da pedra coruscante do silêncio. Era como se alguém tivesse congelado o tempo no Parque Vigeland. Lentamente, o inverno se dissolvia numa luz baça e anilada. As estátuas, presas numa dança macabra de observação ritualística, comunhão e assombro, estavam cobertas pelo brilho oleoso da chuva daquela tarde e fulguravam no meio das árvores escuras como totens de granito cobertos por laivos de um opaco verde-esmeralda. Sobre a fria superfície do silêncio do parque havia se formado uma pátina escorregadia: se alguém pronunciasse uma palavra em um tom de voz mais alto, o eco cairia duro no chão, desmaiado como um corpo, cristalizado e impenetrável, para em seguida se estilhaçar.

Passava das quatro horas e uma fina camada de gelo azulado cobria os gramados do parque. Alguns pontos de neve derretida haviam se transformado em manchas alcatroadas, outros em pequenos lagos, poças de espelho líquido refletindo tons de lilases e brancos, como se alguém pudesse mergulhar neles e desaparecer para sempre. O céu estava limpo e translúcido nos espaços sem árvores, mas onde Tomas havia se deitado, num banco de madeira sob milhares de galhos secos e escuros como ferros retorcidos, o céu era um prato rachado, maculado pelo tempo, embora permanecesse brilhante, e coado pela luz fraca do sol, que já se despedia, fustigado pela temperatura.

Meia dúzia de nuvens delgadas, sobrepostas umas sobre as outras em delicadas curvas, se desfaziam naquela direção. Tomas viu nelas meia dúzia de costelas perfazendo o último e necessário movimento de respiração da tarde.

Havia alguma coisa de oco e sublime em estar naquele parque àquela hora. Oco porque no sentido literal ele estava vazio, mesmo com as famosas estátuas de Vigeland, as árvores escuras como esculturas de pedra e a estranha pressão que não vinha dos dois graus Celsius, mas do ambiente quase mágico, e sublime exatamente pela magia que Tomas não conseguia perceber naquele momento. Seus grandes olhos verdes estavam fixos num hexágono de céu, formado por uma trama de galhos mais finos cujas extremidades pareciam apontar uma direção. Ele não piscava, com receio de chorar. Seu único movimento vinha do abdômen, subindo e descendo em inspiradas longas e expiradas curtas, como se estivesse cansado. O vapor que escapava de seus lábios desaparecia no ar com a mesma rapidez de um sopro dado sobre uma xícara quente de chá. Nem mesmo observando aquela fumacinha se desprendendo dele, Tomas conseguia pensar em uma bebida quente. A única coisa que poderia aquecê-lo outra vez era uma pessoa, e ela estava morta. Também era difícil, até inacreditável, pensar naquela morte, mas ele sabia que estava ali sozinho no parque para compreender com mais cuidado o que vinha sentindo.

Quando um ciclista passou com sua bicicleta branca por uma aleia sombreada de carvalhos, quebrando a neve e abrindo naquele espaço oco um botão de vida, Tomas, ainda entorpecido, finalmente piscou os olhos. A dor nas pálpebras vinha tanto do tempo sem piscar quanto dos últimos dias, chorando sem perceber, quase perdendo a visão para a acachapante quantidade de lágrimas que lhe afogava não só a realidade, mas a percepção dela.

Por mais que Tomas quisesse, e esse não era o caso, ele não conseguia arrancar do seu corpo, sobretudo descolar de suas retinas, a presença de Alister e a incredulidade a respeito de sua morte. Era 28 de fevereiro, o terceiro dia de um luto incomum e novo que ele não havia sentido nem com a mãe. Igualmente chocante e brutalmente inesperada, a morte de Sara se escondera dentro dele com um efeito catalisador: uma luz que se acendera para uma maturidade forçada. Talvez fosse muito novo naquela época para sentir com tanto coração, para compreender o que uma ausência implicava no caráter emocional, então o prático e racional tinham tomado conta, mesmo que de maneira inconsciente. A ausência de Alister era diferente porque ele não tinha chegado a ter uma presença em Oslo. Era como correr em direção a um abraço em câmera lenta e, perto do choque dos corpos, muito próximo do toque dos braços abertos, ver o outro se fragmentar num vazio enregelado e inexplicável, deixando a própria vida atônita. Num átimo, a existência regredia para um fator condicional e a finitude das coisas passava a ser uma imposição. A ausência de Alister era uma presença deslocada pelo meio, faltante, um soluço paralisado e agora preso num instante sem nome e sem descrição. Sem cor, sem forma, sem ter como chegar. Alister nunca chegara à Noruega, nem tinha voado sobre a Europa. Desde o dia 26 de fevereiro de 2019, data em que ele e Tomas se abraçariam no Gardermoen, o aeroporto de Oslo, os destroços do Boeing 777, encontrados como membros desossados no oceano Atlântico, vinham sendo a única programação dos canais de TV de todo o mundo e os protagonistas das fotografias dos maiores jornais. O avião, partido em dezenas de pedaços desconexos ainda visíveis, e o oceano, encobrindo 311 pessoas, entre passageiros e tripulantes, para sempre perdidas e trituradas pelo azul movediço, enchiam as fotos como um sinistro quebra-cabeça exposto em todas as bancas de revistas. O corpo de Alister agora era um mapa perdido na eternidade, sem linhas ou marcações, sem representações ou escalas com nomes de sentimentos, de desejos e de sonhos, espasmos de ansiedade e de humanidade, esparramados em pontos cardeais, inconsistentes e do avesso, como estrelas apagadas por uma enorme neblina escura.

   Diante daquele dia que também ia se perdendo aos poucos, como se puxado para dentro, pelo umbigo, ficando cada vez mais frio, mais azul, diante do parque que intimamente sucumbia à noite, revelando-se uma única massa escura de silêncio, Tomas conteve um soluço. A dor na garganta veio seguida por uma inesperada vontade de vomitar. Um caldo quente lhe subiu à boca e quase o sufocou, mas ele o engoliu. Era o caldo das coisas não ditas, de tudo o que estava preso desde a terça-feira.

Um corvo crocitou na árvore sobre o banco em que ele estava deitado, fazendo com que seus olhos mudassem de direção. Tomas viu o corpo escuro da ave entre os galhos. Quando seu bico se abria contra o céu de damasco, o som borbulhava no ar gelado como o choro distorcido de um bebê rouco. Era o único som do parque. Mas se ele realmente prestasse atenção, ainda seria possível ouvir o vai e vem dos carros na extensa Kirkeveien e alguns poucos deslizando lentamente na Monolitveien, com seus faróis já acesos e iluminando parte da área verde de Hundejordet. Mesmo que as árvores estivessem estufadas de folhas, como alguns meses atrás durante o outono, nada se moveria porque o vento que trouxera a chuva durante o dia havia levado as nuvens e ido embora com elas.

O ar estava parado como o coração de Alister.

Talvez por efeito da boca ainda amarga e quente pelo quase vômito, talvez porque suas costas já doessem e os três casacos já tivessem esfriado, Tomas sentou-se num impulso. O parque inteiro girou, ondulou; sentiu-se levemente tonto, não comia desde o café da manhã. A luz ficou difusa por alguns segundos, mas logo as sombras passaram a fazer sentido e as estátuas voltaram para os seus lugares, como se cansadas de esperar pela atenção dele. Sentado, o gosto metálico sobre a língua tinha a tepidez de sua vontade. Porque não era saudade exatamente o que sentia. Depois de quase três horas deitado naquele banco, Tomas percebeu que a vontade, o desejo de ter Alister perto era maior. A saudade tinha passado no instante em que Alister enviara uma mensagem do aeroporto de Guarulhos, porque a certeza de vê-lo em pouco mais de 24 horas havia dominado seu espírito. A saudade dilacerante tinha sido substituída por uma paz quase aveludada, mas no meio disso alguém havia feito um corte no veludo, abrindo um buraco na possibilidade do encontro. Tomas queria envolver os braços de Alister, apertar suas costas como sempre fazia quando se abraçavam com muita força, sentir o calor do seu pescoço, o cheiro da sua boca, pousar na concha do seu ombro a cabeça e sentir seus lábios lhe beijando a testa num gesto natural e carinhoso.

Naquele momento, estremecendo diante da cristalização de uma nova realidade brutal, ele se abraçou. Viu, como dois reflexos simbólicos de fantasmas sorridentes e etéreos, ele e Alister correndo pelo parque de mãos dadas, seu pescoço e seus olhos seguindo a direção do que eles jamais fariam. Eles não atravessariam o estacionamento logo na entrada, com o olhar ansioso e curioso de Alister sobre a estreita elevação que dava no parque. Eles não comentariam a placa torta de ferro onde um mapa, encimado pelas palavras sobrepostas FROGNERPARKEN e VIGELANDSPARKEN, indicava os principais pontos do lugar, com seu café e seus bosques. Eles não passariam pelo caminho formado pelos carvalhos nem apontariam para a forma simétrica das árvores. Eles não brincariam com os genitais das estátuas, Tomas não comentaria do medo que sentia dos bebês carregados pelos homens, nem Alister se demoraria diante de cada obra, fascinado pelos detalhes e assombrado pela dupla de meninos observando alguma coisa no céu. Eles não comentariam os troncos largos das estátuas, as coxas grossas, a postura de algumas, a felicidade de outras, nem os meninos visivelmente felizes, de braços erguidos e olhos vazios, com as bocas abertas diante de uma surpresa muda. Eles não ririam juntos das imitações de Alister de algumas daquelas figuras. Eles não andariam como dois rapazes embriagados de alegria e amor, atravessando a ponte e apontando para Sinnataggen, a estátua de um pequeno menino com expressão raivosa. Eles não chegariam até a monumental fonte de bronze, com seus grupos de árvores e homens representando a vida do nascimento à morte, no centro de um extenso mosaico de granitos brancos e negros. Eles não subiriam as escadarias nem demorariam quase uma hora diante do incrível monolito de granito, uma estranha torre formada por 121 corpos empilhados, antes de finalmente chegarem à última escultura de corpos intitulada "Roda da vida". Tomas e Alister nunca mais veriam juntos as mesmas coisas.

Com dificuldade, Tomas se ergueu e andou lentamente até a fonte. Os pequenos esqueletos na parte inferior, como caroços de bebês presos em molduras que aludiam a caixões, pareciam gritar de dor. As lágrimas se romperam de seus olhos sem que ele esperasse, mas não se atreveu a limpar o rosto. Deixou que desaguassem, que a represa outra vez fosse aberta, que seu rosto queimasse de ódio e de amor, de incompreensão e de vazio. Como se o Parque Vigeland fosse um imenso palco, ele viu o fantasma de Alister sob uma luz fria e esverdeada como as manchas que cobriam as estátuas. Viu seu sorriso, seu braço erguido, o dedo indicador apontando cada centímetro, deslumbrado com a arte daquele lugar. Ele, que não se importava com obras de arte, mas que ficaria fascinado simplesmente por estar na presença daquele que mais amava. O amor desconstruía uma pessoa sem que ela percebesse, e o outro a reconstruía. Tomas viu Alister deslizar em volta da fonte, envolto pela mesma luz, como se flutuasse sobre o mosaico. Os cabelos se movendo como se estivessem mergulhados, os braços meio flexionados, os olhos com sua luz vibrátil, o sorriso de liberdade. Ele só queria conter aquele sorriso, guardá-lo dentro de si para sempre. Mas era difícil.

A luz foi morrendo lentamente, e, com ela, a figura fantasmática de Alister. Não sobrou nenhum movimento, nenhuma dança, nenhum sorriso. O corvo, oculto em sua maldição noturna, também havia silenciado. Tomas finalmente limpou os olhos, ardidos e doloridos, e respirou tão profundamente que sentiu o nariz congelar e o peito doer. Uma nova sensação de frio se apoderou dele, entrou por debaixo da sua roupa e se instalou ali, entre a pele e o tecido, tentando chegar como que de forma insidiosa ao sangue e ao coração. O espetáculo que ele tinha acabado de assistir havia chegado ao fim e as cortinas do céu estavam baixadas. Ninguém aplaudiu. A noite caiu como uma mortalha sobre o parque enquanto Tomas contemplava, com uma inveja lânguida, o impávido sono das estátuas.

2.

Tomas se refrescava debaixo de um jato de água fria. Há três dias vinha repetindo o ritual: ligava o chuveiro, molhava os cabelos, apoiava as mãos e a testa na parede e assim ficava por quase dez minutos, pensando, respirando fundo, enquanto a água descia pelo seu corpo como um placebo. Da mesma forma que achava não ter forças para esfregar o sabonete pelo corpo, enxaguar-se e em seguida secar-se, também não tinha forças naquele fim de tarde para ir de trem até Gardermoen, o aeroporto de Oslo que ficava a quase cinquenta quilômetros. Assim, com um gosto amargo na boca encobrindo uma vontade premente de gritar ao telefone que tudo o que menos precisava naquele momento era de visita, ele apenas resistiu ao pedido do pai de buscá-los, argumentando que a tia tinha experiências com viagens e aeroportos internacionais, por isso saberia facilmente como recolher as malas e onde encontrar as máquinas que vendiam os bilhetes para o trem que os levaria diretamente à Oslo Sentralstasjon, ou Oslo S, a principal estação de trem da cidade. O pesadelo que estava vivendo tinha inflamado: não bastava a morte de Alister, agora teria de forçar as boas-vindas para Orlando, Muriel e Magnólia, que não via desde 2015. Sentiu-se subitamente enjoado. Enjoado diante da máscara que teria de usar sem a certeza de que ela caberia no seu rosto, sem saber quanto tempo ela duraria, se cairia logo no primeiro abraço condolente, cheio de uma comiseração que ele detestava. Se a autopiedade era suportável porque se ocultava em certas ações sem que ele percebesse, a piedade dos outros seria sempre abominável. Além disso, não achava correto compartilhar aquela morte com ninguém, compartilhar sua dor e ver nos olhos dos outros a ditadura do luto. Tomas estava certo de que ninguém merecia sentir aquela perda, só ele.

Quando saiu do banheiro, não foi a mesma falta de força que o fez desistir de puxar a toalha, mas a preguiça. Jogou-se de costas na cama, nu, os braços abertos. Queria ficar assim para sempre. As gotas de água do seu corpo formaram uma mancha no lençol cinza, desenhando um contorno que lembrava a demarcação de giz de um crime.

Era bem verdade que a estação não ficava longe, talvez a menos de dois quilômetros, mas ele podia antecipar os olhos tristes do pai, sustentados por um sorriso frio, caso tivesse se recusado a ir encontrá-los. Agora ele podia ver também a postura encurvada de Orlando e um abraço desnecessariamente forte demais. Muriel encolheria os ombros diante do irmão, ficaria sem graça, talvez nem o abraçasse direito, e morderia o lábio inferior como sempre fazia quando não sabia o que falar nem como agir. Sua tia Magnólia talvez fosse mais prática, menos falsa. Mais direta. Tomas sabia que eles tinham uma conexão diferente, uma relação que compreendiam mutuamente sem precisar das palavras, e com certeza tinha sido um gesto especial da parte dela atravessar o Atlântico para apoiá-lo. Vinda do pai e da irmã, a decisão de fazer aquela viagem parecia comum, diplomática, mas o esforço da tia não; era ousado, diferente. Importante.

Ao mesmo tempo, embora Tomas tivesse aceitado aquela encomenda inesperada, nada o impedia de devolvê-la e, em último caso, de mudar ele mesmo de endereço.

Com dificuldade, ele se levantou e se vestiu lentamente. Se a família não viesse, se Alister não tivesse morrido, tudo seria tão diferente. Tomas não percebia que logo depois do acidente e da falsa aceitação daquela nova realidade, sua mente não parava de criar cenários impossíveis e um universo paralelo quase palpável de tão real. Às vezes ele se flagrava sorrindo diante de uma cena criada com exímios detalhes, cores, brilhos, sons e até aromas. Ele e Alister andando por Oslo, namorando naquela cama, indo a um museu ou simplesmente sentados num banco da Praça Eidsvolls, em frente ao palácio do parlamento norueguês. Era saboroso imaginar tudo isso, mas essa realidade paralela logo se dissolvia e ele sentia outra vez o gosto amargo que tinha de suportar. A ausência era amarga.

Embora não fosse propriamente ódio o que ele sentia enquanto terminava de abotoar seu casaco preto e de vestir as luvas de couro de cabra que tinha comprado em sua primeira semana em Oslo, Tomas não podia deixar de fazê-lo olhando para a cama, vendo Alister deitado com a cabeça apoiada nos braços erguidos na altura dos travesseiros, radiante com um sorriso debochado, dizendo *Vai ser bom ter todo mundo aqui, mas a gente não vai poder transar*. Ele faria uma expressão de menino comportado, Tomas reviraria os olhos e os dois deixariam o prédio com a certeza de que suas vidas estavam praticamente acabadas diante de um período insuportável de abstinência. No entanto, se Alister estivesse vivo ali com ele, ninguém os visitaria, a não ser Tadeu e Gunnar. A realidade outra vez sofreu uma dobra um tanto brusca, seccionada em outros dois cenários: no primeiro, os quatro sairiam frequentemente para bares e restaurantes, convivendo com outros casais gays e fazendo novas amizades; no segundo, ele e Alister se afastariam pouco a pouco de todos, inclusive da família, indo morar dali a alguns anos numa cidade menor, cosmopolita, rodeada de cachoeiras e fiordes, morangos e mirtilos, estações de esqui e cafés aquecidos, cujo nome seria impronunciável; fugiriam das obrigações impostas pela consanguinidade e dos próprios sonhos da adolescência, tornando-se novos homens diante de novos destinos. Todo esse encanto criado no "e se" era tão atraente quanto a própria liberdade que a morte trazia. Ou seja, a atração era aquela não vida, era uma espécie de morte, era o que ele nunca mais teria.

Tomas olhou entediado para um colchão de casal espremido debaixo da cama. Tadeu e Gunnar haviam trazido a peça naquela manhã para que dois deles dormissem ali. De repente, percebeu a visita como uma invasão não só de privacidade, mas uma invasão em sua nova identidade. Mesmo que estivesse na Noruega há apenas um mês, receber a família era ter a sua nova vida cutucada, quase *violada*. Se fossem as pessoas erradas, talvez falassem do lugar, olhassem torto para aquele apartamento pequeno, o que não seria o caso, ele refletiu. Ainda assim, era difícil olhar para o quarto e imaginar que logo seu pai estaria roncando num canto e que sua tia estaria insatisfeita com algumas coisas, enquanto sua irmã apresentaria um olhar de fascínio e interesse por essas mesmas coisas. A realidade que a morte de Alister havia desenhado era tão detestável e tão indesejada que, por alguns incontáveis minutos durante aquela manhã, Tomas pensou no poder da morte. Em como as coisas, as pessoas, as circunstâncias e os lugares eram tocados pela morte. Por exemplo: a casa de praia estaria vazia, Herbert estaria sozinho, os poucos amigos de Muriel sentiriam sua falta e ela teria fotografias novas que não imaginaria reunir tão cedo. Pessoas no trem até a estação se sentariam em outros lugares por causa dos três, Oslo ganharia mais dinheiro com aqueles novos bilhetes e com os vinhos que Magnólia compraria (talvez ela optasse pela água de torneira quando soubesse que uma taça do rosé chileno mais barato custava aviltantes trinta reais num lugar "menos chique", como o Hard Rock Cafe da Karl Johans).

A morte mudava tudo – quando as pessoas se importavam com ela, é verdade, ou quando se importavam com quem ficava e faziam aquele tipo de sacrifício desnecessário. Estranhamente, ele não se sentia feliz com a visita, mas roubado. Os três acabariam roubando seu luto, roubando um tempo que seria dedicado a Alister. Roubando Alister dele, pouco a pouco, como que o envolvendo numa densa neblina de felicidade, de apaziguamento, até que Tomas não pudesse mais enxergá-lo da mesma forma. Mas ele não permitiria. Talvez uma postura mais defensiva os afugentasse de volta para o Brasil, mas isso teria consequências profundas, quem sabe irreparáveis. Não estava sendo ingrato, afinal não tinha pedido aquele apoio. Ele odiava ser confortado. No mesmo dia da morte de Alister, Tadeu foi visitá-lo (sem Gunnar), e Tomas achou que ele choraria mais pelo sobrinho do que teria forças para dizer as palavras certas. Nada veio direito: nem as palavras, nem o conforto, até o abraço tinha sido forte demais, desajeitado, embora sinceramente caloroso e preocupado. Tadeu foi embora diante do silêncio sorumbático de Tomas e só voltou naquela manhã, quieto e de olhos arregalados, para trazer o colchão. Gunnar permaneceu em silêncio o tempo todo, tentando transmitir com o olhar o seu apoio. Por alguns segundos, ele se sentiu mais confortável com aquele olhar, com aquela distância respeitosa. Era disso que precisava, era isso que esperava de todos.

 Olhar no espelho antes de sair não havia sido uma boa ideia. Seus olhos estavam vermelhos demais, os cabelos ainda úmidos caídos de uma forma dramática sobre a testa e sobre as orelhas, piorando sua expressão. Ele esfregou a toalha na cabeça com força e, já de luvas, arrumou os cabelos. Deixou o apartamento com a energia gasta de um derrotado, percebendo pela primeira vez desde o terrível dia 26 que ele faria apenas uma parte do caminho que teria feito para buscar Alister. Passaria pelas mesmas ruas, atravessaria os mesmos parques não para encontrar sua razão, seu maior motivo, mas sim aqueles que o trariam de volta em conversas forçadas, diminuindo cada vez mais o vazio que ele queria ter para preencher com as coisas certas, os pensamentos certos, a presença certa.

 Aquela noite estava mais fria do que as últimas. Os passos de Tomas crocitavam como o corvo do Parque Vigeland, reverberando pelas ruas quase desertas uma sombria música de solidão. Uma densa massa de nuvens cor de cobalto se camuflava na noite. Tomas viu casais de mãos dadas, usando luvas como as dele, com gorros na cabeça, botas com pele de carneiro e casacos acolchoados. Pela primeira vez imaginou se os três sentiriam frio.

Magnólia estava acostumada, a irmã talvez fosse indiferente. Já o pai reclamaria até a volta para o Brasil, e talvez nenhum deles tivesse trazido as roupas certas. O inverno estava no fim, mas os montículos de neve ainda se acumulavam, o frio rachava a pele e a escuridão das ruas cristalizava a melancolia daquele fim de domingo antes que fosse possível esboçar um sorriso.

Os quatro não se encontraram exatamente dentro da estação, como Tomas já tinha previsto. Orlando, Muriel e Magnólia saíram por uma passarela de aço que dava numa rua com alguns táxis. Os taxistas noruegueses olharam com interesse e, logo depois de avistá-los, Tomas foi parado por um homem bêbado pedindo informação. Sem saber como reagir, ele apenas se desculpou e apertou o passo.

Mesmo na escuridão, iluminados apenas pela luz de um poste, os três estavam radiantes. Tinham sorrisos temerosos, do tipo que esconde atrás dos dentes os maiores receios sobre aquele reencontro. Orlando foi o primeiro a abraçar Tomas, soltando a mala que vinha carregando de forma exagerada e apertando seu pescoço com força. O pai respirava fundo em sua orelha e parecia prestes a chorar, mas isso não passou de uma impressão. Muriel foi estranhamente maternal: primeiro colocou a mão em seu rosto, sentiu uns poucos pelos faciais do irmão e em seguida o puxou para si, abraçando-o por menos tempo. Magnólia tinha os olhos brilhantes, luzindo na escuridão como duas pequenas lunetas apontadas para um incêndio distante, e parecia a pessoa menos tranquila do grupo. Seu abraço foi rápido, mas verdadeiro, e ele a ajudou com as malas. As poucas palavras que trocaram ainda na calçada foram triviais, como desconhecidos ainda tímidos e assustados com o frio norueguês. Dividindo dois táxis por causa das malas, eles foram em silêncio até o apartamento.

3.

[do diário de Magnólia]
03.03.19

Antes de começar meu relato, preciso registrar que a intenção de escrever um diário não surgiu apenas dessa viagem. Pensando melhor, talvez eu não devesse justificar nada, afinal isso não é direcionado a ninguém e espero que a privacidade e o respeito continuem deixando este caderno longe de olhos curiosos. Estou em Oslo, na Noruega, e embora eu tenha demorado muito para dar início ao diário, a viagem foi, em última análise, o estímulo que eu precisava. Gosto da minha caligrafia, que Herbert chamou uma vez de "ruidosa", o que concluí como uma provocação sobre a minha falta de capricho. Mas, sobretudo em uma peça íntima como um diário, nenhuma caligrafia precisa ser laureada por sua perfeição, desde que o dono entenda o que escreveu. No meu caso, eu entendo. Isso basta. Não sei se foi uma boa ideia citar H. logo agora, mas ele está em mim de uma forma ou de outra. É estranho escrever para mim, quando não tenho certeza se um dia vou ter coragem de abrir este caderno e ler tudo. De qualquer forma, escrever o que estou pensando e o que estou vivendo vai me trazer a prática de que preciso se algum dia eu for mesmo publicar um livro.

Chegamos há pouco no apartamento emprestado por Tadeu e o marido. Tomas não sorriu uma única vez, mas forçou um pouco *de interesse pela nossa viagem e sobre o que fizemos durante a escala em Zurique. Eu teria ficado por lá, teria me mudado para lá, mas o plano era outro e Orlando, mais do que Muriel e eu juntas, sempre esteve certo dele. É bom estar aqui, coisa que não sinto por um lugar há muito tempo. Como eu me sinto: excitada, interessada, curiosa. Mas ao mesmo tempo: apavorada, sozinha e suscetível como uma criança abandonada numa floresta cheia de lobos. Orlando e Muriel são lobos bons, e Tomas não faz parte desse cenário. Ele é muito parecido comigo e às vezes temo pela sua saúde, penso se pode vir a ser mais um* borderline *na família. A única herança bonita deixada por Sara foram os olhos verdes. Às vezes estremeço diante do olhar dele. Tomas tem aquele tipo de beleza misteriosa que fascina e assusta. Não queria admitir, mas diários servem para isso: Tomas tem o olhar angelical do tipo de garoto que pode cometer um massacre numa universidade. É claro que eu não fico pensando nisso, mas é estranhamente atraente esse terror disfarçado que seus olhos evocam.*

Escrevo de uma mesa redonda em frente a uma janela. O apartamento é pequeno, menos de quarenta metros quadrados, pelo que Tadeu disse por telefone. Mas vai nos acomodar bem por não sei quanto tempo. Orlando está tomando banho, enquanto Tomas e Muriel estão no quarto, ouvindo música num colchão no chão. Parece que todos estão fingindo. Ou estamos todos cansados, eu não sei. Relutei para escrever ainda hoje, queria começar isso contando de um passeio pela cidade, falando de coisas mais interessantes, dos lugares que conhecemos, mas tive um impulso muito forte de escrever. E estava sozinha. Como continuo sozinha. O banho de O. foi uma boa oportunidade para eu ficar comigo e me preparar emocionalmente para o que pode ser uma explosão de sentimentos e um teste de paciência pelos próximos dias. Queria tomar uma taça cheia de Pinot noir. Ou três taças. Uma garrafa. Pelo menos não teria H. para me criticar. Os meninos estão bem quietos desde a nossa chegada, nem parecem irmãos. Na verdade, a única coisa que parece estar morta é o ânimo de todos. Mas não posso ser muito crítica, eu também estou cansada da viagem, da escala, mas principalmente cansada de pensar. Meu maior desejo agora era que alguém pensasse por mim, que me guiasse com cordéis como uma marionete.

O táxi até aqui foi muito caro, então não quero imaginar como serão os preços dos vinhos, embora uma coisa não tenha a ver com a outra. Ainda assim, não deve existir nenhum lugar no mundo onde o preço de uma corrida e o de uma garrafa de Sauvignon blanc sejam diametralmente opostos. Nunca estive na Noruega antes, mas já imaginava que Oslo fosse uma cidade cara. "É uma verdade universalmente reconhecida", como diria a chata da Austen. Desde que chegamos, tenho sentido uma ponderação maior dos meus atos, uma medida mais cautelosa. Tenho certeza que parte disso vem do meu prazer pelo frio. Fugir do calor brasileiro, dos seus suores e constantes dissabores políticos exibidos na televisão e nos jornais como chamadas de uma novela dramática é como deixar o inferno. Se for como dizem, e eu não acredito nisso: literalmente. Faz tanto frio aqui que pensei ter visto um arrependimento latente na expressão do meu irmão. Ele detesta frio, mas é claro que não vai dizer isso ao Tomas. Bem, talvez diga quando tudo ficar insuportável. Eu, por outro lado, viveria feliz com essa temperatura, reclamaria menos da vida. Não sinto esse frio desde a última viagem que fiz à Europa. Não vimos nada de Oslo, nem da Noruega, mas só por isso já quero morar aqui, como uma louca desesperada.

(Confesso que é interessante, até divertido, ficar observando as expressões das pessoas e depois descrevê-las aqui. Farei isso mais vezes, então talvez eu me liberte de uma antiga culpa em julgá-las com tanta frequência e passe a ver essa atitude sob a luz mais transigente da manifestação artística.)

Mesmo tendo experimentado pouco essa história do diário, já me arrependo profundamente por não ter feito isso antes, não ter começado mais cedo essa prática. Todas as vezes foram fracassadas, mas seria legal me ver mais nova, ler o que a Magnólia de trinta e poucos anos escreveu sobre as ruas de Montpellier, as gelaterias de Roma, os cafés de Paris, as vinícolas de Santiago, as montanhas rochosas de Wairarapa, os campos de Rioja ou as cidadezinhas floridas de Baden-Baden. Não faço a menor ideia de como me lembrei de todos esses lugares de repente, mas com certeza eu deveria ter registrado impressões sobre cada um deles. Só não o fiz porque sou uma imbecil durante as viagens. O tipo de viajante que só dá valor ao lugar e tenta gravá-lo na memória quando está longe dele. Minhas depressões pós-viagem vêm claramente disso, não da saudade do lugar visitado. Gostaria de ter uma memória melhor, seletiva, o tipo de memória que resgata o que foi bom, o que foi fácil, ao invés do que me desmoraliza e me destrói diante do presente.

Pensei que comeríamos bem ao chegarmos, porque não eram nem sete horas da noite, mas estavam todos tão mortos que passamos numa pizzaria e compramos duas pizzas. Não sei se foi por minha causa ou porque Tomas tem evitado carne, mas as duas pizzas eram vegetarianas. Muriel evitou fazer cara feia, ainda assim percebi seu desconforto – e, mais do isso, um desamparo porque ninguém reclamou como ela teria gostado. Eu queria ter passado em algum lugar para comprar uma garrafa de vinho tinto, mas os locais especializados onde as bebidas são vendidas já estavam fechados. O monopólio do vinho fecha cedo aos domingos, Tomas me explicou. Comemos as pizzas margherita sem nada para beber e cada um foi revezando o banheiro.

Orlando acabou de sair do banheiro com os cabelos molhados. Perguntou o que eu estava fazendo e tive vontade de responder: um bolo de cenoura. Os meninos respeitaram esse meu isolamento para escrever. Meu irmão não. Meu irmão tem essa mania detestável de se meter onde não é chamado. Tive de puxar o diário para o colo, com medo de que ele lesse algum nome, alguma palavra, qualquer coisa. Vou ser obrigada a me acostumar com olhares alheios enquanto escrevo. É cansativo querer escrever tanto, expressar tantas coisas que ficaram caladas durante tanto tempo, e ainda vigiar o mundo ao redor, os olhos, as insinuações. As acusações. Não sei se é pela falta de sono, mas O. está com os olhos vermelhos, o que dá a ele um ar de ataque, de revolta, que me assusta um *pouco. Pensei que ele fosse se aproximar para arrancar o caderno das minhas mãos, mas foi direto para o quarto, onde as vozes de Tomas e Muriel tornam-se cada vez mais altas. Se estiverem brigando, vai ser a primeira grande aventura da noite e eu mal posso esperar para embarcar nela. Acho que estão todos estressados de sono. Bem, eu também estou com sono, e minhas percepções estão todas embaçadas pelo cansaço. Difícil é entender como consegui escrever tantas páginas até agora. Quando adolescente, eu desejava escrever muito nos cadernos de escola só para ganhar novos cadernos. Mas a preguiça sempre me venceu, quando não era simplesmente a maldita tendinite.*

Acho que eu mataria por uma garrafa de vinho. Mas meu sono é maior.

4.

Como um pedaço de lixo descartável, Magnólia lançou dentro da caixa manchada de gordura uma ponta seca, mas ainda macia, da borda da pizza. Sentia-se como nos tempos de adolescente, da faculdade, comendo com as mãos, sujando as pontas dos dedos com o óleo do queijo ou com a fuligem de uma crosta mais tostada, como ela costumava gostar, sentada no chão com duas ou três amigas num quarto de alojamento. Teatralmente, Magnólia não deixou de pensar na degradação de uma vida em crise: brigada com um marido, num país estrangeiro, comendo pizza com a mão num apartamento emprestado. No fundo, sentia-se injusta pela ingratidão, pelo exagero, mas não estava de bom humor. Quando a voz de Elisa reverberou dentro dela, firme e doce, afirmando que ela estava ali porque tinha sido uma escolha interna, ainda que pressionada por fatores externos, desejou gritar um "cale a boca", mas conseguiu se conter diante do silêncio dos outros, entrecortado pela irritante sinfonia de mastigação, o assunto mais natural daquela noite. Além do mais, não precisava ser taxada de louca tão cedo, afinal eles tinham acabado de chegar.

Ninguém reparou naquele gesto um pouco mal-educado de atirar a borda de volta na caixa, como se desprezasse a humanidade, aquela viagem, aquela sala, mas sobretudo aquela pizza. Exceto Tomas. Embora ele tivesse mantido a cabeça baixa durante quase todo o jantar, lançando olhares desconfiados para os outros a cada mordida numa única fatia de pizza que demorou vinte minutos para ser comida, estava presente. Nenhum deles admitiria para si mesmo, mas Magnólia era a presença curiosa, a cor que destoava, como um parente desconhecido que participa de uma festa natalina pela primeira vez em trinta anos. A sala ficava pequena com quatro pessoas ali dentro, talvez por isso fosse mais fácil observar sem parecer invasivo. A sensação de sufocamento era ainda maior porque todos estavam desconfortáveis. De vez em quando Orlando contava uma anedota da viagem, da escala, da comida do avião, tentando fazer o filho rir, tirá-lo daquela nuvem de miasma na qual ele havia se colocado com tanta firmeza. De vez em quando Tomas respondia com um monossílabo, o rascunho de um sorriso, e narrava, com a disposição de um moribundo e sem dar muitos detalhes, o que tinha feito durante as últimas quatro semanas. Magnólia e Muriel se mantiveram frias e distantes uma da outra, mas pelo menos compartilhavam o desejo verdadeiro de ver Tomas bem, embora não através da falação desenfreada de Orlando, o que parecia irritar não só Tomas, mas a todos.

Depois de abrir a mala, Muriel foi a primeira a ir tomar banho, deixando os demais num desconforto ainda maior. A segunda pizza, praticamente intocada, foi colocada no forno, enquanto Tomas e Orlando arrumaram o colchão extra, esticando um lençol e ocupando quase o espaço inteiro do quarto.

– Não é melhor deixar o colchão na sala? – perguntou Magnólia, entrando no quarto com os braços cruzados, uma tolha pendendo no ombro.

– Vamos ficar todos juntos – disse Orlando, lançando um olhar crítico. – É melhor.

– Isso não é um acampamento. E tem espaço de sobra na sala.

Tomas olhou do pai para a tia. Se começassem a brigar por causa daquele colchão, dormiria no sofá da sala.

– Talvez não seja educado – insistiu Orlando. – Se o Tadeu chegar aqui e encontrar a sala transformada num quarto, vai pensar que estamos tomando o lugar. Não acho legal mudar tanto assim um ambiente que não é... nosso.

– Acho que ele não se importaria – disse Tomas. – Mas aqui está bom.

Por alguns segundos, decisivos segundos em que Magnólia poderia dizer mais alguma coisa ou ressaltar um inexistente problema na coluna para dormir na cama de casal, Orlando se viu dando de ombros e deixando o quarto batendo os calcanhares, soltando um sonoro e típico "vocês que sabem". Era o tipo de atitude que deixaria Magnólia eufórica para uma provável discussão, que daria a Tomas o primeiro argumento para sua insatisfação com a visita deles, mas que os colocaria sob outro clima de humores arranhados, depois daquele já formado pela morte de Alister.

Em seguida, foi a vez de Magnólia ocupar o banheiro, fugindo daquela atmosfera opressora do pequeno apartamento como se foge de uma visita, sentando no vaso sanitário até as pernas ficarem dormentes. Era difícil de acreditar que estava em Oslo. Pela primeira vez. E não numa circunstância de trabalho. Nem eram férias. Viajar para tão longe por causa de um luto era algo inédito – na vida de todos ali. Pensando com um pouco de rancor, mas sendo honesta consigo mesma enquanto massageava os cabelos sob a água quente, Magnólia não se via fazendo aquele percurso para o funeral da mãe ou do pai, por exemplo. Nem para visitar um amigo com mesotelioma. Ela estava ali porque queria fugir da realidade de um casamento oficialmente arruinado – ou quase. Tivera muita simpatia por Alister, gostara dele de verdade, mas Tomas era o escopo daquela tragédia, não era? A verdadeira tragédia era a dos que ficavam para suportar a dor de mais de trezentas mortes, não era? Quem estava morto não sentia nada, tinha chegado à redenção, como ela tentava chegar. E aquela viagem lhe conferia uma pequena parcela da ilusão de que estava livre, ainda que temporariamente.

Um pequeno interruptor com uma luzinha vermelha acesa ao lado da porta indicava que o piso estava sendo aquecido. Magnólia tocou a superfície lisa de madeira com os pés ainda descalços e sentiu o calor bem-vindo – um dos poucos momentos em que calor nos pés era bom. Uma onda de prazer tomou seu corpo, uma sensação única de bem-estar e segurança que só quem tinha pisos aquecidos compreendia. O banheiro estava morno e ela desejou continuar ali por mais tempo. As únicas vezes em que estivera sozinha durante toda a viagem foram em banheiros, de aeroportos e de aviões. Talvez todos estivessem dormindo ou a esperassem no quarto, divididos entre a cama e o colchão, coisa que ela detestava. Mas, por outro lado, tinha se resignado. A resistência a esses pequenos detalhes poderia destruir toda a sua própria fuga, cujo ponto começara a se estreitar no momento em que não respondera à primeira mensagem de Herbert no celular desde a escala em Zurique.

Como a mala de Magnólia ainda estava na sala e os meninos tinham ficado no quarto, ela se vestiu ali mesmo, no sofá, logo depois de Orlando ir tomar banho. Não estava quente como no banheiro (o aquecedor parecia não funcionar muito bem), mas era a única opção. Ela viu, através da porta semiaberta, Muriel e Tomas deitados no colchão com fones de ouvido nas orelhas e considerou uma invasão ficar com eles. Alguma coisa precisava ser dita ali, embora ela não quisesse ficar para escutar.

Nenhum dos dois escutava música, mas os fones impediam que alguém se aproximasse para conversar, inclusive um com o outro. Havia entre eles um entendimento de que aquilo não era apenas desnecessário, mas constrangedor. Tomas começava a desconfiar da efetividade daquela visita, da viagem cara e até da legitimidade das intenções de todos. Ele sabia que ainda era o primeiro dia, a primeira noite, não podia esperar uma mesa redonda sobre a sua intimidade, sobre a sua dor, tampouco desejava isso, mas parecia que fora de casa, além de uma familiaridade estrangeira, a divisão do espaço com aquelas pessoas também era estrangeira. Intimidade estrangeira. Um conceito estranho, difícil de assimilar, mas completamente palpável agora. A garota ao seu lado não parecia Muriel, mas uma amiga distante com quem Tomas não tinha muito contato. Dividir uma cama com ela parecia errado e desconfortável. Talvez, pior do que perder a própria identidade diante de uma morte, era sentir enfraquecida a raiz familiar, vê-la transformar-se num claro langor paliativo, irrecuperável e profundo, cuja única certeza era a independência.

Subitamente, Muriel esticou o braço e arrancou o fone da orelha esquerda de Tomas.

– Ei! O que houve?

Ela aproximou o fone da própria orelha e sorriu.

– Você não está ouvindo nada.

– Nem você – retrucou ele.

– Como você sabe?

– Você nunca fica parada quando ouve música.

Muriel pensou por alguns segundos.

– Desculpa, eu não sei porque estamos fazendo isso.

Tomas retirou o outro fone e Muriel tirou os dela. Os dois se apoiaram nos cotovelos e se ergueram um pouco no colchão, erguendo também os travesseiros e compartilhando um novo silêncio sem segredos, por isso pior.

– Ninguém perguntou como você está – disse Muriel.

– Por que você não perguntou?

– Eu não achei muito verdadeiro fazer isso hoje, tocar no assunto, sabe?

– A tia Mag perguntou – disse Tomas, com um tom de voz ligeiramente seco, quase a contragosto. – Perguntou no táxi, da mesma forma que eu perguntei como tinha sido a viagem.

– E...?

– E nós respondemos "bem". Foi só isso.

– É disso que eu estou falando – sussurrou Muriel, esticando o pescoço para ver onde a tia estava. – Não é um interesse verdadeiro. Eu não consigo. Esse tipo de acontecimento não se resolve fingindo para si mesmo.

– Eu não estava fingindo.
– E você está bem?
Tomas suspirou.
– Não. E você?
– Poderia estar melhor – disse Muriel, balançando os ombros.
– Todo mundo está mal – continuou Tomas, olhando fixamente para um ponto entre seus pés. – Ninguém está bem. Mas a gente responde que está porque é uma convenção, porque ninguém tem nada a ver com os nossos problemas, porque é mais fácil. Enfim, gostei da sua resposta, é mais verdadeira. Eu também poderia estar melhor.
– Você que conversar sobre isso?
– Não. Me fale de você, por que você poderia estar melhor.
Muriel mordeu o lábio inferior. Seguiu-se um longo suspiro, pesado e meditativo como o do irmão. Na verdade, ela também não sabia como estava se sentindo. E não achava justo ter aquele tipo de conversa com Tomas. Ele era inteligente, isso era inegável. Ele sabia (ou parecia saber) dividir os contextos e os problemas e as angústias da sua vida em partes iguais e bem-definidas, mas isoladas, para que conseguisse dar a atenção necessária a cada uma delas. No entanto, era errado, frio, antiético até, falar dos seus problemas tão pequenos e risíveis diante do luto que ele estava vivendo.
– Não é nada – mentiu ela, finalmente.
– Se eu ouvir os problemas de alguém, posso parar de pensar nos meus um pouco. Talvez seja por causa desse pensamento que algumas pessoas se tornam psicanalistas.
Os dois sorriram timidamente.
– Eu só estou tentando me acostumar ainda com essa viagem, com esse reencontro com a tia – explicou Muriel. – Você lembra como brigamos ano passado?
– O que aconteceu mesmo?
– Ela foi horrível e insinuou que o Herbert e eu estávamos tendo um caso.

Tomas riu. Foi uma risada tão espontânea que por algum tempo ele se sentiu culpado pelo breve momento de alegria genuína. Era bom, mas inapropriado.

– Não foi engraçado, Tom.

– Eu sei, é meio absurdo. Mas acho que está na hora de você esquecer isso. Aproveite a viagem para ficar bem com ela. A tia Mag não é tão ruim quanto parece, só um pouco nervosa.

– Nervosa? Ela é histérica. E tem me tratado com bastante indiferença desde que nos reencontramos na casa de praia.

– Ela também deve estar com problemas. Eu falei que ninguém está bem. Ninguém nunca está bem. E isso não é uma visão fatalista ou pessimista, é a verdade.

– Você fala isso porque ela te adora – rebateu Muriel. – Por que acha que ela está aqui?

Ele deu de ombros.

– Deve estar entediada – disse Tomas, mas no fundo não acreditava nisso. Mesmo com o coração tão dolorido, com a mente tão obscurecida pelos últimos dias, ele ainda podia enxergar algo de bom em algumas pouquíssimas coisas, e uma delas era a decisão da tia de ir vê-lo na Noruega.

– Você só sabe defendê-la. Tudo tem um motivo – disse Muriel, amarga.

Ela se soltou no colchão e foi deslizando até ficar na horizontal outra vez.

– Eu não estou defendendo ninguém, Muriel. Por que você e o pai vieram?

Muriel virou o pescoço num átimo, como se alguém tivesse gritado em sua orelha. Seus olhos ferviam de um ódio que Tomas não estava acostumado a ver.

– Desculpa, só responda pra você entender a minha...

– Como você tem coragem de perguntar isso?

– Só me responda! Você vai entender.

– Depois de tudo o que fizemos para estar aqui, Tom!

– Para de gritar! Você não entendeu a pergunta, responde logo!

Ela se ajeitou nos travesseiros e recolocou os fones nos ouvidos. Como Tomas esperava, ela não correu o dedo para o celular para ouvir música. Estava pensando.

– Viemos para ter certeza de que você ficaria bem. Para te dar apoio. Para...

Ela estava chorando, mas não era por isso que tinha silenciado. Alguma coisa estava presa, e Tomas percebeu. Alguma coisa que ela não podia falar.

– O quê? Fala!

– Não era para eu te contar isso, eu prometi para o pai – começou ela, soluçando. – Nós também viemos para ver se você não preferiria voltar conosco para o Brasil.

Tomas ficou em silêncio, mastigando as últimas palavras lentamente. *Voltar conosco para o Brasil.* Embora os subterrâneos da voz de Muriel denotassem um medo visível, um receio de que ele piorasse diante daquela revelação, ela se sentiu um pouco aliviada por compartilhar aquilo.

– Ah, me desculpe, Tom. O pai ia falar com você durante a semana, ele está cheio de receios, sabe? Não sabemos se é seguro você continuar aqui depois...

– Eu vou pensar nisso depois – respondeu ele, ríspido. – Mas eu só fiz essa pergunta porque a tia Mag também pode ter vindo pelos mesmos motivos. Só isso.

Tomas também recolocou os fones e selecionou uma música no celular no volume máximo. Muriel não insistiu, mas sentiu que alguma coisa tinha acabado de se quebrar e que o irmão ficaria ainda pior por sua causa.

Magnólia estava sentada no sofá com as pernas cruzadas em posição de lótus. Escrevia num pequeno caderno brochura de capa ocre. A velocidade que usava para escrever era assustadora, e o ângulo do braço, por ser canhota, estava estranhamente irregular se comparado ao corpo. Ao mesmo tempo, parecia calma. Um raro momento em que seu olhar cintilava uma grandeza e uma certeza de ser dona de si, dona do seu espaço, dona daquele instante. O diário sobre a coxa se tornaria algo comum. Tanto ela mesma quanto a sua coluna se acostumariam com a prática, que ainda não tinha se transformado num hábito.

Quando Orlando abriu a porta do banheiro, ela se sobressaltou e puxou o caderno, com medo de que ele lesse qualquer coisa. Ele ainda tinha os cabelos molhados e olhou com desconfiança para ela.

– O que você está fazendo?

– Escrevendo – respondeu Magnólia, e suspirou para deixar transparecer a sua pouca vontade de conversa.

Ele também perguntou alguma coisa sobre Muriel e Tomas, mas ela já não estava ouvindo, e quando ergueu novamente a cabeça do diário, Orlando não estava mais na sala.

5.

A suspeita e o receio de Orlando se confirmaram logo na manhã seguinte. Tadeu e Gunnar apareceram um pouco antes das nove horas da manhã, quando a luz do dia ainda tinha o palor azul de um lago congelado. Eles traziam pães, queijos, um bolo de frutas cristalizadas, uma sacola de pano da qual transbordava uma dezena de frutas, caixas de granola e garrafas de iogurte e de leite. Apenas Magnólia e Orlando estavam acordados, e foi com alívio, mas também com um olhar de acusação e vitória sobre a irmã, que ele viu a sala limpa de qualquer colchão, livre para que andassem ali sem maiores problemas. Provavelmente Tomas estava certo, Tadeu não se incomodaria com um colchão na sala, mas assim era melhor. Magnólia ficou fascinada com a quantidade de coisas que eles colocaram na mesa e Orlando pareceu ligeiramente constrangido – era o tipo de homem que apreciava a generosidade, mas que sentia-se meio indefeso, com o orgulho arranhado, diante de uma atitude que ele mesmo poderia ter tomado. O gesto de Tadeu e Gunnar não tinha sido por caridade (palavra que Orlando detestava), mas ainda assim ele se sentia envergonhado. Magnólia percebeu o constrangimento no rosto rosado do irmão e sentiu vontade de rir.

– Muito obrigada – agradeceu ela, sentando-se diante do bolo e rasgando um pedaço sem nem esperar a faca trazida pelo irmão. – Vocês não se importam, não é? Estou faminta.

Orlando enrubesceu ainda mais, segurando a faca no ar como se tivesse levado um choque.
— Vocês não jantaram ontem? — perguntou Tadeu.
— Pizza — respondeu ela. — Tem uma inteira no forno, se vocês quiserem.

Era muito cedo para comer pizza requentada, mas Magnólia sentiu-se obrigada a ser igualmente prestativa. Orlando ficou com vontade de acompanhá-la, mas decidiu esperar os filhos acordarem. De qualquer forma, parte do seu orgulho e da sua vergonha só o deixaria comer depois que os dois fossem embora.

Tadeu e Gunnar recusaram a pizza, mas sentaram-se à mesa, beliscando pedacinhos do bolo. Tadeu parecia bastante curioso, quase eufórico, para uma conversa longa sobre a viagem, mas percebeu no olhar dos irmãos uma distância respeitosa. Gunnar já entendia o básico do português e não deixou que silenciassem por muito mais tempo:

— Focês pode falar da fiage de focês? Como foi tuto?

Magnólia sentiu carinho por aquele sotaque. Era visível o esforço de Gunnar para falar corretamente. Ele tinha os olhos incrivelmente arregalados e claros, olhava para eles como uma criança deslumbrada com a engenharia de um novo brinquedo. Ela sabia que na língua norueguesa os verbos não eram conjugados, portanto deveria ser um pesadelo tentar conjugá-los no português. O sotaque dele era quase o de um americano fluente, com vogais fechadas e o som do D lembrando sempre um T apertado.

— Tudo tranquilo — disse Orlando, sentando-se finalmente, ainda sem tocar na comida.

— Mentiroso — retrucou Magnólia. — Ele passou a maior parte do voo com medo.

Orlando suspirou. O que mais o irritava não era o fato de Magnólia contradizê-lo daquela forma, servindo-se agora de um pãozinho preto e ameaçando levantar-se para buscar canecas e pratos. O que mais o irritava era que ela estava certa. Por outro lado, era até louvável sua decisão de contar a verdade sem que

Tomas ouvisse. Não queria que o filho soubesse o quanto tinha sofrido com as turbulências quando sobrevoaram o mesmo ponto do oceano onde o Boeing com Alister havia mergulhado.

– Tivemos algumas turbulências – disse Orlando, com um sorriso amarelo.

– Algumas? Muitas! Acho que foi um dos piores voos da minha vida.

– Eu imagino a tensão de vocês – disse Tadeu.

– De todos – continuou Magnólia. – Os passageiros ficavam olhando uns para os outros, imaginando um novo acidente. Você deve imaginar como é horrível viajar de avião depois do que aconteceu.

Tadeu e Gunnar apenas concordaram com a cabeça.

– Elisa diria que foi o medo das pessoas que causou as turbulências – alfinetou Orlando.

Magnólia não ficou muito feliz com a menção à irmã, mas ele tinha razão. Se Elisa estivesse mesmo certa (o que parecia impensável), o medo mundial de andar de avião deveria ter crescido uns seiscentos por cento desde o acidente. Havia, de fato, uma busca menor pelos voos internacionais, embora ainda fosse o meio de transporte mais seguro do mundo depois do elevador.

– Eu nunca me senti muito seguro em barcos – disse Tadeu. – A canoagem me ajudou bastante a enfrentar o medo da água, do desequilíbrio. Com avião é outra história, mas eu não quero aprender a pilotar.

Gunnar não entendeu muito bem, mas riu. Sem saber por quê, Magnólia pensou no próprio casamento, naquele tipo de acordo silencioso, natural, de rir de qualquer coisa que o parceiro fala. Os dois formavam um par tão bonito que chegava a emocionar, mas havia neles algo maior, algo que ela não conseguia explicar, como se tivessem a experiência de um casal de 80 anos de idade. Na verdade, agora, diante deles, percebia o quanto gostava dos dois e como era bom ter alguém diferente para conversar depois de tanto tempo. No entanto, os últimos anos tinham aproximado a aparência de Tadeu da de Lourenço, e Magnólia sentiu-se mal por isso. Começava a perceber por que vinha sorrindo tanto para ele e se odiou por isso.

 Quando a imagem de Lourenço transando com um homem na cozinha do Loulastau piscou em sua mente, ela corou de leve e deixou a sala para esquentar um pouco de leite. Tudo estava tão confuso. Havia pensado naquela cena durante toda a viagem, mais como uma autopunição do que como um mecanismo da memória. Depois de deixar o restaurante aos prantos, Magnólia relembrou do pouco que tinha vivido com Lourenço, do que ele dissera sentir por ela, mas não chegou a nenhuma conclusão. Ele nunca demonstrara muito da própria sexualidade, parecia mais romântico do que sexual, até chato às vezes, carente como só Herbert parecia conseguir ser. Mas gostar de homens parecia mais surreal do que aquela viagem, algo tão inesperado quanto a fragilidade em seu próprio casamento, como se nos últimos dias sua realidade tivesse a consistência de um cubo de gelatina e ela quisesse cutucá-lo para vê-lo tremer, até finalmente romper sua brilhante membrana para descobrir do que tudo aquilo era feito. E do que tudo aquilo era feito? De inconstância. A massa mole que tinha se tornado sua vida escorria por entre seus dedos como se pudesse apertar o cubo de gelatina.

 Sentiu vontade de ir embora, de conversar pessoalmente com Herbert, mas ao voltar para a sala, carregando uma pequena leiteira com o leite já fumegando, viu o rosto sonolento de Tomas e quis abraçá-lo.

 – E aí, meu querido? – chamou Tadeu, indicando uma cadeira ao seu lado. – Como foi sua noite?

 Todos olharam para Tomas com ar de ansiedade, como se esperassem dele a resposta mais positiva ou um gesto de alegria. Ele detestava se sentir o centro das atenções, mas sabia que por muito tempo seria assim, que olhariam para ele com preocupação, como se a qualquer momento ele pudesse correr até o banheiro para cortar os pulsos. Por incontáveis segundos, pensou se a tia se sentia da mesma forma, vigiada, cercada, limitada pelo medo dos outros. Embora poucas pessoas soubessem do seu transtorno, essas já eram suficientes para tirar a paz de qualquer um. A pior coisa do amor familiar incondicional é a preocupação, o cuidado exacerbado, uma sombra que acompanha o sujeito como um vigia noturno sempre disposto a ajudar, a conversar e, por fim, a fragilizar sua força potencial, enfraquecê-lo para que a efetividade do cuidado seja garantida.

– Dormi bem – respondeu ele, pegando um pãozinho preto e passando geleia. – Vocês trouxeram tudo isso?

Tadeu e Gunnar assentiram com a cabeça. Orlando tinha os olhos inconvenientemente grandes sobre o filho. A preocupação que ele abominava. Gunnar era o único que se mostrava mais tranquilo, inclusive distante.

– E a Muriel? – perguntou Orlando.

– Ainda está dormindo.

Por algum tempo eles ficaram em silêncio, perdidos na falta de assunto visivelmente constrangedora, mastigando pedaços de pão e de bolo, bebendo ruidosamente o leite. Tadeu estava ansioso para falar, para contornar o padrão familiar – esse era um dos motivos pelos quais ele estava ali.

– O Gunnar e eu tiramos a semana de folga para levar vocês aonde quiserem – disse ele.

– Eu não sei se o Tom vai poder – disse Orlando, de forma impensada. – O seu curso não começa essa semana?

Até mesmo Magnólia, que sabia ser insensível sem perceber, ficou com pena do sobrinho. Orlando não tinha feito a pergunta por mal, era apenas lógico. Embora o filho não estivesse totalmente bem, ele achava que os principais planos não tinham mudado, e tocar naquele ponto era imprescindível porque queria chegar ao assunto do curso para, então, convencer Tomas a voltar para o Brasil com eles. Confiava em Tom, mas o luto transformava as pessoas, ele sabia disso por experiência própria.

– Já nem sei mais – disse Tomas, impaciente. – Mas estou pensando em adiar, ainda não sei o que fazer.

Sua voz foi se tornando um sussurro entre a timidez e a tristeza. Ele não queria falar sobre aquilo, sentia-se um pouco pressionado a fazer escolhas, sobretudo com quatro pares de olhos esperando dele uma resposta. A nova situação e a compaixão de todos à mesa também o colocavam numa posição duvidosa de poder. Com a morte de Alister, vinham tratando-o com mais atenção e carinho, como se pisassem em ovos. Novamente, era a mesma situação de Magnólia. Sua tia, em fases de crise, era tratada assim, quase como uma criança, coisa que ela gostava e ao mesmo tempo não gostava. Tomas poderia tirar proveito da situação, mas não se sentia bem em manipular as pessoas. Fazer isso para benefício próprio seria trair Alister, se aproveitar de algo ruim para moldar a sua nova realidade como bem quisesse. Seria como *usar* Alister. Pensar nele lhe causava uma dor aguda no estômago. Parou de comer de repente, como se estivesse enjoado.

– Eu acho que vou me deitar um pouco, se não se importam – disse Tomas.

– Você está bem? – perguntou Magnólia, preocupada.

– Só um pouco enjoado.

Ela lançou um olhar furioso para Orlando, que não compreendeu.

Enquanto Tomas se levantava, Muriel apareceu bocejando e deu um abraço em Tadeu e outro em Gunnar, trocando um bom-dia preguiçoso com a tia sem olhar para ela. Desde o instante em que se sentaram lado a lado no avião, Magnólia ficou observando de esguelha as marcas nos pulsos da sobrinha. As cicatrizes da tentativa de suicídio quase sete anos antes ainda eram grossas e visíveis, como uma tatuagem de traços perolados formando um conjunto de linhas irregulares e sobrepostas. Tinha os pulsos descobertos agora, mas felizmente não chamaram a atenção dela outra vez. Magnólia gostava de comparar aquelas cicatrizes com as suas, marcas de instantes de fuga. Talvez fosse a única coisa verdadeira, profunda, que as aproximasse uma da outra: o desejo constante, mas velado, pela morte. Tadeu e Gunnar souberam de tudo na época, mas nunca tocaram no assunto por não fazerem parte da família diretamente. Agora, de alguma forma, devido à morte de Alister, tinham se aproximado como irmãos. Ela pensou que, no futuro, talvez aquilo tudo se dissolvesse em lembranças vagas e opacas, quando Tomas já estivesse no Brasil e eles nunca mais voltassem à Noruega.

Tipicamente, Tadeu não era um homem impulsivo, por isso seu gesto de deixar a mesa sem falar nada e seguir para o quarto onde estava Tomas foi meio confuso para os outros. Havia o entendimento comum de que Tomas precisava conversar, mas não naquele momento. Talvez Tadeu fosse oferecer algo, perguntar se ele precisava de alguma coisa, algum remédio, alguma distração, mas ninguém soube. Gunnar pousou os olhos no prato e não disse nada enquanto o marido não voltou.

Tomas estava deitado virado para a parede quando Tadeu entrou no quarto. Ele se sentou perto dos pés do rapaz e respirou fundo. Sabia que ele não estava dormindo.

— Meu querido, só vim para dizer que o que você precisar, o que você decidir, pode sempre contar comigo e com o Gunnar, viu?

Tomas não respondeu, mas virou o pescoço para encará-lo na meia-luz.

— Eu não queria ter falado isso com sua família perto, talvez soasse meio invasivo, mas você sabe que tem em mim um amigo. E sempre vai ter. Daqui a pouco vamos embora, e se você precisar de qualquer coisa, *qualquer coisa*, sabe onde me encontrar.

O silêncio de Tomas não o incomodava. Na verdade, parecia ainda mais fácil falar.

— Eu não sei se consigo imaginar o que você está sentindo, mas você sempre vai ter o meu apoio e o meu carinho.

A força inesperada com que Tomas o abraçou deixou Tadeu emocionado e surpreso. Ele apertou com força as suas costas e deixou ali, apoiado em seu ombro, o rosto molhado de lágrimas durante algum tempo. Não chorava daquele jeito há dias. Permitiu-se alguns soluços e alguns sentimentos que afrouxavam o apertado nó em seu peito. Tadeu o abraçou de volta e, num gesto paternal que surpreendeu a ambos, deslizou sua mão direita sobre os cabelos de Tomas, indo de leve da testa à nuca num carinho que fez arrepiar seu pescoço.

Um pouco envergonhado, Tadeu se afastou e concluiu, erguendo-se da cama:

– Fica bem. Você é muito especial para ficar assim.

Ele deixou o quarto um pouco agitado por dentro, enquanto Tomas só pensava na palavra "especial". As lágrimas continuaram caindo, até que ele adormeceu com o perfume de Tadeu indo de suas narinas até seus sonhos.

6.

Naquela manhã, logo depois que Tadeu e Gunnar foram embora após planejarem um passeio por alguns pontos turísticos de Oslo, um brilho branco-azulado e crepitante tomou conta da cidade. A neve caiu fina, mas insistente, eivando o ar e a luz do dia e transformando todas as coisas, as superfícies e até as horas num imenso lápis-lazúli congelado. Orlando perguntou a Tomas se aquilo vinha sendo recorrente, aquela neve inesperada, ao que ele negou com a cabeça, ambivalente em relação ao clima. Por um lado, estava aliviado; a neve os faria desistir de muitos programas familiares dos quais ele não estava disposto a participar. Era forçoso demais recebê-los em um lugar que ele próprio conhecia tão pouco. Por outro, se viesse uma nevasca que os obrigasse a ficar dentro do apartamento, seria igualmente insuportável. Tomas já não conseguia (ou não queria) se lembrar da sensação de ficar preso num lugar com a família, vendo TV, inventando assuntos e morrendo lentamente de tédio. Talvez fosse mais sensato irem todos a um café para assistir à cidade como ela realmente era no inverno: branca, dura, com as rebarbas congeladas e pontiagudas, silenciosa em sua escuridão prematura, antes das quatro horas da tarde. Uma luz em tons de cinza, branco encardido e azul gélido cobriu Oslo, dissolveu os sonhos de alguns e reconstruiu os planos de outros.

— Não podemos sair com esse tempo — reclamou Orlando, bufando diante da janela.

— É claro que podemos — retrucou Magnólia. — As pessoas *vivem* aqui, não? Isso não é uma tempestade ou o fim do mundo, só um pouco de neve.

— Pra você é fácil falar, mas não pensei que seria inverno. Não queria conhecer a cidade assim.

— Então não deveria ter vindo — disse Tomas, que até então estava em silêncio, sentado no sofá com a cabeça apoiada numa das mãos.

A resposta foi lançada como um jato de catarro ou sangue, sujando a bondade de Orlando. Ele compreendia o azedume de Tomas, mas não estava preparado para isso. Ainda no Brasil, e até por telefone, tinha se preparado para rever um filho machucado, não aquele mesmo Tomas feliz e esperançoso que abraçara no aeroporto mais de um mês antes. Sabia que ele estaria mal, mas não estava pronto para ficar tão mal quanto ele, nem aceitar calado aquele amargor em sua voz.

— Viemos por você, Tom — disse ele, aproximando-se do sofá.

Tomas se ajeitou a contragosto. Seu nariz ardeu, sinal de que a vontade de chorar subia pelo rosto. Queria pedir desculpa, mas havia uma parte dentro dele que não permitiu. Era a mesma parte que queria afastar o pai, que queria resolver tudo sozinho, que achava aquela visita inútil e sem sentido.

Magnólia estava escrevendo mais uma vez em seu diário, lançando vez ou outra um olhar para os dois. A vontade de falar pelo sobrinho, de defendê-lo, tirando-o do apartamento e afastando-o de todos, veio como um instinto materno. Mas se tinha uma coisa que a incomodava, que a irritava particularmente, era não saber se tinha pena de Tomas ou se queria focar nele para esquecer os próprios problemas. A primeira opção envolvia amor, isso era indiscutível. De repente, ali em Oslo, com um sobrinho vivendo o segundo grande luto de sua vida, Magnólia cogitou emular a presença de Sara. Não como algo doentio e impossível, mas em pequenas doses, em pequenas tentativas.

Talvez assim conseguisse ajudar Tomas, tentando se colocar no papel de Sara, pensar como ela, agir como ela, descobrir como seria o comportamento de uma mãe diante de um filho triste, cuja vida amorosa tinha sido derrubada como uma árvore, com as raízes expostas como vísceras rasgadas pelo golpe.

 Muriel, que estivera arrumando a mala e escolhendo um casaco para conhecer a cidade, voltou para a sala com a sobrancelha levemente erguida. Ela tinha ouvido a conversa e seu instinto de irmã mais velha a empurrara até ali. Sabia como o pai podia mergulhar numa autocomiseração sem fim, colocando-se como vítima para que Tomas não fosse ingrato e se sentisse levemente culpado, mas aquele jogo não daria certo. Era perigoso, e o ganhador podia sair ainda mais arranhado. No fundo, Muriel concordava com o irmão. Se alguém estava insatisfeito, não deveria estar ali. Ninguém tinha sido obrigado a fazer aquela viagem. Mas como ela mesma sabia, e Orlando sabia, e agora Tomas sabia, estavam ali para convencê-lo a voltar para o Brasil. Desistir de um curso importante como aquele não seria fácil, mas talvez fosse *necessário*. A morte de uma pessoa podia destruir a vida de outra. Nem sempre o morto era aquele que havia morrido, mas sim quem havia ficado para, lentamente, ir desistindo da vida.

 – Estamos aqui por você – continuou Orlando, apertando o joelho de Tomas. – Não estamos passando as férias. Eu só disse aquilo porque queria passear com você, andar um pouco, sair desse lugar.

 Tomas não gostava desse tom apaziguador do pai. Era pausado, cheio de vogais mansas, de uma candura proposital que deixava Magnólia com um pouco de nojo, porque ela sabia que Orlando não era assim. Também não era uma má pessoa, mas estava interpretando. Desde que o avião pousara vinha interpretando, sendo o personagem de uma vida que ele não tinha. Que nunca teria. Em alguns momentos ela fingia escrever no diário, mas seus olhos iam da sobrinha para os dois sentados no sofá com a atenção de um lince.

– Então vamos – disse Tom. – Só precisamos de guarda-chuvas. Ele se ergueu de repente, fazendo com que a mão do pai caísse sobre o sofá. Não pediu desculpa nem se sentiu mal por isso. Tudo o que queria era sair dali, não ser tratado como uma criança e não permanecer sob o olhar piedoso de Muriel. Até aquele momento, ela tinha pensado em dizer tantas coisas, mas só pioraria a situação. Embora parecesse calmo, a máscara de Orlando não duraria muito tempo. Sua postura era a de um pai compreensível e tranquilo, mas qualquer um que o conhecesse bem saberia que contemporizar irritava-o ainda mais. Ninguém sabia que o que Orlando queria mesmo era vestir um casaco acolchoado e ir explorar a cidade sozinho, sem que duvidassem de suas intenções.

Muriel e Tomas vestiram seus casacos, mas Magnólia permaneceu sentada à mesa apenas escrevendo. Havia uma hesitação em seu olhar. Orlando não queria acreditar, mas a postura da irmã indicava que ela não iria ao passeio com eles.

– Você jura que não vai? – foi a pergunta dele. – É o nosso primeiro dia aqui.

– Eu não falei nada – defendeu-se Magnólia, fechando o caderno com um estampido seco.

– Então vista-se e vamos – disse ele, o tom saindo mais autoritário do que imaginava.

– Vocês podem ir na frente.

– Você não conhece a cidade, tia – interveio Tomas. – Não tem como a gente marcar um lugar para se encontrar.

Ela pensou por alguns segundos. Queria muito terminar de escrever, mas mais do que isso, desejava ficar sozinha por um tempo em que não houvesse nenhuma cobrança, nenhuma espera, nada. Estava cansada de Orlando. Ele havia mudado muito desde os primeiros dias na casa de praia, quando o laço entre os dois havia se reforçado por compaixão e por uma necessidade de trégua. Agora, com um novo foco (Tomas) e parecendo mais entediado do que resignado, Orlando vinha sendo impaciente com ela, o que parecia ter um verniz proposital. Ela sentia como se ele quisesse que ambos brigassem para que a viagem terminasse mais cedo, para que retornassem ao Brasil logo e assim cada um voltasse para a sua vida isoladamente, sem que um interferisse nos problemas do outro.

– Podem ir – repetiu, baixando a cabeça. – Depois podemos sair à tarde de novo. Todos juntos.

Não lhe ocorreu que aquele "todos juntos" fazia calar qualquer argumento mais ríspido de Orlando. Ele bufou outra vez e deu de ombros. A verdade era muito mais simples: ninguém queria sair. Estavam num país estrangeiro há menos de 24 horas, em uma das maiores e mais famosas cidades da Escandinávia, só tinham visto um pouco da cidade numa luz noturna bastante passageira (através do trem entre o aeroporto e a rodoviária e pelas janelas do táxi), mas o frio (fazia dois graus negativos naquela manhã) os impelia a permanecerem colados à preguiça que os unia no apartamento. Além disso, o olhar lânguido de Tomas, seus movimentos lentos e seu silêncio fosco haviam reduzido substancialmente qualquer curiosidade e interesse que os outros três pudessem ter pela cidade. A viagem era circunstancial, e os humores de cada um também. E agora a felicidade era meio que uma coisa proibida; querer passear e esquecer que Alister tinha acabado de morrer era vergonhoso; sair para beber e descobrir que era possível pensar em outra coisa que não fosse o luto de Tomas era errado.

– Vou deixar a chave com você, então – disse Tomas, colocando um chaveiro com uma tira de couro sobre a mesa, diante de Magnólia. – Mesmo que você não saia.

– Tem certeza? – insistiu Orlando. – É a nossa primeira vez aqui, Mag.

– Tenho certeza. Não estou muito disposta.

Tomas soltou os ombros. Evidentemente, queria que a tia fosse junto. Ele próprio não queria sair, não queria a presença deles, sequer achava ter forças para andar no meio da neve com a família. As árvores e a luz cinzenta naquela época do ano só turvariam ainda mais seu estado de espírito – se é que ainda tivesse algum. No entanto, Magnólia era a única parte que realmente importava ali, a peça que se encaixava de alguma forma naquele contorno quebradiço dos últimos dias. Mas ele não insistiria.

Os três deixaram o apartamento sem se despedir, cabisbaixos e silenciosos como se estivessem a caminho de um funeral. Orlando estava visivelmente chateado com a atitude da irmã, mas, ao pisar na calçada coberta de neve, decidiu não deixar que ela o atormentasse pelas próximas horas. Na verdade, seria até bom não estar com ela por um tempo, como uma lufada de ar fresco – ou, no caso, uma lufada de ar quente para acalmar a carne fria do rosto, que já começava a se avermelhar e endurecer.

Magnólia estava disposta a tudo, inclusive a ficar observando o chaveiro à sua frente. Imaginou-se agarrando aquelas chaves, puxando um sobretudo dobrado com cuidado e guardado no zíper lateral externo da sua Samsonite, saindo do apartamento com pressa e alcançando Orlando e os sobrinhos logo na escada, meio ofegante, sorrindo envergonhada. Ela abriu outra vez o caderno e, como uma visão, viu com clareza o irmão bufar outra vez na rua, o vapor girando diante daquele início de bigode que ninguém sabia ao certo se ele manteria ou não. Também viu a rua inteira branca, pastosa e lisa num grosso estrato de neve, como creme de leite espalhado com espátula sobre as calçadas, os telhados, a cidade inteira. Com certeza uma caminhada seria deliciosa, mas ao mesmo tempo parecia insuportável sair agora, deixar o diário, perder uma oportunidade única de ficar sozinha. Ela estava cansada de se esconder em banheiros para não ter de olhar para ninguém – nem ser olhada.

Ajeitou o corpo na cadeira e recomeçou a escrever. O som da caneta no papel foi riscando o silêncio cada vez mais rápido. Ouviu passos no corredor, uma porta batendo e em seguida o inchaço do silêncio. Lá fora, a neve caía em espirais, tão leve que os flocos às vezes rodopiavam para cima, para os lados, se demoravam contra a gravidade, iam pousar na janela, formando uma muralha branca entre o vidro e a moldura de madeira. Magnólia lembrou-se daquele trecho de *As ondas*, lido há tantos anos. Ser neve e se desfazer. Esse seria um bonito objetivo de vida, pelo menos naquele instante.

7.

[do diário de Magnólia]
04.03.19

    Eu não acredito que vou escrever aqui todos os dias – seria cansativo demais, até inútil –, mas estou sentindo uma paz claríssima. E, sem querer, peguei esse caderno. Talvez com medo de que alguém tivesse mexido nele. Meu instinto projetou uma visão terrível: Orlando ou Muriel lendo meu diário com a calma de quem lê o jornal durante o café da manhã. Pensando melhor, é curioso não citar Tomas, mas acho que a confiança que sinto nele é muito mais profunda e enraizada do que imagino. Por ele ser sensível, compreende melhor a sensibilidade dos outros. Eu já fui chamada de insensível, mas isso não vem ao caso – minha insensibilidade é um escudo, não uma arma.
    Volto à minha paz "claríssima". Acho que li algo assim num romance espanhol. Ou venezuelano? Não lembro. Mas é um tipo de paz que se pode contemplar até ficar cego. A paz que ofusca e entontece. A paz dos anjos de neve lá fora.
    Mal chegamos e já neva. Ontem, do táxi, vi montículos de neve espalhados pelas calçadas, pelas esquinas, até nos umbrais das portas, cobrindo janelas, calhas, até carros parados há muito tempo. Hoje temos o movimento da neve. Ela cai tão triste, mas tão serena, que dá vontade de morrer. Não é um pensamento

desesperado nem dramático, mas natural, honesto, inerente. Tenho sentido uma urgência cada vez maior pelas palavras certas e isso tem me bloqueado – inclusive para falar. A prática de escrever um diário mal começou e já quero que seja uma coisa da qual eu me orgulhe. Se não posso me orgulhar do meu casamento, se não posso me orgulhar das minhas conquistas, se não posso me orgulhar da ausência de fidelidade e lealdade que me acompanha, vou me orgulhar de um pequeno e humilde projeto como este. Escrever um diário. Escrever só não é um ato de humildade porque exige tempo, e tempo é precioso demais, coisa de gente livre, e não existe nada mais arrogante do que a liberdade. Arrogante e necessária. Eu só estou aqui escrevendo porque me dei a liberdade de não andar por Oslo com todo mundo agora de manhã. Eles foram, eu fiquei. Não tenho essa fome de conhecer a cidade, ela vai continuar aqui, me esperando. Temos tempo. Sei que, se fosse pelo Orlando, iríamos embora amanhã, mas o processo é lento. E duvido muito de que o Tom vá querer voltar conosco. Eu não voltaria.

Devo evitar escrever tanto aqui porque a ideia de não encontrar um caderno como esse me apavora. Sempre que sobra alguma coisa, falta outra. Se me sobrarem palavras, faltarão cadernos. E vice-versa.

Tadeu e Gunnar estiveram aqui agora há pouco e trouxeram coisas deliciosas (o leite tem um sabor diferente, encorpado, algo que só encontrei na Suíça há muitos anos; a geleia tem o ponto certo do azedo que aperta a língua; mas a verdade é que eu estava com fome e com uma leve vontade de chorar ao pensar que só teríamos a pizza de ontem para comer). Orlando se portou como um caipira diante da generosidade deles, olhando as sacolas como se não fosse permitido tocá-las. Houve um momento em que senti um pouco de pena. Não sei. Os ombros gordos caídos, aquelas olheiras, o medo nos olhos, alguma coisa de espanto e vergonha que só a alma apagada do proletariado carrega. A fatalidade. A timidez fatal. Eu não lembrava que Orlando era assim. Senti vontade de enfiar uma das baguetes no traseiro dele! Sei que me irrito com facilidade, mas ele colabora para isso, só não sei se de propósito.

O Tadeu foi bastante educado e o Gunnar continua quieto daquele jeito de sempre, meio lento, como um bicho-preguiça meditativo. Foi impossível não pensar em Lourenço durante toda essa manhã. Eles estão incrivelmente parecidos. As entradas na testa de Tadeu, o sorriso, os cílios cor de amêndoa, é tudo tão vibrante, evoca tanto o rosto de Lourenço que eu fico sem jeito e ao mesmo tempo perturbada, querendo pedir a ele que vá embora, que pare de me atormentar.

Pensei com muita relutância em registrar isso aqui, mas é impossível ser indiferente. A odiosa imagem de Lourenço dando para outro homem no restaurante ainda me confunde. Sinto que é pior do que ver Herbert me traindo. Sei que ele nunca me trairia com um homem, mas minhas expectativas estavam tão altas naquela tarde. E sabemos que quanto maiores as expectativas, mais perigosas e destrutivas elas podem ser. Eu já deveria ter aprendido isso, ter tatuado em algum lugar do meu corpo. Eu sei como é horrível desfazer-se em ilusões. O rosto de Lourenço, a respiração dele, aquele movimento todo. As calças abaixadas. A força da penetração. De repente me deparo com a terrível noção de que é a primeira vez em toda a minha vida que escrevo a palavra penetração. E estou rindo como uma idiota. Penetração. Penetração. Penetração.

Pe ne tra ção

Palavra horrorosa. Mas podia ser anfíbio, chorume, aço, cágado, baunilha, morango – hesitação. Podia ter outra roupa, a palavra, podia vir com o som que fosse: o fato continuaria sendo o fato que é. Sólido e assustador. Lourenço transando com um homem na cozinha do Loulastau. E não era qualquer homem. Demorei até aquela noite para lembrar quem era: o garçom da exposição dos quadros de 2012, vestido de marinheiro. O mesmo que me atendeu algumas vezes no trem. O mesmo que preparava meu café e limpava o balcão com um pano úmido.

O que ele fez com aquelas mãos durante todos esses anos trabalhando para o Lourenço eu não quero saber.

Tenho me sentido boazinha demais, diplomática demais, até controlada. Não sei se controle é uma coisa boa, talvez para os outros. Mas desde a minha briga com Herbert, alguma coisa amansou em mim, foi domada. Ou simplesmente extinta. Não quero pensar que foi uma espécie de fogo, acho que esse fogo não se apaga em ninguém até que se perca a vida. Mas alguma coisa mudou. Talvez seja resignação, não sei. Talvez cansaço. Queria entender. Queria usar essa viagem para me conhecer melhor, como esses exploradores dos filmes, esses jovens mochileiros que encontram em destinos variados e arriscados um sentido para a vida. Eu não vim para cá em busca disso, não conscientemente, o que me faz perguntar pela milésima vez o que estou fazendo aqui. Cada vez mais sinto Tomas piorar. Ninguém vê, só eu. Percebo nele uma decadência tão perigosa. Ele não fala. Essa mudez assusta. Tenho muito medo de que ele siga os caminhos da mãe – que, acredito, seria a única pessoa a quem ele recorreria durante esse luto.

 Orlando e Muriel parecem indiferentes e isso tem me irritado bastante. Assim como Tadeu, que nem parece que perdeu o sobrinho. Ele está notavelmente mais apático do que a própria mãe do Alister. Ninguém sabe ainda aonde a Sônia foi depois da notícia, mas desapareceu junto com o novo namorado. Talvez para um retiro. Talvez tenha se jogado no mar. O litoral pode ser a passagem suicida de uma cidade.

 Durante a visita dos dois, me mantive em silêncio. Parece que tem ajudado o meu autocontrole. Não trouxe nenhum remédio, Herbert sabe disso, e é melhor assim. Só tive vontade, e ainda tenho, de sair, mas não queria sair com ninguém. Queria caminhar sozinha pela cidade, sem o olhar moribundo de Tomas, o jeito emburrado de Muriel e a postura paternalista de Orlando. Fiquei aqui para escrever, para ficar sozinha, mas também quero sair e explorar, embora sem pressa. O Tom deixou as chaves, talvez como uma armadilha inconsciente. A minha teimosia não me deixa sair. Vou esperar por eles, esquentar a pizza e aguardar que Tomas queira andar comigo à tarde.

 De repente senti saudade de Alister. Ou é a saudade de ver Tomas bem outra vez. Tudo nele está tão apagado, tão solto, tão fora do lugar. É como me olhar no espelho algumas vezes. Não o culpo, embora eu ache que não ficaria do mesmo jeito caso fosse Herbert naquele voo. Talvez a morte dele me trouxesse algum alívio, alguma libertação.

O divórcio é uma espécie de morte, não? Uma morte súbita em que ambas as partes continuam semivivas. Meio aos pedaços, com a cola escorrendo em cima de outros cacos antigos? Talvez, talvez.

Acho que me sinto bastante confusa sobre o que realmente quero. Queria um abraço de Herbert, um carinho de Lourenço, um pouco de sol na cabeça. Queria estar na casa de praia sozinha, queria conversar com Sara, queria querer com menos vontade. Queria que todo desejo cessasse e que eu fosse essa neve que cai lá fora. Os vultos da minha apatia me esmagam lentamente. Odeio me sentir como a reclamona da Sylvia Plath. E odeio pensar que esse diário fique tão chato quanto os dela.

Vou sair sozinha. É isso que eu quero agora. Vou deixar que neve em cima da minha paz para que ela fique ainda mais clara e congele até a morte.

8.

Um breve sentimento de satisfação invadiu Tomas quando atravessaram o Slottsparken. Tinha algo a ver com a imensidão branca e sólida que havia tomado conta de tudo, desde as árvores, passando pelos postes e pela grama, até finalmente chegar ao pequeno e estreito lago que ficava diante dos bancos, quase inteiro congelado, coberto por uma quebradiça camada azul de gelo que lembrava uma pincelada de quartzo sobre a água escura. Foi um sentimento que teve a duração do vapor se dissipando diante dos seus lábios. Ele viu Alister correndo pela neve, formando sulcos na massa branca com os pés, fazendo bolas para acertá-lo e atirando-as com aquela gargalhada alta, quase infantil, que raramente vinha à tona. Quando ele desapareceu de sua visão, como um farol apagado por uma onda de resfriamento sombria e surda, a lasca de gelo dentro dele se quebrou outra vez, formando novos dentes. Lembrou-se do sonho, do dia em que acordara num daqueles bancos, depois de desmaiar. Alister não tinha morrido ali, mas algo dentro de Tomas, sim, exatamente ali. De alguma forma, o parque tinha se tornado um cemitério de expectativas, o quadro desbotado de um sonho. Subitamente, as árvores ficaram turvas, o ar tornou-se concentrado e carregado, como que cheio de fuligem, e formigou a pele de seu rosto. Um par de lágrimas queimou seus olhos e em seguida suas bochechas, que ele secou a tempo, com as costas das luvas, antes de ser visto por Orlando e Muriel.

Havia muitos anos que Oslo não recebia tanta neve no mês de março, e agora nevava suavemente, com flocos espiralando no ar contra a gravidade e subindo como raspas de isopor. À medida que atravessavam o parque, avistando um número risível de pessoas (a maioria delas corredores enfiados em roupas pretas de neoprene, além de alguns poucos casais com sacolas de compras) e percebendo – sem fazer menção a isso – que parecia seis horas da tarde, Orlando se perguntou diversas vezes se era certo, se era *normal*, fazer aquele tipo de viagem para agradar alguém em luto. Ele podia ter tido uma longa conversa com o filho por telefone ou mesmo pelo computador, não podia? Podia ter pedido ajuda a Tadeu, tê-lo orientado, qualquer coisa que não fosse tão forçada e desesperada quanto de repente parecia aquela viagem. Na verdade, foram Muriel e Magnólia que fizeram sua cabeça. Ele se importava com Tomas, sabia o que era o luto porque tinha passado por dois em três anos. Sara e Elisa ainda formavam uma roda em volta do seu coração, que às vezes se encolhia sangrando suas dores mais profundas. Queria muito ajudar o filho, mas ele estava mais distante do que antes, frio como a cidade, quase indiferente àquela visita. A cada passo que dava, a vontade de voltar se acumulava. A verdade era quase absurda: ele não tinha interesse por Oslo, muito menos por neve. Tudo o que queria era que Tomas voltasse para o Brasil e lá recomeçasse a sua vida sem grandes complicações.

– Droga! – vociferou Muriel, parando de repente.

Orlando e Tomas também pararam e olharam assustados.

– Esqueci minha câmera.

– À tarde você sai de novo com a sua tia e traz – disse Orlando.

– Não, a luz já vai estar diferente. Não posso perder isso, pai.

Orlando soltou os ombros. *Pai* tinha sido bastante forte. Ela não o chamava assim há muito tempo. Nem ela nem Tomas. Por um instante a palavra aqueceu o espaço entre os três.

– Eu vou correndo e já volto – disse ela, enfiando as mãos dentro do casaco com pressa e se virando para voltar.

– Vamos esperar aqui.

Ela fez um meneio com a cabeça e continuou correndo sem jeito sobre a neve. Tomas ia perguntar se ela lembrava exatamente do caminho, mas ficou calado. Não estava com vontade de explicar qual era o caminho. Não estava com vontade de nada. Se a irmã se perdesse, provavelmente não sentiria nem uma ponta de preocupação. Era tão dolorido ter consciência disso, mas nem para morrer de hipotermia ele tinha forças. A vontade maior era apenas de desaparecer, e ficar a sós com o pai era o que ele mais queria evitar.

– Ela vai achar o caminho, não vai? – perguntou Orlando.

Tomas deu de ombros. Mesmo com as luvas, suas mãos estavam congelando dentro dos bolsos do casaco.

– Podíamos sentar – sugeriu ele, indicando um banco a vinte metros de Tomas.

Estava coberto de neve, mas ele não tinha pensado a respeito. Inconscientemente, havia falado aquilo para o filho sorrir ou chamá-lo de idiota, alguma brincadeira íntima entre pai e filho que os unisse de alguma forma. A camada de neve sobre o banco não tinha menos de cinco centímetros, mas ainda assim era tentador sentar sobre aquela placa branca. Alguns carros, visíveis através das grades do parque, estacionados numa rua residencial, também tinham sido atingidos pela neve e pareciam cobertos de glacê, como tudo ao redor. Continuava nevando, mas com menos intensidade onde os dois estavam porque uma árvore os protegia.

– Aonde vamos? – perguntou Orlando, cruzando os braços.

Era visível o seu desconforto com o silêncio; ele precisava falar qualquer coisa, perguntar qualquer coisa. O único som ali vinha dos passos de algumas pessoas distantes e dos carros numa rua que passava atrás do parque.

Devia ser uma forma de irritar o pai ou simplesmente de não estar com vontade de conversar, mas novamente Tomas ergueu os ombros, apático e desinteressado. Seus olhos estavam fixos na neve do gramado e isso incomodava Orlando, que sentiu vontade de chacoalhá-lo. Se estivesse de bom humor, talvez pegasse um punhado de neve e atirasse no filho, fingiria colocar dentro de sua camiseta pela nuca, mas eram cenas tão distantes, tão surreais, como se tiradas de outra vida. Sob aquela luz perolada, ele viu pela primeira vez que os lábios de Tomas estavam ligeiramente caídos, voltados para baixo como os de alguém que envelheceu de repente. Toda a sua expressão tinha sofrido uma queda, e aquela nova percepção o atingiu profundamente. Foi como se só naquele instante pudesse não apenas compreender a dor do filho, mas enxergá-la desenhada em seu rosto.

– Tom, você precisa falar comigo – pediu Orlando, finalmente. – Nós não podemos ficar assim.

– O que você quer que eu fale? – soltou ele, de repente. – Eu não sei aonde ir. Eu não estava com vontade de sair.

– Por que não falou?

Tomas não respondeu e desviou os olhos para o fim do parque, uma massa difusa em tons de branco e preto pela qual Muriel tinha desaparecido. Entre as árvores, o silêncio se adensava, e à medida que fugia do pai, o parque parecia esvaziar-se e se fundir com a neve. Ele não estava com vontade de olhar para o pai. Seu semblante tinha o peso de uma cobrança, mas também de preocupação. A morte de Alister lhe revelara uma nova camada, mais nítida e fina, de uma dependência emocional a qual ele não dera atenção. A visita da família aumentava esse desejo de estar com ele – mas também de estar morto. E o tempo, apesar de belo em sua concepção, não ajudava muito. O dia, dobrado pelas pontas, unidas logo acima de Oslo, na altura das nuvens que lembravam travesseiros de mofo, tinha se escurecido no centro, no coração das coisas, inclusive no de Tomas.

– Podemos voltar – insistiu Orlando, recolocando as mãos descobertas dentro dos bolsos.

– Vamos esperar a Muriel.

Eles permaneceram em silêncio, olhando uma mulher atravessar o parque com um carrinho de bebê. Orlando imaginou a criança congelada, mas havia mais cobertores sobre ela do que ar.

A mãe vestia um gorro de lã, calças de ginástica e dava pulinhos ritmados conforme empurrava o carrinho.
– As pessoas são obcecadas por atividade física aqui?
– Elas valorizam – respondeu Tomas. – Praticam em qualquer clima, em qualquer situação. É bem comum.
– Você tem saído bastante? – perguntou, tentando fazer o filho falar. – Tem conhecido a cidade, as pessoas?
– Você já me perguntou isso por telefone, pai.
Pai. Outra vez a palavra. Cada vez mais disforme, como uma massa empelotada, quase queimando, dentro de uma panela. Ver seu filho de quase 19 anos chamá-lo assim içava a lembrança cristalina de alguns anos atrás, quando a vida ainda era simples, Sara estava viva e sua única preocupação era o que almoçar, que filme assistir no cinema ou, no máximo, a altura de uma onda quando faziam piquenique sobre a areia ofuscante da praia, próximos à água.
– Me desculpe – disse Orlando, e silenciou.
Fazer o papel de coitadinho às vezes dava certo, mas agora não era proposital. Estava irritado e triste. Cansado de ver o filho tão duro. Tomas não percebeu, ou fingiu não perceber, e olhou para o outro lado ansiando pelo retorno da irmã. Queria apenas caminhar em silêncio, observar a cidade, talvez guardar algumas imagens na memória. Diferentemente de Muriel, não precisava de uma câmera fotográfica para registrar o mundo. Pensar na fotografia e no desejo pelo registro lhe envolveu de tal forma que ele sentiu vontade de escrever. Mas, como vinha acontecendo com tudo, foi um sentimento efêmero que se desfez em um segundo. Escrever era manter Alister presente, algo impossível.
Um pouco tonto, Tomas se afastou arrastando os pés. Orlando ficou sem saber o que fazer. De início não entendeu para onde o filho estava indo, mas quando ele se largou sobre a neve do banco, viu as lágrimas em seu rosto.
– Pode conversar comigo – pediu Orlando, se aproximando e colocando a mão no ombro de Tomas. – Eu sou seu pai, Tom. Eu sei o que você está passando.

– Não, ninguém sabe, me deixa em paz!
– Eu sei, sim. Faria bem a você se me contasse como tem...
– Como tem sido? Como tem sido? É isso? Horrível! Só eu sei o que estou vivendo, a dor que eu sinto, esse vazio, essa merda toda!

A voz de Tomas ecoou pelo parque, mudando alguns flocos de neve de direção como se as ondas sonoras, cheias de ódio, passassem empurrando o ar e tudo o que girava nele. Orlando queria ter aquela conversa, mas não naquele lugar. O parque estava deserto demais, temia que algum policial norueguês aparecesse de cenho franzido, perguntando naquela língua tão surreal o que estava acontecendo. Os escandinavos não eram dados a escândalos públicos, mas ele também não impediria – não agora, quando era tão necessário – que o filho se expressasse através de um.

Tomas soluçava, levemente trêmulo. Alguma coisa dentro dele tinha se rompido, e era gelada como uma nevasca de emoções presas por muito tempo no silêncio. O nó em sua garganta começava a se formar e doía. Envergonhado, ele não sabia explicar como se permitira aquele rompante. Vinha conseguindo manter o equilíbrio, afinal não era para ninguém tocar naquilo do qual ele mesmo vinha se mantendo distante, negando em silêncio.

Orlando não manifestou qualquer gesto, nem vontade de sentar-se ao lado dele. Olhou para o lado oposto e esperou ver Muriel. Se ela voltasse, os dois teriam de fingir que aquilo estava acabado, quando na verdade o intervalo poderia ser ainda mais espinhoso.

– Eu sei...
– Não sabe! – gritou Tomas. – Ninguém sabe! Por favor, pai, não comece com esses discursos, você sabe que não quero ouvir.
– Tudo bem. Você não quer ajuda.
– Eu não *preciso* de ajuda – disse ele, agora mostrando os dentes.

Uma gota de saliva parou perto dos seus lábios e ficou ali, meio espumosa, configurando um resíduo de loucura.

– Eu já passei por isso com a sua mãe, você sabe disso.
Devia ser um dos olhares mais crus e furiosos que Orlando já vira. Os olhos de Tomas estalaram, vidrados e tão verdes que pareciam duas esferas incendiadas por minúsculas auroras boreais. O resto de sua expressão tinha se apagado de repente; só os olhos, iluminados de dentro para fora, começavam a assustá-lo.
– A minha mãe SE MATOU! Ela escolheu a morte, ela foi atrás da morte! O Ali nunca teria feito isso. Ele NUNCA teria me abandonado como ela nos abandonou! Ele nunca escolheria morrer.
– Tom, eu...
– Ninguém sabe como dói acordar e se dar conta de que todos os seus planos não serão mais vividos com quem você ama! Você não vai mais ver aquele sorriso, nunca mais vai poder usar os mesmos apelidos, *ouvir* os mesmos apelidos daquela forma única! Ninguém sabe como eu me sinto, esse peso, esse vazio, essa dor. Sinto que nunca mais vou ser feliz.
Para surpresa de Orlando, Tomas ergueu-se do banco e o abraçou com muita força, empurrando seu corpo quase meio metro para trás. Ele soluçava, o rosto oculto em seu casaco e os pés meio vacilantes, como se estivessem numa dança. Desconcertado, Orlando acariciou seus cabelos, quase em estado de choque. O desespero do filho viera numa onda inesperada de dor, e agora ele podia sentir melhor, ou experimentar através dele, aquele gosto residual do luto. Com Sara tinha sido a mesma coisa. Orlando havia sentido as mesmas coisas, pensado as mesmas coisas – ou quase.
Dificilmente ele conseguiria admitir que o casamento com Sara chegara àquele ponto da estagnação, do conformismo, o ponto que ambas as partes atingem, sem consciência, depois de um percurso ascendente, do qual permanecem seguindo numa planície, em linha horizontal, sem muitas surpresas. O relacionamento deles era bom, era apaixonado, mas já estava gasto, comum, complacente, como a maioria dos casais que permaneciam juntos, presos a uma resignação diretamente ligada ao

dinheiro e aos filhos, mas também ao fato de que construir uma nova vida não se dá da noite para o dia. Talvez por isso, só por isso, a morte de Sara tenha sido apenas dolorosa. Ele não tinha pensado nos detalhes que lhe fariam falta, na reestruturação da vida, do seu cotidiano; só tinha pensado na morte e no fato de estar sozinho. Tomas sofria com tudo, tinha pensado em tudo, e sentia tudo com a profundidade oceânica e o calor vulcânico de um século de amor. Era estranho e diferente. De repente, Orlando se deu conta de que não sentia aquele tipo de dor pelo filho desde a morte da mulher. Pior do que sofrer era ver alguém amado sofrendo, chorando em seus braços sem ter um ponto de fuga, sem ter uma paisagem desbotada na qual pudesse depositar um pouco de cor ou esperança.

Ao erguer o rosto de Tomas e se deparar com seus olhos reluzindo em meio ao vermelho irritado dos vasos, pela primeira pensou que poderia ter sido o filho, e não Alister, a estar no avião. Tinha sido só uma questão de aeronave, ou de piloto, ou de turbulência, ninguém sabia ao certo ainda. Mas trocando-se as datas, Alister poderia estar ali e Tomas em mil pedaços de carne, soltos em milhares e milhares de quilômetros de água.

Como se tomado por uma luz de consciência, visivelmente envergonhado, Tomas engoliu em seco e se afastou. A quantidade de lágrimas não era novidade. Novidade era compartilhá-las com alguém. Com Tadeu tinha sido diferente, mas igualmente constrangedor, embora tivesse se sentido bastante aliviado depois. Com o pai era diferente. Conviveria com ele pelos próximos dias, talvez pelas próximas semanas, e há muitos anos, desde a sua infância, não chorava na frente dele – nem de ninguém. Tadeu tinha sido o primeiro conhecido em muitos anos, nem Alister vira com muita frequência as últimas vezes em que ele tinha chorado.

– A Muriel está voltando – disse Orlando.

Tomas limpou os olhos, mas uma parte dele queria que ela visse que tinha chorado, que não estava bem. Talvez fosse carência, talvez fosse uma necessidade muito íntima de parecer digno de pena, porque assim o silêncio seria reestabelecido.

Não queria se vitimizar, mas também não queria parecer frio a ponto de que os outros esquecessem o que ele estava passando.
– Podemos conversar mais depois, não tem pressa.
– Tudo bem – respondeu Tomas, cabisbaixo.
Quando Muriel apareceu, estalando as botas na neve e carregando sua Canon pendurada ao pescoço, ela tinha o lado direito do rosto vermelho e uma expressão tão fechada quanto a de Tomas.
– Aconteceu alguma coisa? – perguntou Orlando, desconfiado.
– Eu peguei minha câmera – respondeu ela, o tom de voz empedrado e impaciente.
– Seu rosto...
– O que tem meu rosto?
– Está vermelho.
– É o frio. Eu vim correndo.
Ela manteve uma mão segurando firme a câmera e levou a outra ao rosto, cobrindo a bochecha com os cabelos que já tinham crescido outra vez. Pela voz arfante, tinha mesmo corrido, mas estava escondendo alguma coisa. Seu olhar parecia perdido e ansioso entre o pai e o irmão. Voltou o olhar para Tomas e percebeu que ele estava estranho, com os olhos inchados. Imaginou que sua ausência poderia ter desencadeado alguma conversa suspeita.
Quando recomeçaram a andar em direção ao fim do parque, onde havia uma escadaria de pedra que levava à rua que dava na famosa Karl Johans, Orlando arriscou:
– A sua tia estava lá?
– Aham.
E foi só. Muriel tinha um leve ar perturbado, mas Orlando não insistiu mais. Ele sabia que alguma coisa tinha acontecido, só queria evitar pensar muito sobre isso porque a mancha vermelha no rosto da filha não saía de sua cabeça. E embora estivesse perturbado com as reações de Tomas, percebeu que Muriel não havia tirado nenhuma foto enquanto atravessava o parque, o que era ainda mais suspeito.

Em silêncio, abraçando-se contra o frio, os três desceram a pequena escadaria que dava numa calçada relativamente movimentada. Logo estavam na rua Karl Johans, e andando mais um pouco, ao pararem numa esquina, viram a algumas dezenas de metros o Storting, o Parlamento da Noruega, uma imponente construção de tijolos amarelos onde ficava o poder legislativo unicameral do país. Muriel ergueu a câmera e começou uma série de fotografias da construção. Algo tinha acendido dentro dela, e de repente pareceu menos suspensa do que segundos atrás, quando tinha o ar de alguém dopado. Os cliques foram disparados em sequência, enquanto Tomas e Orlando, inquietos e com frio, esperavam.

Quando passaram em frente ao prédio da universidade, diante de um relógio cuja pontualidade diziam ter ajudado Ibsen a regular seu próprio relógio de bolso, Tomas lançou um olhar de desprezo para o céu cinzento. Como vinha sentindo aqueles relâmpagos emocionais, outro se instalou nele com um desejo de sol. Mas o sol lembrava Alister, o tom metálico, de mel luzidio, dos seus cabelos, seu gosto pelo calor e sua pele tostada. Fechou o rosto para as lembranças, desejando que o ano todo fosse escuro e tomado pela neve. Enquanto ouvia os cliques da câmera de Muriel, Orlando andou alguns passos para ver, incrédulo, uma mulher que parecia imigrante e que, ajoelhada na outra esquina, pedia dinheiro com as mãos sujas em concha.

— Eu não sabia dos moradores de rua — disse ele, virando-se para Tomas. — Ninguém fala disso.

Tomas suspirou.

— Pois é, o Tadeu me disse que é bem comum.

— Não são noruegueses, são?

— Não. Geralmente são ciganos, imigrantes da Polônia.

Ele continuou tomado por um sentimento confuso entre o assombro e o fascínio. Não esperava ver aquele tipo de cena na Escandinávia. Como em qualquer lugar do mundo, a maioria das pessoas que passava diante da mulher fingia que ela não estava ali. Algumas poucas erguiam a mão, constrangidas por não poder ajudá-la, enquanto outras se inclinavam rapidamente, depositando uma moeda entre seus dedos ou numa pequena caixinha de plástico à sua frente. Sempre que alguém ajudava, ela agradecia em sinal de oração. Orlando teve vontade de fazer a sua parte, mas ao mesmo tempo era contra aquele comportamento. Primeiro porque não era o seu país; segundo porque não queria incentivar a mulher a continuar ali; terceiro porque não tinha dinheiro, nem uma única coroa norueguesa ou uma moeda de dez coroas. Tinham saído do Brasil apenas com o cartão de crédito liberado às pressas para compras no exterior. Quando Orlando descobrisse que um dos maiores problemas de toda a Escandinávia era a imigração de pessoas vindas do leste europeu através da Suécia, talvez um cigano pedindo dinheiro na rua não tivesse mais tanto impacto.

Como estavam voltados para a rua, nenhum dos dois percebeu que Muriel tinha parado de fotografar. Havia algum tempo que ela vinha limpando as lágrimas, esfregando a parte do rosto ainda vermelha. Queria gritar e contar tudo, queria parar de tremer para conseguir tirar uma foto decente que não tivesse as cores borradas e espalhadas sob a luz congelante. O tapa de Magnólia ainda ardia, e sua mão ainda formigava pela vontade de ter revidado. Talvez assim fosse melhor, sem ninguém saber. Distraídos, o pai e o irmão não precisavam se preocupar com mais uma coisa. Ela mesma resolveria seus problemas com a tia.

9.

Ao chegar no apartamento, Muriel hesitou por alguns segundos antes de abrir a porta. Sentiu um desejo muito forte de, em silêncio, dar um passo para trás e voltar pelo corredor. Havia se lembrado de que a tia ainda estava lá e se arrependeu da decisão. Se retornasse sem a câmera, Tomas e Orlando achariam estranho e fariam perguntas. Ela imaginou que a porta ainda estaria aberta depois de Tomas deixar as chaves sobre a mesa. Se Magnólia tivesse trancado, Muriel não insistiria, voltaria para o parque e tentaria não se incomodar com o fato de estar sem sua Canon, mas pelo menos teria uma justificativa, cujo teor provavelmente desencadearia outra crise de irascibilidade no pai. Desde o aeroporto da escala em Zurique, ela tinha se arrependido de não colocar a câmera na mochila e ficou com medo de que o manuseio de sua mala causasse algum dano sério à máquina. Mas nada aconteceu, como verificou antes do banho na noite anterior.

Forçou a maçaneta tentando não fazer barulho e a girou completamente, abrindo a porta. Com sorte, Magnólia estaria no banheiro ou num cômodo cuja disposição das paredes pudesse ocultá-la. Para sua surpresa e decepção, ela ainda estava sentada à mesa com o caderno aberto sobre as pernas. Ela ergueu os olhos e não tentou esconder o susto, enquanto Muriel sorria timidamente e fechava a porta.

— Aconteceu alguma coisa?

— Esqueci minha câmera — disse ela, sem olhar para a tia, atravessando a sala e entrando no quarto.

O quarto estava quente e escuro, muito mais convidativo do que o parque, embora ali não tivesse a oportunidade para grandes fotos. Se pudesse, teria se enrolado nos dois edredons da cama de casal e tirado um cochilo. Ficaria livre da tia, do passeio, do frio. Da vida, por alguns instantes. Ao mesmo tempo, ficar no apartamento sozinha com Magnólia parecia uma espécie de ameaça que ela não queria sofrer. Imaginou a tia vigiando seu sono, o olho claro reluzindo atrás da porta semiaberta, mas isso não passava de uma grande imagem, uma fotografia que gostaria de fazer, ainda que fosse com ela. A luz da sala revelando um vulto de olhos brilhantes atrás da porta, a claridade leitosa entrando no quarto com timidez, em tentáculos brancos pelo chão e pelo batente da porta, e todo o restante engolfado pela escuridão. Além de uma boa fotografia, daria um belo quadro. Se lembrasse, compartilharia a ideia com o pai, embora a última vez em que vira uma tela dele tivesse sido constrangedora: ela tinha confundido um experimento dele com o retrato de uma travessa de lasanha. Foi só depois de ficar insuportavelmente emburrado que ele contou que aquilo era uma pintura a óleo de um feto visto por um ultrassom em 3D. Sua chefe na rádio estava grávida e havia mostrado a imagem a ele, que a presentearia com aquela cópia confusa em pinceladas cor de cenoura, vermelho-tomate e amarelo-cheddar. Depois do trágico caso da lasanha, Muriel não soube o que o pai fez com o quadro, só esperava que ele não tivesse confundido também a mãe da criança.

Retirou a câmera do estojo que havia ganhado do pai, colocou a cinta de apoio sobre o pescoço e deixou o quarto respirando fundo, levemente nervosa, mas um pouco aliviada diante da perspectiva de ir embora e ficar longe da tia outra vez.

Na sala, Magnólia mantinha os olhos no caderno. Não estava escrevendo, mas lendo o que tinha escrito, com uma concentração que teria permitido Muriel deixar o apartamento se não tivesse esbarrado numa cadeira, fazendo a tia lançar um olhar amargo. Ela conhecia aquele tipo de olhar. Não era a cadeira, não era o barulho, tampouco a expressão de Muriel: era a sua presença. As duas não ficavam sozinhas há muito tempo – a última vez havia sido quando moraram juntas no apartamento de Magnólia.

– Você podia ter batido – disse Magnólia, colocando o caderno na mesa e cruzando os braços. Mal tinha falado aquilo e sua postura já era belicosa, as costas retas como uma placa de mármore.

Tudo o que Muriel queria era sair. Bastava dar de ombros, avançar quatro passos, abrir a porta e fechá-la sem olhar para a tia. Mas, dadas as circunstâncias e a voz seca de Magnólia, ela desistiu de fazer aquilo. Temia brigar com o pai outra vez, ele vinha insistindo que ela fosse mais flexível. Durante uma discussão, eles tinham debatido o conceito de flexibilidade, e Muriel explicou, com exemplos e argumentos impossíveis de desconstruir, que a pessoa mais inflexível na família era Magnólia. Orlando sabia disso, mas tinha uma tendência questionável a defender a irmã por causa do transtorno. Quando o Transtorno de Personalidade Borderline não causava estragos, produzia alguns sentimentos aguados de condescendência dos quais Muriel já estava cansada e em cuja base se apoiavam os piores clichês. Nos últimos anos, ela havia assistido a uma crescente passividade do pai em relação a tia e isso a irritava profundamente. Ele ainda tinha seus rompantes de irmão mais velho, dizia certas verdades por telefone ou, em raras ocasiões, pessoalmente, mas tinha adquirido uma postura bastante cautelosa e patética, que sempre pedia por uma cabeça mais baixa, uma voz de conclusão mais mansa e uma concordância infantil com todos os atos e todas as formas de comportamento de Magnólia. Era pior e mais desesperador do que a passividade de Herbert.

A frase de Magnólia ficou espiralando no ar como um floco de neve. Quando Muriel entendeu, o floco se dissolveu e ela avançou até a porta pensando na resposta. Queria ser corajosa, queria que sua voz saísse firme, mas não rude. Controlada, mas não *tão* controlada a ponto de transparecer uma hesitação na qual a tia pudesse rolar de prazer – e ela sabia o quanto gostava disso, de ser testada e de testar os outros.

– Eu estava com pressa – disse, finalmente.

Magnólia não acreditou. Não era nada demais Muriel ter voltado, mas ela se sentia tentada a discutir. Alguma coisa tinha acendido, disparado e queimado como um velho fusível em sua cabeça. O que a incomodava era aquela forma de voltar, de repente, inquietando seus planos, seu silêncio, quando estava prestes a pegar o molho de chaves e deixar o apartamento sem que ninguém soubesse. Além do mais, sua situação com a sobrinha ainda estava entalada na garganta como um pedaço de pão seco.

– Preciso ir – disse Muriel, sentindo que já estava condenada naquele "ir", porque sobre o novo campo minado que havia se instaurado na sala, qualquer passo em falso, combinado a uma palavra mal escolhida, a atiraria pelos ares.

– Eu queria conversar com você – disse Magnólia.

Muriel já estava com a mão na maçaneta e a deixou ali, pensativa.

– Meu pai e o Tom estão me esperando.

– Não está tudo bem entre nós, está?

Ela soltou o braço e encarou a tia. Conhecia aquela maneira sub-reptícia de começar uma discussão. No entanto, colocando todo o peso do corpo numa perna só e pensando com mais cuidado, concluiu que talvez Magnólia não estivesse afiada para cortá-la. Talvez só quisesse mesmo conversar, embora fosse difícil acreditar nessa possibilidade.

Para espanto de Magnólia, Muriel deixou a porta e puxou a cadeira mais próxima, largando-se nela visivelmente nervosa.

– Eu quero que fique tudo bem entre nós – disse Muriel, a voz aguda e sonora como um dedo deslizando na borda molhada de um cálice.

– Eu também quero, acredite. Mas sinto você distante, me evitando o tempo todo.

– Você foi injusta e eu não consegui perdoar isso.

– Quando eu fui injusta? – indagou Magnólia, e sua voz também subiu, tremeluzindo e começando a lançar suas primeiras faíscas.

– Você sabe.

Muriel abaixou os ombros. Detestava voltar àquele assunto. Doía tanto. Uma das coisas que mais a perturbavam na vida era a injustiça, mas também a desconfiança sobre o seu caráter e, principalmente, a mentira.

– Você disse... Você sabe o que disse, como agiu no ano passado – disse Muriel, encarando-a. – Não precisamos reviver tudo.

– Inacreditável!

– O quê?

– Que você ainda guarde o que vivemos no ano passado!

– Você também guarda, não negue – disse Muriel, controlada, mas fria. – Senão, não me trataria com desprezo também. Eu sei por que te trato assim, mas se você diz que esqueceu o que passamos, é mais uma mentira sua. Só isso.

Magnólia se ajeitou na cadeira. Estava incomodada e sentia-se encurralada como um animal, literalmente, porque de repente a mesa pareceu próxima demais, esmagando-a contra a parede. A postura de Muriel era relutante, mas ao mesmo tempo decisiva.

– Eu não menti uma única vez – defendeu-se Magnólia.

– Mas entendeu tudo errado e me acusou falsamente. Isso é um tipo de mentira.

– Olha – começou, apoiando os cotovelos na mesa e inclinando o corpo para a frente, colocando seu rosto muito mais próximo do rosto da sobrinha –, eu não menti. Eu vi o que estava acontecendo.

– Então você vai continuar sendo injusta? Isso, sim, é inacreditável!

– Você não pode desfazer o que eu vi, Muriel.

– E o que você viu?

– Você quer mesmo que eu repita? – ameaçou Magnólia.

– Faça o que quiser.
– Tudo bem. Eu vi que você e o Herbert estavam se dando *muito* bem. A relação de vocês não era normal, nunca foi!
– E a sua relação com ele ou com qualquer um é? – provocou Muriel.
– Estamos falando de você dar em cima do *meu marido*!
– EU NUNCA FIZ ISSO!
– EU VI!
As duas estavam gritando, estranhamente contidas, uma de cada lado da mesa.
– Você não viu nada! A única coisa que você viu foi seu casamento desmoronando e me usou como bode expiatório das suas paranoias!
– Se meu casamento desmoronou, foi por sua culpa – vociferou Magnólia.
– Como?
– Você acha que eu não te via pelos cantos do apartamento tirando fotos do Herbert? Escondida em cada cômodo, registrando tudo o que ele fazia?
– Eu estava fazendo um trabalho para a faculdade! E não tirei fotos só dele, você sabe disso. Você também foi fotografada, e com consentimento! Agora eu me arrependo de ter perdido tanto tempo enquadrando o seu rosto.
– Porque o do Herbert bastava, não é mesmo?
– Pelo menos ele é fotogênico – soltou Muriel.
Magnólia virou o rosto para o outro lado e subitamente ergueu-se da cadeira. Muriel pensou em levantar também e voltar para a porta. Queria ir embora, mesmo que a conversa terminasse ali, sem conclusão. Não precisava de uma.
– Eu recebi você no nosso apartamento – disse Magnólia, alisando os cabelos e pousando as mãos em volta do pescoço. – Você tinha um quarto só seu, podia entrar e sair quando quisesses. Você foi bem-vinda, e o que fez? Deu em cima de um homem casado! Com a sua tia!
Uma lágrima se rompeu do olho direito de Muriel.

– O que mais dói é que você continua sendo injusta – disse ela. – Não é exatamente o que você fala, mas no que você acredita.
– Não precisa continuar negando. E agora já nem faz diferença porque ele tem outra. Não que você tenha alguma coisa a ver com isso, mas...
– Que bom, talvez ele seja mais feliz longe de você.
Magnólia avançou sobre Muriel e as duas ficaram muito próximas. A respiração de Magnólia erguia uma mecha de cabelo num ritmo alucinado.
– Eu sinto pena de você, tia. Você se prendeu nesse seu mundo e não quer sair. Não vou insistir mais, pense o que quiser.
– Claro, porque você não tem argumento, mocinha.
– Eu tenho a verdade, e ela está longe de ser estragada como a sua cabeça.
As costas de Muriel acabaram pressionadas contra a maçaneta quando Magnólia desferiu um tapa em seu rosto. Ela ficou paralisada, como o seu silêncio. Por incontáveis segundos, as duas se encararam sem julgamentos, possuídas por uma espera que meditava sobre os próximos gestos, os próximos atos, as próximas falas.
Mas nada mais foi dito. Muriel manteve seu orgulho e, sem colocar a mão no rosto, como faria por reflexo, cerrou os olhos, deu as costas para a tia e saiu pela porta, deixando-a aberta. Magnólia também estava paralisada e demorou muito tempo até que batesse a porta. Sua mão, trêmula, ardia. Sentiu falta de ar e voltou a se sentar, dessa vez no sofá. Um calor incômodo queimou seu pescoço e uma leve dor de cabeça começou a irradiar na parte frontal de seu crânio.
Chorou lenta e silenciosamente, com medo de que realmente estivesse sendo injusta.

10.

Se o ponto cinza no meio do Slottsparken fosse um pequeno barco singrando um mar de gelo, ele estaria prestes a afundar. Muriel quase se perdeu enquanto adentrava o parque com a máquina fotográfica presa ao pescoço e os olhos cheios d'água. Suas pernas estavam trêmulas e sentia-se confusa quanto à direção – os tons de branco se fundiam e, com as lágrimas, tornavam sua visão pastosa como num Turner menos colorido. Visto de cima, o barco parecia em dúvida sobre qual caminho seguir. Mas ela não era um barco, e naquele momento não tinha sequer a estrutura de um. Seria mais fácil ser comparada à água congelada do pequeno lago perto da entrada do parque: dura e fechada na superfície, fria e perigosa por dentro. Como Magnólia. Vinha pensando na tia desde os passos resolutos no corredor do prédio. Tudo o que podia enxergar era uma mulher cruel com a qual ela não queria ter um laço de sangue, mas tinha. Um sentimento de ódio havia se instalado em seu corpo, puxado pela gravidade, e colocado força em seus pés, cujos passos eram pesados e doloridos. Havia alguns anos, quando Muriel sentia-se mal, sua primeira decisão era meditar, cantar mantras e caminhar. Agora, tudo o que ela fazia era caminhar daquele jeito, forçando os calcanhares, açoitando o chão, descontando sua raiva até que suas angústias e pensamentos agônicos fossem substituídos pela dor nas pernas e, consequentemente, pelo desejo de descanso.

O caldo que dava consistência àquela manhã de repente tornou-se espesso como o seu sangue. Sentiu-se profundamente enraizada por um novo desejo: o de ficar ali, de pertencer a um novo lugar. A ideia, embora atraente, consistiria num desafio muito maior do que simplesmente ir embora do Brasil: afrouxar os laços familiares para ser uma pessoa menos afetiva e, então, distanciar-se para sempre. Não queria tornar-se um reflexo de Magnólia, mas a frieza talvez ajudasse a sobreviver. Pessoas frias podiam ser menos amadas, mas não havia sangramento nem dor. Elas passavam pelas coisas como uma flecha de aço gelado rasgando o ar quente, inclusive corações, mas isso era inevitável. Morar num outro lugar, num lugar como aquele, talvez lhe desse um novo sentido de identidade e, assim, uma nova vida, um novo futuro e um passado menos nítido.

Em poucos minutos, Muriel pensou nisso tudo, desejou isolamento, ser outra pessoa, recomeçar suas relações, renascer, tudo por causa de Magnólia, por causa daquele tapa, mas principalmente porque estava cansada. Ela queria sentir atração pela vida outra vez, e isso só vinha acontecendo quando tinha um olho na câmera fotográfica, o outro fechado diante do mundo e a intenção de fazer um registro que a tornasse um pouco dona do tempo.

Estava desorientada demais para fotografar agora. O ruído dos passos na neve perturbava sua concentração, mas ela sabia que tão logo parasse de andar e respirasse fundo, seus conflitos se dissolveriam como a neve tocada pelo sol, formando uma poça sem forma e por isso menos importante, impossível de pegar e moldar, de ver seus contornos. Além disso, a irritava saber que dali a algum tempo, quando estivesse com Tomas e Orlando, voltaria a se resignar com o presente, repetindo mentalmente o passado e sentindo uma terrível preguiça do futuro. O tapa de Magnólia ainda ardia, menos pelo gesto do que pela memória.

Ela queria pegar um caminho desconhecido e fugir de tudo.

A salvação dos seus pensamentos veio quando se aproximou do pai e do irmão. Para disfarçar, apertou o passo e mostrou-se levemente ofegante quando os alcançou, percebendo que Tomas havia chorado e que o comportamento dos dois não era natural. Os olhos do irmão pareciam muito mais verdes; ao redor deles, as córneas estavam cobertas por uma renda de vasos vermelhos que realçavam a cor, num brilho de esmeralda metálico quase inumano diante do reflexo branco da neve. Quieto, Orlando forçou um sorriso ao vê-la, como se tivesse sido pego fazendo alguma coisa ilícita. Quando ele perguntou do avermelhado em seu rosto, Muriel contornou o assunto e seguiu em silêncio. Todos estavam escondendo algo, por que ela também não podia?

A respiração de Magnólia tremulava como uma bandeira hasteada até o limite. E com a mesma fragilidade do tecido de uma bandeira, o ar que saía de seu corpo ondeava nervoso. No entanto, havia puxado uma manta de algodão sobre as pernas, esticadas ao longo do sofá, e o apartamento tinha uma temperatura agradável. O tapa desferido em Muriel tinha sido o primeiro na sobrinha. Nunca pensou que seria capaz de fazer aquilo – na verdade, ela nunca pensava em nada antes de agredir alguém, apenas se lançava à força do impulso. O fato tinha acontecido em 2012, sete anos atrás, mas interrompeu seus pensamentos com a imponência de uma descoberta: o tapa em Elisa. Lembrou da irmã, atormentada por uma lagartixa que havia atravessado a sala da casa de Orlando. A mão ardendo, o rosto assustado de Elisa, e um misto de vergonha, culpa e prazer. Ela não tinha o costume de projetar fisicamente o seu ódio nos outros – era ela sempre o melhor alvo, o mais fácil, aquele que não a odiaria de volta. Sua pele sempre a perdoava, por isso a cicatrização rápida. Durante sete anos tinha conseguido se manter longe da violência física, como uma espécie de abstinência. Durante sete anos, Magnólia carregou, como um filho magoado e raivoso, o desejo de bater, de violentar, até de matar. Porque o ódio era uma construção, e a posição do seu último tijolo, o acabamento ou a pintura, determinante. Agora tinha quebrado um ciclo de paz, de retenção, um período quase vitorioso de resistência. Depois, ela pensou que talvez estivesse dramatizando um simples tapa. Um tapinha no rosto não era nada. Muriel já era uma mulher, levaria outros tapas, passaria pela execração a que todo ser humano está fadado a passar. Talvez aquele não tivesse sido um dos seus piores impulsos.

Ainda assim, pensar nas consequências fazia aumentar sua ansiedade. Não era todo tipo de confronto que a excitava, que fazia seu sangue ferver de maneira positiva. Alguns lhe causavam a náusea que sentia ao passar diante de um açougue, absorvendo o cheiro úmido, quase gelatinoso, da carne crua, da gordura e do sangue.

Por isso, Magnólia estava no sofá há quase meia hora, encolhida em posição fetal, olhando do molho de chaves para a porta, dividida entre a vontade de sair para procurar a família – *família*: a palavra tinha o calor alaranjado de um candelabro cheio de velas acesas sobre uma mesa enfeitada para a noite de Natal e rodeada de pessoas especiais, esfuziantes e entregues ao amor e ao brilho doce das frutas separadas para a celebração – e apenas adormecer, com a porta ainda destrancada, até ser acordada por Orlando ou Tomas. Quando Muriel voltasse, seria difícil olhar para os dois, como se também tivessem sentido a ardência em seus rostos.

Apoiando os dois cotovelos no sofá, ela fez força para se levantar e foi até a janela. A visão era quase um clichê dos filmes europeus ou do imaginário do hemisfério sul: casas de telhados escuros e pontiagudos quase inteiros cobertos por uma placa de neve; árvores fantásticas como esculturas de ardósia e cristal; prédios baixos cujas sacadas, com grades de ferro, também se cobriam de neve, como se alguém tivesse passado sobre a cidade polvilhando açúcar; objetos que ela não sabia identificar, mas que continuavam brancos, dobrados e empinados como guardanapos em forma de bispos; carros e luzes cor de fogo despontando das janelas aqui e ali, como pequenos sóis enquadrados e presos nas casas e apartamentos. Secretamente, ela tinha um fascínio quase acidental por essa vida, por essa vista. Quem não tinha? Tudo parecia milimetricamente perfeito, desde a dobra arredondada da neve acumulada nos beirais e nas calhas, como se moldada por mãos habilidosas, até a luz das luminárias, indicando vidas acesas perdidas na escuridão do inverno. Embora quisesse, ela não se via coadunada ao lugar. De alguma forma, Magnólia se via como outra cor que macularia a paisagem branca. Uma mancha de vinho na virgindade do gelo.

E talvez por isso mesmo precisasse sair do apartamento, para desvirginar a harmonia das coisas brancas.

Em alguns pontos de Oslo havia nevado bem menos. A neve tinha a aparência de farinha, cobrindo pontos aleatórios nos parques e nas ruas, em falhas que lembravam que o fim do inverno estava cada vez mais próximo. Inevitavelmente, a mente de Tomas, silencioso em boa parte do passeio, deixou-se envolver por aquela paisagem menos congelada e viu a neve nas partes gramadas da cidade como flores brancas muito baixas. À distância, era exatamente isso. Nem por isso esses lugares eram menos frios, e talvez a sensação de frio fosse ainda maior devido à água que pingava dos bancos, das árvores, devido às poças que se formavam devagar, lançando reflexos de um céu cada vez mais encardido de cinza.

Muriel fotografou por quase todos os minutos, erguendo a câmera diante da entrada de cafés, de pórticos de casas antigas, de blocos de apartamentos cobertos por esqueletos de heras que deviam incendiar as tardes de outono com suas folhas laminadas de vermelho, laranja e dourado. Também fotografou vitrines cheias de chocolates, estátuas cujos olhos tinham sido vendados pela neve, sebos e antiquários, crianças correndo em volta de uma fonte, pessoas cujos olhares desconfiados guardavam o mistério de um povo e de todo o mundo. Tudo era fotografável, até a chaminé de uma antiga fábrica ou a mansarda de um casarão de tijolos aparentes num bairro residencial mais silencioso que um cemitério. O que Muriel via nas fotografias, Tomas via na linguagem, e cada um escrevia sua experiência de uma forma.

Enquanto isso, Orlando acompanhava os filhos um pouco fascinado, afastado, e também incomodado com o frio. Pensou na irmã, no luto de Tomas, naquele lugar, mas a mulher pedindo esmola não saía desses mesmos pensamentos, como se colada a cada imagem, uma personagem coadjuvante, uma sombra peculiar a cada forma de luz lançada por sua mente. Parte do seu silêncio vinha da distância dos filhos. Perguntou-se se aquele era o momento, ou se já havia começado: o momento em que os filhos amadurecem e tornam-se independentes para tornar o próprio pai independente de afeto. No fundo, ele acreditava que tinha a ver com o fato de ser homem, não apenas pai. As mulheres já costumam instilar nas pessoas uma segurança quase inerente, com um caráter de confidência, de bem-estar, portanto uma mãe potencializava tudo isso. Exacerbava esses sentimentos. O fato de ser homem endurecia o carinho dos seus filhos? Talvez. Tomas e Muriel ainda tinham uma imagem difusa e problemática de Orlando. Ainda podiam vê-lo bebendo, xingando, se isolando, chorando pelos cantos da casa. Em meio àquele mar de incertezas, tentavam observar o pai com cuidado, através de um periscópio, prontos para mergulhar novamente em seus próprios devaneios, onde o pai não cabia e tampouco precisava caber.

Ele não insistiu, não chamou os dois para fazer perguntas, nem os convidou para comer ou beber. Queria forçá-los a fazer o pedido. Queria que viessem até ele como se ainda fossem suas duas crianças favoritas no mundo, frutos de Sara, resíduos de sua presença e agora extensões de sua ausência. Uma ou outra vez, Tomas apontou um prédio ou um monumento, explicando ao pai, com as mesmas palavras, o que Tadeu explicara a ele.

Foram os três até a estação de trem, perto da qual ficava a famosa casa de ópera da cidade, um bloco de granito branco flutuante. Viram a água tremelicar, sombria e sedutora, e como uma família normal de turistas que não compreende nada de história nem do significado das coisas, tiraram fotos, sorridentes e ligeiramente perdidos, com o tigre de bronze perto da estação, feito por Elena Engelsen para o aniversário de mil anos de Oslo.

Talvez um dos três tivesse aberto a boca e sugerido um desvio, um lugar diferente para visitar, quando avistaram um chapéu suspeito, coberto de neve, se aproximando deles na mesma calçada. Magnólia mordeu o lábio inferior, mas não teve como escapar. E todo o seu nervosismo voltou, vibrou dentro dela, como o frio vibrava em todas as coisas brancas.

11.

Orlando abriu a porta do restaurante sem olhar para trás. Preso ao calor do lugar, o ruído de uma máquina de moagem invadiu a calçada, escapando por alguns segundos para o lado de fora enquanto Tomas, Muriel e Magnólia, arrumando o chapéu com a mão direita, ajeitando o cachecol com a esquerda e lançando um olhar desconfiado, seguravam a porta e entravam em fila depois de subirem três degraus. Estavam longe do centro turístico de Oslo, num restaurante "semivegetariano" (mais tarde, Magnólia reviraria os olhos por causa disso) localizado quase em frente a uma praça de pedras cinza e árvores altas, vazia e congelada como o resto da cidade.

Depois de andarem quase oito quarteirões, esmagados por um tipo de silêncio que arrefecia seus comportamentos, os quatro concordaram que aquele restaurante parecia agradável – e realmente era. Na verdade, qualquer lugar seria, contanto que pudessem desviar do mal-estar que havia se instaurado desde o encontro surpresa com Magnólia.

No meio da rua, parados como turistas timidamente perdidos, Orlando quase começara uma discussão com ela por causa das chaves, afinal, conforme ele explicara lentamente e com a veia do pescoço saltada, eles poderiam "voltar a qualquer momento e dar de cara com o apartamento fechado". Depois de passar quase uma hora pensando sobre o tapa que havia dado em Muriel, ela já estava cansada, por isso foi fácil não alimentar a discussão.

O restaurante era alternativo e distante dos padrões aos quais eles estavam acostumados. Uma lousa com nomes de sanduíches e tipos de bebidas, divididas em quentes e frias, escritos com giz branco, azul e cor-de-rosa junto aos seus respectivos preços, cobria a parte de trás do balcão, onde uma mulher de cabelos cacheados cor de areia conversava com um cliente sentado num banco alto próximo à janela. Sob a lousa, uma geladeira com refrigerantes em garrafas de vidro, sucos e cervejas dividia o resto da parede com uma pia, um armário pintado de verde-abacate e uma prateleira escura, sobre a qual tinha sido desajeitadamente ordenada uma série de potes de temperos e chás ao lado de uma lanterna japonesa. Pelas paredes daquele primeiro cômodo se estendiam lâmpadas coloridas e cartões postais, junto a outros papéis de propaganda ou comemorativos; no cômodo seguinte, que se abria em L em um segundo espaço, eles viram tubos prateados de canalização que davam um ar industrial, espelhos de moldura dourada, tapeçarias, estantes de livros, pôsteres com fotos antigas de cidades famosas, jogos de tabuleiro e colagens de fotos feitas diretamente na parede, além de três pares de pequenas mesas com duas cadeiras cada, duas poltronas aparentemente antigas e dois sofás no canto mais distante, um cor de chocolate e outro verde, ocupados por três amigos que falavam alto naquele momento. Magnólia reparou que eles bebiam cerveja, comiam pão sírio e alguns legumes crus cortados em palitos, que mergulhavam em dois pequenos potes de vidro com húmus.

Tomas encarou o próprio reflexo no espelho que encimava uma das mesas. Seus olhos estavam mais vermelhos do que havia imaginado. Sentiu vontade de chorar, o que só arruinaria tudo – inclusive o almoço. Não se sentiu mal pela sua aparência, que carregava há uma semana como uma nova identidade, mas porque tinha comentado sobre aquele mesmo restaurante num e-mail para Alister. Já tinha ido lá três ou quatro vezes, sempre pedindo a mesma coisa que os três amigos dividiam. Uma única vez, ele comprara um sanduíche de pão preto com pepino, tomate, mostarda e queijo, que comera com uma garrafinha de suco de laranja Solo enquanto assistia ao pôr do sol na praça próxima ao porto da cidade. Não entendeu como tinham parado ali, justo naquele bairro, mais residencial do que comercial, tão longe de onde estavam antes. (Talvez tivesse a ver com a facilidade com que Muriel ia levando a todos enquanto ia atrás de novas fotografias, guiando às cegas outros cegos, porque agora, sem perspectiva, ele também estava cego para a cidade, e não conhecia, ou não reconhecia mais, os lugares que se viu tantas vezes compartilhando com Alister.)

Quando sentaram-se à mesa, Tomas viu o quanto de loucura havia naquela imagem. Há uma semana, a cena pareceria loucura. Nunca imaginou ver a irmã, o pai e a tia dividindo uma mesa com ele num restaurante em Oslo em pleno inverno. Todas as imagens criadas em sua mente, descarregadas diretamente do coração, tinham sido com Alister. Parecia incongruente, sem sentido, estar ali com eles. A ausência de Alister às vezes soava como uma brincadeira de mau gosto, como se a qualquer instante ele fosse voltar do banheiro rindo, ou como se o próprio tempo tivesse se estendido como um elástico num período errado enquanto ele "estava fora". Quando pequeno, Tomas se perguntava o que aconteceria caso o planeta parasse de girar, e acreditava, com um assombro inocente, que o tempo ficaria igualmente parado. Só anos depois leu a teoria gravitacional e entendeu que as pessoas não conseguiriam se mover – o que para ele era a mesma coisa, afinal acreditava que todos eram feitos de tempo, além de carne, sangue, ossos e ansiedade. Estáticos, os seres humanos ficariam ausentes uns dos outros e continuariam sentindo as mesmas coisas, mas sem poder dar vazão a estes sentimentos, o que seria terrível.

Tantas conjecturas tinham roubado sua atenção enquanto Orlando olhava o cardápio e perguntava o que comeriam. Até ali Muriel insistiu em tirar fotos das luminárias vermelhas, do espelho e de uma dúzia de romances em inglês e em norueguês, dispostos numa pequena janela de caixilho branco que dava para a rua. Tomas se inclinou para os livros e viu títulos de Henning Mankell, Paul Auster, Alex Sens e Margaret Atwood. Havia outros livros espalhados pelo restaurante e isso tornava o lugar estranhamente melhor, mais agradável, como se estivessem em casa. Sentiu saudade dos seus livros no Brasil, mas logo o sentimento foi substituído pela culpa, porque tudo o que o incomodava, que o machucava, que tinha relação com o passado, mas não com Alister, não merecia ser sentido. Não podia ser sentido. Alister acharia uma bobagem, mas ele não.

Por um segundo, uma sensação atravessou Tomas, uma sensação que ele mal distinguiu das outras que o estufavam emocionalmente, como o miolo muito apertado de um boneco de pano: era a estranheza de não saber com exatidão, com aquela familiaridade a qual estava acostumado, o que Alister pensaria disso ou daquilo. De repente, a morte dele tinha levado também a sua interpretação sobre ele. Vivo, parecia fácil ler Alister, mas naquele segundo em que ele mal pôde tocar com a luz trêmula da consciência, qualquer lucubração sobre ele parecia errada, distante, torta. Ler um morto passava a ser uma perda de tempo, como sonhar em uma língua que não se entende, ou simplesmente sonhar algo vívido e cristalino que se dissolve como mel na água no instante em que os olhos se abrem para o dia.

Talvez o encontro inesperado entre eles tivesse sido uma bênção, pensou Magnólia. "Bênção" não era a palavra certa e ela não teria estômago para sequer pensar nisso, mas era o que sentia que contava. Estava morrendo de fome quando saiu do apartamento e se redescobriu invariavelmente apaixonada pelo frio, caminhando elegantemente com um par de botas de couro que raramente usava e um sobretudo preto por cima de um conjunto azul-marinho de calça e blusa de caxemira. Durante todo o seu passeio sozinha, tomou cuidado para não escorregar na neve, embora fizesse mais sentido admirar os vitrais de gelo que tinham se formado sobre as coisas. Sentiu-se livre e revigorada. Se Herbert estivesse ali, ele desejaria estar longe – disso ela sabia.

E, enquanto andava, as chaves do apartamento tilintavam dentro da bolsa não apenas como um lembrete do tapa, mas também do fato de que todos estavam fora. Apesar do comportamento de Orlando, ela não se esquecera deles, porém tinha valido a pena aquele risco.

– Eu vou querer o húmus com pão sírio – disse Magnólia, finalmente, indicando com os olhos o prato que os amigos ao lado tinham pedido.

– Eu vou comer algo com carne – disse Orlando, sem olhar para a irmã. Não queria irritá-la, mas não estava com vontade de ser educado nem de fazer as vezes do bom irmão compreensivo. Embora as opções fossem pouquíssimas, havia alguns sanduíches que incluíam salame e hambúrguer de cordeiro.

– Eles não vendem carne hoje – disse Tomas, com uma voz pastosa. Odiava fazer o papel de quem já sabia das coisas. No fundo, queria ter uma surpresa como eles, mas não era culpa sua que tivessem caído num lugar conhecido, era?

Orlando bufou e largou o cardápio sobre a mesa. Tinha a sensação de que, se comesse o que tinha ali, continuaria com fome.

– Por quê?

– Hoje é segunda-feira – explicou Tomas. – Segunda sem carne – e apontou para um pequeno quadro, pendurado perto da entrada, onde estava escrito o aviso em inglês: "Meatless Monday".

– Isso deveria ser escolha do cliente.

– Você quer ir para outro lugar? – perguntou Muriel, guardando a câmera, o que fez Magnólia suspirar de alívio. Não eram raras as vezes em que ela pensava em quebrar a Canon da sobrinha ou, durante aquela manhã, em atirá-la num lago para que congelasse com todos os seus registros proibidos. A frequência com que Muriel tirava fotos a atormentava – esse tinha sido o segundo principal motivo de suas brigas, e nesse ponto, *apenas nesse ponto*, Herbert concordava com ela.

– Não, vamos comer aqui mesmo.

Ninguém sabia se Orlando estava mal-humorado devido ao incidente com Magnólia, mas quando os pratos chegaram (todos pediram a mesma coisa, além de várias porções de falafel), ele olhou com desprezo para o húmus. Comeu os bolinhos fritos como se fossem a única coisa relevante na mesa, e mergulhou a contragosto um palito de cenoura no húmus coberto de cominho e páprica. Magnólia não se sentiu atingida, estava até se divertindo. Isso porque não conseguia encarar Muriel, e quando o fazia, por sorte ela estava olhando para o próprio prato ou para o lado, provavelmente planejando a próxima foto.

Tomas deu duas dentadas num falafel e abandonou o resto no prato. O sabor era diferente. Não tinha o mesmo gosto da expectativa, quando toda mordida era imaginada na companhia de Alister, no que Alister pensaria, como Alister reagiria. Na verdade, o falafel não tinha gosto de nada. Tinha o mesmo ranço insosso e paralisado de um abandono. Ele não queria enxergar as coisas através desse prisma, mas porque era imenso o silêncio entre os quatro na mesa, permitia que sua mente divagasse, que suas sombras o oprimissem de novo. Quando se tem uma família que sorri à base de placebos, é fácil ser triste diante da dor verdadeira.

Tomas deixou a mesa para ir ao banheiro, uma oportunidade que Orlando vinha esperando desde o parque – na verdade, ele tentara conversar com Muriel, mas ela tinha passado parte da manhã com o nariz enfiado na Canon, de modo que achou melhor não a incomodar, afinal não queria mais brigas.

– Queria pedir uma coisa a vocês – disse ele, aproximando-se das duas como que para contar um segredo. Como nem Muriel nem Magnólia reagiram, continuou um pouco desapontado: – Queria que inventassem algo, ou que fossem para o apartamento, para eu conversar a sós com o Tom.

Pela primeira vez desde o tapa, as duas se entreolharam. Sem saber, Orlando queria unir as cabeças de dois fósforos acesos, criando, assim, uma chama muito maior e perigosa cujo incêndio ele não conhecia a dimensão.

– Ele não vai querer conversar – disse Muriel, resignada. – Já tentei. Ele está fechado.

— Mas isso é normal — disse Magnólia. — Você precisa deixá-lo em paz, Orlando, só isso.

Ele não estranhou o fato de Magnólia usar o singular, como se a sobrinha não estivesse ali, e continuou um pouco mais nervoso:

— Eu não quero saber de nada disso, vocês estão me entendendo? Ele *precisa* de ajuda, ele quer conversar, mas ninguém dá essa abertura. Como vamos levá-lo de volta se ninguém conversa?

— Eu já conversei — insistiu Muriel.

— Ele não vai te ouvir.

Muriel não se sentiu ofendida, mas não gostou do tom de voz do pai, que já falava com aquele irritante hábito de bater a ponta do dedo indicador na mesa, como se sua maior intenção não fosse se expressar, mas impor sua verdade — ela lembrou das poucas vezes em que ele havia brigado com sua mãe, que apontara aquele gesto com total desprezo, e era mesmo muito autoritário, caraterística que parecia se destacar ainda mais num homem baixo e meio gordo como Orlando.

— Vocês podem fazer isso?

Elas não responderam, e ele não entendeu por que não podiam concordar com o plano.

— Se não por mim, pelo Tom — pediu.

Sua voz ficou subitamente mansa, no tom exato para conseguir algo em troca.

— Ele vai desconfiar — disse Magnólia.

— Ele pode querer voltar para o apartamento também — sugeriu Muriel.

— Vocês só colocam defeito em tudo! Eu quero tentar falar com ele, o que há de mal nisso?

As duas permaneceram em silêncio e a conversa teve fim com o retorno de Tomas. Ele estava um pouco mais pálido, os olhos ligeiramente mais vermelhos. Ninguém fez nenhum comentário, nem insistiu para que comesse mais. Durante o pouco tempo de almoço que ainda tiveram, Orlando permaneceu emburrado, com os olhos baixos, visivelmente agitado com o que para ele era uma irreparável falta de cooperação da família.

Quando finalmente deixaram o restaurante, já passava do meio-dia e o céu estava mais claro, como se o sol tivesse se aproximado das nuvens, lançando sobre a cidade um véu de luz ebúrnea que tornava mais brancas as camadas de neve ainda limpas. Em silêncio, perturbados pela conta que tinham acabado de pagar (dividida nos cartões de crédito de Magnólia e Orlando), atravessaram a praça defronte e pararam para ver uma pequena fonte que estava desligada. Duas estátuas abraçadas, também fotografadas pela câmera hiperativa de Muriel.

Orlando aproveitou o momento para colocar sua ideia em prática:

– Vocês duas parecem cansadas, querem voltar para o apartamento?

O que Muriel menos parecia estar era cansada, mas Tomas tinha os olhos injetados num ponto abstrato qualquer além da fonte. E, para o desconsolo de Orlando, Magnólia deu de ombros, lançando um olhar de dúvida para o sobrinho.

– Não querem? Então eu vou – disse Orlando, esfregando as mãos e bocejando forçadamente, como se quisesse enganar uma criança. – Vamos, Tom?

Tomas não foi despertado do seu devaneio. Mesmo numa multidão, a solidão não permite que a perturbação externa acorde um coração moribundo. E Orlando não tirou o filho daquele estado, apenas fez com que ele falasse, sem se mover ou piscar os olhos:

– Pode ir, pai. Eu quero caminhar um pouco.

Muriel parou de fotografar e olhou para o irmão. Os três trocaram olhares urgentes, perdidos entre a ação e a contemplação daquele rapaz tão branco, quase misturado à neve, e tão bruto, como um cristal cheio de pontas, em cujo mistério obscuro tinha endurecido a sua vida.

– Vem comigo, tia Mag? – perguntou Tomas.

Orlando não escondeu o assombro: seus olhos saltaram. Magnólia reagiu mais rápido do que imaginava, assentindo com a cabeça e se aproximando do sobrinho enquanto tentava se comunicar visualmente com Orlando. Muriel guardou a câmera fotográfica e colocou uma mão no ombro do pai, como que para avisá-lo de que tudo estava perdido.

Orlando pegou a chave com Magnólia e se despediu dos dois sem olhar para trás, enquanto Muriel cozinhava um misto de emoções dentro de si, com medo de que a tia fosse destruir o irmão, embora soubesse o quanto eram próximos.

Os dois continuaram por muito tempo admirando a fonte, e foi nesse silêncio que Magnólia permitiu deixar nascer sua tranquilidade. Tomas respirava fundo e às vezes ela tinha a impressão de que ele queria falar, de que a palavra estava quase saindo por entre seus lábios antes de congelar no vácuo.

– Parece que eles estão flutuando – disse ele, finalmente, com a voz quase mais grave dentro daquele silêncio.

Tomas dissera aquilo esticando um braço e permitindo, assim, que Magnólia visse um pequeno corte, um traço que ainda sangrava, na altura do pulso. Não era fundo, lembrava um arranhão. Mas não era um arranhão. Imediatamente, ele cobriu o corte e olhou para o chão coberto de neve. Magnólia sentiu vontade de chorar, mas trocou a liberdade das lágrimas pela franqueza de um abraço, onde, aliviado, Tomas depositou um pouco da sua dor.

12.

Magnólia ergueu a taça na altura dos olhos e sorriu. Tomas desviou o olhar para longe, com medo de que a tia se encontrasse de repente constrangida com aquele breve envolvimento não permitido. Ela já tinha provado o Malbec (dois goles num espaço de quinze segundos), mas era a taça que havia chamado sua atenção: um objeto de cristal facetado, em forma de pirâmide invertida, cuja base levemente esverdeada, ao contrário do que se pensaria à primeira vista, deixava a peça mais elegante do que já era – quase histórica, se ainda houvesse um pequeno brasão dourado de alguma rica família nórdica.

Quando o frio deixou de ser uma opção e a cidade esvaziou, como se o dia fosse um vazamento do domingo, a brancura da neve empurrou Magnólia e Tomas para outro restaurante. Um pub, na verdade. Um pub de madeira escura, confinado, mas agradável, com vidros esverdeados nas janelas que lembravam vitrais, bancos de veludo verde desbotado, algumas porções de comida (variações infinitas de peixes e frutos do mar, além de nozes e batata assada) num cardápio tão velho quanto o dono, que ficava na entrada, e uma respeitosa coleção de bebidas, desde água, passando pela cerveja e pelo vinho, até a famosa aquavita Linie, com 41,5% de graduação alcoólica. Por causa do frio, o primeiro desejo de Magnólia foi experimentar um drinque da bebida com gengibre e lima-da-pérsia, mas os cubos de gelo na foto de uma propaganda da marca a fizeram tiritar como se ainda estivesse na rua.

Finalmente, pediu uma taça de Malbec enquanto sentavam-se numa mesa mais ao fundo, e depois insistiu que Tomas pedisse outra para ele. "Por minha conta, vai", ela disse com um sorriso pouco comum, entre o malicioso e o infantil, como se tivesse feito algo errado. Ele pediu o mesmo e, depois de um brinde silencioso, os dois sentiram-se aquecidos pelo vinho. Prefeririam conversar em um parque, ou mesmo caminhando, envolvidos pelo prazer oculto de descobrir as paisagens históricas de uma cidade com mais de um milênio, no entanto já ficava escuro, a luz baixava como se afundada com as mãos, devagar e sufocada, e o frio aumentava devagar, mas ostensivo, principalmente nos pés, no rosto e nas orelhas.

Tomas tinha observado a tia enquanto ela não o observava. Seu chapéu, úmido de neve, estava pousado na terceira cadeira desocupada e ela permanecia insondável, intocável naquele isolamento considerando a taça em sua mão, ora sorrindo tímida para o sobrinho, ora bebericando o vinho para engolir uma possível fala como se engole um comprimido muito grande, ainda que sem jogar a cabeça para trás, como fazem algumas pessoas. Quase não havia clientes no pub, e talvez por isso falar fosse um desafio maior – e mais perigoso, porque eles seriam facilmente ouvidos, embora incompreendidos. A única coisa que quebrava o silêncio total era um velho rock melódico de alguma banda norueguesa tocando ao fundo, mais baixo do que o som dos copos batendo na superfície do balcão ou dos talheres retinindo na cozinha.

– Você gosta daqui? – perguntou Magnólia.

Foi difícil responder. Primeiro porque o sabor do vinho de repente se acentuou em sua língua, o que foi prazeroso e ao mesmo tempo estranho. Segundo porque ele não sabia se ela se referia ao lugar ou à cidade. Ele gostava dos dois, portanto respondeu com um meneio de cabeça, escondendo a fala num outro gole de vinho.

— Eu gosto. E muito – continuou ela. – Você sabe que estou aqui por você, não sabe?

Magnólia baixou a taça e encarou Tomas. Pela primeira vez em muito tempo, eles se entreolharam com um pouco de vergonha. Havia em Magnólia um desejo muito grande de falar e recuar, e em Tomas o de recuar para poder falar. O vinho era um artifício para que a conversa soasse natural, fluida.

Ele bebeu um gole maior, sentindo a garganta queimar. Teria preferido um copo de suco ou mesmo um copo vazio para encher com seu vômito emocional. Não queria começar a chorar como um imbecil. Sabia que sempre que chorava muito, sua língua travava, ficava impedido de falar com clareza e sua expressão rejuvenescia quase dez anos, conferindo um tipo indesejado de piedade a quem estivesse perto. Tomas continuaria sendo para sempre aquele menino nublado cuja tristeza tornava mais novo, como uma criança deprimida habitando as sombras faciais de um adulto razoavelmente feliz.

— Eu sei – respondeu ele, finalmente. – E agradeço muito.

— Não precisa agradecer. Eu vim porque quis, porque precisava, porque essa dor que você sente não é passageira.

Ele se ajeitou na cadeira estofada e baixou os olhos.

— Meu pai não precisava ter incomodado você com isso. Nem a Muriel. Nem ele precisava ter vindo.

— Ele não sabia que eu vinha. Decidi por mim mesma. Acredite em mim, Tom.

— Eu acredito.

— Não parece.

— Olha, o que vocês podem fazer aqui? – indagou ele, deixando uma lágrima escapar como uma conta de vidro pesada, caindo em queda livre sobre a mesa e formando uma pocinha na madeira escura, que ele limpou com o dedo. – Eu não quero ser ingrato, sabe?

— E você não é.

— Eu não sei. Não entendo de apoio, não sei o que as pessoas fazem pelas outras. Às vezes me sinto pouco humano.

Magnólia sorriu e se aproximou do sobrinho.
— A gente não precisa ser nem pouco nem muito humano pra sentir as coisas. E você não teve apoio quando...
Ela parou de falar e ele sabia por quê.
— Minha mãe?
— Sim.
Ele refletiu, os sentimentos de repente obscurecidos por um passado que às vezes parecia pertencer à outra vida, às vezes ao mês anterior. Sentia-se indubitavelmente outro quando as imagens de sua infância na praia em frente à casa retornavam em clarões solares, seus pés afundando na quentura da areia, a gargalhada de Sara escondendo tão perfeitamente a fúria que ela mantinha longe dos filhos.
— Eu ouvi as mesmas palavras das mesmas pessoas — disse Tomas, erguendo a cabeça. — Era sempre o mesmo discurso, mas acho que criei uma barreira defensiva para aceitar que ela não estaria mais comigo, e para mim isso era... natural. Eu não senti como sinto agora. Talvez eu não entendesse bem a morte.
Magnólia tencionava perguntar mais sobre como ele se sentia, desviando de Sara, mas voltou ao assunto da visita:
— Tom, nós viemos porque...
— Meu pai quer me levar de volta para o Brasil.
Magnólia ergueu uma sobrancelha.
— Muriel — os dois falaram ao mesmo tempo, ela com um ar contrariado, ele resignado. A postura de derrota que Tomas tinha assumido parecia uma resposta física àquela decisão de voltar ao Brasil.
— E por que ela contou? Seu pai queria falar disso com você, mas...
— Ela é minha irmã.
— Mas saber sem um contexto, sem ouvir os motivos, Tom? Está errado. Nós não queremos que você vá se você não quiser ir. Seu curso é importante.
— Você está de qual lado? — perguntou Tomas, encarando a tia.

— Não existe lado, eu só quero o seu bem.

O sorriso e a calma de Magnólia tinham desaparecido por completo. Ela bebeu outros dois goles de vinho, deixando na taça apenas um fundo arroxeado, quase rubi. Olhou em volta, em busca de um funcionário que pudesse trazer a garrafa para servi-la outra vez, mas o olhar de Tomas era magnético e, sem querer, eles já tinham pisado num território mais espinhoso do qual seria impossível sair sem arranhões.

— Meu querido — começou ela, aproximando a mão esquerda do braço dele —, eu não estou de lado nenhum. Por favor, não sinta raiva de mim. Eu quero o que for melhor para você. Não viemos para te levar embora, mas para te ajudar, para te apoiar...

— Com medo de que eu me matasse — afirmou ele, pacientemente. — Pode falar, tia.

— Não. Mas com medo, talvez, de que você não suportasse, de que fosse fatal...

— Ou seja: medo de que eu me matasse.

— Medo de que você se perdesse.

— Eu já estou perdido, tia Mag. Desde a morte do Alister. E não quero encontrar o que for que vocês acham que eu devo encontrar.

— Você não quer ficar melhor? — perguntou ela, confusa com a própria pergunta.

— E você decide quando quer ficar melhor?

A pergunta tinha a mesma ardência do tapa que ela havia dado em Muriel. As palavras crepitaram dentro dela como um veneno em combustão. Tomas não tinha feito a pergunta com ódio, nem com maldade, mas era uma questão dolorida. Mexia com seu transtorno.

— Eu não tenho esse botão — declarou Tom, sarcástico.

— Eu... não — disse ela, soltando os ombros e virando o resto do vinho. — Eu tenho os remédios.

— Eu não tenho nada. E sei que nem sempre os remédios ajudam.

— Quase sempre.

– Eu não vou viver dopado.
– Tom, eu não vivo dopada. Aliás, deixei meu tratamento no Brasil e acho que tenho me controlado bem.
Ele apontou para a taça de vinho.
– Isso não tem nada a ver – defendeu-se ela, a voz saindo um pouco mais aguda, meio assombrada.
– Eu não vou medicalizar a minha tristeza, não vou entupir de químicos a minha saudade.
– Ninguém está pedindo isso, Tom.
Magnólia respirou fundo, levemente impaciente. Temia que sua voz começasse a sair intransigente, e Tom era a única pessoa com a qual ela tinha uma relação mais cuidadosa, como se diante dele suas certezas desmoronassem e virassem caquinhos.
– Quando perguntei se você não quer ficar melhor, eu quis dizer superar isso. Viver, sim, sentir o que você quiser sentir, mas não ficar parado.
– Alguém já usou essas mesmas palavras com você.
– Não sei, eu...
– Foi uma afirmação – disse ele, sombrio, bebendo três goles seguidos de vinho, grandes e longos como se fossem de água. – Você está repetindo o que ouviu. Está usando os mesmos instrumentos que usaram com você para que você visse tudo com mais clareza, para que a vida ficasse cristalina. Mas palavras não tornam a vida cristalina, ela continua sendo difusa, como se vista através de um rio, de água que se move, sabe? Perdemos a perspectiva, o contorno das coisas. *Não vemos as coisas como elas são, mas como nós somos.*
– Anaïs Nin?
Tomas assentiu com a cabeça, esvaziando sua taça. Parecia ligeiramente mais relaxado, embora evitasse olhar para a tia ou para as paredes em volta, encarando sempre o mesmo ponto, onde parecia morar todo o seu futuro surreal e improvável com Alister. Às vezes ele se perdia nesse ponto e se esforçava, virando o pescoço como se seu corpo inteiro estivesse comprimido pela terra, para olhar para outro lugar.

– Como você quer ver as coisas? – perguntou Magnólia.
– Como eu as concebi antes do pesadelo.
– Mas você pode ficar preso para sempre. Preso nesse mundo impossível.
– E como *você* vê as coisas, tia Mag?

Subitamente, ela também ficou ereta. E pensativa. Não estava preparada para a pergunta, nem para se tornar o alvo. Tomas era inteligente, e sua voz tinha agora uma camada de interesse que o vinho havia revelado sem crostas ou espinhos, uma camada lisa e brilhante, verdadeira.

– Eu vejo as coisas... como elas são.
– Não é assim.
– Tudo bem. Eu vejo as coisas de forma confusa. E ansiosa. Como se tudo o que sinto ganhasse um corpo e cada corpo fosse... invisível.

Magnólia apoiou os dois cotovelos na mesa.

– Nada disso faz sentido, Tom.

Eles pediram uma segunda taça de vinho e ela tentou evitar pensar, sem sucesso, que aquelas quatro taças de 150 ml custavam um bom Bordeaux no Brasil.

– Você é confusa e ansiosa – soltou Tomas, deixando escapar um sorriso que logo se apagou. – Por isso vê as coisas assim.
– Então como você vê as coisas agora, espertinho?
– Eu estou cego.

Ela ficou um pouco impressionada. Sabia que era daquele lugar escuro e úmido, profundo como um poço, que o sobrinho queria sair, embora não soubesse disso naquele momento.

– E se estou cego, não vejo nada. Nada existe, de alguma forma. Portanto, nem eu.

Ele suspirou e balançou a cabeça negativamente.

– Isso tudo é tão dramático. Eu odiava ser literário nos e-mails para o Ali, agora estou falando essas bobagens com você.
– Você existe, Tom.
– Eu pedi ao Ali que nunca deixasse de existir.
– Como assim?

– Eu escrevi isso a ele num e-mail. E agora somos um, talvez.
– Eu não estou entendendo.

Tomas pegou as duas mãos da tia e as apertou não com força, nem com o desespero raivoso de um louco, mas com carinho, buscando no calor de sua pele o mesmo amparo encontrado num abraço.

– Ele deixou de existir, e como eu não sinto que existo, somos a mesma coisa, entende? Somos a inexistência um do outro.

Com a mesma surpresa com a qual o ouviu pedir para ficar com ela depois do almoço, Magnólia recebeu o sobrinho nos braços, quase caindo da cadeira. Ele deu início a um choro constante, mas baixo, entrecortado por soluços e grãos de silêncio que iam se avolumando sobre seus pés, puxados por algo movediço e inexplicável, um momento de amor que permitiu a Tomas se aproximar por alguns segundos da mãe. Mas não era Sara ali sentada com ele, nunca seria; mesmo assim, o abraço da tia deu às suas lágrimas um pouco de leveza. Algo indescritível no cheiro dos cabelos de Magnólia também lembrava Sara. Alguns dias depois, Tomas se lembraria dessa cena, desse cheiro, e se perguntaria, com ironia, se as pessoas com Transtorno de Personalidade Borderline também carregavam o mesmo perfume.

Magnólia também chorou e desistiu de perguntar sobre o corte no braço de Tomas. Tinham ido longe demais em pouco tempo, embora desejasse passar a tarde toda com ele virando taças de vinho e discutindo o amor, a morte e a traição – porque ainda sentia necessidade de falar de Herbert com alguém. Mas também queria ir embora, sentir que os problemas dos outros não eram tão sérios. Seu egoísmo não permitia aquele comportamento, e ela detestava quando suas tempestades internas eram minimizadas pelas alheias. Detestava e amava, porque era também um alívio.

Na saída, ao pisarem na neve, andando lentamente de volta para o apartamento, Tomas voltou-se para Magnólia com o cenho levemente franzido. Tinha recuperado um pouco de sua voz e de seu equilíbrio, e havia agora um véu de curiosidade e dúvida em seu rosto.

– Você disse mais cedo que essa dor não é passageira.

Ela pensou por alguns segundos, tentando lembrar o instante em que tinha dito aquilo.

– Acho que não é.

– E por quê?

– Nenhuma dor é passageira – respondeu, as mãos enfiadas nos bolsos do sobretudo e os olhos na calçada, vendo suas botas se cobrirem de neve de tempos em tempos. Sentia-se estranhamente leve e sabia que isso não tinha relação com o Malbec.

– Mas por que você pensa assim?

– A dor não é líquida, não evapora e some diante dos nossos olhos. É dura, é sólida. Podemos destruir nossas dores em milhares de cacos, transformá-las em pó, mas elas continuarão lá. E, juntas, podem voltar a formar muralhas que nunca vamos ousar atravessar.

Tomas parou de repente, pensativo. Magnólia olhou para trás. Ambos estavam confusos com o que pensavam e diziam, e por mais que a conversa tivesse o brilho redondo de um ensaio, nada era ensaiado e ninguém estava interpretando.

– Você já atravessou alguma muralha? – perguntou ele, e seus olhos tinham o vestígio infantil do menino de sete anos atrás.

– Eu vivo presa em uma.

Eles voltaram a caminhar, sentindo o sabor adstringente do vinho e vendo as coisas como elas realmente eram.

13.

[do diário de Magnólia]
05.03.19

    Hoje eu descobri, um pouco assustada, que o principal desafio dessa viagem – depois de não enlouquecer com a minha própria vida e não me deixar ser tragada pela vida dos outros, sendo esse plural na verdade um singular chamado Tomas – consiste em manter um riso forçado. Não forçado demais que chega a mostrar o cor-de-rosa da gengiva, nem forçado demais a ponto de eu ficar com a expressão alucinada de uma doida varrida, como as mães vazias, sublimadas na escravidão doméstica dos comerciais antigos de amaciante para roupas ou de pomada infantil para contusões. Forçado apenas no ponto certo: quando se deixa a boca um pouquinho aberta, os dentes à mostra, como se fios invisíveis prendessem os cantos dos lábios ou, melhor, como se em cada bochecha, pedaços de algum alimento duro fossem apertados contra os dentes. O riso forçado tem me ajudado a parecer normal. Ou tranquila. Orlando parece ter se esquecido do meu transtorno e, diferentemente de outras vezes em que estivemos reunidos, ninguém me olha com medo ou pena, o que me ajuda consideravelmente a não agir com violência nem querer ficar me defendendo.

    Talvez meu riso forçado esteja ficando cada vez mais natural, e isso me assusta. Tenho medo de me transformar em uma mulher *resignada, que vai morrendo por dentro.* Nunca pensei que fosse escrever isso, embora nada muito distante tenha se passado pela minha cabeça nos últimos anos.

Tem sido bom escrever aqui todos dias, ainda que esse não fosse o meu plano. Não tenho escrito por obrigação, apenas acontece. Também é uma forma de eu me distanciar dos outros, ter meu tempo, meu espaço. Orlando pouco se importa e os meninos me olham com curiosidade. Mas eu não me sinto na obrigação de explicar o que faço, nem por que escrevo – afinal não sou analfabeta, é um direito meu.

Ontem eu dei um tapa em Muriel. (Preferiria não escrever sobre isso, mas talvez me faça bem.) Por alguns segundos me senti poderosa e ao mesmo tempo derrotada. Ela disse que eu tenho a cabeça estragada e isso me feriu bastante, muito mais do que o meu tapinha. Desde ontem, quando estamos juntas e sozinhas, ela me olha e me trata com frieza, encarando o chão ou fingindo não me ouvir. Perto do pai, força o mesmo riso que o meu, mas permanece quieta, se dirigindo com indiferença. Não esperava nem espero outra coisa, mas não gosto disso. Às vezes sinto que, sem saber, tenho algum prazer sombrio em me prender nos ciclos de autossabotagem: primeiro briguei com o Herbert e deixei um país – mais pela necessidade de fugir do problema do que pelo luto do Tomas, e isso é bastante duro de admitir porque amo meu sobrinho profundamente –, depois briguei com a Muriel e devo, em breve, deixar esse país para voltar a brigar onde é a minha casa.

A hostilidade no olhar de Muriel fez com que eu me lembrasse da minha própria juventude. Tenho o dobro da idade dela, mas a metade da determinação – às vezes. Sinto que não só eu encolho diante desse olhar que julga, que condena e que me chama de vaca, mas que tudo ao meu redor encolhe, me aperta, e por isso me faz querer gritar por ajuda.

Por muito pouco também não briguei com Orlando por causa das chaves do apartamento. Achei que a viagem fosse distraí-lo, mas não. Sinto em seu olhar que ele continua tendo um prazer *muito íntimo em me enfrentar, embora nós dois sempre fiquemos desgastados com esse tipo de confronto. Ele está estressado por causa do Tom, por causa de dinheiro, por causa do frio – não acho que deveria ter vindo, como o próprio Tom me disse.*

Pobre Tomas. Se ele não estivesse tão perdido em si mesmo, eu me abriria com ele, sem considerar se é justo ou não um adulto se abrir com uma criança. É engraçado pensar nele como criança: um jovem com mais de um metro e oitenta, cuja aparência daria orgulho à Sara. Com certeza ela saberia se divertir em Oslo, talvez até mais do que os noruegueses.

Queria muito carregar esse diário por aí. E que ele fosse menor. Ainda ontem tive uma conversa muito estranha, mas reveladora, com Tom. Sei que foi intenso tanto para mim quanto para ele. O vinho me ajudou a compreender a linguagem enlutada dele, mas infelizmente não me lembro de tudo o que falamos. Ele está pior, muito pior do que eu imaginava, e infelizmente me vejo refletida nele em muitos aspectos.

Às vezes um amor materno me sobe aos olhos, passa para os gestos, me dá vontade de abraçá-lo, de protegê-lo, de deixar que uma torrente cristalina de palavras carinhosas caia sobre ele como um feitiço, ou uma tatuagem. Algo que se imprima nele e que ele absorva para sempre. Sei por experiência própria que isso é ilusório, mas me faria bem – egoísmo, egoísmo, egoísmo, VOCÊ É UMA VACA EGOÍSTA QUE SÓ PENSA EM COMO VAI SE SENTIR HAHAHA.

Às vezes é uma piedade chata e disfuncional que me possui e tudo o que penso em fazer é chorar. Chorar pelo Tomas, chorar pelo Alister, chorar pela viagem, chorar pelo Herbert, chorar pelo Lourenço (tenho pensado tão pouco nele, alguma coisa se quebrou para sempre), chorar pelo meu cansaço, chorar pelo luto generalizado em que a vida se transformou – esse acidente aéreo tem sido debatido todos os dias, durante 24 horas, na programação da NRK, e como ninguém entende nada, e por respeito ao Tom, a televisão permanece desligada. A vontade de chorar vem na forma de breves ânsias de vômito que passam no mesmo instante. Por fim, eu acabo não sabendo exatamente por que quero chorar e isso me causa ainda mais ansiedade e estranheza.

E às vezes o que eu sinto pelo Tomas é desgaste. É um desapontamento que está mais para o patético do que para a preocupação. Desapontada por ter um sobrinho tão fraco quanto eu mesma sou de tempos em tempos. Nessas horas, tudo o que eu quero é chacoalhá-lo, enfrentá-lo, estapeá-lo, até deixar de amá-lo para que o meu equilíbrio (se é que eu tive isso algum dia) retorne. Eu quero que ele me deixe em paz, mas ele não vai deixar NINGUÉM em paz enquanto não se sentir em paz. Só o Alister descansa em paz.

(Saudade de estar morta.)

ACHO QUE ESTOU FICANDO LOUCA.

(É libertador escrever isso, parece que a loucura encolhe como eu encolho sob o olhar da Muriel.)

Hoje fomos ao Parque Vigeland, o famigerado parque das estátuas. Tudo porque fez sol – se continuasse nevando, tenho certeza de que Orlando já começaria a falar sobre a volta ao Brasil, fazendo contas e circulando um pequeno e irritante calendário que ele carrega dentro de uma miniagenda sem utilidade. O passeio foi bom, o sol foi bom e em nada amenizou o frio. Ficamos quase três horas admirando as estátuas semicobertas pela neve, sujando os sapatos na massa de folhas podres que surge sob a neve já derretida, vendo alguns turistas fazendo tudo aquilo que Tomas sonhou em fazer com Alister. Sem querer, até eu me imaginei com Herbert: ele me fotografando, deslumbrado com o contraste das estátuas e das árvores contra o céu azul-aguado, falando que poderíamos sair dali direto para uma compra de pães e vinhos, que comeríamos em cima da cama do hotel. Sinto falta do companheirismo do Herbert, mas isso já tem quase um ano, ou seja, estou atrasada.

Como sempre, a realidade é mais crua, e se existe um deus, ele deixou secar a ponta do seu pincel para ver desbotar as cores da sua obra, incluindo do tempo. Deus é cruel.

Outra coisa boa em relação ao Tom: senti que estava oscilando entre a mãe carinhosa e a tia piedosa. A Magnólia impaciente tinha sido espetada nos pinheiros do parque logo na entrada.

Assim, pude conversar um pouco mais com ele. Cada vez que o ouço, volto a sentir aquela admiração especial, única, que senti por poucas pessoas ao longo da vida. Ele sabe falar, eu aprendo a ouvir. Ainda não consegui falar de Herbert, embora ele tenha mostrado interesse.

Alguma coisa em Tomas me silencia e acho que são os gritos que ele deixa escapar pelos olhos.

Se pudesse, eu moraria naquele parque. Não como pessoa, mas como estátua.

O Tadeu ligou e disse que vai passar aqui amanhã com o Gunnar, que eles têm uma "proposta irrecusável" para fazer. Depois de desligar o telefone, o Orlando disse meio desanimado que odiava esse tipo de conversa pela metade e que não estava a fim de andar de caiaque naquele tempo. Os meninos riram, mas fazia sentido. Passei o resto da tarde pensando em qual seria a proposta deles e só fiquei mais ansiosa – e temerosa. Odeio surpresas.

Não estou com a mínima vontade de fazer uma excursão pelos fiordes.

Não estou com a mínima vontade de ser agradável.

Não estou com a mínima vontade de ver ninguém agora.

Não estou com a mínima vontade de voltar para o Brasil.

Não estou com a mínima vontade de forçar o riso.

Às vezes a melhor opção é deitar e dormir.

Cansei.

14.

Visto da área onde ficava o obelisco de corpos do Parque Vigeland e espetado sobre a torre esverdeada da igreja de Uranienborg, o sol era uma gema de ovo iluminada por dentro. Não tinha o brilho vulcânico característico de um sol de verão, mas acendia nos noruegueses uma esperança solene de dias melhores. A princípio, era um tipo de sol aparentemente inútil, que não irradiava calor nem iluminava com força, uma vez que uma mancha de nuvens lilases o circunscrevia numa saia de luz vaporosa. No entanto, era o sol – e bastava qualquer aparição sua para que os nórdicos deixassem suas casas aquecidas com a cabeça um pouco mais erguida, inspirando com alegria o fulgor alaranjado como se assim conseguissem reter um pouco de calor dentro dos pulmões – que expiravam com igual prazer. Durante toda aquela terça-feira, a luz branca e embolorada que mergulhara Oslo por dias numa atmosfera inclemente de solidão e silêncio fora substituída por outra mais leve, quase doce, como se a cidade, coberta por uma calda transparente de tangerina e mel, estivesse pronta para receber a exuberância da primavera. As nuvens haviam se dissipado e se esgarçado, arranhadas pelo sol, permitindo que grandes poças azuis-claras de um céu liso e seco como aquarela desbotada ficassem visíveis e afastassem qualquer previsão ou medo de outra nevasca.

A neve, por sua vez, quase não derreteu. O frio persistia e algumas estátuas pareciam se divertir com a situação, mesmo com as cabeças, narizes e ombros cobertos. Os trechos de pedra e concreto, bem como a ponte, estavam escurecidos pela umidade do degelo, o que conferia algum alívio à cena e à própria imagem que as pessoas que chegavam ali tinham do seu dia e até da sua vida – algo muito próximo da ansiedade que antecedia a primavera e que também tinha relação com a luz e com a escuridão, como em todo país escandinavo. Dali a um mês os flocos de neve já teriam sido substituídos pelo perfume de flores e árvores renovadas, o vento seria fresco, o frio muito mais ameno, as estátuas cintilariam como se polidas por flanelas e o verde dos gramados estalaria sob um sol menos tímido num tom uniforme de licor de maçã.

Depois de atravessarem a ponte, demorando-se diante da beirada que dava para o rio e ao longo da qual cada estátua foi fotografada por Muriel em pelo menos cinco ângulos diferentes, Magnólia continuou andando com o braço esquerdo preso ao braço direito de Tomas, sempre a uma distância segura da sobrinha e do irmão. A preferência dela por Tomas poderia soar proposital sob um olhar malicioso, mas eles realmente se davam bem e pareciam a companhia certa um para o outro em qualquer lugar. Sempre tinha sido daquela maneira, até quando Sara ainda era viva. A briga com Muriel tinha feito Magnólia se aproximar compulsoriamente mais do sobrinho, uma vez que estavam em quatro pessoas. E, tendo ou não motivos, Muriel sempre fora mais próxima do pai, com quem agora, entre cliques e mais cliques da Canon e pulinhos de euforia adolescente, compartilhava todas as suas concepções artísticas sobre fotografia. Aquele passeio para descobrir a cidade, literalmente sob uma nova luz, logo depois do almoço, tinha renovado o espírito deles, inclusive de Orlando. Três deles estavam ali há menos de 48 horas, mas se comportavam como mariposas excitadas pela luz solar somente porque uma camada de nuvens havia se desfeito. Tomas observou isso sentindo um pouco mais de afeto pela família. Não chegava a ser amor. Aquela luz não conseguia tocá-lo por dentro dessa forma. Ele ainda era o único do grupo que desde aquela manhã, e a anterior, e a anterior à anterior, continuava indiferente ao tempo. Talvez nem um arco-íris ou uma tempestade de raios tivessem a força e a beleza necessárias para erguer suas sobrancelhas de fascínio.

– E agora? O que você vê? – perguntou Magnólia, indicando uma parte distante do parque onde não havia estátuas.

Por sobre a lapela de um casaco preto que usava, dobrada na altura do rosto quando ele virou o pescoço, Tomas lançou um olhar confuso para a tia. O verde dos seus olhos contrastava com a cor do casaco, que por sua vez contrastava com sua pele tão branca.

– Como assim? – perguntou ele, depois de tanto pensar sobre o que ela falava.

– A nossa conversa de ontem.

Ele ergueu o cenho e voltou a olhar para a frente.

– Não me diga que está cego – provocou Magnólia.

– Eu exagerei ontem. Estávamos bebendo vinho.

– Maravilhoso, por sinal.

– Mas eu teria preferido ficar calado a falar aquele monte de bobagens.

– Pense como um momento de terapia no bar.

– Já fiz terapia – disse ele. – Nunca consegui falar muito.

– Eu também já tive terapeutas que falavam mais do que eu.

– Não é isso. Eu não tinha tempo para falar porque chorava demais. Basicamente, pagava para alguém me ver chorar.

– Você não conversava com o Alister?

Eles pararam de andar de repente. Magnólia ruborizou-se.

– Não tem problema, você pode falar dele.

Os dois soltaram os braços e se viraram para trás. O sol continuava brilhando como um pires de bronze. Sob ele, mais abaixo em seu campo de visão, viram Orlando e Muriel sentados em um banco úmido, curvados sobre a máquina fotográfica e conversando sobre as últimas fotos tiradas.

– Eu conversava – disse Tomas, soltando os ombros.

Ele estava visivelmente desconfortável com a pergunta, mas cansado demais para tentar inventar assuntos que desviassem da sua dor. E por mais respeitosa que Magnólia parecesse, e por mais que ele gostasse dela, não estava inteiramente certo de seu papel naquela história – às vezes a curiosidade dela parecia forçada demais. É verdade que, se Alister estivesse vivo, eles não estariam conversando agora, então ela não perguntaria sobre sua vida, não se interessaria pelo seu bem-estar. A morte acendia no outro uma compaixão menos natural do que diplomática.

Magnólia ficou esperando ele continuar, mas como permaneceu em silêncio, voltaram a andar em torno da fonte, dando mais de uma volta desnecessária. Não havia mais ninguém naquela parte do parque, e às vezes divisavam ao longe, entre as árvores, um ponto escuro ou colorido caminhando ou correndo, às vezes acompanhado de um cachorro.

– Sua mãe fazia muita terapia – disse ela.

– Parece que ajudou – disse ele, quase sussurrando, como se não fosse para ela ouvir.

Aos ouvidos de Orlando, a assertiva de Tomas teria um tom ofensivamente sarcástico, e também foi essa a interpretação de Magnólia por alguns segundos, embora não tivesse visto na expressão do sobrinho nada que indicasse mágoa.

– Por que você diz isso?

– Porque ninguém nunca desconfiou do transtorno – disse ele, finalmente, iluminando as dúvidas de Magnólia.

Pensando melhor, ela se sentiu aliviada. E Tomas tinha razão: Sara possuía um leque de falhas, mas eram todas humanas, compreensíveis, assim como seu comportamento às vezes errático. O tipo de comportamento que todo mundo tem, frequentemente ou não. A exposição dos seus humores era a mesma vista em qualquer outra pessoa – esse era o seu maior talento: decidir até que ponto os outros conseguiriam enxergá-la sem cair dentro dela, sem que fossem sugados pela sua intensidade, muito bem escondida nas profundezas escuras nas quais ela também mal tinha coragem de chegar. Seu histórico de instabilidade parecia sempre atrelado a situações específicas, portanto racionais. Por muito tempo, o verdadeiro rosto do transtorno de personalidade de Sara estivera convenientemente coberto por uma máscara de coincidências aleatórias, atrás da qual ela inteira se ocultava para que a família, mais do que unida, se mantivesse saudável.

– Ela não costumava ficar irritada – disse Magnólia.

– Mas quando ficava, era sempre uma explosão sem sentido – disse Tomas. – Sempre por coisas pequenas que não afetariam a maioria das pessoas.

Eles pararam de andar outra vez e ficaram admirando a fonte, fora da vista de Orlando e Muriel.

– Com você também é assim, eu imagino.

– Assim como?

– Essas explosões emocionais – explicou ele. – Por coisas pequenas.

– Eu não as enxergo como pequenas. Elas sempre têm sentido para mim. Mas às vezes consigo ter um olhar distanciado da situação, então admito meu erro.

– Mas só pra você.

– Só pra mim.

Tomas cruzou os braços. Seus olhos, agora distantes e quase tranquilos, pareciam enxergar o interior das estátuas, quando tudo o que ele mais queria era enxergar o interior daquele ataque a que seus sonhos tinham sofrido. Queria chegar à carne da razão, romper a fibra dos seus questionamentos. Não percebeu que falar da mãe e pensar nela fazia voltar sua vida, por um breve momento, a um tempo quase sem preocupações, sem dores muito relevantes, um tempo anterior a Alister, incolor e inodoro. O tempo das águas. Agora ele vivia o tempo confuso de todos os elementos mesclados, ou de uma água poluída, carregada, através da qual nada se vê a não ser os detritos de construções de realidades imaginadas e as algas inchadas do seu passado. Nesse ambiente, Tomas se afogava devagar, com uma pequena e secreta esperança de aderir a essa nova condição, como um animal se camuflando na natureza, uma coruja marrom se confundindo com o tronco seco de uma árvore.

– Às vezes eu tenho medo de ter isso – admitiu Tomas.
– Isso o quê? – indagou Magnólia, embora fosse uma pergunta retórica. O "isso" tinha soado bastante forçado, quase com asco. Ela tinha "isso", e até aquele minuto não tinha sido contagioso.
– O transtorno.
– Acho que você não tem. Nem vai ter. Mas tome cuidado.
– Com meus sentimentos?
– Sim, mas principalmente com seus pensamentos. São eles que mexem com seus sentimentos, não o contrário. Eu já desisti de tentar controlar algumas coisas, e quanto a outras... faço o possível. Essa viagem tem me trazido estabilidade, sabe? E eu nunca pensei que discutiria essas coisas com você. Aqui. Com frio. Pensando em mais vinho.
– Eu também beberia vinho agora – disse ele, quase leve ao pensar numa taça perfumada de Syrah presa entre as mãos sem luvas.
Os dois suspiraram e em algum ponto da conversa houve uma sensação efêmera de tédio.
– O vinho não mexe com você? – perguntou Tomas.
– O vinho mexe com todos, Tom. Mas decidi que eu iria mexer com o vinho.
Ele sorriu. Foi o primeiro sorriso legítimo e duradouro que Magnólia via desde o domingo. Sentiu vontade de abraçá-lo, mas se conteve. Sabia que desencadearia uma crise de choro.
– Isso é meio romântico – disse ele.
– Eu sou romântica.
– E desde quando o romantismo teve um fim tão trágico?
Magnólia riu alto, Tomas deixou escapar uma risada arejada, quase como uma tosse encoberta pela vergonha que aquela brincadeira lhe causava. Ela não ficou irritada porque gostava de vê-lo assim, distanciado de si mesmo. Pelo menos agora.
– Sou romântica, mas não sou mole – disse Magnólia. – Gosto de velas acesas e cartas de amor, mas a cera não pode cair na mesa nem na comida, e as cartas não podem demorar nem ser longas demais. E uma boa caligrafia é essencial. Ou seja, sou

chata. Sou romântica sem ser imbecil. Sou a Jane Austen sem o tranquilizante pra cavalo.

– Você está mais para Virginia Woolf.

– O Herbert diria a mesma coisa.

Novamente eles pararam de andar. Magnólia hesitou por um momento, como se um caldo amargo lhe tivesse subido à boca. Sob o olhar de Tomas, seu abatimento foi rápido e claro como um relâmpago atravessando seu rosto, seus olhos, seu semblante subitamente tão sério e distante. Cedo ou tarde, durante cada novo dia, pensaria em Herbert e sentiria coçar a ferida do casamento.

Comovida, ela olhou para o céu, agora um pouco mais nublado, lembrando um mingau mexido com os dedos. O nome de Virginia fez com que Magnólia pensasse pela primeira vez que a escritora, seus livros e toda menção a ela estariam eternamente ligados a Herbert. Que sempre que ouvisse aquele nome, que visse um romance dela em uma livraria, Herbert viria junto em sua mente como um parasita. Ela nunca mais teria a liberdade de ler Virginia Woolf isoladamente, sem que a figura do marido flutuasse fantasmática sobre os parágrafos, sobre as fotos, sobre uma conversa. Sobre aquela mulher histórica a qual ela estaria, querendo ou não, enraizada para sempre.

Quando finalmente deixaram a fonte, caminhando até uma das escadas que levavam a outro patamar do parque, a vontade de Magnólia de falar de Herbert era irresistível. A conversa entre eles vinha sendo, no mínimo, uma espécie de preparação para momentos pesados, talvez encharcados de lágrimas, que por razões óbvias ambos adiavam ao máximo. A polidez com que se tratavam, com medo de se machucarem ainda mais, era um sopro na ferida – e às vezes esse sopro erguia uma lasca de pele solta, empurrando o sangue da superfície.

Como se sugada pela escuridão das árvores, Magnólia foi possuída por um sentimento horrível e frio. Suas mãos começaram a formigar e uma onda súbita de arritmia cardíaca tomou todo o seu corpo, como se o seu coração batesse em cada poro, em cada membro, em cada centímetro sob a pele. Tomas, que olhava para baixo, contando inconscientemente os degraus da escadaria de concreto, não percebeu que Magnólia vacilava uns passos, sentindo as pernas fraquejarem como se não tivessem mais músculos.

Tudo isso não durou mais do que meio minuto, e à medida que subia a escadaria e voltava sua atenção para Tomas, a sensação foi se dissipando quase que de forma instantânea. No último degrau, diante de imensas tranças de plantas queimadas pelo frio, ela inspirou profunda e exageradamente, com a mesma necessidade pungente de ar de alguém que está quase se afogando e consegue, agarrando-se outra vez à vida, chegar à superfície.

– Tia Mag? – perguntou Tomas, preocupado.

– Eu estou bem – mentiu ela, embora não fosse de todo uma mentira. Ela estava *melhor*, ainda que sua voz tivesse saído uma nota mais alta.

– São poucos degraus.

– Eu sei. Devo estar fora de forma. De repente me senti... fraca.

– Quer se sentar?

– Agora não – respondeu ela, e sentiu que a mentira se expandia porque queria muito sentar-se; na verdade, queria deitar-se, fechar os olhos e não retomar pela memória aquelas árvores, os galhos, a profundidade fragosa e sombria dos bosques silentes que por alguns segundos tiveram um terrível e estranho poder sobre ela.

– Do que estávamos falando?

– Da Virginia – respondeu Tomas. – Você está mais para ela do que para a Jane Austen.

– Virginia era bipolar – disse Magnólia, cruzando os braços.

Mesmo estando melhor, sua expressão inteira se fechou, e o corpo, assim escudado pelo medo que o rumo daquela conversa lhe cominava, sugeria um súbito desejo de solidão, de colocar um fim naquele assunto – como se a cada nova palavra de Tomas ela pudesse erguer um muro entre eles, com as palavras mais duras e pesadas fazendo as vezes de tijolos.

– Eu não sabia.

– Na época, era chamada de maníaco-depressiva.

– É um nome pesado – disse Tomas.

– Muito. Mas, mesmo sem nomes, é difícil conviver com qualquer patologia.

Próximos ao obelisco, eles pararam para admirar o sol espetado na igreja. Orlando e Muriel continuavam no mesmo banco: dois pontos, um azul e preto, o outro cinza e vermelho, aproveitando um momento só deles. Magnólia continuou evitando olhar para os grupos de árvores.

– Tia Mag, o que você pensa sobre suicídio?

Uma taça de Pinot cairia melhor do que aquela pergunta. Desconfiada, ela olhou para o sobrinho. Suas orelhas estavam vermelhas e seu olhar não parecia mais o de um rapaz de 18 anos, mas de um senhor de 78, com o verde dos olhos tão brilhante que quase chegava a ser cinza. Dali a 60 anos, Tomas carregaria no rosto toda a ruidosa experiência da vida humana, ela pensou com pena, porque ele era o tipo de gente que se deseja guardar numa caixinha a fim de que se preserve para sempre sua pureza.

– Eu não posso responder isso, Tom.

– Mas...

– Você está perguntando para a pessoa errada – respondeu Magnólia, impassível, olhando para a frente como se tentasse fugir do olhar do sobrinho.

– Eu estou perguntando para a pessoa certa. Preciso saber. É uma saída?

Ela o olhou assustada. Ele sorriu o sorriso indolente do vitorioso.

– Você não está...

– Não, eu não estou pensando em me matar. É que eu nunca perguntei isso pra ninguém.

– Nem para o seu pai?

– Ainda mais para ele. Depois do que a minha mãe fez, eu passei a pensar muito na questão do suicídio, e queria ter perguntado, queria tirar dele uma visão que fosse diferente da minha. Mas ele não gosta de falar sobre a morte, você sabe.

– E qual é a *sua* visão?

Tomas ergueu os ombros e os deixou assim por um tempo, suspensos pela dúvida.

– Fico imaginando que seja uma libertação. Que traz descanso – disse ele, finalmente.

Magnólia mordeu o lábio inferior.

– Pode ser. Mas só para você.

– Como assim?

– Trouxe descanso para *você* a morte da Sara?

– Trouxe um vazio. Foi uma ausência que não me perturbou, mas que me deixou... apático.

– Eu já tentei me matar várias vezes – disse Magnólia, direta como se estivesse falando da frequência com que cortava as unhas. – Todas foram para me sentir melhor, mas eu não queria morrer, eu só queria *sentir* alguma coisa mais forte.

– Dizem que pode ser um pedido de ajuda.

– Eu odeio essa forma generalizada de ver algo tão individual.

Ela soltou os braços e enfiou as mãos nos bolsos do sobretudo.

– Mas por que você quer saber?

– Por nada.

– Tom, você não quer falar dos seus cortes?

Envergonhado, seu rosto inteiro ficou vermelho e ele girou o corpo para o outro lado do parque, ficando de costas para a tia.

– Eu não vou te julgar.

– Eu não estava tentando nada – disse ele, num tom de voz mais choroso.

– Eu sei que não.

– Não comente sobre isso com meu pai, por favor.

– Tudo bem.

– Tem sido tão difícil viver bem quando o Ali sofreu tanto.

– Como assim?

– Acho que eu me corto porque não mereço estar bem depois do que ele passou, depois do acidente. Dói tanto imaginar o que ele sentiu antes...

Ele não conseguiu completar a frase, que seria "do avião cair no mar".

Ela o puxou pelos ombros, ele se virou e ambos trocaram um abraço demorado. Ela se permitiu chorar e percebeu que o corpo inteiro de Tomas tremia. Quando se afastaram, constrangidos, porém satisfeitos com outra renúncia de emoções, os olhos dele pareciam duas pedras congeladas de licor de cereja, tomados por uma vermelhidão hipnotizante que fez arder os próprios olhos de Magnólia.

– Você não precisa fazer isso – disse ela.
– Mas e quando ficar muito difícil? E quando eu quiser gritar?
– Grite.

Primeiro, seguiu-se um instante confuso de silêncio, de espera, em que ambos se olharam em dúvida. Sorriram diante da possibilidade. Em seguida, inspirando profundamente e abrindo os braços, Tomas gritou com todas as forças. Tão alto que uma dezena de corvos voou das árvores, crocitando assustados pelo parque, perdidos no ar como folhas negras de fuligem, ascendendo e se deslocando para os lados. Magnólia não tinha previsto aquela atitude, mas sorriu e chorou enquanto o grito se estendia no largo fôlego do sobrinho. Deixou que as lágrimas cobrissem seu rosto e ficou feliz de verdade, como não ficava há muito tempo. Seu coração ficou subitamente quente e aqueceu todo seu corpo, como se dele divergisse toda a luz solar de que ela precisava nos últimos dias. A estranha sensação que vinha sentindo foi completamente estilhaçada pelo inopinado voo daqueles corvos.

Ofegantes, Muriel e Orlando apareceram correndo. Suas expressões eram de terror e dúvida, mas não fizeram qualquer pergunta durante aquele precioso tempo em que Tomas permaneceu gritando. Seu peito estava estufado, seu rosto estava coberto de lágrimas, seus cortes poderiam abrir ainda mais com a força daquele grito – mas ele não se importava.

Quando cessou o grito, levando uma das mãos ao pescoço, lançou um olhar afetuoso para Magnólia e voltou a chorar, dessa vez com mais leveza e em silêncio.

15.

Na manhã seguinte, acomodados e aquecidos no carro de Tadeu, os quatro deixaram o apartamento para conhecer o bairro onde ele vivia com Gunnar, que os esperava para um almoço quente dali a alguns minutos. Seguindo uma linha imaginária de Akerselva, o rio que atravessa a cidade, o carro rumou para Grünerløkka, distrito ao leste de Oslo localizado logo atrás dos antigos prédios industriais. Esfuziante, com cafés, restaurantes, lojas e bares lotados no verão, no inverno o distrito parecia saído de um sonho, com seus prédios coloridos de três ou quatro andares ainda cobertos de neve, bastante vazio e pontuado de luzinhas cor de abóbora e verdes atrás de suas janelas estreitas e brancas de duas folhas. Era uma área basicamente residencial, mas o comércio era intenso sobretudo na alta temporada, quando os turistas deixavam o centro para se aventurar naquelas ruas menos conhecidas, a quatro quilômetros da agitação comum.

O carro entrou na Thorvald Meyers, uma das principais vias do distrito, e logo reduziu a velocidade, virando numa rua menor e continuando a deslizar até finalmente parar diante de uma série de prédios colados um ao outro.

– Chegamos! – disse Tadeu, apontando para um prédio ao lado do carro.

Magnólia abriu a porta do passageiro e respirou fundo. Uma rua silenciosa, com construções simpáticas, sem dúvida mais sofisticadas por dentro do que por fora. Orlando, Muriel e Tomas também deslizaram pelo banco traseiro do automóvel e saíram para o ar gelado, contemplando o prédio. A construção parecia contemporânea, mas era uma estrutura datada de meados do século XIX. Lembrava um galpão, mas não passava de um prédio industrial de três andares com cor de alcatrão, revitalizado em 2010 com novos materiais, nova pintura e novas janelas, grandes retângulos de vidro refletivo bronze e verde emoldurados por canaletas metálicas que formavam uma composição quase pretensiosa. As janelas chamavam a atenção por suas posições assimétricas, ora colocadas mais no canto, ora mais no centro, como grandes fragmentos de espelho colados toscamente sobre um cubo escuro. Outros prédios da mesma rua tinham fachadas igualmente escuras e estreitas sacadas de vidro, e mais adiante, onde a rua seguia numa curva, um antigo bloco de apartamentos de tijolo aparente tornava o lugar estranhamente acolhedor, como um pequeno vilarejo perdido no meio da cidade.

Mesmo estando em Oslo há mais de um mês, Tomas ainda não conhecia o apartamento de Tadeu e Gunnar, tampouco o distrito, muito mais silencioso do que o centro. Foi automática a sua preferência pelo lugar, e ele compreendeu por que os dois tinham se mudado do antigo apartamento para aquele, do qual era possível ver, ele descobriu mais tarde, um trecho maciço das árvores do parque que ladeava o rio Akerselva e um pedaço do próprio rio.

Depois de passarem pela calçada, quase totalmente coberta por montes de neve suja que lembravam trincheiras de areia, Tadeu abriu a porta do prédio com um dispositivo de senha e todos subiram dois lances de escada. Gunnar já estava parado à porta, calçando meias e vestindo calças de veludo caramelo e uma blusa de lã azul-marinho coberta por um avental com motivos natalinos. Todos o abraçaram, recebidos com um envergonhado, porém sonoro, "secham moito bem-findos", do qual ele mesmo zombou fazendo uma careta.

Seguindo o educado hábito norueguês, todos tiraram os sapatos logo na entrada e os colocaram num pequeno armário de prateleiras vazadas. Como o chão de madeira não era aquecido, Tadeu ofereceu pares de meias mais grossas para quem sentisse frio, mas todos recusaram. O apartamento não era muito espaçoso, tinha exatamente 85 metros quadrados, mas a limpeza, as cores claras e os móveis e objetos de decoração bem escolhidos transformavam a sala principal quase em um salão. Para surpresa de Orlando, que pouco conhecia sobre Tadeu, havia um piano negro e brilhante no canto da sala, e vendo seus olhos sobre a peça, ele explicou que era Gunnar quem tradicionalmente tocava nas festas de fim de ano, quando amigos e familiares vinham do norte gelado ou do oeste chuvoso.

Magnólia e Tomas foram direto para as grandes janelas, que partiam do chão e iam quase até o teto. Viram as árvores atrás das casas defronte, e mais adiante o rio. Além dele, era possível enxergar montanhas e outros inúmeros prédios baixos de bairros afastados. Uma camada translúcida de neblina cor-de-rosa riscava a cidade de um lado a outro: eles estavam exatamente no nível dela, vendo tudo dividido em duas partes frias e menos brancas naquele dia de poucas nuvens.

– O tempo fai ficar bom – disse Gunnar, aproximando-se dos dois. – Fim do inferno.

Tomas sorriu para Magnólia. O sotaque de Gunnar dava abertura para mil piadinhas internas, e, pelo menos para eles, o "inferno" não estava chegando ao fim.

Muriel e Orlando passavam a mão no piano, fascinados com a peça. Era um autêntico Bösendorfer vertical, com três pedais, tampo de abeto austríaco e teclas de marfim.

– Presente dos pais do Gunnar – explicou Tadeu, cruzando os braços. – Depois ele pode tocar alguma coisa pra vocês.

O almoço foi servido logo em seguida: batatas assadas, envolvidas em papel alumínio com ervas aromáticas e manteiga, legumes refogados, uma peça de carne vermelha que recendia a um forte perfume agridoce (para o qual Magnólia torceu o nariz), salada de pepino, tomate e pistaches torrados, além de uma pequena torta de queijo e cebola que mal deu para os seis. Serviram suco, cerveja e vinho, que, para surpresa de Orlando, Tomas aceitou com rapidez. Ele lançou um olhar preocupado para a irmã, que não o viu, escondida atrás de sua própria taça já cheia.

– Não costumamos comer isso no almoço – explicou Tadeu. – Mas vocês estão aqui, está frio, então...

– O que vocês comem? – perguntou Muriel.

– Geralmente um prato frio, como um sanduíche aberto, algo mais leve. E esse monte de comida só à noite.

– Parece que vocês comem pouco – disse Orlando, rindo e puxando um pedaço de pão para molhar no caldo da carne, que formava uma pequena poça marrom em seu prato. No copo, três dedos de cerveja Hansa cor de ferrugem ainda estavam intactos. Magnólia tinha ficado em dúvida entre a cerveja e o vinho, mas o Sauvignon blanc pareceu mais propício.

– Essa cerveja é norueguesa? – perguntou ela.

Magnólia vinha beliscando a torta, com receio de encontrar um pedaço de carne entre as camadas de queijo e cebola, porque nunca confiava em nenhuma comida – e quem garantia que naquela massa envolvendo o recheio não ia banha animal ou caldo de frango?

– É, sim – respondeu Tadeu, sorrindo e lançando um olhar curioso para Gunnar. – É de Bergen, a cidade onde morei e trabalhei quando me mudei pra cá.

– E é sopre ela que queremos falar com focês – acrescentou Gunnar.

– Vocês vão se mudar? – perguntou Muriel.

– Não, isso seria impossível – disse Tadeu. – Queríamos convidá-los para passar este fim de semana em Bergen.

Os olhos de Magnólia e Muriel brilharam. Tomas não pareceu muito animado, continuou comendo como se não tivesse ouvido nada. E Orlando, que levava até a boca aberta uma porção de batata, suspendeu o garfo no meio do caminho e sorriu, envergonhado e visivelmente em dúvida. A ideia de passar alguns dias em outra cidade e estender a viagem trouxe uma série de imagens à sua mente, todas relacionadas à falta de dinheiro e ao estresse que viveria com o cartão de crédito quando retornasse ao Brasil e calculasse os abusivos impostos das taxas de câmbio.

– Vocês só pagariam pelas passagens de trem – explicou Tadeu. – E elas não são caras.

– Vamos de trem? – perguntou Muriel, visivelmente animada. Em sua mente, uma série de fotografias rolou da direita para a esquerda.

– Claro, são mais ou menos sete horas de uma viagem que é considerada uma das mais bonitas do mundo! Passaremos por várias paisagens, fiordes, picos nevados, túneis. E Bergen é lindíssima, cheia de história, com casinhas de madeira que todo mundo adora e outros lugares incríveis. O que acham?

Como duas crianças ansiosas, Tadeu e Gunnar esperaram pela resposta mais empolgados do que os outros. Magnólia e Muriel concordaram com a cabeça.

– Topam? – insistiu Tadeu, olhando para Tomas com ternura e um pouquinho de súplica. Tomas sentiu cócegas no nariz: foi como se, por um segundo, Alister tivesse se expressado através dos olhos do tio. Um único olhar, mas outra pessoa, renascida naquele brilho excitado.

– Quanto tempo ficaríamos? – perguntou Orlando.

Magnólia lançou um olhar de ódio ao irmão.

– Estamos pensando em ir na sexta-feira, depois de amanhã, e voltar na terça ou quarta-feira. Vai ser bacana, eu garanto!

– Focês nao podem vir até Noruega e nao conhece Bergen – disse Gunnar. – É esplêntito.

Tadeu riu. Recentemente, Gunnar tinha aprendido uma série de adjetivos, e "esplêndido", seguido de "fabuloso" e "exuberante", era um dos menos usados em conversas em língua portuguesa.

– E por que só gastaríamos com as passagens? Vocês têm casa lá? – perguntou Magnólia, tentando ignorar Orlando. Se ele não fosse, ela iria, isso já estava decidido.

– Temos um casal de amigos lá – continuou Tadeu. – Eles estarão fora até o fim do mês, nos Estados Unidos, e emprestaram uma casa que fica muito perto do centro.
– Mas você falou sobre nós? – perguntou Orlando.
– Claro, e eles foram supergenerosos. Além do mais, não ficaremos nem uma semana completa. Mesmo sendo inverno, vai dar para aproveitar bastante e conhecer a cidade.
– Que é essuberante – acrescentou Gunnar. – Eu estou com muita sidade de lá.
– Saudade – corrigiu Tadeu, carinhosamente.
Por fim, Orlando esboçou um sorriso benevolente e concordou com a cabeça, totalmente entregue à assustadora ideia das dívidas. Resolveria tudo quando voltasse para casa. Uma das razões era Tom. Ele estivera mudo durante todo o almoço, mas o convite de Tadeu e Gunnar tinha mexido com ele. O próprio corpo de Tomas se movimentou mais na cadeira, e seus olhos ficaram mais atentos às histórias sobre Bergen naqueles últimos segundos. Secretamente, uma viagem de sete horas de trem, atravessando paisagens idílicas, era de fato algo irresistível. Ele não gostava de pensar que poderia fazer aquilo tudo com Alister, e não *podia* pensar em toda aquela experiência que sua memória guardaria sem a presença dele.
Derrubando o guardanapo no chão de propósito, Tomas se abaixou para limpar uma lágrima. Quando voltou a se endireitar, foi flagrado pelos olhos piedosos e amigos de Tadeu, que sorriu disfarçadamente para ele. Não sabia se pensar aquilo era muita prepotência, mas imaginou que Tadeu tivera aquela ideia para animá-lo. Uma viagem no meio de um luto não era uma coisa muito comum. E ninguém parecia verdadeiramente de luto.
Quando Muriel, Tadeu e Gunnar retiraram os pratos e serviram uma torta de maçã com creme chantilly, a rápida visita a Bergen já estava decidida. Eles comprariam as passagens naquela mesma tarde, quando Tadeu os deixasse na estação depois de explicar como funcionavam as máquinas de bilhete e o aplicativo para celular da NSB, a companhia ferroviária responsável pelo famoso trecho entre Oslo e Bergen.

Depois da sobremesa, Tadeu e Gunnar recolheram os pratos. Tomas, Muriel e Orlando pararam diante de uma estante de livros, enquanto Magnólia pegou três taças para levar à cozinha. A explosão do cristal fez com que todos olhassem para ela.

– Ah, me desculpem – disse.

Duas das taças tinham escorregado e se partido em vários pedaços no chão. Tadeu foi ajudá-la e retirou a terceira taça de sua mão trêmula.

– Não tem problema, de verdade – disse ele.

Gunnar ergueu os ombros e sorriu, pegando a taça de Tadeu e depositando-a na pia.

Quando se viram pela primeira vez naquele dia, Magnólia tentou não dar atenção àquela semelhança com Lourenço. Tadeu era incrivelmente charmoso, mas pensar em Lourenço era algo a se evitar. Ao entrar na cozinha, o beijo entre os dois trouxe a imagem odiosamente dolorida do sexo flagrado na cozinha do Loulastau. Tadeu e Gunnar se beijavam como namorados tímidos, sem a lascívia que observara nos gestos apressados, quase distraídos, de Lourenço. No entanto, era um beijo entre homens. Homens bonitos. Em uma cozinha. A lembrança de Lourenço a atormentava mais do que ela imaginava. A verdade é que, na maior parte do tempo, esquecia que os dois eram casados, tão acostumada ela estava com seus amigos gays, sempre muito diferentes deles.

Depois de recolhidos todos os cacos, os seis se reuniram na sala e conversaram sobre o apartamento, o bairro, os livros que tinham, o trabalho, a empresa, as aulas de canoagem, tudo para ocupar o tempo, enquanto Magnólia e Tomas bebericavam mais vinho (dessa vez tinto). Ela ainda estava trêmula, e o corpo de Lourenço sendo pressionado contra a pia do restaurante piscava em sua mente como um alarme de más intenções – ou pior, a cena de um filme pornô numa televisão com defeito.

Quando passou das três horas, Tadeu pediu licença para tomar um banho rápido antes de levá-los à estação. Explicou que não voltaria para casa tão cedo, que tinha uma reunião com alguns sócios e fedia à carne com maçã e chantilly. Ele deixou a sala em direção à suíte e Gunnar deu início a uma longa e complicada história sobre as bruxas queimadas em Bergen entre meados do século XVI e fim do século XVII. Depois das curiosidades reveladas, com atenção particular dada a Anne Pedersdotter, uma mulher acusada de bruxaria e um dos casos mais famosos da Noruega, Gunnar ofereceu pequenos quadrados de chocolate com avelã direto de um pote de vidro. Em seguida, a pedido de Muriel, sentou-se diante do piano para tocar uma tradicional canção norueguesa que contava a história dos vikings. No meio da música, Tadeu gritou do banheiro. Ele pedia uma toalha, esquecida na área de serviço. Gunnar riu e, como não queria interromper seu espetáculo, pediu, um pouco sem graça, que Tomas fizesse o favor de pegar a toalha e levá-la para ele, indicando a porta do quarto.

 Tomas, que estava um pouco entediado com a música, foi até a área de serviço, pegou a toalha verde que estava sobre a máquina de lavar e voltou para a sala, vendo, com o canto dos olhos, a família se animar com a música.

 Entrou na suíte escura e chamou por Tadeu. A cama de casal estava desarrumada e o lugar tinha cheiro de sabonete. De uma porta semiaberta no fundo do quarto escapava o vapor do banho e a luz cinzenta do dia. O braço de Tadeu se agitou para fora.

 – Aqui – disse ele, escondendo-se atrás da porta e puxando a toalha. – *Takk*, querido.

 No começo, Tomas viu apenas um ombro bronzeado e forte, mas não exageradamente forte, coberto por gotas brilhantes de água. Seus cabelos, escurecidos pela água, estavam todos voltados para trás num penteado perfeito, como o de um modelo de propaganda de lâmina de barbear. Depois, afastando-se de costas, Tomas não resistiu. Oculto na escuridão, ele viu através daquele feixe de abertura o corpo nu de Tadeu. Ele esfregava devagar a toalha entre as pernas, atrás das coxas e então nas costas, revelando nádegas salientes. A ponta do pênis balançou rente à pia e Tomas se virou, sentindo uma súbita culpa que quase o fez vomitar.

    Antes de deixar o quarto, com o pescoço e o rosto ardendo em brasa, viu a cueca jogada ao lado do cesto de roupas, perto da porta. A peça branca, com um ligeiro bojo formado pelo uso na parte frontal, parecia um fragmento de descuido. Sem pensar, se abaixou rapidamente e agarrou a cueca. Depois, fechou os olhos e aproximou o tecido macio do rosto, inspirando fundo contra o nariz o perfume masculino que fez pulsar o meio de suas próprias pernas. Tomas cheirou com força aquela mistura de aromas doces e acres, de pele, urina, algodão e sexo, enquanto Tadeu, com a toalha presa à cintura, o observava em silêncio e contemplação.

16.

Na penumbra, tudo o que Tadeu fez foi sorrir, surpreso e confuso, mas ao mesmo tempo aliviado. Alguma coisa na atitude de Tomas indicava uma brecha para a sua libertação, qualquer coisa ainda indefinível, mas que já era um sopro de frescor no meio daquele luto tão recente. Solidarizou-se com Tomas. Se o tivesse surpreendido, talvez sua reação fosse traumática, talvez ele ficasse ainda pior. Além disso, uma identificação tácita naquele gesto tão adolescente, tão hormonal, ressurgira após muitos anos: durante os fins de semana, quando frequentava diferentes casas para assistir a filmes ou jogar videogame, ele mesmo tinha cheirado várias cuecas dos amigos de escola, esfregado o rosto nelas, roubado algumas, segurando as peças como troféus e se masturbando com o cheiro que, enquanto para muitos seria o reflexo azedo da juventude, para ele era o grau máximo da felicidade e do êxtase, do risco e do desejo, da adrenalina e do poder.

Na estação, enquanto explicava o funcionamento da máquina de bilhetes, Tadeu e Tomas tentaram se evitar mantendo o olhar nos outros três, mas isso nem sempre era possível. Seus olhos se cruzaram várias vezes, e o rubor no rosto de Tomas era a evidência sobre a qual ninguém fez nenhuma pergunta. Já era noite quando voltou para casa e, percebendo que agia de maneira estranha com Gunnar, achou melhor não contar o ocorrido. O marido era um pouco ciumento, e uma coisa que Tadeu ainda não sabia sobre os noruegueses era se eles também tinham aquele estranho hábito de cheirar as peças íntimas dos outros.

Tomas viveu o restante daquela quarta-feira como se estivesse com medo de algo contagioso. Um vírus de culpa enchia o ar ao seu redor. Ele não conseguia conversar com ninguém, não conseguia tocar em ninguém, mas fazia o esforço, primeiro com relutância, de cheirar coisas fortes que apagassem de sua memória – e de seu caráter, considerava seu inconsciente – o perfume da cueca de Tadeu. A imagem da cueca branca contra seu rosto, quase cobrindo totalmente sua visão, os fiapos de algodão se eletrizando na superfície da sua pele, a região convexa onde se acomodava o sexo exatamente contra os seus lábios. Não só o meio das suas pernas havia endurecido: sua culpa também ganhara uma força potencial que não se tornaria flácida tão cedo. Não chegou a descobrir que Tadeu tinha observado toda a cena, nem que ele o tinha visto guardar a cueca num dos bolsos do casaco e deixar o quarto como se nada tivesse acontecido.

À noite, virado para a parede enquanto todos dormiam, Tomas puxou a cueca escondida dentro do travesseiro. Ainda tinha o mesmo cheiro. Fez tudo de novo, renovando a culpa, dando uma camada extra de brilho a ela, como se estivesse se alimentando dela com o novo comportamento. Devolveu a cueca ao mesmo lugar e deu início a um choro baixo, quieto, sem movimentos. As lágrimas saltavam dos seus olhos. Sentia um aperto no pescoço, o nó que tantas vezes lhe avolumava a garganta enquanto escrevia os e-mails para Alister. Detestou-se por fazer aquilo, por traí-lo. O roubo da cueca era uma traição, e embora a provável reação de Alister fosse dar uma gargalhada zombeteira, Tomas não achava graça. Havia sido um gesto impulsivo, uma infantilidade que desrespeitava a morte de Alister. Além disso, a curiosidade pelo corpo de Tadeu tinha vindo antes. Ele nunca fora do tipo que invadia a privacidade dos outros, mas tinham sido testes de resistência aquela porta semiaberta, o cheiro mentolado de sabonete, a pele molhada de Tadeu, seu sorriso, seu afeto, o "obrigado" em norueguês, seguido de um "querido" que ele devia dizer a todos com a mesma ternura, com a mesma simpatia aleatória e superficial. Entretanto, algo nos olhos e no próprio comportamento de Tadeu chamara a sua atenção. Forçando um pouco mais a memória e sentindo o coração acelerar, o sorriso, o corpo, a fresta, tudo parecia mais do que uma provação, uma provocação. Talvez inconsciente. Ou não?

Sentiu vontade de gritar contra o travesseiro, mas não tinha forças. Não lutaria contra a dúvida. Era melhor entregar-se e reconhecer a culpa.

Ele continuou chorando lenta e pesadamente, os olhos inchados encharcando o travesseiro e formando um círculo escuro na fronha azul, até que finalmente pegou no sono.

Na manhã seguinte, enquanto tomavam o café da manhã em silêncio, Orlando trouxe à tona a pergunta que todos se faziam:

– Aonde vamos hoje?

Ele tinha se voltado para o filho, que, olhando os outros de esguelha, ergueu os ombros, desanimado.

– Como é que eu vou saber?

Orlando desistiu. A viagem a Bergen no dia seguinte tinha renovado seus ânimos para conhecer Oslo com mais vontade, mesmo na neve. Eles ainda teriam aquele dia todo para visitar alguns pontos turísticos e experimentar alguns pratos típicos, mas Tomas permanecia irritantemente sedado. Na cabeça de Orlando, teriam de explorar a cidade com a curiosidade urgente dos turistas que não param por muito tempo num só lugar, ou um pouco do sentido de estarem ali se perderia – o trem para Bergen sairia às 9h23 de sexta-feira, portanto eles só teriam tempo de tomar café.

– Você vai, não vai? – perguntou Orlando.

A pergunta tinha um tom irascível, mas controlado. Até ele imaginava que Tadeu tivera aquela ideia para distrair Tomas. Sem querer, porém, soou cínica para os ouvidos do filho, porque as passagens já estavam compradas.

Ele assentiu com a cabeça.

– Compramos as passagens, não compramos? – indagou Tomas, emburrado.

– Você podia fazer um esforço para não ficar assim – pediu Orlando.

– Assim como?

– Assim, desanimado. Essa viagem vai ser legal, todos nós vamos, e isso nem estava nos nossos planos.

– E o meu curso?

– Você ainda quer fazê-lo?

Ele não respondeu.

– Quer ou não quer? Você precisa pensar nisso, Tom.

Muriel olhou um pouco assustada para o irmão. Mais uma vez o pai forçava o diálogo, a figura paterna, na frente dela e de Magnólia. Aos olhos de Orlando, a situação era apenas uma forma de valorizar a importância da família, e não uma ignomínia rançosa.

– Orlando, você não acha que está forçando demais? – perguntou Magnólia.

A pergunta inflamou o rosto do irmão, que olhou para ela como se fosse esmurrar o pedaço de bolo até transformá-lo em pasta.

– Eu só fiz uma pergunta.

– Mas o Tom talvez não saiba o que quer, e fazer essas perguntas agora não vai ajudá-lo.

Muriel não se conteve:

– Mas falar dele na terceira pessoa vai ajudar muito, não é?

Magnólia, que estava tensa até aquele momento, soltou o corpo sobre a cadeira como se já estivesse cansada daquela conversa que mal tinha começado. Ela virou o pescoço para os lados, tentando não encarar a sobrinha, e em seguida olhou para o teto, buscando em algum ponto da pintura cor de gesso a calma que precisava para não esbofetear Muriel na frente de todos.

– Quando suas aulas começam? – perguntou Orlando, retomando seu tom de voz mais tranquilo e evitando ao máximo olhar para qualquer um da mesa, incluindo Tomas.

— Na próxima segunda-feira.
— Então pense até domingo. Se você não quiser fazer esse curso, está tudo bem. Voltamos para cá e depois vamos direto para o Brasil.
— Essa era a sua ideia, não era? — perguntou Tomas, um pouco menos apagado, ajeitando-se na cadeira. — Você só veio para me levar, não para me apoiar.
— Eu acho que isso é um tipo de apoio!
— Não o que eu estou precisando agora. Talvez seja melhor eu fazer esse curso para ficar longe de vocês.

Tomas ergueu-se de uma vez, tentando ocultar as lágrimas, mas já era tarde. Sentia-se exausto e pressionado.
— Tom... — começou Muriel.
— Estou cansado, vocês só pensam em si mesmos. São todos loucos. Me deixem em paz, por favor.

Ele não tinha dito aquilo com fúria, embora as lágrimas já tivessem começado a manchar sua camiseta, mas com um equilíbrio assustador, o controle e a frieza de um psicopata. Quando deixou a sala, não se dirigiu para o quarto, mas para o banheiro, onde se trancou — também em seu próprio silêncio. Durante aquele estranho dedilhar de nervos, como cordas muito finas e invisíveis esticadas e presas entre as bocas de cada um, Tomas tinha afastado o prato ainda com meia torrada coberta de geleia de laranja. E a caneca de café, intocada, estava fria. Pela primeira vez, abateu-se sobre Magnólia uma preocupação maior do que aquela que todos tiveram desde a notícia da queda do avião: a mudança física de Tomas. Ela percebeu segundos antes, quando ele ainda olhava para o pai com certa repugnância. Por estar comendo muito menos, seu rosto estava ligeiramente mais marcado, os olhos mais fundos e o queixo, sempre redondo e sutil, mais pronunciado. Parecia ter envelhecido cinco anos em uma semana. O verde dos seus olhos, destacado pelo constante vermelho dos vasos ao redor, agora estava apagado, quase cinza. Ele tinha mudado bastante em poucos dias, e era inédito aquele sentimento de medo que

Magnólia experimentava, considerando o temor por ele maior do que todos aqueles sentidos por ela mesma.

Magnólia se manteve preocupada durante toda a manhã, evitando os olhares de Muriel e de Orlando depois do café. O desejo de se aproximar mais do sobrinho havia minguado depois do que ele dissera: *são todos loucos*. Ela sabia que tinha sido da boca para fora, que ele era inteiramente contra aquela visita e que sua recuperação se daria a longo prazo – coisa que Orlando não parecia entender. Na verdade, ser chamada de louca não foi seu maior incômodo, mas, sim, estar presa naquele apartamento sem poder fazer nada, sem poder conversar com um amigo. Tomas deixou o banheiro somente quando Muriel bateu à porta, e foi direto para o quarto, onde dormiu por duas horas enquanto Orlando procurava na Internet, a contragosto, o que fazer em Oslo naquela tarde. Por volta das onze horas, Magnólia pediu a Tomas que os acompanhasse no passeio pela cidade, mas ele se negou, trancando-se outra vez no banheiro.

Relutantes e deslocados, como desconhecidos que não falam a mesma língua, os três deixaram o apartamento.

Diante da neve e de tudo o que havia para conhecer, eles foram pouco a pouco se esquecendo do clima em que tinham mergulhado durante o café da manhã, permitindo-se ficar relaxados e distraídos. Por algum tempo – Magnólia se lembraria daqueles minutos como estranhos e quase doentios, embora necessários –, eles se esqueceram de Tomas e viveram a cidade sem maiores preocupações. Novamente passearam pela Karl Johans, compraram cafés e pãezinhos de creme com coco ralado e, atravessando a praça principal, saíram no porto, em frente à prefeitura. Dali, já com uma culpa coletiva pelo que faziam sem Tomas e levemente preocupados pelo estado em que o haviam deixado – sem, no entanto, verbalizar essa preocupação ou tomar uma atitude a respeito –, seguiram para a Fortaleza de Akershus, logo ao lado, imponente com suas árvores desfolhadas e toda coberta pelo glacê branco da neve, onde havia um museu, mas que estava fechado. A construção de pedra com suas torres erguia-se à beira da água com a dureza que todos eles enfrentavam, mas com a força que ninguém tinha.

Com a ajuda do celular e da rede Wi-Fi de um café onde pararam para almoçar, Muriel descobriu como chegar a Holmenkollen, uma colina famosa pela prática de esportes de inverno, com pistas de esqui e um trampolim para salto com esqui, localizada na parte norte de Oslo e onde podiam chegar de trem. De início, tiveram algumas dificuldades na hora de comprar os bilhetes, mas logo partiram para a colina, passando por regiões desconhecidas, bairros de casinhas de madeira bem-conservada e árvores escuras e cruas de todo tipo. Lá em cima, um pouco decepcionados, não puderam ver a cidade, coberta por uma densa neblina flambada pelo sol do meio da tarde. Mesmo assim, subiram todos os degraus que ladeavam o trampolim, sentindo, exaustos e arrependidos, o frio cortante que fazia no topo da estação, onde poucos turistas tiravam fotos e apontavam para horizontes duvidosos onde não havia nada.

Magnólia viu a borda de uma nuvem ficar cada vez mais vermelha, como em brasa, contrastando com a gélida massa de leite e prata de toda a paisagem ao redor. Um frio que não tinha a ver com a temperatura negativa da colina tomou sua espinha, e, diante daquela cor avermelhada, só conseguia pensar em Tomas. Só conseguia imaginá-lo sozinho no banheiro do apartamento, rompendo lentamente, como uma tesoura atravessando imóvel um pedaço de seda, a pele dos braços para se libertar.

17.

Tomas estava morto.

Um espelho de granada líquida circundava seu corpo, inclinado como a asa de uma xícara, pálido e lânguido como um lírio de mármore. O sangue formava uma auréola em torno de suas pernas, esticadas com a dureza de um espantalho. As costas, apoiadas na parede, permaneceram secas, mas parte da roupa, encarnada, inflamada, tomada pela vida que tinha vazado dele bem devagar, liquefeita e ferrosa, já estava tingida de vermelho, para sempre maculada.

Comumente, os tecidos encharcados de sangue são jogados no lixo, queimados, destruídos para que também se destrua a lembrança, mas o que Magnólia fez foi tirar a calça de Tomas, puxando-a com dificuldade e trazendo para si a sopa escura que cobria o chão do banheiro. Depois, dobrou-a várias vezes, girando as pontas em sentidos contrários e torcendo o sangue na pia. Em seguida, esfregou a calça no rosto e nos cabelos e olhou-se no espelho. Assustada, passou a observar com nojo e ao mesmo tempo com carinho a pele manchada, marcada como brasa, como se a carne das bochechas e da testa estivesse exposta, ardente e sulfurosa. Através do espelho, Magnólia também viu a cabeça de Tomas, tombada sobre o ombro, e uma grossa linha de saliva lhe descendo pelos lábios, caindo translúcida, quase imóvel, como um fio de vidro ou uma cânula cirúrgica. Então ela se distraiu daquela visão, abriu o armário do espelho e, com as pontas dos dedos vermelhas de sangue, pegou o comprimido, um único comprimido amarelo bem no centro das prateleiras de plástico onde não havia mais nada. Engoliu-o de uma vez, jogando a cabeça para trás, e sentiu a garganta arder e o ar subitamente lhe faltar. Ao fechar o armário, com movimentos lentos e subaquáticos que lhe doíam os braços, sua imagem retornou, assim como a de Tomas, que sorria de pé ao seu lado.

Magnólia gritou contra o travesseiro, acordando Orlando e Muriel. Tomas continuava dormindo, alheio ao pesadelo da tia. No quarto só se ouvia a respiração ofegante de Magnólia. De olhos fechados, Orlando se virou na cama e a cutucou:

– Mag? O que houve?

Sua voz saiu um pouco irritada pelo sono, que ainda pesava nas pálpebras.

Ela já estava de olhos abertos e tremia ao reviver o pesadelo. Agarrou o cobertor com força e se recusou a virar para responder ao chamado de Orlando. Ou dormir. Em contraste, Orlando tentou falar, mas, vencido pela sonolência, adormeceu do jeito que estava, com o ombro meio torto e a cabeça encostada na cabeceira da cama – acordaria com dor no pescoço. Muriel só tinha erguido metade do corpo, confusa e irritada, mas logo se deitou outra vez.

Enquanto isso, Magnólia começou a chorar, tomada por um novo tipo de terror que vinha na forma de lampejos mentais do corpo sem vida de Tomas, tudo através de uma película vermelha como se estivesse num laboratório fotográfico. Para rematar, havia ainda o sorriso de Tomas: insolente, desafiador, tomado por uma sombra de escárnio. Magnólia não esqueceria aquele sorriso tão cedo. Nem a quantidade de sangue no chão. Nem o aperto quase físico em seu pescoço, que ainda parecia sufocá-la lentamente e que a impedia de voltar a dormir.

Naquela manhã, meio sonolentos e meio excitados, eles quase não tiveram trabalho para fazer as malas pouco desfeitas.

Deixaram toda a bagagem na porta e tomaram café enquanto esperavam por Tadeu e Gunnar. Magnólia preferiu se esconder atrás da caneca de café enquanto ninguém desconfiava de sua aflição. O pesadelo ainda pulsava nítido não só em sua mente, mas por todo o seu corpo, vibrando em ondas tão sólidas que quase podia senti-las fisicamente sob a pele na forma de terror. Às vezes, num gesto irrefletido, olhava para os próprios dedos lembrando da viscosidade do sangue diante do espelho, e houve um momento embaraçoso em que quase gritou quando encontrou um pingo de geleia de framboesa em uma das mãos. Outras vezes, pegava-se observando Tomas, que sequer imaginava o que ela estava passando. Quando voltaram de Holmenkollen na tarde anterior, foi com um nervosismo trêmulo que ela abriu a porta do apartamento e encontrou, quase chorando de alívio, Tomas dormindo no sofá.

Durante o rápido café da manhã, a expressão de Tomas parecia a de muitas das estátuas de Vigeland: a testa levemente franzida, os olhos pensativos, os lábios crispados como em constante reprovação e aquela dureza fria, impenetrável, que naturalmente afastava todos. Depois de tantas discussões, Orlando finalmente percebeu que o filho se sentia pressionado. Isso porque, sem querer, esquecia-se da morte de Alister – autocentrado, queria o bem do filho, por isso apagava, inconscientemente, o que vinha causando tanto mal a ele. E, como forma de autodefesa, Orlando não pensava em Alister porque ele era o elo de uma corrente da qual faziam parte não só Tadeu, Sônia e Lourenço, mas também Laura, alguém que ele queria e precisava esquecer. Por sorte Tadeu não era parecido com ela, mas o mais superficial contato com ele fazia crescer em suas lembranças as heras do seu passado com Laura, da sua voz penetrante e oblíqua, do brilho do seu cabelo, dos olhos meio arregalados e do sorriso sempre com aquele ar divertido de constrangimento que ninguém sabia explicar.

Tadeu e Gunnar apareceram meia hora antes da partida e guardaram o carro na garagem do prédio. Recolheram algumas coisas que poderiam comer no trem e chamaram dois táxis, que os levaram até a estação. Era o dia mais claro de toda aquela semana, e o sol já brilhava nas janelas e nos carros. Os montes de neve estavam mais baixos e mais sujos, sinal cada vez mais visível do fim do inverno. Muriel teria preferido passar aquela sexta-feira ali, tirando as fotos iluminadas que não conseguira ao longo da semana, mas achava já ter material suficiente para uma exposição no Brasil, algum trabalho remunerado ou a comercialização de algumas fotografias para contatos que acabara de fazer na faculdade.

Uma tristeza sem explicação tomou Magnólia: ela não queria mais viajar. Apesar de tudo, estava deslumbrada com a cidade, e conhecê-la às pressas, entre brigas, receios e passeios superficiais, não lhe fizera bem: sua percepção do lugar não tinha digerido todos aqueles momentos dos últimos dias, como se estivesse presa no meio do caminho, um pedaço de pão entalado na garganta, indeciso entre descer ao estômago ou retornar à boca.

A estação central de Oslo estava cheia. Fervilhavam passageiros, luzes, malas, olhares ansiosos e outros cansados para os telões que indicavam os embarques e desembarques. Depois de atravessarem quase toda a estação, chegaram em frente a um telão com os próximos embarques. *Avgang* era a palavra que indicava o embarque para Bergen às 9h23. Os seis desceram pela esteira de número 4, *Spor 4*, e atravessaram as portas de vidro que davam na área de embarque, uma longa estrutura coberta ladeada por trilhos. Do lado esquerdo, um trem azul e prata já partia, e do lado direito, uma dúzia de passageiros espalhados em duplas e trios esperavam o trem para Bergen, respirando fundo, marcados pelo vapor que escapava de suas bocas, como chaminés humanas pontuadas ao longo de toda a plataforma.

Quando o trem chegou – uma reluzente tripa vermelha de metal –, o rosto de Tomas se acendeu brevemente. A expectativa era coletiva, mas em seu rosto transpareceu um brilho a mais que Magnólia não deixou escapar. Ao mesmo tempo, no coração de Tomas foi colado o lembrete contundente de que Alister não faria aquela viagem com eles, portanto não seria assim tão emocionante. Sua expressão se apagou no mesmo instante e todos entraram no trem, procurando a área que tinham escolhido para sentar-se depois de deixarem as malas nos compartimentos próximos às portas. Tadeu e Gunnar ficaram de um lado do corredor, enquanto os outros quatro sentaram-se juntos ao lado de uma grande janela, divididos por uma mesa – como era de se esperar, de um lado ficaram Orlando e Muriel, do outro Magnólia e Tomas.

– Qual o melhor lado para ver toda a paisagem? – perguntou Muriel, inclinando-se sobre a mesa em direção a Tadeu, do outro lado. Uma mulher aparentemente perdida, carregando duas pequenas malas de mão, passou pelo corredor e bloqueou por quase meio minuto a visão que um tinha do outro.

– Os dois lados são bons – respondeu Tadeu quando a mulher finalmente passou. – Mas o de vocês é o melhor, por isso eu quis ir junto para comprar as passagens.

Muriel retirou a máquina fotográfica da mochila e fez os dois primeiros registros da viagem: o primeiro dos assentos em que estavam, alcançando metade do rosto de Magnólia (propositalmente), Tadeu e Gunnar, e Orlando com Tomas, que sorriram meio tímidos; o segundo da janela, através da qual se via alguns passageiros andando na plataforma à espera do próximo trem na via adjacente.

– Quando quissér, fenha tirar fotos – disse Gunnar, sorrindo.

O convite foi aceito logo posto em prática, porque quando o trem começou a andar, ninguém havia se sentado do outro lado da mesa, de frente para os dois. Magnólia sentiu o coração acelerar. Lembrou-se das últimas três viagens para a casa de Orlando, e embora o contraste entre os trens brasileiro e norueguês fosse imenso, tanto no conforto quanto na aparência, a sensação que a viagem lhe causava era a mesma: um delicado fio de pânico pelo desconhecido, uma bruma de ansiedade envolvendo seu coração e um nó apertado na garganta, feito da pressão que era viajar por tantas horas num lugar fechado do qual não podia fugir em caso de discussões familiares.

O trem deixou Oslo sob um sol frio, um céu de prata polida e uma luz amanteigada, quase ardente contra os prédios e as árvores negras que lembravam contorcidas resistências de um grande incêndio. Logo penetrou uma área mais nublada e opressora, com nuvens pesadas e baixas, cor de poeira, cobrindo montanhas nevadas que ladeavam rios brilhantes e escuros como aço derretido, e assim ficou por quase duas horas de viagem. Fascinados com a sequência de florestas e montanhas, uma constante massa negra coberta de neve e silêncio, Orlando e Muriel comentaram sobre as casas de madeira aparentemente abandonadas que de tempos em tempos apareciam isoladas, espetadas em morros vazios e sombrios. Tom observou tudo em silêncio e foi diversas vezes ao banheiro, enquanto Magnólia, então sentada diante de Tadeu e Gunnar, fazia comentários aleatórios sobre a região e perguntas sobre os pequenos vilarejos e cidades pelos quais passavam. Durante um curto trecho no qual o trem passava muito próximo a bosques escuros e profundos de árvores desfolhadas, quase como se os cingisse, Magnólia parou de falar. Seu corpo inteiro se arrepiou como se uma estaca de gelo tivesse sido cravada em suas costas. As palavras mudas palpitaram em sua língua como peixes fora d'água tentando sobreviver. Ela não sabia por que se sentia assim, mas quanto mais focava seus olhos no coração de uma floresta, mais se sentia enjoada, puxada a partir do estômago, fisgada pela nuca. O mesmo pânico que, no Parque Vigeland, fizera suas mãos formigarem e seu rosto doer.

Desviou o olhar para dentro do trem, de volta para Tadeu e Gunnar, que não estavam mais olhando para ela. A sensação passou no mesmo instante e ela sentiu todo o seu corpo ceder, entorpecido e relaxado.

Ainda sob a constante cobertura de nuvens, o trem escureceu dentro dos túneis, passou ao lado de uma rodovia da qual era possível ver um fiorde cinzento, de cujas montanhas jorravam cachoeiras que, à distância, pareciam filetes espumosos de leite gelado cobrindo pedras cor de ardósia.

— Parece que as montanhas estão chorando — disse Tomas, pensativo.

Mas ninguém ouviu, exceto Tadeu, que estivera observando-o enquanto Gunnar conversava com Magnólia. Os dois trocaram um olhar cúmplice, porém rápido, que deixou Tomas um pouco mais tranquilo, embora envergonhado por aquele pensamento revelado em voz alta.

Por volta do meio-dia, quando saíram de outro túnel depois de passarem por Geilo e pararem em Finse, região mais alta e totalmente branca de neve, onde toda a paisagem fora condensada num vazio indescritível e quase sufocante, tiveram um panorama totalmente diferente. As montanhas estavam cobertas de neve, mas sobre elas brilhava um pouco de sol e era possível ver as rachaduras de céu logo acima. O verde ali era menos coberto de branco e tinha um tom queimado, quase castanho. Ainda glaçadas, como espetos comestíveis de alguma festa pagã, as árvores mais altas que ladeavam rios cheios de pedras e encimavam colinas com mais casarões de madeira se lançavam contra o céu e brilhavam sob a luz do sol como ornamentos de cera luminosa. Foi a partir desse momento da viagem que Muriel tirou mais fotos, andando de um lado para o outro do trem e tentando não esbarrar num grupo de quatro jovens japoneses que tinham monopolizado três grandes janelas que davam para uma paisagem crua e virgem, sem intervenções humanas.

Eram 15h57 quando o trem da NSB, passando por montanhas cobertas de casinhas brancas de telhados plúmbeos, chegou a Bergen, a segunda maior cidade da Noruega e "uma das mais chuvosas do mundo", disse Tadeu ao se levantarem para pegar as malas. O trem havia deslizado para dentro de uma estação em forma de domo, em cuja plataforma havia uma série de pessoas de diferentes idades e tamanhos esperando os passageiros, enfiados em jaquetas de frio e ansiosos pela abertura das portas.

Quando todos desceram, a primeira surpresa foi a temperatura: fazia menos frio do que em Oslo. Magnólia, que não usara seu chapéu rosa-pálido durante todo o trajeto, colocou-o sobre a cabeça e sentiu-se outra vez viva, animada, quase eletrizada. Muriel tirou algumas fotos e pendurou a câmera no pescoço, indo logo atrás de Tomas, Tadeu e Gunnar, que andavam alinhados e em silêncio. Orlando puxou sua mala, desabotoou a blusa e todos caminharam até a saída da estação, atravessando grandes portas de vidro e finalmente outra maior de madeira, que dava na Strømgaten. Do lado de fora, puderam ver a dimensão da estação, uma bela construção de pedra com o logotipo da NSB em vermelho logo acima de um enorme relógio preso a um semicírculo de vidro. Do lado direito, via-se uma montanha com algumas casas brilhando sob um sol fraco, e do lado esquerdo, a rua se estendia até perder-se de vista, passando pela biblioteca municipal e seguindo pela parte de trás do Lille Lungegårdsvannet. Aquele era um famoso lago octogonal em torno do qual a população de Bergen fazia feiras, shows e festivais, explicou Tadeu quando, em torno desse lago, os seis passaram devagar puxando suas malas, recebendo uma leve garoa no rosto e vendo, com os olhos cheios de fascinação, um desbotado arco-íris se formar entre o centro da cidade e uma imponente montanha onde dezenas de casas, em sua maioria brancas, se apoiavam como pecinhas de Lego.

18.

Mesmo atravessando alguns quarteirões e três praças no centro de Bergen sob uma garoa que tornava certos trechos muito escorregadios, a distância entre a estação e a casa onde eles ficariam não era grande. No entanto, as malas pesadas e as breves pausas que cada um dava sem aviso em determinados pontos para contemplar uma rua, um monumento, uma casa, uma árvore ou mesmo o arco-íris, causava essa impressão. Todos eles estavam cansados da viagem, mas ao mesmo tempo havia um ardor de excitação no ar, algo que os impelia a explorar o que pudessem durante aquele trajeto mínimo no qual a cidade se revelava única. A primeira impressão era unânime: Bergen era muito mais charmosa do que Oslo, muito mais acolhedora, com uma atmosfera nostálgica e um caráter mágico de engenharia e arquitetura como se cada metro quadrado tivesse saído de um conto de fadas. Comentavam em voz alta sobre isso e passavam em frente ao Den Nationale Scene, o maior e mais tradicional teatro da cidade, quando Tadeu, esboçando um sorriso sombrio trocado com Gunnar, alertou-os para o fato de que a comparação entre as cidades não era uma coisa muito aconselhável de se fazer, a começar pelos dialetos, que geravam piadinhas infames e um desconforto latente.

Arrastando as malas, desceram a Jonsvollsgaten, uma estreita rua de lojas encimadas por apartamentos residenciais e comerciais tipicamente europeus, como casinhas de janelas de moldura branca empilhadas ao longo de toda a calçada. Tadeu e Gunnar foram na frente, visivelmente felizes por estarem ali. Tomas estava um pouco apático, mas se permitia olhar com curiosidade para uma ou outra coisa ao seu redor, enquanto Orlando, Muriel e Magnólia mantinham-se ansiosos pela chegada. Dobraram uma esquina onde havia um pequeno prédio de três andares e deram numa rua ainda mais estreita onde mal cabia um carro.

– Chegamos – anunciou Tadeu, sorridente. Ele apontou para um sobrado de madeira verde-claro, quase branco, com uma porta de duas folhas cor de tamarindo.

Estavam na Kjellersmauet, uma rua íngreme inteiramente coberta de pedras e ladeada dos dois lados por casas de madeira de mais de cem anos, todas tombadas pelo patrimônio histórico. Muriel passou a fotografar cada janela, cada planta, cada porta, cada detalhe que escapava ao brilho do sol do fim da tarde. Pequenos canteiros toscamente erguidos com plantas secas davam um ar bucólico às fachadas das construções, e manchas de umidade se erguiam escuras das pedras do calçamento como labaredas de fogo negro. Vasinhos de flores, uma luz alaranjada no andar superior de uma casa, a tinta lascada de uma porta e os lambrequins brancos sobre as janelas – Tomas se concentrava nesses detalhes enquanto Tadeu girava, num tambor, uma senha de um pequeno cofre de plástico preto que ficava preso ao batente da porta da casa. Na segunda tentativa, o cofre fez um clique e se abriu, revelando um par de chaves.

Os seis ocuparam um pequeno hall com chão e paredes de madeira pintados de branco. Havia um vaso ao lado da porta e três guarda-chuvas dentro dele, além de uma caixa de madeira vazia.

– Um item indispensável para viver em Bergen – disse Tadeu, indicando os guarda-chuvas.

– Chove tanto assim? – perguntou Muriel.

– Quase todos os dias, às vezes durante o dia todo, às vezes em vários períodos curtos.

— Uma fez a cedade fendeu guarda-chufas em máquinas, como as de refrixerante – disse Gunnar.
— É, mas a ideia não vingou – explicou Tadeu. – Uma máquina somente para turistas. A chuva e o tempo fechado e escuro viraram a marca da cidade. E acho que ela é até mais charmosa por causa disso.

O hall dava em duas direções: uma escadaria de madeira que subia para o segundo andar e uma porta ao fim do corredor.

— Aqui embaixo só tem um quarto com uma cama de casal – disse Tadeu. – Em cima são dois quartos, então vocês quatro podem ficar lá. O Gunnar e eu ficaremos aqui. É maior ali em cima e vocês terão mais privacidade, tudo bem?

Estava implícito que quem mais precisava de privacidade eram os dois. Magnólia saboreou as perguntas que golpearam sua mente, estreitando os olhos para Tadeu e Gunnar enquanto pegava sua mala, observando-os explorar todos os cômodos daquela antiga casa. Não pensar se havia uma vida sexual ativa, mas ter a certeza de que simplesmente havia uma vida sexual – isso era divertido e ousado. Ela nunca parava para pensar sobre essa face íntima dos outros. Podia ser um pouco de ingenuidade, ela admitia para si mesma, mas acreditava que a maioria das pessoas bloqueava essa curiosidade quando se encontrava com familiares e amigos. Socialmente, ninguém fazia sexo, não existia uma vida íntima e escatológica. Socialmente, o ser humano ria, bebia vinho, ria mais um pouco, ria de histerismo, chorava, tropeçava, deixava a comida cair na roupa, ruborizava, fofocava, palitava os dentes atrás da mão em concha, pedia a conta riscando o ar como se segurasse uma caneta invisível e tirava *selfies*. Mas outra vida se desenrolava sutilmente, fechada como um pedaço de seda dobrada, guardando sujeira por trás disso tudo, e esse mesmo ser humano, essa mesma raça de aparências e ansiedades, transava, defecava, cheirava o fio dental e tirava cravos com as unhas, vendo o creme branco e espesso sair do nariz como microlarvas.

Com os pés descalços e os sapatos formando uma montanha escura ao lado da porta, todos sentiam a casa ranger, desde as tábuas do assoalho até os lambris brancos das paredes. Como o apartamento em Oslo, os banheiros também possuíam chão aquecido, e embora fosse velha, a construção era bem-cuidada, conservada com pintura anual, além de limpa e bem mobiliada. Tadeu e Gunnar se acomodaram no andar inferior, um pequeno flat que de tempos em tempos os donos da casa alugavam para turistas que não queriam pagar os valores absurdos dos hotéis. E, como se tivessem combinado com antecedência, dessa vez Tomas e Magnólia dividiram o quarto principal, enquanto Orlando e Muriel deixaram suas malas no outro quarto, um cômodo menor com duas camas de solteiro e um pequeno armário. As cozinhas de ambos os andares eram bem-equipadas, as salas tinham sofás e poltronas diante de TVs enormes que pareciam não ser ligadas desde sua fabricação. A única exceção era uma pequena TV no apartamento de baixo, ligada a um velho notebook que os hóspedes podiam usar com a rede Wi-Fi.

Tadeu descobriu um bilhete em inglês acima da geladeira. A língua indicava um cuidado respeitoso com os novos hóspedes brasileiros, com um grande "sejam bem-vindos" logo ao final da folha. O bilhete dizia que havia quatro pizzas no congelador, além de geleias, frios e algumas frutas na geladeira, assim como biscoitos, chocolates, caixas de chá e torradas nos armários, que todos podiam comer. Gunnar gostou muito do gesto, embora não fosse uma surpresa. Os dois subiram de meias e avisaram a todos sobre as comidas, mas ninguém se mostrou muito contente em relação às pizzas. A simples ideia de comer pizza congelada outra vez causou um desânimo coletivo. Embora fizesse menos frio que em Oslo, continuava frio, e eles prefeririam comer algo mais quente, mais *acolhedor*. Demorou para que alguém se manifestasse, mas quando Magnólia falou, todos concordaram.

– Tudo bem – disse Tadeu. – Se não estiverem muito cansados, podemos ir daqui a umas duas horas num ótimo restaurante aqui perto, cuja especialidade é sopa. É um lugar bem gostoso. E vocês poderão conhecer um pouco da cidade à noite.

Magnólia não queria conhecer a cidade somente à noite. Estava ansiosa para andar. Mais do que isso, ansiosa para deixar aquele ambiente pequeno. Lembrava o apartamento, com todos indo e vindo, se trombando, silenciosos como estranhos e distantes como... uma família. E já que não havia nenhuma bebida, exceto duas garrafas de cerveja no fundo do armário da cozinha, não demorou muito para que sua vontade por vinho a fizesse salivar. Havia bebido muito pouco em Oslo, por distração ou por respeito, por enfado ou por preocupação, não sabia, mas precisava beber algo, talvez antes mesmo do jantar, ou depois. Viver sem uma garrafa de vinho em casa era como viver sem papel higiênico.

Sob o olhar reprovador e quase mortífero de Orlando, Magnólia, Tomas e Tadeu deixaram o sobrado para que este explicasse como chegar à Vinmonopolet, a loja que, como indicava o nome, fazia parte do famoso "monopólio do vinho", estatal norueguesa onde era vendida a bebida e também destilados. Magnólia gostou muito do fato de ser "obrigada" a ir àquela hora porque a loja estaria fechada às dezoito horas, muito antes de voltarem do restaurante. Depois das explicações, sob uma garoa refrescante, mas não incômoda, os dois viraram à direita ainda na rua das casinhas de madeira, deram num pátio com mais casas antigas e subiram um curto trecho que saía, como Tadeu dissera, de frente para o Rema 1000, uma rede de supermercados com preços convidativos. Passaram em frente ao supermercado e logo estavam na rua Jon Smørs, o que para Magnólia e Tomas não fazia diferença, mas era a rua certa – eles lembravam por causa daquela letra O trespassada por um traço.

– Eu preciso perguntar uma coisa – disse Magnólia, fugindo do olhar do sobrinho, as duas mãos nos bolsos do casaco preto e boa parte dos cabelos castanhos cobrindo as laterais do rosto, como se quisesse realmente se esconder de Tomas. O chapéu fazia falta.

– Você esperou até agora pra isso? – perguntou ele.

Ela não esperava a pergunta. Na verdade tinha achado até um pouco desconexa, porque dera a impressão de que a pergunta já estava feita e de que era tão imbecil quanto ela. Passaram por uma galeria de arte, em seguida por uma loja de roupas, e estavam próximos de adentrar um arco no meio da rua, tudo isso sem dar continuidade à conversa, enquanto escorriam pelas têmporas de Magnólia o silêncio e o medo.

– Eu não queria conversar na casa, sei que você não teria gostado. Nem no trem.

– Estavam todos muito ocupados com a paisagem.

– Você também deveria ter se ocupado, Tom.

– Eu não sou mais uma criança – disse ele, secamente. – Estou bem, pergunte o que ia me perguntar.

– Era isso.

– Isso o quê?

– Se você estava bem. Às vezes eu acho que a gente precisa dessa pergunta boba, sabe? Eu me sentiria melhor se alguém me perguntasse de vez em quando se estou bem, como estou, o que ando sentindo.

– Eu estou na mesma. Mas na verdade me irrita um pouco essa preocupação. Meu pai querendo me levar para o Brasil, por exemplo.

– Ele te ama.

– Porque é meu pai – disse Tomas, dando de ombros. – Eu odeio esse tipo de amor em que não há escolha.

– Mas todo pai tem a escolha de não amar o filho – disse Magnólia, um pouco confusa e alarmada com o rumo estranho que a conversava estava tomando.

– Não quando a mãe está morta. Quando uma parte morre, o amor é obrigatório. E vira uma espécie de vício.

– Se você pensa assim, seria pior sem a Muriel, não?

– Muito pior. Às vezes eu acho que meu pai deveria casar e ter mais um filho pra esquecer de mim e da Muriel.

– Você está bem amargo hoje. Achei que a viagem tivesse ajudado.

Outra vez em silêncio, ensaiando novas frases, novas perguntas, ensaiando um gesto carinhoso ou mesmo compreensível, eles continuaram caminhando devagar. Passaram por uma vitrine cheia de manequins vestidas com roupas para grávidas, depois em frente a uma loja de pianos, até que avistaram, do outro lado da rua, onde havia um casal de idosos, a unidade da Vinmonopolet, um imponente bloco pêssego de seis andares cuja entrada, exatamente na esquina, era encimada por uma placa vertical com o nome da loja.

Os dois pararam diante dos cinco degraus que levavam ao paraíso dos vinhos. Mesmo concentrada na expressão de Tomas, Magnólia salivou. Havia muitos dias que não sentia esse desejo premente de beber – e não era pouco. Uma voz perturbadora dentro dela queria beber a ponto de entrar num estado comatoso. Nada seria melhor do que beber até ficar inconsciente por alguns anos, ou para sempre. Seria uma morte feliz, uma despedida decente, talvez até o retorno a um terreno de videiras, mas na forma de cinzas. Poderia se juntar à terra, às frutas, ser macerada, ser esmagada, fermentada e um dia, finalmente, ser bebida.

Sua mente estava divagando, ofuscada por um crepúsculo dourado na Toscana, entre gordos cachos de uva e o silêncio lilás do fim da tarde, quando Tomas voltou a falar e lhe puxou para aquela calçada, para aquele lugar no meio de Bergen:

– Eu fico muito tempo sem falar e minha boca fica amarga. Então, quando falo, minhas palavras saem amargas. Me desculpe.

Havia naquele discurso um tom que irritou Magnólia. Ela não sabia identificar se era de vitimismo ou de mau humor, mas algo naquelas palavras não justificava o comportamento de Tomas. Plantado ali na calçada com ela, ele lembrava uma criança birrenta, incapaz de mover um passo.

No entanto, ela não deu atenção a ele, não voltou ao assunto do bem-estar, dos humores, da amargura dele. Nada. Simplesmente disse que estava com frio e que entraria na loja para se aquecer.

19.

Magnólia não se lembrava da última vez em que entrara numa loja tão grande com tamanha variedade de vinhos. Os corredores de garrafas escuras e estantes com caixas de pinho cheias da bebida reluziam numa onda trêmula, indicados por países e regiões vinícolas em plaquetas cujas letras acinzentadas fizeram sua cabeça girar com algumas lembranças. Havia pouquíssimas pessoas, a maior parte num corredor de uísques. Ela nunca tinha aprendido a tomar o destilado, mas o brilho âmbar num copo cheio de gelo trincado equalizava seus batimentos cardíacos. O perfume amadeirado do uísque também era bom, de oito ou doze anos. Nunca havia provado as reservas de vinte e um anos, trancadas num armário por seu pai durante a infância e esporadicamente viradas sobre um copo baixo e redondo de maneira elegante, até mesmo um pouco egoísta, porque ele protegia as garrafas como obras de arte de valor incalculável. Ainda no passado, Magnólia havia achado esteticamente bonito e exclusivamente masculino todo o caráter imagético de mãos fortes envolvendo um copo com a bebida. Com o tempo, isso mudou. Mesmo preferindo os vinhos, e tendo experimentado um pouco de tudo, ela havia rapidamente deixado qualquer categorização de lado, e todas as bebidas, alcoólicas ou não, se imiscuíam agora num imenso mar de prazer e permissividade que nada tinha a ver com gênero ou classe.

Tomas estava silencioso. Como uma névoa cinza de apatia, seus passos pela loja iam tornando nublado o ambiente e Magnólia sentiu-se irritada outra vez. Às vezes tinha vontade de chacoalhá-lo, não sabia se por causa da ansiedade pelo vinho ou porque estava cansada de vê-lo assim tão fechado e desanimado; dar uns tapas em seu rosto também parecia uma opção libertadora. Apesar daquele transe constante, Tomas ainda reagia, embora ela soubesse que um tapa ou uma palavra incendiária só o deixariam pior, não acordado.

Pegou uma garrafa de Sauvignon blanc australiano orgânico. Os preços da maioria dos vinhos não eram nada atraentes, mas havia uma verdade incontestável sobre o monopólio do vinho que Tadeu explicou com certo orgulho quase nativo quando ela revelou sua vontade de beber: era possível encontrar vinhos muito caros, de ótima qualidade, a preços interessantes por causa do preço fixo e dos limites de impostos. Não demorou para encontrar um autêntico Beaujolais-Villages que lhe fez esquecer por alguns segundos a carranca do sobrinho. Tomaria sozinha, se pudesse, mas ele quisera vir junto. Ele gostava de vinho, e agora isso parecia mais um empecilho do que uma qualidade.

– Sinto falta da sua alegria – disse Magnólia, virando-se para Tomas.

Os dois estavam sozinhos num corredor de vinhos da França, ou, como indicava uma placa em norueguês, de *Frankrike*.

– Eu nunca fui muito alegre – rebateu ele. – Meu pai sempre falou que eu era uma criança muito séria, tímida. Não tenho que ficar sorrindo o tempo todo, ainda mais agora.

– Isso é verdade. Mas não vejo que você quer melhorar, sabe?

– Tia Mag, durante as suas crises, alguém ficava pedindo para você sorrir? Para você melhorar?

Magnólia enrubesceu, mas não de vergonha. Era uma raiva lenta e natural.

– Eu perdi o Ali faz pouco tempo e não consigo pensar em outra coisa.

— Mas você pode se curar desse luto — insistiu ela, temerosa. — Não precisa ser agora, mas só quero que tenha consciência disso. Essas coisas se curam.
— O luto se cura, a morte não.
— Eu sei. É difícil para mim ver alguém que amo tão mal. Acho que nunca me aconteceu. E se aconteceu, a pessoa em questão ficava dentro do espelho, cheia de uma irritante autopiedade, sabe?
— Eu também quero sair disso — disse Tomas. — Talvez beber vinho seja a tal da boa saída.
— Não deixe seu pai ouvir isso — brincou ela.
Por um tempo indefinível, Tomas sorriu. Seus olhos continuaram apagados como dois pavios queimados se confundindo naquela escuridão verde.

Magnólia pegou o Beaujolais e ficou segurando. Uma estante mais à frente com vinhos da Borgonha trouxe Leopoldo à sua memória. Lembrou, deixando escapar um sorriso que Tomas não percebeu, da garrafa jogada contra ele, o som explosivo do vidro, o gosto meio fraudulento de vitória. Aquilo tinha acontecido há tantos anos, mas o prazer ainda era fresco e pulsante. Mas vinho derramado lembrava sangue, então foi natural, automático, o movimento da sua mente: da bebida espalhada no chão ao pesadelo onde Tomas estava morto no banheiro, cobrindo o piso claro com seu sangue espelhado.

— Sabe, eu não queria falar nada, mas tive um pesadelo essa noite — sussurrou ela. Parecia uma criança envergonhada, olhando fixamente para a garrafa presa com força entre as mãos.

Tomas esperou em silêncio, agora aparentemente menos desinteressado, com as mãos fora dos bolsos do casaco, embora não soubesse o que fazer com elas e tivesse pego uma garrafa para fingir interesse e ocupá-las.

— Eu sonhei que você estava morto, Tom.
Ele a encarou e esperou que continuasse. Agora parecia absurdamente estranho aquele momento, aquela conversa, naquele lugar. Ninguém falava de luto, morte e pesadelos no corredor de

uma loja de vinhos. Ao mesmo tempo, a bebida não era motivo de celebração, mas razão para uma fuga indubitada. De ambos.
— Isso me marcou muito — ela continuou. — Desde a madrugada.
— Como? Como eu morria?
— Eu o encontrava no banheiro e havia...
Ela silenciou e olhou para ele.
— Havia muito sangue.
— Foi só um pesadelo — disse ele, dando de ombros, um gesto no qual ela viu a figura adolescente de um rapaz despreocupado, que não combinava com ele e que lançava ao universo o seu olhar de desdém.
— Sim, mas... foi muito intenso. No final, você sorria para mim.
— Morto?
— Acho que sim.
— Tia Mag, deve ter sido a conversa que tivemos, quando perguntei o que você pensava sobre suicídio. Não se preocupe.

O nariz de Magnólia fez cócegas e ela desviou o olhar do sobrinho. Já não sabia se o pedido de ajuda que dominava aquela relação entre eles vinha dela, através da preocupação com ele, revisitando sentimentos que tantas vezes tinha experimentado sozinha e consigo mesma ao longo dos anos e que pareciam cada vez mais próximos, ou se vinha dele, através de cada palavra embalada numa plástica tranquilidade, cada gesto falsamente calmo. Embora Sara tivesse sido apenas uma cunhada com quem tivera uma relação esporádica de companheirismo e afeição, e Elisa uma irmã irritante e espiritualmente sedada que secretamente desejara morta durante a adolescência, Magnólia achava improvável suportar uma terceira morte na família. Agora sem Herbert, sem o apoio de Herbert, sem o abraço dele para lhe dar segurança. E Tomas, quando queria, talvez até mesmo sem saber, podia ser um ótimo ator.

O problema — Magnólia via como um problema — era que, quando sua ansiedade aumentava, ela passava a ser uma intérprete melhor de reações, de comportamentos ocultos. Não sabia exatamente quando aquele sentimento de impotência em relação ao sobrinho tinha começado a dominá-la, mas havia muitos anos que não se preocupava assim com alguém. Com a vida de alguém. Percebeu que, desde que pisara em solo escandinavo, tinha se esquecido da conversa com Sylvia, de Cíntia (principalmente de Cíntia!), do machucado na têmpora, da falsa acusação contra Herbert – da qual não se sentia muito orgulhosa, mas de cuja culpa já tinha se livrado há muito, dissolvida em meio ao coágulo gelatinoso de seu ódio por Lourenço, embora essas coisas não fossem miscíveis e, portanto, ainda pudesse distingui-las perfeitamente caso desejasse.

Tantas coisas tinham acontecido naquelas últimas semanas, parecia inacreditável que *ela* ainda estivesse viva.

– Bem, eu só queria compartilhar isso. Eu precisava – concluiu Magnólia, recolocando, sem saber por quê, a garrafa de vinho na prateleira.

Eles continuaram andando pelos vinhos franceses, mas deixaram a seção logo que uma televisão mostrou uma matéria sobre o acidente aéreo no oceano Atlântico. Uma jornalista norueguesa ruiva falava lenta e friamente enquanto imagens da água de onde ainda recolhiam destroços do Boeing 777 eram exibidas. Tomas andou mais rápido na frente de Magnólia, dando as costas para o aparelho. Pelo menos houve um sentimento compartilhado de alívio por não entenderem norueguês. As únicas palavras que Magnólia conseguiu compreender no meio daquela confusão foram "Atlantic" e "februar", o mês da queda do avião.

Curiosamente, deram com uma estante de bebidas sem álcool, em frente à outra de vodca e ao lado de uma apenas com cervejas (øl), de garrafas pequenas e largas – as bebidas mais baratas da loja depois das águas escandinavas. Uma placa com a palavra "alkoholfritt" indicava uma porção razoavelmente atraente de sucos e refrescos, desde uva e maçã até melão.

– Isso não serve pra gente – disse Magnólia.

Na seção de vinhos italianos, pararam diante de uma enorme variedade de rótulos de Piemonte.

– Eu acho que a culpa é minha – disse Tomas, de repente. Magnólia não entendeu e parou de ler o vinho que estava segurando, um Nebbiolo da Malvirà.

– O Ali morreu por minha culpa, tia Mag.

– Isso não é verdade.

– É verdade, e é muito difícil admitir isso.

Tomas já estava chorando. Não era um choro que pudesse chamar a atenção de algum funcionário da loja, mas Magnólia sentiu-se incomodada quando uma mulher passou por eles lançando um olhar de pena para Tomas e de desconfiança para ela.

– Por que pensa assim?

– Porque ele só fez essa viagem para ficar comigo. Se eu não tivesse vindo para cá, ninguém teria morrido.

– Ninguém tinha como prever nada disso, Tom. Você não precisa fazer isso, não é culpa sua.

– Eu nunca deveria ter vindo pra cá – disse ele, os olhos escurecidos por uma fúria voltada contra outra televisão na ponta da loja.

Tomas se viu passando o braço direito pelas garrafas e destruindo aos poucos a loja. Foi a presença de Magnólia que o impediu de fazer algo irrefletido – ou refletido até demais. A vontade de destruir alguma coisa, de acabar com *qualquer coisa*, era tão grande que começava a lhe alterar a respiração. Não sentia algo tão forte desde o dia da notícia, desde o dia em que ainda planejava a ida até o aeroporto para pegar Alister. Ainda que fosse minimamente interessante, morrer não era uma opção. Ele deixaria de sentir as coisas para virar um nada e, assim, desrespeitaria tudo o que ainda nutria por Alister.

– Vamos comprar o vinho e depois vamos ao restaurante – disse Magnólia, tentando mudar de assunto. – Só precisamos disso.

– Eu estou me sentindo vazio porque eu só sinto isso: vazio – disse Tomas, limpando o rosto.

Ela quis pegar na mão dele, puxá-lo para si e abraçá-lo, mas sentiu vergonha. Também estava frágil e, nesse desconcerto de fragilidade, temia pela própria estabilidade.

Tomas ergueu os olhos vermelhos e inchados para a tia e fez a pergunta cuja resposta parecia desenhar todo o seu futuro:
– Eu sou vazio, tia Mag? Porque nada mais faz sentido.
– Você é um rapaz maravilhoso, Tom. Que está vivendo um momento triste.
– Eu acho que eu sou triste.
Essa comiseração começava a irritá-la.
– Você não é os seus sentimentos, Tomas.
Ele segurou a respiração e arregalou um pouco os olhos. Magnólia lembrou de Muriel, do tapa, daquela expressão de espanto. Era a mesma expressão, e, curiosamente, lembrava muito o rosto de Sara, refletido de repente em seu filho. Tomas não estava surpreso apenas com o uso do nome inteiro, mas com o sentido da frase. Alguma coisa naquela frase, uma lâmina daquela afirmativa, tinha cortado uma camada precisa em sua percepção, deixando romper uma nova verdade diante da situação, acesa como uma lâmpada isolada e necessária no meio do seu peito tão escuro e cheio de fuligem.

Eles permaneceram em silêncio. Ele adotou uma postura menos sofredora, colocando os ombros para trás, mas continuou pensativo. Ela estava irritada e acabou levando dois vinhos tintos italianos iguais, pelos quais pagou, influenciada por sua raiva, uma pequena fortuna.

Já na rua, fazendo o mesmo trajeto pela mesma calçada, Magnólia foi surpreendida por uma onda de cansaço e, logo em seguida, pela mão de Tomas em seu ombro, apertando levemente como uma mensagem subliminar de carinho. Indisposta, ela apertou o passo para se livrar da mão do sobrinho e continuou andando sem lhe dirigir a palavra.

20.

Como uma espécie de dica do lugar, ou talvez uma tradição inconsciente das cidades europeias, o restaurante onde todos jantaram ficava numa esquina. Era muito comum se deparar com um estabelecimento comercial mais conhecido que tomava toda uma esquina – e talvez por isso mesmo fossem conhecidos. Tinha sido assim com o supermercado Rema 1000 e com a unidade da Vinmonopolet. Não era diferente com o Zupperia, que ficava muito próximo ao teatro, na Vaskerelven, uma rua de mão única bastante estreita, com calçadas limpíssimas de ardósia desbotada. Alguns bares, cafés e minimercados ocupavam as casas antigas da rua, e o restaurante onde eles entraram depois das seis da tarde, embora todo cinza e branco por fora, como uma extensão das pedras do calçamento, facetado por janelas e portas espelhadas, por dentro era colorido e quente, com mesas de madeira brilhante, vasos, luminárias, estofados em tons de mostarda e cadeiras estranhamente roxas e cor-de-rosa. Nada muito vibrante e, ao mesmo tempo, nada muito discreto.

Impenetrável, Magnólia tinha assumido uma postura fria e uma expressão mal-humorada a qual ninguém quis objetar. Desde a compra dos vinhos, voltando à casa, até a saída para o jantar – um intervalo de quase três horas em que abrira furtivamente uma das garrafas de vinho e tomara duas taças sozinha –, ela não tinha trocado uma única palavra com ninguém. Tadeu perguntara sobre a loja e ela respondera friamente com um aceno vago de cabeça, enquanto Tomas ensaiava uma forma de se aproximar dele para contar ao menos uma parte do que tinha acontecido. Se por um lado a tia estava incompreensivelmente emburrada, por outro ele estava incompreensivelmente melhor. Parecia-lhe que o que estava sentindo tinha sido misteriosamente transferido para Magnólia através das palavras que trocaram. Tomas pensou muito sobre a frase da tia: *você não é os seus sentimentos*. Aquilo não tinha arrefecido sua dor, mas era um calmante provisório, um tranquilizador. Estava tranquilo, era isso. Ainda sentia o nó na garganta, a vontade de chorar e a pressão no peito, mas algo mais profundo do que isso, algo que sustentava essa tormenta, tinha se afrouxado. Ele não desconfiava de que talvez o cansaço de se manter continuamente sorumbático tivesse vencido seus humores: tinha certeza de que fora a conversa com a tia, as coisas que habitavam as palavras dela e tantas outras que tentavam vazar das suas próprias palavras, a verdadeira razão da sua nova leveza emocional.

No entanto, Magnólia estava irritada porque a frase soara como uma tumefação de Elisa, uma nódoa que ela deixara de herança para ajudar alguém. Quando dissera aquilo, não tinha sido com calma nem com a intenção de ajudar Tomas, mas de calá-lo, de fazê-lo pensar em algo, nem que este algo não fizesse sentido algum. Durante toda a vida, antes mesmo de ser diagnosticada como *borderline*, Magnólia travou uma batalha contra aquilo que regia seu comportamento, como algumas pessoas acreditam fazer os astros: os sentimentos. Diferentemente do que dissera de maneira impensada ao sobrinho, ela se achava uma mistura caótica dos sentimentos que carregava e dificilmente pensaria de outra forma. Não fossem eles, os sentimentos, seria vazia, imóvel, nunca provocada por nada. Ela *era* os sentimentos todos que formavam sua personalidade. A frase tinha saído com um efeito esmagador em seus ouvidos. Detestou-se e sentiu asco de si mesma, e, por parte desse ódio, por parte dessa afronta com os próprios princípios, além da lembrança insossa de Elisa, culpava Tomas. Sem aquela conversa, sem aquela intimidade, sem aquele amor notavelmente exagerado de sua parte, nada disso teria acontecido.

Quando ainda voltavam para o sobrado, Magnólia sentiu-se pior porque o possível suicídio de Tomas já não era uma preocupação, mas um alívio. Não estava chocada com esses humores flutuantes, afinal eles constituíam boa parte da sua vida. O que a assustava, dividindo sua mente e seu coração com o ódio por si mesma, era o fato de estar cansada de Tomas. De, enfim, perceber naquela última semana de amor materno por ele o seu próprio caráter sendo construído de forma a satisfazer seu ego. Magnólia ainda não via de forma cristalina que seu carinho por Tomas não passava de uma autoafirmação de sua bondade, de sua "normalidade", e que às raízes de tudo isso estava entranhada, na verdade, sua intenção de focar numa vida que não fosse a dela, correndo para o escuro do palco depois de empurrar o sobrinho para debaixo dos holofotes. Ao inflar os problemas dele, falar dos problemas dele e fertilizar cada semente de dor e saudade que ele carregava com perguntas, dúvidas, curiosidade, interesse e atenção, todos os seus próprios problemas murchavam, suas angústias definhavam, secas, à espera de uma única flecha de consciência que finalmente atravessasse a carne rígida de sua negação.

Magnólia e Muriel pediram uma sopa de tomate chamada Alentejo, servida com um ovo cozido e torradas com manteiga temperada. Orlando ficou confuso com o cardápio e, seguindo o conselho de Tadeu e Gunnar, optou como eles pela Rudolfsuppe, um creme de rena com cogumelos, carne de caça e geleia de *lingonberry*, um tipo de cereja escandinava tradicionalmente comida com carne vermelha. Magnólia estava tão indisposta a criar qualquer resistência que demorou a entender que o irmão comeria rena. O nome da sopa fazia alusão à famosa rena do Papai Noel e isso embrulhou seu estômago quando viu a carne no prato de Orlando. Tomas, que não estava com fome, pediu uma porção de batatas fritas que comumente vinha com salsichas (que ele dispensou) e outra de *bruschettas* com molho pesto. Teria preferido a tradicional de tomate, azeite e manjericão, mas era do forte sabor das ervas do pesto que precisava.

Sem dizer uma única palavra ou perguntar aos outros o que beberiam, Magnólia pediu uma taça de Chardonnay e se encolheu em seu lugar, tomando a sopa com a lentidão calculada de um psicopata. A torrada estava deliciosamente crocante, e como Muriel não gostava de ovo cozido, ofereceu-o para o pai, que aceitou com os olhos estalados de fome – na segunda colherada, ele havia torcido o nariz para a geleia quase azeda do próprio prato, muito distante do sabor superdoce das geleias brasileiras. O início do jantar foi silencioso, com alguns vagos comentários de Tadeu sobre o lugar. Em seguida, Muriel e Tomas também pediram vinho e Orlando pediu uma cerveja.

– O que vamos fazer durante esses dias aqui em Bergen? – perguntou Muriel, curiosa.

Gunnar olhou para Tadeu e ergueu os ombros. Não parecia haver muitas opções.

– Bem, não é alta temporada, vai ter muita coisa fechada – começou Tadeu –, mas ainda podemos ir a alguns museus, pegar o funicular até a Fløyen, aquela montanha famosa que vimos mais cedo. Se o dia estiver ensolarado, podemos até ir de teleférico ao ponto mais alto da cidade.

– Tem tampém a casa de Grieg – disse Gunnar. – Melhor sem toristas.

– É verdade.

– Eu não sabia que o Grieg tinha nascido aqui! – espantou-se Magnólia, falando pela primeira desde que pedira seu vinho branco.

– Quem é esse? – perguntou Orlando.

Alguns riram, entre eles Magnólia. Sua risada tinha sido menos inocente que as outras, quase ofensiva, foi o que expressou o olhar de Orlando, subitamente raivoso. Embora expressasse essa fúria pelos olhinhos escuros, o rosto estava corado.

– Edvard Grieg – disse Magnólia. – O compositor.

Orlando permaneceu confuso e em silêncio. Tadeu e Gunnar achavam normal alguém não conhecer Grieg. Tomas continuou comendo ruidosamente suas *bruschettas* e bebendo

o vinho como se fosse um refresco, em goles longos que empurravam as pequenas torradas para baixo.
— Peer Gynt — explicou Magnólia.
— Lembrei! — disse Orlando, batendo dois dedos na mesa.
— Claro!
— A mamãe ouvia muito o mesmo disco do Grieg. Milhões de vezes — disse Magnólia. — Foi se tornando uma chatice a obsessão dela por Peer Gynt, como se ele tivesse criado só isso.
— Claro, é a composição mais famosa — disse Tadeu. — E a casa dele é muito charmosa. Fica um pouco longe, a uns dez quilômetros daqui, num bairro chamado Paradis. Teríamos que ir de trem elétrico, depois um trecho a pé, mas é muito tranquilo.
— É um lugar espetacolar — disse Gunnar. — Tem uma fista linda.

Estava subentendido que eles tinham poucos dias para conhecer Bergen, no máximo quatro, caso fossem embora na quarta-feira, por isso deveriam aproveitar qualquer migalha de passeio turístico, nem que fosse ao mercado de peixe, como anunciara Gunnar limpando a boca com o guardanapo. O fato de estarem numa cidade de quase mil anos, cheia de casinhas típicas, de onde saíram Edvard Grieg e o violinista Ole Bull, onde Ibsen trabalhara como escritor, diretor e produtor de várias peças, onde chovia quase todos os dias do ano — tudo isso já tornava Bergen aproveitável. Além disso, havia museus, galerias, bairros antigos com casas de madeira, praças, as lojinhas típicas das casas vermelhas de Bryggen, que vendiam desde camisetas e joias a miniaturas cabeludas de trolls sorridentes e rolinhos de creme com canela.

Tadeu saiu da mesa para ir ao banheiro e Tomas sentiu-se estranhamente triste, quase inseguro. Embora tentasse encobrir as imagens gravadas na mente com conversas, problemas ou qualquer fato avulso, como mexer no molho pesto com a ponta da faca, fracassava. O corpo nu de Tadeu no banheiro retornava, às vezes difuso como uma pintura, sem muitos contornos, mas sempre atraente, sempre fascinante. O caráter perigoso daquela lembrança e, mais do que isso, o ato infantil de roubar-lhe a cueca e cheirá-la como se ainda não tivesse um compromisso com Alister, vinham perseguindo-o de tal maneira que, se Magnólia não estivesse tão fria, ele teria contado tudo – depois de algumas taças de vinho, é claro. Às vezes, Tomas sentia um impulso muito forte de contar ao próprio Tadeu o que tinha feito, mas todas as reações imaginadas eram humilhantes. Ele não sabia que Tadeu, no escuro, tinha presenciado toda a cena, e nem sequer pensou nessa possibilidade – do contrário, entraria em pânico e não conseguiria mais olhar para ele.

    A frieza de Magnólia, o prato quase vazio, a taça de vinho já vazia e a demora de Tadeu foram os fatores decisivos para que Tomas se erguesse de repente, meio confuso e ansioso, arrastando a cadeira num solavanco e indo ao banheiro sem falar nada. Orlando olhou-o de esguelha e continuou comendo lentamente, às vezes mastigando de boca aberta quando Magnólia o encarava do outro lado da mesa.

    Você não é os seus sentimentos.

    O banheiro era um cômodo pequeno em tons de laranja e branco e possuía luzes frias sobre o espelho e no teto. Tadeu usava um dos vasos sanitários. Tomas entrou na cabine ao lado e enfiou a mão dentro da cueca. Um calor novo lhe subiu entre as pernas, algo que ele não sentia desde a visita ao apartamento de Tadeu. Lembrou-se do cheiro da cueca e imaginou-o ali, ao lado, usando a mesma peça, guardando um volume que ele tinha visto em parte, mas que havia ativado sua imaginação com uma força renovada e assustadora.

    Tomas abriu os olhos e olhou ao redor. O som da descarga indicou que Tadeu já estava saindo. Queria sair também, queria sentir alguma coisa nova e ousada, queria ser por um minuto alguém que ele não era. Sem perceber, sentindo o nó na garganta voltar, chorou com a mão cobrindo-lhe a boca. Chorou um choro quente, longo, que ele sabia que deixaria seus olhos vermelhos e inchados, prevendo os olhares piedosos de todos no restaurante. Tadeu lavava as mãos e já saía quando ele limpou o rosto com um pedaço de papel e assoou o nariz, sentindo-se tão cansado quanto um maratonista. O peito doía. O rosto de Alister piscava em sua mente – clarões do seu sorriso, reflexos do seu corpo, partes de seus membros. Tomas sentiu-se infinitamente inferior, mesquinho, nojento. Pela cueca, pelo desejo, pelo tesão, pelo olhar de Tadeu que interpretava da forma errada. Por alguns segundos ficou tonto, tentando lembrar-se de onde colocara a cueca. Tinha trazido para Bergen. Minutos antes de pegarem o táxi, tinha enfiado a mão dentro do travesseiro, puxado a peça e a enfiado num pequeno bolso interno da mochila. O cheiro do algodão misturado ao da pele e do suor masculino acompanhava a cueca como a fumaça de um incenso, abrindo lacunas dentro de Tomas em lugares que ele havia preenchido diligentemente com o amor que sentira – e ainda sentia – por Alister.

Quando voltou do banheiro, todos os pensamentos de Tomas foram dissolvidos por um alvoroço na mesa em que eles estavam. Orlando pressionava a lateral do corpo e Muriel apertava seu ombro. Magnólia, Tadeu e Gunnar olhavam para ele como se o ouvissem, mas ele não dizia nada.

– O que houve? – perguntou Tomas, ainda de pé.

– Ele sentiu uma pontada – explicou Muriel.

– Deve ser a carne – disse Orlando, soltando um longo suspiro. – Eu nunca comi carne de caça.

– Se existe algum estudo que diz que os vegetarianos vivem mais, deve ser verdade – soltou Magnólia, bebendo o último gole de vinho de sua taça.

Muriel se ajeitou na cadeira, mas continuou olhando para o pai com preocupação.

– Eu estou bem, parem de olhar pra mim desse jeito – pediu Orlando, tentando disfarçar a dor.

Tomas percebeu que, na sua ausência, alguém deveria ter comentado com Tadeu que ele também tinha ido ao banheiro. Tadeu foi a única pessoa sentada à mesa que parou de encarar Orlando para buscar nos olhos verdes de Tomas alguma comunicação sem linguagem, alguma pergunta sem resposta, alguma conexão sem sentido.

21.

[do diário de Magnólia]
08.03.19

    Relendo o que escrevi na última terça-feira, vejo o quanto pode ser ruim abandonar o diário por alguns dias. Perdi a vontade de escrever aqui e não sei se devo continuar com essa ideia. A verdade é: tenho muito medo de que alguém simplesmente mexa nas minhas coisas e leia tudo isso. Vou começar a andar com esse caderno na bolsa, pode até ser útil caso eu me entedie num café e precise registrar qualquer coisa banal.
    A tal "proposta irrecusável" revelou ser uma viagem a Bergen, onde agora estamos. Chegamos de trem – depois de setecentas horas de paisagens intermináveis. Eu preferiria estar escrevendo essas coisas para alguém, poderia estar escrevendo ao Herbert, mas já o vejo meio embaçado na minha vida, como se, de toda a memória que eu retenho, aquelas imagens em que ele está aparecessem desfocadas exatamente em seu rosto. Se eu ainda não estivesse tão incrédula com Lourenço, escreveria a ele. Não seria uma coisa muito inteligente nem normal, seria até inesperado, mas eu não estaria perdendo nada. A traição de Herbert me deu ideias, me inspirou coisas novas – a começar por essa estranha viagem.
    Ainda não vimos Bergen direito, mas parece uma cidade agradável. Só soubemos através de Tadeu que chove muito (estava

chovendo quando chegamos e havia um arco-íris sobre o centro, para o qual ninguém olhava porque deve ser algo comum), que as casas são antigas, que os prédios são poucos e que, soubemos agora no jantar, Edvard Grieg nasceu aqui. Orlando não se lembrou quem era, quase cuspi meu vinho. Não sei se foi proposital, talvez ele tenha bloqueado uma parte da infância, assim como bloqueou várias lembranças dos nossos pais – o que acho ótimo. Não acho que eu tenha bloqueado nada porque simplesmente não penso neles. Quando penso, vejo-os como dois amigos distantes que conheci há muito tempo e com quem, naturalmente, perdi contato.

Queria ter registrado o pesadelo que tive com Tomas, mas estava paralisada demais para qualquer coisa, sobretudo para juntar os fragmentos do pesadelo, que ainda me assusta quando olho por muito tempo para ele. Daqueles olhos verdes parece se desprender uma extensão vívida e assustadora de Sara, o que muitas vezes me incomoda porque sinto como se estivesse sendo analisada, como se Tomas estivesse possuído pela mãe.

O pesadelo não foi longo, mas forte: ele ensanguentado no banheiro, com os pulsos cortados; eu diante do espelho, tomando um remédio e vendo-o sorrir para mim logo em seguida. Acordei assustada e passei boa parte do dia temendo pela vida do Tomas. Não costumo sonhar com mortes, com sangue, mas eu vinha carregando esse receio, o receio de que Tomas pudesse cometer uma loucura como essa. Logo que chegamos em Bergen, conversamos numa loja maravilhosa de vinhos e a preocupação e o carinho foram lentamente sendo substituídos por um cansaço mental e físico. Acho que ele se vitimiza muito. MUITO. Tenho vontade de bater nele, mas essa vontade sempre dura pouco. Foi perceptível, e por isso mesmo estranha, a onda de emoções que tomou meu coração de Oslo para cá. Ou melhor, as ondas. De uma preocupação saudável e atenta, passei a sentir um tédio mortal (inclusive fui tomada em alguns momentos por um pouco de vontade de conversar com Muriel e me desviar da angústia de Tomas). Assim como o próprio Tom me disse, acho que não deveríamos ter vindo. Certo, para mim foi ótimo, pude escapar dos olhos moles de Herbert, de todo um divórcio em construção, mas sei que isso não vai durar para sempre.

Pela primeira vez em muito tempo estou sentindo falta dos meus remédios. Ao mesmo tempo, continuo me sentindo mais controlada, quase equilibrada, o que tem me dado tempo para pensar em outras coisas – ainda que esse tipo de liberdade, ou fuga, ou qualquer nome que isso tenha, também me assuste, como se às vezes eu pudesse e conseguisse – esquecer de mim mesma.

Um desejo muito forte de violência física tem se manifestado. Percebi primeiro com o telefone no Brasil, depois com Herbert, embora eu não tenha feito nada. Em seguida aqui, com Muriel, e novamente com Tomas, mas ele sempre me desarma com seus olhos, que ao mesmo tempo me enchem de compaixão e de ódio. Hoje à noite essa vontade de bater, de me lançar, veio de Orlando. Tomas tinha ido ao banheiro e ele começou a sentir dores na barriga. Muriel fez um estardalhaço, e por um instante pensei em segurar seu braço para que deixasse meu irmão em paz. Ela tinha colocado as duas mãos na barriga dele como se fosse uma médica formada e isso me irritou profundamente. Tadeu e Gunnar mantiveram uma expressão superficial de assombro, o tipo de máscara que colocamos diante de uma situação preocupante somente pelo apoio moral. Orlando fez caretas, afastou a cadeira da mesa e foi se curvando de tal modo exagerado, com os olhos apertados, que vários noruegueses olharam assustados para nós. Fiquei muito envergonhada. Achei que ele fosse explodir ou desmaiar (qualquer opção seria melhor do que aquele teatro todo), mas respirou fundo e, quando Tomas voltou, perguntando o que havia acontecido, não sei se Orlando soube interpretar um bem-estar forçado ou se realmente aquela dor estranha havia passado.

De qualquer forma, tenho percebido essa impaciência em mim. Um tipo grave, eu diria. Lembro de outras vezes, há muitos anos, quando tudo me irritava, desde um pingo de sorvete na camiseta até uma velha manca andando na calçada, não na minha frente, mas muito longe de mim, às vezes do outro lado da rua. Nunca me achei má por isso, mas eu preferiria controlar mais essa sensação de desgaste. É como se tudo me incomodasse. Tudo. Quando eu só precisaria me incomodar de verdade com meu casamento, com Herbert, com a minha vida.

Continuo sentindo uma pressão no peito e sei que é medo. Medo de voltar para o Brasil e encarar tudo de novo. Sei que isso vai acontecer mais cedo ou mais tarde, talvez até na semana que vem, mas eu não sei o que fazer. Herbert não tem me ligado. Desapareceu como se já estivéssemos separados. Essa indiferença é proposital, eu sei. Ele quer que eu o procure, que rasteje, que peça perdão e que perdoe, como uma tonta, a traição, o novo corpo, a nova postura de macho alfa que nunca combinou nem vai combinar com ele.

Admito que minha impaciência e meu medo na verdade podem fazer parte de uma estrutura facetada de uma única coisa: covardia. Eu sinto tantas outras coisas para não me envolver, para não ter de me entregar como vinha me entregando (sem ver) a Tomas, com uma espécie de amor que acho que ele não merece. No fundo, Tomas é muito perspicaz, às vezes perigoso. Se na metade das vezes em que conversamos vejo um rapaz curioso, apático, dolorido, que faz perguntas para se entender, para entender a vida e o tempo ao redor, na outra metade ele me parece uma criatura indócil escondida sob esse corpo indolente, uma criatura que analisa, que pondera e que julga cada palavra e cada comportamento meu. Sinto um pouco de tristeza ao pensar assim, como se estivesse julgando-o de maneira injusta, mas talvez seja uma espécie de autodefesa que eu precise para sobreviver a essa viagem e ao que nela encontro sem ao menos ter procurado. Ao que nela retorno sem ao menos ter saído do lugar.

Não sei se o que escrevo está fazendo sentido, mas não precisa fazer: só precisa ser sentido por mim no futuro. Se eu tiver vontade de ler essas bobagens. Acho que bebi o total de uma garrafa inteira de vinho desde que chegamos. De volta do restaurante, bebi outra taça do tinto que comprei com Tomas. É libertador beber sem Herbert, não ter de dividir uma garrafa, embora o Tom tenha espichado os olhos para a minha taça e, logo em seguida, ido deitar em silêncio sem que eu oferecesse um pouco. Não sei, já não acho que eu tenho a obrigação de ser calorosa. Cansei desse papel. Cansei de me cansar com os outros. Acho que daqui pra frente preciso ser a Magnólia destemida e sincera que sempre irritou todo mundo. Ela me respeita e eu a respeito. Não é o caso de ser rebelde, mas de ser eu mesma, sem medo das consequências. Talvez doa, talvez canse, talvez desequilibre, mas eu preciso de um pouco de paz, de um pouco de amor-próprio. E de mais vinho, por favor, porque a vida sem vinho é desgraçada e sem senso de humor.

Uma fraca luz amarela entrava pela janela da sala e iluminava o diário de Magnólia, aberto sobre as mãos trêmulas de Tomas. Ele lia e relia cada linha inúmeras vezes, sem se preocupar se seria descoberto. Em seu coração, seu nome se lançava sempre em borrifos de sangue, e a verdade daquelas palavras brilhava ácida, borbulhante e corrosiva como uma indesejada herança marcada maliciosamente em uma folha de testamento. Silenciosamente e sem fazer gestos muito bruscos, tendo o corpo todo lento e pesado como se o ar ao redor fosse água e a casa um grande aquário, Tomas fechou o diário, segurou-o com as duas mãos e caminhou no escuro até a cama. Magnólia ainda dormia de lado, abraçando a ponta do travesseiro e respirando devagar. Ele ergueu o diário acima de sua cabeça, seus braços vacilaram por um segundo e sua expiração foi longa, mas pausada. Baixou o caderno e, propositalmente, colocou-o ao lado do corpo da tia. Depois, andando na ponta dos pés, deu a volta na cama, sentou-se devagar para não a acordar e deslizou para debaixo do edredom, onde permaneceu respirando fundo e pausadamente, sem conseguir dormir.

22.

O dia seguinte amanheceu ensolarado, com um céu azul crepitante que refletiu diretamente no coração dos habitantes de Bergen. Assim, todos saíram bem cedo do sobrado e foram atingidos por uma brisa fria e amarela, que guardava em seu miolo algo de quente, quase ardente, e que queimava a pele do rosto de forma prazerosa. Tudo estava iluminado por um sol oblíquo de primavera e em nenhum ponto havia neve, exceto nos picos mais altos, como na Ulriken, a mais alta das sete montanhas que circundavam a cidade. No caminho até a padaria onde tomariam o café da manhã, eles viram ao longe a montanha cuja metade superior ainda estava coberta por uma renda de gelo.

Tomas não tinha conseguido olhar para Magnólia, e até mesmo esse comportamento o entregava, deixando-o ainda pior. Magnólia havia acordado de bom humor, demorando para lembrar-se de onde estava, mas logo que sentiu o diário apertado contra o braço, pulou da cama, acordando Tomas. O caderno caiu no chão e ela o pegou como se tivesse derrubado um bebê cuja cabeça sangrasse. Apertou-o contra o peito, quase ouvindo seu grito, e em seguida correu até a mala. Não estava revirada, nada parecia fora do lugar. Olhando em volta, estreitou os olhos para a porta aberta, em seguida para o sobrinho, que se remexia na cama despertado pelo barulho. O que ela havia escrito sobre alguém ler o diário tinha se concretizado. Ou não?

Poderia ter dormido com ele, afinal tinha escrito minutos antes de deitar-se. Alguma coisa estava errada. Tomas não viu que ela ainda o observava, desconfiada e, mais do que isso, apavorada. Abriu o caderno, folheou-o, olhou outra vez para o sobrinho e em seguida para as folhas. Sentiu um forte impulso de cheirar o miolo do caderno, mas isso seria estúpido. Era impossível saber se alguém tinha lido.

Confusa e ainda descalça, Magnólia caminhou até a poltrona do quarto onde estava sua bolsa, guardou nela o diário e puxou o zíper, dando duas batidinhas no couro como que para se assegurar de que estava tudo certo. Intocado. Inviolável. Depois, para não restar mais dúvidas, pegou o celular no criado-mudo e tirou uma foto da bolsa, com seus vincos e dobras. Se alguém mexesse, saberia. Quando Tomas se levantou, nenhum dos dois trocou um bom-dia, mas, por educação, olharam-se num silêncio vagamente amistoso antes de ele entrar no banheiro, fechando a porta atrás de si de um jeito exageradamente cuidadoso.

No caminho para a padaria, embora questionado por Muriel, Orlando não respondeu sobre sua dor e apenas murmurou que estava bem. Parecia quase uma ironia, uma vez que *por dentro* ele poderia estar bem, mas por fora mantinha uma expressão fechada.

– Você está esquisito para um dia tão ensolarado – sussurrou Magnólia ao seu lado, colocando um pouco de açúcar no café, enquanto Tadeu e Gunnar conversavam em norueguês e os sobrinhos escolhiam algo para comer entre as muitas opções de pães, bolos e roscas do balcão envidraçado.

– Esquisito como?

– Mal-humorado.

– Não começa, Mag.

– É o que eu vejo. Aliás, todos devem estar vendo, mas ninguém fala. Você parece preocupado.

Orlando ergueu os ombros e olhou para um ponto qualquer da rua, que viam através de uma grande janela decorada com o nome da padaria em letras brancas espelhadas. Noruegueses andavam de um lado para o outro, extasiados, carregando sacolas e sorrindo para o sol. Alguns preferiam o frio e andavam nos trechos de sombra que a maioria evitava. Ali dentro, muito mais quente, falavam baixo aquele idioma cantado, gutural, e comiam pães pretos cobertos de fatias de frios e rodelas úmidas de pepino fresco.

– Desde quando você se importa? – perguntou ele, falando baixo para que os filhos não ouvissem. Tadeu olhou de soslaio para os dois, mas continuou conversando com Gunnar.

– Não precisa me atacar – reclamou Magnólia. – E é claro que eu me importo. Não estou aqui? Não vim do Brasil com vocês?

– Pra fugir do Herbert.

– Você está sendo injusto. Não foi só por isso. Eu me importo, sim. Eu me preocupo. Ou pelo menos ainda tenho curiosidade.

– Não é a mesma coisa que se importar.

– Na sua cabeça. Mas eu não entendo por que você está tão revoltado. Se eu estou perguntando, é porque quero saber. Já cansei de ver o Tom com essa cara desde que chegamos, agora é você. Estamos viajando, conhecendo esses lugares maravilhosos, mas parece que todo mundo quer ficar emburrado, olhando para o próprio umbigo. Nem parece que sou eu que tenho problemas. Ou pior: um transtorno.

– Esse assunto de novo não, Mag.

– E então? *Apesar de tudo*, você é meu irmão. Quero que converse comigo.

– Você não demonstrou tanto interesse nos últimos anos.

Magnólia estava começando a ficar irritada.

– Orlando, estávamos bem semana passada, lembra? Eu já sinto falta daqueles dias na praia, foram tão bons. Parecíamos irmãos de verdade, como nos velhos tempos.

– Velhos tempos… – desdenhou ele, esboçando um risinho cínico.

Ao dizer isso, Magnólia se arrependeu na mesma hora. Detestou-se pelo tom meloso da frase e, mais do que isso, pelo jeito de súplica, como se *realmente* estivesse preocupada com Orlando. Não estava. E sabia que não estava. Só queria saber o que ele tinha. Aquele semblante não era muito comum, e algo dentro dela dizia que era tudo culpa sua. Ela só queria ter certeza de que ele não estava assim por sua causa. Ou seja, estava preocupada consigo mesma, embora não tivesse um motivo para isso.

— Fico pensando no Tom, no dinheiro, nas contas — disse Orlando, voltando o rosto para o outro lado, como se tentasse não chorar. — Parece que essa viagem não está surtindo efeito algum. Ele continua completamente frio e apático. Eu queria ajudar. Quase uma semana aqui com ele e nada. Estamos girando em círculos e...

— Exatamente! Quase uma semana! E o Tomas já tem 18 anos, está aprendendo a lidar com a vida adulta aos poucos, você não pode fazer muito, só assistir. É como um show de horrores, mas é a realidade.

— É uma visão radical. E um pouco estreita, se quer saber.

— Não acho. Eu não tive filhos, nem pretendo ter, mas às vezes sinto como se o Tom fosse meu filho — confessou Magnólia.

— Coitado — disse Orlando, e seu tom não tinha sido de brincadeira, mas reflexivo, como se diante da quase compaixão provisória pudesse imaginar um mundo paralelo em que a irmã fosse mãe de Tomas e como ela seria com ele.

— E as contas... — continuou ela. — Bem, eu não acho que você deva pensar nisso agora. A viagem nem está tão cara, o Tadeu tem nos ajudado bastante com a hospedagem, não sei do que você está reclamando. Também não vamos ficar aqui durante meses. Você está se preocupando à toa.

— Para você é fácil falar. Não precisa sustentar dois filhos e ainda tem um marido que ganha bem.

— Eu não sou sustentada pelo Herbert. Nunca fui. E em algumas épocas já ganhei muito mais do que ele, três ou quatro vezes mais, se você quer saber.

— Você disse que estava sem emprego.

— Agora. Mas continuo usando o meu cartão. Quando acabar tudo, eu me viro.

— Mas ainda não tem os filhos. E não é só o dinheiro, Mag. É a preocupação. Eles são crianças e parecem meio perdidos, meio imaturos.

— Eles estão muito longe de serem crianças e imaturos. Muito longe. O Tom é esperto, a Muriel é... daquele jeito. Obstinada. E um pouco abusada.

— Por que você está dizendo isso?

Orlando finalmente a encarou, com um brilho nos olhos.

— Por nada – disfarçou ela, bebendo seu café.

— E por falar em Herbert, ele deu notícias?

— Eu não quero falar disso. Nem pensar.

— Mas uma hora você será obrigada a pensar. E a falar com ele.

— Se essa hora realmente chegar – respondeu Magnólia, sombriamente.

— O que isso quer dizer? Você vai simplesmente sumir da vida dele?

— Sou livre para fazer o que eu quiser.

— Inclusive ser insuportável.

Os dois fecharam a cara e continuaram olhando o movimento da rua.

— Sabe – começou Orlando, de repente –, não é fácil estar aqui, ver meu filho assim, vivendo outra morte em tão pouco tempo. Isso me faz pensar na Sara, na Lisa e em tantas outras pessoas que podem simplesmente morrer sem aviso.

— É muito mais difícil para ele – disse Magnólia, baixando o tom de voz e indicando Tomas com a cabeça, que vinha carregando uma caneca de chocolate quente. – A mudança, a morte, a falta de perspectiva. E agora você querendo levá-lo de volta ao Brasil, depois de tudo o que ele conquistou. Se quer saber o que eu acho...

— Você já disse tudo o que acha.

— Mas acho errado você destruir o sonho dele por causa de um paternalismo capenga.

Magnólia já estava cochichando, e como Tomas a evitava, fingindo que entabulava uma conversa com Muriel, acabou sendo fácil disfarçar.

— Antes isso do que ele se destruir – disse Orlando, dando finalmente uma dentada em seu sanduíche de presunto.

— Talvez você o destrua se destruir o sonho dele.

Ela não sabia de onde vinha esse novo fôlego de compaixão. Talvez fosse uma forma prática de reaproximação do sobrinho a fim de arrancar dele a verdade sobre o diário. O jeito como ele vinha evitando olhar em seus olhos e impedindo que ela se aproximasse era suspeito. Nada estava certo, mas Magnólia não se achava errada.

— Eu não acho que estamos fazendo essa viagem para criar mais problemas — disse Orlando. — Só quero tomar meu café da manhã, conhecer a cidade, ir embora no dia certo sem grandes dramas e ter minha vida de volta.

— Que vida você tem naquela casa, sozinho? — provocou Magnólia.

— Esse assunto de novo não, Mag.

— Parece até que você foi obrigado a trabalhar numa fábrica de costura no Paquistão e está lá perdido na miséria há meses.

— Você sabe que eu odeio essas mudanças.

— Mas não foi culpa de ninguém esse maldito avião ter caído — Magnólia ergueu o tom de voz, mas logo o baixou. Teve vontade de jogar o café na cara do irmão, mas perderia um bom dinheiro e ainda sujaria a própria roupa. — Assim como ninguém o obrigou a vir para cá, afinal seus filhos não são órfãos desamparados, embora talvez se virassem melhor se fossem.

Orlando mordeu com força o último pedaço do sanduíche, abrindo uma lasca na carne da bochecha. O gosto do sangue se espalhou por toda a boca e ele se conteve para não soltar um gemido de dor ou um palavrão. As palavras de Magnólia doeram mais do que aquele corte. Tomas, que não comia nada, não olhava para os dois, mas era visível que tinha um ouvido naquela conversa, enquanto Muriel fazia um comentário elogioso sobre o creme de baunilha que recheava seu pãozinho doce.

Antes de se levantar, Orlando aproximou seus lábios da orelha de Magnólia e sussurrou:

— Acho que você está ultrapassando limites perigosos, irmãzinha. Me deixe em paz.

Ele saiu batendo os pés em direção ao banheiro, a veia do pescoço saltada e os olhos mais escuros do que o normal. Magnólia sentiu naquelas palavras uma ameaça e não reconheceu o irmão. Ele nunca usava a palavra "irmãzinha". E o que queria dizer com "limites perigosos"? A última frase também não soava como um pedido, mas como uma ordem. Sabia que tinha ido um pouco longe demais, mas estava tão cansada de tudo e de todos que pensar menos no que falava lhe proporcionava mais coragem – sobretudo de ser ela mesma. Decidiu, naquele segundo, que não falaria mais com Orlando e que tampouco ajudaria Tomas. Talvez tivesse se arriscado naquela conversa exatamente para provocar o irmão, mas não tinha certeza. Ela só queria entender a cabeça dele a fim de tirar alguma razão para aquele mau humor.

Tadeu e Gunnar lançaram um olhar piedoso para Magnólia, como se ela fosse a vítima daquela conversa da qual eles não tinham feito parte. Muriel tentou não demonstrar sua antipatia, mas, assim como era difícil para Magnólia não esconder sua raiva e seu assombro, era difícil para ela perdoá-la. Para Muriel, não havia dúvida de que o pai também fora um alvo, e ela não conseguiu deixar de pensar que talvez a tia só tivesse feito aquela viagem para perturbá-los, como um prazer insidioso.

Todos terminaram de tomar café em silêncio, num clima pesado que não combinava com o lugar nem com a viagem. Tadeu estava começando a ficar cansado de interpretar o anfitrião indulgente, porque percebia na família uma série de atritos velados, de olhares rancorosos, todos eclipsando uma necessária vontade de gritar. Ele próprio tinha essa vontade, mas não era exatamente a *sua* família, de modo que se mantinha calado, sempre com uma das mãos carinhosas de Gunnar sobre seu braço, como um aviso ou um calmante.

Quando Orlando voltou do banheiro, quase dez minutos depois, pagaram a conta e saíram ainda em silêncio para o ar frio da manhã.

O centro de Bergen brilhava. Torgallmenningen, a praça central, estava cheia de jovens em círculos e casais empurrando carrinhos de bebê. Orlando não manteve a expressão dura da padaria e olhava fascinado para tudo, desde as lojas até a montanha pela qual subiriam de funicular. Muriel olhava tudo através da câmera fotográfica, enquanto Tadeu e Gunnar iam na frente. Em silêncio e um pouco afastados, pela primeira vez Magnólia e Tomas não pensavam um no outro e, vistos de longe, pareciam dois estranhos.

Atrás do mercado de peixes, próximo a um antigo restaurante pintado de branco e que logo adiante dava em Bryggen – a rua das casas seculares em tons de vermelho e laranja –, a água do mar chegava arrepiada pelo vento como uma grande superfície de vidro cinzento martelado. Eles atravessaram uma rua, subiram uma segunda alameda cheia de árvores ainda desfolhadas e logo chegaram à base da montanha, que se erguia guarnecida de casas e pinheiros escuros. Para pegar o funicular, eles adentraram, através de um arco, uma construção caiada de telhado grafite em cuja fachada havia três janelas quadradas que encimavam a palavra *Fløibanen*. Tadeu quis pagar os bilhetes de todos, mas Orlando, ainda que estivesse preocupado com dinheiro, tentou fazer com que ele desistisse da ideia. Gunnar interveio e ajudou o marido, de modo que Orlando desistiu e os seis foram para a área de embarque depois que os cartões foram liberados e as portas eletrônicas abertas. Havia outro grupo de seis amigos que subiriam no próximo funicular, e logo que este chegou, as doze pessoas se dividiram nos níveis do trem e partiram montanha acima.

O funicular subiu devagar. Através de um teto de vidro, puderam ver galhos de árvores e o céu azul brilhante. Magnólia e Muriel tinham o rosto colado nas janelas laterais, vendo a cidade se afastar lentamente, ficando menor e ao mesmo tempo se expandindo para os lados, revelando montanhas, as grandes manchas de água que circundavam a região de Hordaland, os bairros distantes, os barcos que abriam caminhos no mar como zíperes de brinquedo num tecido aquático. Desde o momento em que se sentara ao lado de Tadeu e Gunnar, Tomas não conseguia sustentar sua expressão indiferente nem forçar um pouco de boa vontade. Subir aquela montanha e conhecer a cidade sem Alister não parecia certo. Ainda via aquela viagem como uma traição – embora muito menor do que o roubo da cueca, cujo cheiro ainda mexia com seus nervos e o deixava com um intenso sentimento de culpa. Enquanto Muriel fotografava a subida, desde o teto de vidro à cidade, Orlando assistia a tudo de braços cruzados. Magnólia decidiu não dar atenção. Estava fora de cogitação gastar aqueles poucos dias numa cidade tão charmosa se preocupando com a expressão emburrada do irmão. Outra coisa que irritava nessa expressão de Orlando era a luz infantil, quase imatura, que tomava seu rosto. O rosto fechado transformava-o numa criança mimada, irascível, presa no corpo gordo e impenetrável de um adulto. Ela sempre reparara nessa mudança, desde pequena. Mas agora outras coisas eram mais importantes: a cidade, as casinhas mudando de tamanho, outras maiores, quase mansões, rompendo-se em meio às árvores mais abaixo, o mar, as ilhotas ao longe como fragmentos de pedra ou seda maciça no meio da água – Herbert gostava da palavra "ilhota"; Virginia Woolf descrevera alguma coisa como "ilhotas de luz" e ela nunca mais esquecera, tampouco a palavra, que isolada e singular como o seu significado, se destacava naquele instante como a própria voz do marido materializada na natureza.

Um novo ruído no coração, aquele espasmo no miolo de sua história, de sua vida, o pulso acelerado e as mãos trêmulas. A cabeça de Magnólia girou. Não era Herbert – definitivamente *não era Herbert*. A lembrança dele nem poderia ser chamada de lembrança, afinal estavam separados há poucas semanas, e isso não causava em seu estômago, em sua alma, aquele terror. Eram as árvores outra vez. Quando o funicular finalmente parou no topo da Fløyen e todos desceram, ela ainda se demorou mais alguns segundos, presa em seu próprio pavor. Todo o topo da montanha era rodeado por florestas de pinheiro, bordo e outras árvores. A escuridão entre elas, aquele miolo de breu que as sombras formam como uma massa, um túnel, um buraco negro, era o que puxava o âmago de Magnólia. Ao sair do pequeno veículo, seus pés ficaram levemente mais firmes e a tontura momentânea deu lugar a uma aguda dor de cabeça, que parecia ter esvaziado seu crânio para ocupá-lo completamente.

Os seis se dirigiram juntos até a barreira de proteção que dava para a cidade, uma sequência de placas de vidro com barras de madeira desgastada. Era uma vista única a quatrocentos metros de altitude de todo o centro da cidade, do mar, do lago octogonal com suas árvores pontilhadas ao redor, dos prédios europeus, um mar de telhados escuros e paredes de cores em tons pastel; a vista mais famosa de Bergen e seu principal ponto turístico.

Magnólia ficou paralisada depois de percorrer a cidade com os olhos. Do lado direito da montanha havia uma imensa floresta de pinheiros que crepitavam um verde-escuro quase negro sob aquele sol. Os pelos em sua nuca arrepiaram e ela sentiu uma forte dor no maxilar.

– Tia? – chamou Tomas, puxando seu casaco. – Tia Mag?

Ela piscou algumas vezes e sentiu a dor de cabeça voltar, ricochetear e parar atrás dos olhos, como se no lugar do cérebro guardasse uma bola de gude de cujo interior estourava um facho de luz branca.

– Aconteceu alguma coisa?

– Não – respondeu, segurando a cabeça com as duas mãos.

Magnólia finalmente se sentou num dos degraus de concreto onde as pessoas iam para tomar sol e admirar a cidade. Orlando olhou de esguelha, em seguida foi a vez de Muriel, Tadeu e Gunnar desviarem a atenção para ela.

– Você está pálida – disse Tomas, se aproximando. – Quer alguma coisa?

Ela não respondeu, mas, com a expressão do rosto toda mergulhada numa estranha sombra, voltou a olhar de forma mecânica, quase hipnotizada, para o mistério que a floresta lhe cravava nos olhos como uma ameaça ou um grito de ajuda.

23.

Em sua solidão, Magnólia ensurdeceu. Durante alguns segundos, viu o céu girar como um copo que se emborca para apagar uma vela. O azul escureceu, o brilho do sol ficou tépido e estranho sobre a pele, as cores perderam a saturação como se alguém tivesse alterado o filtro dos seus olhos, do mesmo jeito que acontece em um aplicativo de fotografia no celular. Ela sentiu as mãos formigarem, pinçadas por mil ferramentas invisíveis, e uma súbita vontade de vomitar. Não era a massa do café da manhã, tampouco a sopa de tomate da noite anterior, mas um grito que acabou não saindo.

Viu os lábios de Tomas se movendo, Orlando levantando-se do degrau onde estava para olhá-la mais de perto, pegando sua bolsa com um gesto apressado, enquanto Muriel, Tadeu e Gunnar se aproximavam em câmera lenta, pisando na surdez que expandia seus tímpanos até um apito constante. Falavam, colocavam a mão na sua testa, alguém pressionou sua nuca. Magnólia não ouvia nada. Quando o apito cessou, ouviu somente seu próprio batimento cardíaco, irregular e grave como bolhas de som e luz explodindo no interior de uma concha. No décimo batimento, alguém agitou uma garrafa de água diante dos seus olhos e a primeira coisa que ela ouviu foi o vento, depois os pássaros, então as vozes, os passos, as sacolas plásticas e as peças de roupa no atrito com a pele, em seguida a vida, Tom, Orlando com uma voz não preocupada, mas impaciente. Ela não soube como teve aquele pensamento, mas quando suas mãos pararam de formigar e seu coração ficou tranquilo, quando a incompreensão se instalou em sua consciência e o sol voltou a estalar nas coisas revigorantes, espesso como um leite dourado sobre a montanha, Magnólia achou que alguém a bateria, que Tomas a chutaria nas costelas, que Orlando jogaria água em seu rosto, que Muriel aproveitaria para se vingar do tapa.

O primeiro sentimento foi de pavor. O segundo, de confusão. Sentiu-se perdida e ao mesmo tempo feliz por vê-los tão preocupados. Não sabia o que estava acontecendo, mas logo que Orlando e Tomas sentaram-se um de cada lado do seu corpo já não mais trêmulo e frio, ela viu os outros se afastarem e sentiu-se segura. Tinha uma parte oca, como se um pedaço de sua existência tivesse sido arrancado.

– O que aconteceu? – perguntou ela, sem deixar de notar o olhar que Muriel lhe lançava enquanto fingia fotografar a cidade.

Orlando balançou a cabeça.

– Nós é que perguntamos. Você ficou estranha.

– Catatônica – disse Tomas. – Como se estivesse em estado de choque.

– O Tom estava gritando com você, Mag.

Ela não sentiu mais necessidade de fazer perguntas. De repente, alguma coisa dentro dela esvaziou-se, quase produzindo um som, algo como o *ploc* de um ouvido destampado. Não queria entender os motivos, não queria mergulhar nesse vácuo, nessa parte oca. Estar ali, de volta, com todos os ruídos da vida e a mente em paz, era tudo o que precisava.

– Quer água? – perguntou Tom. – O que você está sentindo? O Tadeu disse que já podemos descer, se você quiser.

– Eu quero água. E quero ficar aqui, se não se importam.

– Nós não nos importamos, o problema é você – disse Orlando, num tom contrafeito. – É você que está estranha.

Magnólia bebeu metade da garrafa de água e olhou para trás. Ela não tinha percebido, mas, perto da passagem que dava para o portão pelo qual se voltava ao funicular, havia um quiosque com suvenires turísticos e um café. Girou a garrafa nas mãos e sentiu uma onda de prazer com o toque frio do plástico. Pensou em levar a garrafa à nuca, deslizá-la pelo pescoço, embora não fizesse calor. O olhar de Orlando ainda era cauteloso e ela encontrou um pouco de raiva ali. Ou seria medo? Não exatamente um medo fraternal relacionado aos laços, medo pela saúde dela, aquele cuidado familiar e amoroso do qual às vezes todos carecem, sintomaticamente ou não, mas o medo pela viagem, o terror financeiro, estrangeiro e transoceânico de que alguma coisa grave pudesse acontecer e os custos fossem tão altos que eles nunca mais pudessem ir embora dali, ou fossem só muito tempo depois, com o passaporte manchado e um novo motivo para culpá-la ou até mesmo para odiá-la pelo resto da vida.

Orlando não insistiu mais. Levantou-se com um pouco de esforço e foi se juntar aos outros, que admiravam a vista da cidade. Um grupo de três turistas alemães sentou-se em seu lugar, fazendo Magnólia e Tomas se deslocarem para a esquerda.

– Não quer mesmo descer? – perguntou ele, falando baixo.
– Não, Tom.

A voz dela saiu séria, determinada, e ao olhar outra vez para o bosque de pinheiros que se erguia de um dos lados da montanha, não sentiu mais nada. Nem aflição, nem desespero. Nada. Não sabia exatamente o que estava sentindo agora. Talvez um pouco de constrangimento pelo que tinha passado, mas definitivamente raiva de si mesma por aquele apagão que não era comum. Raiva pelo descontrole, raiva por saber que por algum tempo o domínio sobre si mesma havia lhe traído, talvez pela primeira vez, com testemunhas. Os motivos já não lhe interessavam, mas sim a miríade de impressões que aquilo havia causado em todos – menos, é claro, nos turistas, para os quais ela dava a mesma importância que daria aos sermões de Orlando.

Tomas parou de tentar encontrar na tia um vestígio de seu mistério. A sombra formada pelo chapéu cor-de-rosa desbotado escurecia a metade superior do rosto de Magnólia, conferindo à sua expressão algo de inalcançável, imperturbável, e ao mesmo tempo de muito frágil. A irmã, o pai, Tadeu e Gunnar já tinham sido outra vez absorvidos pela paisagem, de modo que o silêncio entre os dois parecia mais incômodo do que o normal, mesmo com os alemães falando mais alto.

– Por que você ficou daquele jeito? – perguntou Tomas.
– Eu não sei. E não quero falar sobre isso.
Ele se calou. Seus ombros caíram um pouco, resignado.
– Não quer ir lá com eles? – perguntou Magnólia. – Não precisa se preocupar comigo, eu estou bem.
– Na verdade, eu queria conversar com você.

Um pouco trêmula, Magnólia bebeu o restante da água e Tomas pode entrever seus olhos muito verdes faiscando contra o sol. Estavam levemente vermelhos, embora ela não tivesse chorado.

– Não precisa se justificar – começou ela, tentando mostrar ao sobrinho que já sabia tudo sobre o diário.

Ela esperava uma reação diferente, mas ele não expressou nenhuma preocupação. Depois do desmaio de Magnólia, algo dentro de Tomas tinha murchado. Estava preparado para enfrentá-la com uma voz corajosa, porém educada, pedir uma explicação sobre os trechos em que ela falava dele, sobre ele se fazer de vítima, da vontade de bater nele, sobre chamá-lo de "perigoso". Também queria perguntar sobre o que ela escrevera de Lourenço, de Muriel, sobre a história do divórcio, dos remédios. Eram tantas coisas para perguntar, tantas histórias secretas para questionar, inclusive aquelas que não lhe diziam respeito. Contudo, a fragilidade de Magnólia era visível e a leitura proibida do diário lhe tirava qualquer direito. Não era exatamente uma falha de caráter, mas ele não sustentaria aquele fato com a justificativa da curiosidade ou da vingança. Abrir um diário íntimo sempre seria algo próximo de invadir a mente de uma pessoa, violentar sua privacidade – disso ele sabia e se envergonhava.

– Eu não fiz por mal – começou ele, mas ela o interrompeu agitando a garrafa de água vazia.

— Eu fiquei bastante decepcionada com você, e com medo do que você pensaria depois de ler aquelas coisas.

— É o seu diário, você tem o direito de escrever o que quiser nele.

— Você não ficou chateado?

Ele pensou em responder algo de intermédio, mas desistiu. Seus olhos ficaram marejados, por isso baixou a cabeça.

— Eu não vou me vitimizar.

Magnólia não esperava aquela resposta, uma mistura da própria vitimização com uma provocação velada. Ele tinha lido tudo da última entrada do diário. Ela engoliu em seco, tentando não se irritar. Viu a lágrima do sobrinho cair do rosto em direção ao degrau como uma pedrinha e por alguns segundos se emocionou, embora estivesse satisfeita pelo sentimento de culpa que ele demonstrava. Se não fosse isso, teria dado um tapa em seu rosto. Aquele registro sobre a vontade de bater em Tomas não era impulsivo nem efêmero.

— O quanto você leu?

— Só o último dia.

— Você não vai mais fazer isso – disse ela num tom mais do que imperativo, um tom violento.

— Nem pretendo. Assim como não pretendo tentar me aproximar e conversar com você. Percebi que não gosta.

— Você não facilita, Tom. Qualquer um na minha situação ficaria cansado dos seus lamentos. Por que não escreve um diário? Vai te fazer um bem enorme. E prometo não ler nenhuma página.

A ideia não era ruim, mas voltar a escrever lhe causava um pouco de medo. Já tinha escrito muito na troca de e-mails com Alister, e escrever outra vez, registrando os fatos dos seus dias, seria como escrever a um morto. Nunca mais escreveria para ele.

— Você costumava ser mais legal quando não se deixava afetar pelas coisas.

As circunstâncias podiam ter feito com que ele chorasse mais, que deixasse a tia sozinha com os alemães e a ignorasse até que voltasse ao Brasil – talvez se sentisse um pouco vitorioso com uma atitude fria. Ou que, num acesso carinhoso de concordância, de entrega amorosa, ele a abraçasse e pedisse desculpas entre soluços, ressaltando sua vitimização e amolecendo seu caráter, mas atingindo o miocárdio dos seus objetivos. No entanto, as circunstâncias nem sempre guiam para um resultado óbvio, de modo que tudo o que Tomas fez foi limpar as lágrimas e encarar Magnólia com um brilho estranho nas íris esverdeadas.

– Você costumava ser mais legal quando tomava seus remédios.

Ele se ergueu com uma determinação assustadora que ela não via desde o domingo. Seu corpo inteiro vibrava de ódio e partes do seu pescoço, visíveis entre as voltas do cachecol, estavam vermelhas. Ao invés de ficar com a família, ele subiu os três degraus que restavam e desapareceu em direção ao quiosque.

Magnólia não tinha percebido, mas sua boca tremia de leve. Era ao mesmo tempo difícil e lenitivo encará-lo daquela forma. Todo o vazio que sentira minutos antes tinha se dissipado como uma nuvem – que, curiosamente, se formou cinzenta e ameaçadora sobre a montanha.

Uma garoa fina começou a cair, embora um anel de céu azul circundasse a cidade. A garoa descia e dançava com a brisa como pedacinhos de pó, mal chegando a molhar. Ninguém pareceu se incomodar. Orlando olhou para cima, Muriel continuou tirando fotos, Tadeu e Gunnar tinham se separado. A primeira vontade de Magnólia foi de atirar a garrafa plástica em Orlando, ou na câmera de Muriel, mas sua sanidade já tinha sido testada naquela manhã. Levantou-se e jogou a garrafa num cesto de lixo ali perto, sem saber o que fazer. Depois, a segunda vontade foi de ir atrás de Tomas e terminar aquela conversa, mas tudo o que receberia seriam palavras amargas e raivosas. Ele tinha razão. Mas ela também tinha razão de detestá-lo agora. Pelo menos um pouco, como autodefesa. Ninguém nunca invadira sua privacidade daquele jeito. Não se lembrava exatamente de tudo o que havia escrito na noite anterior, e isso lhe dava um certo alívio. Quando voltassem ao sobrado, resistiria à tentação de reler a última entrada para descobrir as coisas que tinham sido expostas.

    Relutante, ela se apoiou na barreira de segurança para olhar a cidade ao lado de Orlando. Uma cortina d'água caía numa ilha próxima, isolada como um pedaço de fita lilás se desprendendo de uma nuvem. Um vento mais forte empurrou a aba de seu chapéu e ela fechou os olhos, mareados e frios. Não sentia a necessidade de tomar um comprimido, mas de ser abraçada, de ter a mão apertada por outra mão quente, de ser olhada nos olhos com carinho, de ser tranquilizada com uma palavra que fosse engraçada e sem sentido. Muriel fotografou os dois de costas, a cidade lá embaixo brilhando cinza e o silêncio entre eles separando seus corpos como uma terceira pessoa.

24.

Por volta das onze horas, quando Magnólia aceitou com um silêncio teatral almoçar o mesmo prato que Muriel – uma lasanha vegetariana –, propositalmente sentada ao lado dela e o mais distante de Tomas, enquanto ele, Orlando, Tadeu e Gunnar concordaram em dividir uma pizza de pepperoni, todos estavam meio cansados uns dos outros. O sentimento anterior de curiosidade pela cidade, de energia física, de uma profunda e inquieta vontade de caminhar, explorar, descobrir e se maravilhar, esse sentimento tinha dado lugar a uma apatia generalizada. Os olhares de alguns, especialmente de Tomas e Orlando, eram mordazes, como se julgassem os demais; os dos outros, silenciosos e cansados. Só o de Tadeu ainda se mantinha aceso como o de uma criança, com uma luz permanente e convidativa que chegava a ofuscar essa preguiça mental expressa naqueles rostos.
    Era como se tivessem andado Bergen inteira e o sol fosse insuportável. Na verdade estava mais frio, e tudo o que tinham feito até ali consistia num passeio turístico básico que dispensava as câmeras fotográficas, as camisetas de identificação, os bonés e as garrafinhas de água Voss – a combinação mais comum em alguns grupos vistos em altas temporadas, além de deslumbrados recém-casados com roupas caras e casais de idosos com bermudas cáqui e óculos escuros Oakley. Mais cedo, depois de muitas fotos e algumas explicações de Tadeu,

eles haviam descido (após alguns minutos de hesitação por parte de Magnólia) a montanha a pé através de uma trilha onde as pessoas costumavam praticar atividades físicas e alguns turistas aproveitavam para ter outra vista que não fosse a do funicular. Embora não tivesse sofrido outra crise de pânico, Magnólia se arrependeu de ter optado pelo trajeto porque tudo o que viram foram bosques e mais bosques de árvores escuras, em cujas raízes altas ainda se amontoavam pequenos depósitos brancos de neve. Outra vez lá embaixo, conheceram superficialmente o mercado de peixes, uma construção de madeira e vidro que se erguia ao lado das águas frias do porto de Bergen e para o qual Magnólia torceu o nariz (mesmo com uma imensa variedade de flores numa banca próxima à entrada, com tulipas lilases, amarelas e vermelhas); a praça Torgallmenningen, onde se sentaram como se o tempo não passasse e na qual se erguia Sjøfartsmonumentet, um monumento dedicado aos marinheiros com doze figuras de bronze sobre um bloco de granito, em torno do qual reluzia um espelho d'água; e, finalmente, umas poucas lojinhas numa espécie de calçadão praticamente vazio naquela época do ano.

Tomas permaneceu em silêncio, com um olho no passado e outro em seus próprios passos. Não era a conversa com Magnólia que ainda pulsava dentro dele. Na verdade, tinha esquecido dela, daquelas palavras frias, até da culpa por ter lido o diário. Ainda pulsava a necessidade de ter Alister: em cada esquina, em cada loja, refletido nas vitrines e sorrindo sob aquele sol que pouco esquentava, ele via Alister. Sabia que teria gostado da cidade e que, juntos, subiriam e desceriam muitas vezes a Fløyen a pé, comendo chocolates, apontando discretamente para os noruegueses bonitos e empurrando um ao outro, escondendo-se entre as árvores para se beijarem secretamente como dois adolescentes imaturos e fazendo planos improváveis nos quais se veriam como donos de uma daquelas casas de madeira maiores que tinham uma vista invejável de toda a cidade. Ao mesmo tempo, Tomas sabia que, se Alister estivesse vivo, ele não estaria em Bergen e eles nunca saberiam quando fariam aquela visita, se um dia chegariam a conhecer a cidade, embora isso fosse muito provável durante um feriado ou mesmo nas férias. O tempo seria mais agradável, talvez mais chuvoso. Nada precisaria ser dividido com a família. Nada precisaria ser redefinido. Tudo seria natural e fluido como deveria ser.

Orlando se mostrara mais animado depois do almoço, como se as duas fatias de pizza tivessem sido seu combustível. Tomas, que não comia carne com frequência, se sentiu levemente enjoado, mas não comentou com ninguém. Muriel continuou fotografando todos os caminhos que faziam, além de alguns noruegueses, sempre à distância, sem que soubessem, pegos arrumando os cabelos ou acendendo um cigarro. Era uma característica do trabalho e da preferência criativa de Muriel tirar fotos de estranhos, roubar-lhes um pouco da vida. Magnólia tentou desviar a atenção disso, mas achava impossível. A câmera ainda a irritava, e foi só quando Tadeu os reuniu num café para convidá-los a andar um pouco mais até Gamle Bergen, uma parte muito antiga da cidade, de casas antigas e ruas de pedra, preservada como museu a céu aberto, que Muriel a guardou na bolsa.

Gunnar não falou muito, mas enquanto iam caminhando, dando a volta no porto, passando por Bryggen, que ainda não tinham conhecido com atenção, cada vez mais distantes do centro, ele revelou, animado, que estivera naquela parte antiga há muitos anos e que o lugar representava algo "ponito e inexplicáfel" em sua vida. Em 1702, a maior parte das construções era de madeira e pintada com alcatrão, e quase noventa por cento de Bergen fora destruída por um grande incêndio. Durante a reconstrução da cidade, a alvenaria substituiu a madeira ou foi usada como estrutura principal, e o alcatrão deu lugar à tinta comum, aumentando a segurança da população.

Eles passaram por uma aleia de salgueiros cor de chumbo, voltados para o céu como mãos esqueléticas, e por alguns bairros de casas brancas de madeira, sempre andando num calçamento irregular que ladeava uma rua de asfalto movimentada. Depois seguiram pela esquerda, próximos a construções de madeira vermelha que se apoiavam em concreto sobre as águas do mar que, naquela hora, já possuíam uma forte luz de fogo, alaranjando a atmosfera. Subiram uma rua estreita, passaram por uma série de casas ainda habitadas e deram na "cidade velha", uma sequência de casas de diversas cores, preservadas há décadas, entremeadas de ruazinhas de pedra e gramíneas. Uma cidade fantasma, onde o vento uivava e o silêncio era vincado por mistérios passados. O tempo havia parado ali, e a impressão que eles tiveram, que Magnólia teve, ajeitando seu chapéu e olhando para o alto, para as árvores, para a solidão das casas, era de que alguém desceria a rua principal usando roupas de outro século, falando um dialeto arcaico, e que a massa flexível e amorfa que era o tempo tinha sido sovada, dobrada, batida e torcida sem que eles percebessem.

Mais à frente havia um pequeno lago escuro com uma dúzia de patos-reais. Seus corpos lentos deslizavam na superfície oleosa, suas cabeças cor de esmeralda cintilavam como pomos de veludo brilhante, e o extremo oposto do corpo, um tom maciço de verde quase negro dividido por uma linha branca, lembrava a popa pintada de uma embarcação. Muriel agachou-se muito próxima do lago para tirar fotos, suas primeiras ali, antes mesmo das casas. A ironia fez Magnólia esboçar um sorriso que não era nada forçado: imaginou-se esbarrando nas costas da sobrinha agachada, causando seu desequilíbrio, até vê-la cair de cabeça na água, no meio dos patos. Tomas viu seu sorriso e se afastou com Tadeu e Gunnar. Caminharam em silêncio até uma parte plana e gramada em frente a um casarão, um dos maiores do museu, onde estava escrito *Frydenlund* na fachada e diante do qual se erguiam árvores retorcidas pelo tempo, como vasos sanguíneos que tentavam chegar ao céu, agora quase totalmente encoberto. Num galho de uma das árvores fora afixado um balanço feito de corda azul, com assento de madeira, que se movia enjoativamente para frente e para trás, como se uma criança brincasse ali.

— As cores são incríveis! — disse Muriel, apontando para as casas.

Orlando concordou com a cabeça e sorriu para a filha. Ele tinha uma vantagem sobre os outros em relação àquelas cores: podia nomear cada uma delas, fosse canela, tijolo, vermelho, mostarda, areia, amarelo, tangerina, cinza, oliva, prásino. Mas havia a desvantagem de não poder colher o que os olhos retinham e depositar numa tela naquele mesmo instante. Nada era violento demais, forte demais; nada saltava aos olhos, nada parecia tocado por um ser humano. As casas pareciam ter nascido com o lugar, algumas tomadas pela natureza do tempo, com telhados cobertos por tufos de musgo de um verde surreal quase em brasa, como se o sol ardesse dentro deles; outras com portas cor de vinho, rachadas, pontilhadas de pontos estufados pela umidade, a tinta quebradiça, frágil como um esmalte, encimadas por pequenos vitrais. As janelas com suas esquadrias pintadas de branco guardavam as histórias e as vidas e o escuro dos cômodos-fantasmas. Nos quadrados de vidro, viam-se sempre refletidos os galhos das árvores, e se alguém chegasse perto deles, com as mãos em concha ao redor do rosto, veria lá dentro um sofá, um armário de bétula, um relógio de pêndulo, um aquecedor saindo da parede como um inseto, um jogo de pratos, um pires azul-marinho com a tinta lascada, um bule manchado de chá, a réplica de um pãozinho de um século com a crosta amarelada.

 Um pouco apreensiva, Magnólia seguiu atrás de Orlando, mas logo desviou para um caminho que se estreitava entre as casas. Ele não viu quando Muriel o fotografou de costas, olhando para uma janela onde havia uma luz acesa – talvez a única do museu inteiro. Alguém tinha se esquecido de apagá-la, talvez o responsável pelo museu quando as casas ficavam fechadas naquela época do ano. Durante a alta temporada, tudo ficava aberto para visitação e o pequeno vilarejo não parecia abandonado como agora.

 Uma das maiores e incontestáveis qualidades dos países escandinavos é a limpeza. O lixo não se acumula pelos cantos, pedaços de papel não surgem pelas calçadas como florzinhas industrializadas; o asseio é mais uma instituição advinda da boa educação do que uma forma compulsória de comportamento. Foi por isso que Tomas franziu a testa para uma embalagem colorida jogada perto do balanço. Quando a recolheu, seus olhos se encheram de lágrimas. Era apenas parte da embalagem, rasgada no meio, mas ele reconheceu as cores do chocolate Kvikk Lunsj: vermelho, amarelo e verde. Três faixas coloridas e o nome em vermelho e branco. Uma espécie de Kit Kat norueguês, um dos mais populares da marca Freia. Lembrou-se dos pacotes que tinha comprado para comer com Alister, seis por cinquenta coroas. Ele tinha experimentado uma vez e sabia que Alister gostaria. Ainda estavam em Oslo, os pacotes, em algum armário da cozinha, envolvidos pela cinta branca da promoção. Suas lágrimas caíram direto na embalagem, limpando a terra. Sentiu vontade de jogar fora todos os chocolates, mas estavam muito longe. Livraria-se deles em Oslo, porque seria muito doloroso ver a irmã, o pai ou a tia comendo algo que não era para eles.

– Ei, o que é isso? – perguntou Tadeu, colocando a mão no ombro de Tomas.

Ele se desvencilhou e foi sentar no balanço.

– Aconteceu alguma coisa?

Tomas o encarou com os olhos vermelhos e já inchados. Tadeu recuou sem tirar os olhos dele, cujas mãos seguravam com força a embalagem rasgada. Tomas continuou em silêncio, a cabeça baixa, e então, sem responder, terminou de rasgar a embalagem, tentando separar as faixas coloridas. Gunnar se aproximou do marido e ambos o observaram por um tempo, não diretamente, mas quase, tentando desviar o olhar para uma casa ou uma árvore. Era difícil. Ele não parava de chorar, e a cada pedaço do plástico partido com um puxão, seu choro aumentava.

Muriel estava longe, fotografando os detalhes da porta de um casarão, enquanto Orlando vinha andando devagar em direção ao balanço. Tadeu ergueu uma mão, pedindo que ele não se aproximasse mais e indicando com as sobrancelhas que Tomas não estava bem. Naquele silêncio estranho, enrugado e delicado, ninguém percebeu que começava a cair uma chuva constante e fria, desde o mar até ali.

Ainda de cabeça baixa, Tomas deixou o balanço e guardou a embalagem picada no bolso do casaco, enquanto todos se juntavam para ir embora. Orlando chamou por Magnólia e sua voz ecoou entre as casas vibrando algo de sinistro. Ninguém respondeu. Tadeu chamou outra vez. Nada. Eles se entreolharam e todos, exceto Tomas, continuaram chamando por ela.

A chuva foi ficando mais intensa e eles se dividiram pelas ruazinhas em busca de Magnólia, mas ela já tinha desaparecido.

25.

Havia algo de imperscrutável nas razões do desaparecimento de Magnólia. A pequena vila de casas que formava o museu não era muito grande, de modo que se perder ali era praticamente impossível. Talvez durante um dia cheio na alta temporada alguém se perdesse entre os turistas, ficasse preso em uma casa, desse numa rua que não levava a lugar algum, mas nada corroborava qualquer resposta para o seu sumiço. Orlando já estava suando depois que, sem perceber, com os olhos injetados como os de um insone, deu quatro voltas em um quarteirão pequeno, sempre acabando no mesmo ponto, próximo a uma árvore onde fora pregada uma casa de passarinho. Encharcado e com o rosto vermelho, ele ofegava e já desistira de gritar pela irmã. Mas os outros ainda gritavam. Tomas continuou em silêncio, procurando a tia à sua maneira: com os olhos. Ele andava devagar, o que só aumentava a irritação de Orlando. Mais por causa da chuva do que por Magnólia, Muriel havia guardado a câmera fotográfica na bolsa e chamava pela tia com uma ligeira impaciência. Tadeu e Gunnar gritavam pelo nome com menos frequência, e estavam prestes a desistir quando Orlando ergueu o braço pedindo silêncio. Ninguém entendeu o que ele queria porque a chuva já estava forte e encobria qualquer ruído. Um galho quebrado ou o voo inopinado de um pato, poderia ser qualquer coisa que eles não souberam definir. Tentaram ligar para o celular dela, mas ouviram repetidas vezes a mesma mensagem gravada de que o aparelho se encontrava desligado ou fora de área.

— Ela comprou um pacote básico para usar o celular aqui por um período de duas semanas, então deve ter desligado de propósito — disse Orlando. — É a cara dela fazer isso.

— A bateria pode ter acabado — disse Muriel.

— Acho difícil — retorquiu ele, o tom de voz seco e inquieto.

— Vai ficar tudo bem — disse Tadeu. Ele tinha pensado em colocar uma mão no ombro de Orlando, mas desistiu no meio do gesto, erguendo o braço e levando os dedos à cabeça, fingindo secar os cabelos.

— Ela não deve estar muito longe — retomou Muriel. — Vamos continuar chamando.

Protegidos pela varanda de uma das casas, eles voltaram a chamá-la. A impressão que Tomas teve ao ouvir aquele nome ecoando entre as casas, ocupando espaço junto ao barulho da água que escorria dos telhados e explodia fria no chão, como um apedrejamento, foi de que estavam lidando com uma criança. O nome foi perdendo sentido, se dissolvendo na chuva. Pareciam um grupo desesperado de adultos que, embora quisessem encontrar uma garota perdida, tivessem preguiça de procurá-la usando as pernas. Ninguém saiu do perímetro do museu até a chuva diminuir. Orlando encolheu os ombros, imaginando que Magnólia tivesse ido embora sozinha, mas, estranhamente, isso lhe causava mais tristeza do que raiva. Não estava com pena da irmã, tampouco sabia o que ela vinha sentindo ou por que havia passado mal na chegada à Fløyen, mas não esperava que fugisse assim. Lembrou-se do dia em que ela deixara o apartamento em Oslo, levando as chaves enquanto ele estava com os filhos na rua, e uma irritação renovada, apoiada num discurso sobre responsabilidade e respeito que crescia dentro dele como uma segunda chuva sob a qual se molharia quando encontrasse Magnólia, tomou conta de seus pensamentos.

— Vocês sabem o que pode ter acontecido? — perguntou Tadeu, direcionando a pergunta mais para Orlando do que para os outros.

Ele balançou a cabeça contrafeito. Todos voltaram o olhar para a esquerda, de onde vinha um lento som de passos nas pedras lavadas. Não era Magnólia, mas um senhor que caminhava com as mãos nos bolsos da calça. Tinha um ar estranho e cansado, como se tivesse acabado de correr ou brigar com alguém, os óculos apoiados na ponta do nariz protuberante, e pareceu não perceber a presença deles ali. Continuou subindo a rua e desapareceu à direita.

– Antes xá aconteceo isso? – perguntou Gunnar.

– Há muito tempo – disse Orlando.

Seus olhos castanhos se perderam num rasgo solar formado no horizonte, depois do mar, onde havia uma ponte que ele não tinha reparado antes. Até a década de 1990, quando ainda moravam juntos, ele e Magnólia costumavam ter brigas violentas sobre o comportamento dela, e as coisas só pioravam quando ela desaparecia. Acontecia uma vez por ano, quase sempre na mesma época. Seus pais não pareciam se importar, de modo que era sempre Orlando quem se preocupava em encontrá-la. Algumas vezes tinha ido correr na praia, outras, tinha dormido na casa de um namorado ou amigo. Uma única vez ele acreditou que Magnólia estivesse morta, quando ela desapareceu por cinco dias. Foram cinco dias em silêncio, sem fazer qualquer registro na polícia, porque uma parte dele desejava que ela desaparecesse e a ideia de vê-la outra vez lhe angustiava. Quando voltou, com a mesma expressão insolente de uma criança que sabe que não será castigada, ela não deu explicações e, acusando a família de abandono e desprezo ao saber que ninguém avisou a polícia nem foi atrás dela, trancou-se no quarto e lá ficou por mais dois dias.

Mas se perder num quarto era diferente de se perder num país estrangeiro.

Um lado diabólico e selvagem de Orlando, quase primitivo, desejou que a irmã tivesse realmente desaparecido. Mas outro, o lado que contemporizava, que fazia sempre o papel de irmão mais velho, continuava preocupado e imaginava, com um terror crescente, o corpo de Magnólia pendurado numa árvore ou queimado numa fogueira como as bruxas de Bergen. Reflexos daquela imagem piscavam em sua mente, embora ele não visse motivos para algo tão radical, ou seja, para que ela escolhesse morrer ali, na Noruega, durante uma viagem de alguns dias. Era evidente que ela não estava tomando seus remédios, que vinha guardando muito e falando pouco, mas desaparecer no meio de um passeio sem um vestígio sequer de pânico, sem um motivo aparente, não fazia sentido.

Na cabeça de mais ninguém se passavam aquelas fantasias. Eles podiam continuar conversando, se perguntando, mas nada seria efetivamente feito. E Orlando não explicou o passado, deixando Tadeu e Gunnar esperando uma resposta. Muriel e Tomas sabiam que a tia era instável, e agora, molhados como os outros, cansados daquele jogo e já com frio, além de um crescente medo coletivo, porém velado, de contraírem pneumonia, eles não se importavam muito. Se alguém decidisse fazer uma busca, que ficasse à vontade. No entanto, ninguém parecia disposto a tomar uma atitude.

– Vamos embora pelo mesmo caminho – sugeriu Tadeu, finalmente. – Quem sabe não a encontramos?

Orlando deu de ombros. Quando a chuva diminuiu, eles deixaram a varanda e o museu de casas moribundas. Estavam tremendo de frio, e o desejo por um chocolate quente e roupas secas era secretamente maior do que o de encontrar Magnólia.

No instante em que se enfiou no sobrado outra vez, Orlando desabou. Só não estava chorando porque possuía uma capacidade assustadora de resiliência quando se encontrava no meio de muitas pessoas – o que era ainda mais fácil em se tratando da irmã. Muriel e Tomas sentaram-se ao lado dele, enquanto Tadeu e Gunnar, para desespero crescente de Orlando, permaneceram de pé apoiados no batente da porta da sala como dois vasos ocupando espaço.

– Ela não vai saber como voltar sozinha – disse Orlando, sério.

– Daqui a pouco ela liga – disse Tadeu.
– Ou nos espalhamos e vamos procurando aqui pelo centro – sugeriu Tomas.
Era a primeira vez que ele falava em muito tempo. Não porque quisesse ajudar, mas porque começava a se sentir culpado por não agir. Não tinha feito nenhum esforço para encontrar a tia durante o caminho de volta, nem tentado acalmar o pai ou assentido com a cabeça diante dos comentários dos outros, mostrando um mínimo de interesse.
– Quer apostar que ela vai voltar e agir como se nada tivesse acontecido? – disse Orlando, olhando fixamente um ponto qualquer na janela.
– Então você acredita que ela vai voltar sozinha – disse Muriel.
Ela forçou uma expressão de dúvida para irritar o pai, mas ele não estava olhando. Orlando duvidava da capacidade de Magnólia de voltar até a Kjellersmauet, mas caso isso acontecesse, duvidava sobretudo de que teriam explicações. Depois de tudo o que tinham vivido, de terem crescido juntos e se ajustado conforme as crises de Magnólia, Orlando só tinha um pensamento, cuja casca ficava a cada segundo mais grossa e sólida: a de que ela tinha desaparecido para chamar a atenção. Toda a viagem, todos os problemas, tudo o que haviam feito para estar ali seria substituído por aquele desaparecimento. Era um novo tipo de perturbação para o qual ninguém estava preparado – como o choque diante da morte de Alister.
Por isso, quando Muriel falou, ele não ouviu. Só pensava na carência de Magnólia, em seu egoísmo, em como ela era mesquinha por querer diminuir a importância da dor de Tomas colocando a sua ausência acima da ausência de felicidade dele. Orlando estava transtornado com essas novas conclusões. Em silêncio, ele saboreou a sua própria certeza – e não haveria o benefício da dúvida. Magnólia tinha desaparecido para que neles aparecesse o que houvesse de pior, para que, assim sentissem sua falta, notassem sua importância. Ele chegou a pensar no episódio

do desmaio na montanha e não conseguiu vê-lo como outra coisa senão um tipo barato de carência. Sentia nojo da irmã, mas não compartilhava esses pensamentos, tampouco esses sentimentos, com os demais, que ainda esperavam por um comando.

— Pai? — chamou Muriel.

— Vamos esperar aqui — disse ele, finalmente. Tinha saído do transe. Olhou cada par de olhos que o encarava e teve vontade de pedir a Tadeu e Gunnar que voltassem para o andar inferior. Queria tomar um banho quente e dormir até que a irmã o acordasse, gritando da rua, implorando para que alguém a deixasse entrar na casa outra vez.

— Podemos avisar a polícia — disse Tomas.

— Ela acabou de sumir — disse Muriel.

— Vamos esperar aqui — repetiu Orlando, secamente. — Vamos esperar. Eu sei que ela vai voltar. Isso tudo é um teatro.

Foi visível o sinal de confusão no rosto deles. Tadeu chegou a pensar que Orlando tinha começado uma espécie de negação, mas ele não conhecia Magnólia tão bem, não sabia de que caprichos ela era capaz.

— Isso tudo é um teatro — disse Orlando outra vez, erguendo-se do sofá.

Mas ele não aplaudiria a encenação de Magnólia ao final desse espetáculo.

Deixou a sala lentamente, entrou no banheiro e tirou as roupas ainda úmidas. Parou de respirar para ouvir o que falavam na sala, mas só ouviu uma série de gotas caindo na banheira ao seu lado. Em seguida, os passos de Tadeu e Gunnar reverberaram escada abaixo e Orlando respirou fundo. Uma pontada mais fraca do que a da noite anterior beliscou o lado direito do seu corpo. Ele se abraçou como uma criança indefesa e evitou olhar-se no espelho.

— Eu não vou bater palmas — disse ele, baixinho, enchendo a banheira de água quente.

Era tudo o que pensava enquanto o vapor estufava o ar e cobria todo o banheiro. Preferia ver a cortina cair, a ribalta ser lambida por um incêndio, do que bater palmas. Estava tão certo de que Magnólia brincava com eles que o desaparecimento começou a lhe soar como uma provocação, mas também como um alívio. Longe dela, conseguia se focar em outra coisa. Dez minutos atrás, tinha pensado em telefonar para Herbert, mas o que ele poderia fazer? Viajar até Bergen, chegar quase dois dias depois para passar a mão nos cabelos de uma esposa perversa? Agora, ele sentia um prazer absolutamente sombrio no fato de o cunhado não saber de nada. Assim era melhor, pelo menos a longo prazo. Mais tarde, dali a alguns dias, dali a algumas semanas ou anos, durante uma festa, Orlando, ávido por sufocar aquele resquício de ressentimento, poderia estragar a felicidade de Magnólia ao comentar em voz alta, segurando um copo gelado de uísque com uma mão e o ombro dela com a outra, que sua irmãzinha doente tinha desaparecido como uma criança durante um passeio na Noruega – se, é claro, ela realmente voltasse. Se, é claro, ela ainda estivesse viva.

26.

Fazia exatamente uma semana que eles estavam na Noruega. Duas semanas atrás, a cidade de Bergen havia esfriado ainda mais, com montes de neve se estendendo pelas ruas e praças. Se a manhã daquele domingo estivesse cinco graus mais fria, ao abrir as cortinas do quarto, Orlando teria se surpreendido com uma paisagem branca e o gelo se acumulando nas esquadrias, que chacoalhavam com o vento. Mas o que ele viu foi uma chuva constante, lavando as pedras, escurecendo a madeira, enchendo o ar de um ruído penetrante de inundação, embora não houvesse uma. Uma neblina azulada cobria não só a rua onde estavam hospedados, mas toda a cidade, como um copo cheio de gim guardado no congelador para mais tarde. A neblina era densa, quase maciça, e irradiava uma luminosidade fantasmática, além de algo de escuro e tempestuoso no centro, como um âmbar azul que guarda um inseto desfigurado em seu miolo. A mesma luz vinha de dentro da casa, como se os sentimentos de seus hóspedes não fossem a consequência daquele tempo, mas a causa, e dali se espalhasse em lava azul e invisível por toda a atmosfera urbana.

– Eu não consegui dormir – disse Muriel.

Orlando não se virou, continuou olhando a rua através da janela do quarto do andar superior. Ela estava parada à porta, os pés cobertos por meias grossas e os cabelos alinhados como se não tivesse chegado a deitar-se. Seus olhos vermelhos indicavam a verdade, mas Orlando não teve tempo de coçar os próprios olhos para fingir a mentira que o sufocaria por algum tempo:

— Eu também não.

Naturalmente, ninguém saberia. Embora não fosse ético fazer aquilo — várias camadas de mentira se colavam umas às outras: mentir para a filha, mentir para si mesmo, mentir para a realidade, mentir para a sua própria mentira — e a circunstância (consanguínea) o obrigasse a se comportar de maneira X, era da maneira Y que ele se sentia. Orlando tinha dormido incrivelmente bem. Ele ainda rolou na cama por meia hora, tentando se colocar no lugar de Magnólia, imaginando a irmã em uma festa ou simplesmente hospedada em um hotel para ficar longe deles. No entanto, o cansaço e uma secreta e nova falta de preocupação venceram seu corpo, pesaram sobre seus olhos. Nem um pesadelo ele tivera. Acordara na mesma posição, um pouco assustado por não encontrar a filha ao seu lado.

— Onde você estava? — perguntou Orlando, virando-se finalmente para ela.

— Tomando café.

Muriel não tinha um tom de voz muito amigável e parecia querer tirar alguma coisa dele, alguma explicação.

— Que horas são?

— Quase dez.

— Por que você não me acordou? — perguntou ele, levemente contrariado, invalidando com rapidez inconsciente toda a sua mentira.

— Porque, ao contrário do que acabou de me dizer, você estava dormindo pesado. Roncando — enfatizou ela, aumentando a voz nas duas últimas sílabas.

— Você está bem?

— Isso é um interrogatório, pai? Até agora você não deu um bom-dia nem perguntou da tia Mag.

Ele ficou em silêncio e se virou outra vez para a janela.

— É mais fácil olhar para a chuva, ela não me julga — cochichou ele.
Mas Muriel não ouviu nem quis pedir para que ele repetisse.
— Eu é que pergunto se você está bem.
— A sua tia voltou?
— Não — respondeu ela, e, cruzando os braços, saiu do quarto batendo os pés nas tábuas de madeira.
Às vezes, basta uma palavra, uma faísca no tom da voz, uma curva oblíqua numa vogal, para que a linguagem acenda um sentimento de ódio ou de amor numa pessoa. Mas às vezes basta um movimento, um ruído sem linguagem verbal, mas corporal, para que os nervos derretam como o corpo oleoso de uma lesma coberta de sal grosso. Foram os passos pesados de Muriel que tiraram Orlando de seu isolamento, obrigando-o a segui-la até a cozinha para arrancar algumas satisfações.
— Por que você está desse jeito? — perguntou Orlando, e sua voz reverberou.
— O Tom ainda está dormindo — disse Muriel, indicando o quarto cuja porta estava fechada.
Ele sentou-se em frente à filha e respirou fundo, sem conseguir olhar para ela. Serviu-se de um pão preto com nozes e calmamente passou manteiga sobre ele. Em seguida, mastigou devagar, preparou o café, andou pela cozinha como se a irmã não estivesse desaparecida e finalmente desabou outra vez na cadeira diante de Muriel, que permanecia num silêncio indignado.
— Agora eu posso perguntar? — Muriel mantinha um olhar furioso com certa dificuldade. Quando ficava sem piscar, com medo de perder o controle sobre seu interlocutor, seus olhos ardiam e em segundos começavam a lacrimejar. Ela sentiu cócegas na ponta do nariz, mas piscou duas vezes e manteve a respiração constante.
Orlando deu de ombros.
— Perguntar o quê?
— Por que VOCÊ está assim?
— Assim como? Eu estou tomando café.

– Você está agindo como se nada tivesse acontecido.
– E, ao contrário de você, já estou falando mais baixo para não acordar o seu irmão.

Muriel cruzou os braços e jogou as costas contra o espaldar da cadeira.

– Tenho certeza de que você dormiu muito bem. Eu sei quando você tem o sono pesado. A mamãe sempre falou dos seus roncos.

– Eu demorei pra dormir, você deve ter visto.
– Todos demoramos – disse ela, irritada. – Mas eu quase não dormi.

– Por isso está tão mal-humorada – respondeu ele.

Ela balançou a cabeça e desviou o olhar, percebendo que não conseguiria arrancar qualquer indício de seriedade dele, mesmo que segurasse sua cabeça com as duas mãos e fizesse uma ameaça. Aquela tranquilidade, aquela obsequiosidade tão forçada e a forma contida como ele falava só faziam aumentar sua irritação, em parte oculta pelo barulho da chuva. Fazia muito frio dentro do sobrado, mas Muriel já não sentia, mesmo vestindo uma única blusa. Antes de chamar o pai, ela tinha queimado a língua com o chá que preparara por preguiça de fazer café. Agora Orlando a encarava com mais curiosidade, embora ainda impenetrável.

– Era para você estar assim também.
– Mal-humorado?
– Pre-o-cu-pa-do – disse ela, separando as sílabas.

Muriel não se irritava facilmente, mas não tinha paciência para imaturidade, e a do pai, mesmo rara, brotava de tempos em tempos. Além disso, não estava com a mínima vontade de ser generosa ou compreensiva – não tinha exatamente com o que ser compreensiva porque todos eles estavam vivendo um período estranho no meio daquela viagem. Embora detestasse Magnólia (ela também detestava admitir que detestava alguém), nunca desejaria seu desaparecimento – ou pior, sua morte. A passividade do pai abria um talho – e um atalho – em seu peito para que por ali passasse tudo o que tinha sido velado nos últimos anos.

— Olha, eu estou preocupado, Muriel — disse ele, baixando a caneca de café.

— Não parece.

— Não há nada que eu possa fazer. Nem para encontrar a sua tia nem para fazer você me ver com outros olhos. Eu disse que precisamos esperá-la.

— Ela passou a noite fora, não ligou, vamos embora daqui a alguns dias e você está agindo como sempre age, fingindo que está tudo bem. Ontem ainda havia um pouquinho de racionalidade em você.

— Agora está me chamando de irracional?

— Às vezes parece.

— Eu não sei por que *você* está assim. Você e a Magnólia mal se falaram durante toda essa viagem. Uma é fria com a outra o tempo todo.

— Você sabe que tenho motivos.

— E eu não tenho? É um inferno estar com vocês duas no mesmo ambiente. Às vezes eu sinto que a culpa é minha, mesmo sabendo que não é.

Muriel deixou escapar uma lágrima que não esperava e alguma coisa dentro dela se inverteu, causando-lhe um pouco de enjoo.

— Se você quer mesmo falar de culpa, a gente pode começar pela sua — vociferou Muriel.

— Ei, eu não tenho culpa de nada. A Mag sumiu porque…

— Eu não estou falando sobre ela, mas sobre você não ter me defendido quando ela me expulsou do apartamento.

Como uma gota de combustível na fúria que já incendiava suas palavras, Orlando revirou os olhos. Depois fitou o chão, esperando que Tadeu e Gunnar tivessem acordado e aparecessem com algum plano que calasse a filha.

— Isso de novo? — perguntou ele, encarando-a outra vez. — Eu defendi você, sim. Eu ajudei com a sua mudança, achei ótimo você ter saído daquele lugar. Não achei legal a atitude dela, mas foi para o seu bem.

– Meu bem? Eu não acredito que estou ouvindo isso! Você não acreditou quando eu disse que não estava tendo um caso com o Herbert. Preferiu ficar em cima do muro, ouvindo a tia Mag, depois me ouvindo, aceitando o que nós duas escolhêssemos fazer. Depois que tudo estava numa falsa paz, você voltou para o seu mundinho, sabe-se lá pensando o que de mim.

– Eu pensei que você estivesse melhor longe dos dois – disse Orlando, suspirando. – Nunca acreditei no que a Mag disse, ela sempre foi neurótica.

– Então por que você foi tão passivo?

– Sei lá, filha, eu sempre fui assim.

– Não, você piorou depois que parou de beber.

– O quê?

– O álcool ainda fazia você reagir, ter sentimentos mais autênticos.

– Eu não sou a Magnólia.

– Por isso não se importou com o que me aconteceu naquele apartamento! – disse Muriel. Ela não tinha percebido, mas já estava gritando, e Tomas havia parado atrás da porta entreaberta do quarto, ouvindo toda a discussão.

– Não aconteceu nada com você – disse Orlando, e sua voz já estava alterada. Pronto, ela conseguira desequilibrá-lo. – O Herbert não te assediou, ninguém te espancou, sua tia não te bateu, só fez uma acusação falsa.

– Que me machucou muito – retorquiu Muriel. – E ela me bateu, sim.

– Quando? – perguntou ele, estreitando os olhos.

– Em Oslo.

– Isso está fora do contexto.

– Você é... inacreditável! – disse Muriel, erguendo-se e saindo da cozinha, mas Orlando puxou seu braço.

– Por que não me contou que ela fez isso?

Muriel ergueu os ombros, depois puxou o braço com violência.

– Não ia mudar nada.

Deixando a cozinha com uma determinação raivosa que lembrava Magnólia, ela entrou no primeiro quarto e bateu a porta com força, não sem antes notar que Tomas estivera ouvindo tudo. Ele ficou algum tempo observando o pai bebericar seu café sozinho. Então, usando luvas e com um gorro preto enfiado na cabeça, deixou o quarto e sentou-se com ele.

– Bom dia – disse Orlando, sem muita vontade.

– Não parece tão bom – respondeu Tomas, indicando a porta fechada com a cabeça.

Orlando fez uma careta desgostosa, como se não se importasse. No fundo, as coisas que Muriel dissera tinham-no atingido com muita profundidade – muito mais do que ele imaginava. O impacto era profundo, mas conscientemente, ainda raso. Ele mesmo não sabia porque estava agindo daquela maneira, talvez fosse uma forma de não encarar a imensa arquitetura de uma tragédia que estava prestes a se revelar para em seguida ceder sob o peso de sua importância, caso Magnólia não aparecesse.

– O que vamos fazer para encontrar a tia Mag?

– Não sei, Tom. Daqui a pouco o Tadeu aparece, podemos planejar alguma coisa. Ou esperar.

Tomas queria conversar com ele sobre o seu curso em Oslo. Já era domingo e ainda não tinham definido se ele voltaria para o Brasil ou se permaneceria ali, na Noruega. Sem Alister, era ambivalente sobre qualquer tipo de decisão – essa escolha, especificamente, tinha dividido sua insônia com a preocupação pela tia desaparecida.

Caía um borrifo de chuva a dez quilômetros dali. A paisagem se dissolvia numa luz cinzenta e fria. Vapores se condensavam, trespassados por galhos secos quando deslizavam entre as ilhotas, partindo da água até as florestas, transformando-se em bolos de escuridão úmida no ventre das árvores, intumescendo seus caules, se espalhando na grama já encharcada como que a cobrindo de um nanquim viscoso.

Dois membros muito brancos, os braços de Magnólia boiavam na água, as mãos voltadas para cima como as de Ophelia de Millais. Não havia gramíneas por perto, nem juncos ou flores. Não havia nenhuma cor ao redor, nem o verde descansado das margens, nem a lisura do limo, mas um frio sólido, um frio cinzento, puro, bruto, que estremecia a água em sopros cada vez mais cortantes em lâminas de ar. O frio era o último estremecimento da tarde, e os olhos de Magnólia, envernizados pela chuva, violáceos, fixos e duros, retinham o langor sanguíneo das cerejas, dois frutos não mais acesos no meio da neblina.

Este livro foi composto com tipografia Electra e impresso
em papel Off White 80 g/m² na Assahi.